VIRGINIA C. ANDREWS ™

Petite musique de nuit

La famille Logan

****

ÉDITIONS FRANCE LOISIRS

Titre original : *Music in the night.*

Traduit de l'américain par Françoise Jamoul

Édition du Club France Loisirs,
avec l'autorisation des Éditions J'ai lu.

Édition du Club France Loisirs,
123, boulevard de Grenelle, Paris
www.franceloisirs.com

ISBN 2-7441-3216-0

PROLOGUE

Il y a très longtemps de cela, ma vie était pareille à un conte de fées. À tout instant, le merveilleux m'entourait : les étoiles, la mer, le sable, tout était comme imprégné de magie. Le soir, quand nous n'avions que dix ans, Cary et moi, nous nous allongions sur nos couvertures, sur le pont du langoustier de papa, pour contempler le ciel. Nous faisions semblant de voguer dans l'espace, bien loin de la terre, de dépasser la lune et les planètes et de nous approcher des étoiles, jusqu'à les toucher. Nous lâchions la bride à notre imagination et chacun confiait à l'autre ses désirs, ses rêves et ses pensées les plus secrètes, sans honte et sans contrainte.

Nous étions jumeaux, mais Cary aimait se considérer comme l'aîné ; car papa nous avait dit qu'il était né avant moi, deux minutes et vingt-neuf secondes exactement. Dès qu'il sut se traîner par terre, il se comporta en grand frère et en protecteur. Il pleurait quand j'étais triste et riait quand il m'entendait rire, même s'il ne savait pas ce qui m'amusait. Un jour, je lui en demandai la raison. Il répondit que mon rire était une musique pour lui, et qu'il riait de plaisir. Nous étions deux enfants captifs d'un sortilège, seuls à entendre les mélodies que nous chantait la mer, cette mer que nous aimions tant.

D'aussi loin que je me souvienne, j'ai toujours ressenti la magie de l'eau. Cary pataugeait dans les vagues et y trouvait des algues magnifiques, des coquillages, des étoiles de mer. Et même des choses étonnantes qui, prétendait-il, avaient traversé l'Atlantique pour parvenir jusqu'à nous. Dès qu'il s'agissait de l'océan, je croyais tout ce qu'il me disait. Personne ne l'aimait autant que lui, même dans ses colères et ses tempêtes. Il m'arrivait de penser qu'il était né avec de l'eau de mer dans les veines.

Quand papa nous permettait de garder nos trouvailles, nous les mettions à l'abri dans la chambre de Cary, ou dans la mienne. Pour nous, chacun de ces objets possédait un pouvoir. Celui d'exaucer les souhaits, par exemple, ou de donner la santé ou le bonheur, rien qu'en le touchant. Tout ce que nous trouvions se chargeait de magie.

À l'âge de douze ans, je portais un collier de minuscules coquillages, dont chacun possédait à mes yeux une qualité particulière. L'un préservait de la tristesse, l'autre dissipait les nuages, tous exerçaient une action bienfaisante que j'expliquais en détail à mes camarades de classe. Ils en riaient, bien sûr, et secouaient la tête avec pitié. Pour eux, tout cela n'était que des inventions puériles.

Mais, pour moi, même un grain de sable était magique. Un jour où nous étions assis sur la plage, Cary et moi, nous nous amusâmes à laisser couler le sable entre nos doigts en imaginant une histoire. Chaque grain était une petite planète, avec ses habitants minuscules, d'une dimension indécelable même par le plus puissant des microscopes. Quand nos camarades vinrent nous rejoindre, nous les avertîmes :

— Attention où vous mettez les pieds, vous pourriez écraser un pays entier !

Cette fois encore, ils nous regardèrent avec commisération. Et chacun s'éloigna, nous laissant à nos chimères enfantines que personne n'avait envie de partager.

Nous étions tellement inséparables que certaines de mes amies en étaient jalouses. Elles en arrivèrent même à prétendre, et à raconter, que nous étions nés soudés l'un à l'autre. D'après elle, nous avions chacun une cicatrice au côté, Cary et moi, à l'endroit où nous étions censés avoir été reliés à la naissance.

Parfois, je me disais même que c'était peut-être vrai. Qu'à l'instant précis où nous étions venus au monde, notre séparation avait commencé. Un lent et douloureux processus qui, à mesure que nous grandissions, devint encore plus pénible à Cary qu'à moi-même.

Toute petite, et même pendant mes premières années de lycée, je trouvais très agréable la dévotion dont il faisait preuve à mon égard. Les autres frères et sœurs se disputaient souvent et allaient jusqu'à s'insulter, même en public. Cary, lui, ne me brusquait jamais. Et s'il lui arrivait de manifester de l'impatience envers moi ou de me faire des reproches, il le regrettait aussitôt.

Je savais qu'il plaisait aux filles, qu'elles rivalisaient pour attirer son attention. Et, sans le moindre préjugé fraternel de ma part, je dois avouer qu'il était beau. Dès qu'il put saisir un filin ou soulever un seau, il accompagna papa sur le bateau et l'aida pour la récolte des airelles. Il était bronzé d'un bout de l'année à l'autre, ce qui avivait étrangement l'éclat de ses yeux vert émeraude ; et il adorait porter longs ses cheveux noirs, qui tombaient comme un rideau mouvant sur sa tempe droite, jusqu'à ses sourcils. Épais et soyeux, ils étaient doux à rendre les filles jalouses. Et elles mouraient d'envie d'y enfouir leurs doigts pour les caresser, toutes autant qu'elles étaient.

Dès le collège, mon frère se comportait avec assurance, presque en homme, et les autres garçons ne tardèrent pas à se moquer de lui. Ils raillaient son maintien fier, sa façon de tenir haut la tête quand il marchait à mes côtés, en serrant les lèvres et en regardant droit devant lui. Bientôt, ils en vinrent à l'envier, et les filles de ma classe commencèrent à le prendre plus au sérieux. Elles le trouvaient plus mûr, tout à coup, et beaucoup plus intéressant.

Mais comme elles enrageaient devant son indifférence à leur égard, elles se vengeaient en se moquant de nous. Au lycée, tout le monde se mit à l'appeler « Grandpa », mais il ne parut même pas s'en apercevoir. C'était moi qui en souffrais le plus, j'en suis sûre. Mais il fallait vraiment qu'on l'agresse physiquement, ou qu'on s'en prenne à moi en sa présence, pour qu'il réagisse. Et sa réaction pouvait être très violente. Il s'emportait à la vitesse de l'ouragan, son regard se vitrifiait, ses lèvres durcissaient au point de blanchir aux commissures. Et celui qui le défiait à ce moment-là savait qu'il n'éviterait pas la bagarre.

Ce qui lui attirait des tas d'ennuis, naturellement, même s'il était dans son droit. C'était toujours lui qui perdait son sang-froid, au grand dam de ses adversaires. En général, il récoltait une suspension de quelques jours, papa lui donnait une bonne correction et le confinait dans sa chambre. Mais aucune sanction ni punition de papa ne l'arrêtait, dès l'instant qu'il jugeait mon honneur mis en cause.

Avec un tel protecteur pour veiller sur moi, les garçons se tenaient à distance prudente, évidemment. Ce fut seulement en arrivant dans les grandes classes que je découvris combien j'étais devenue intouchable à leurs yeux. La plupart des filles avaient des flirts, ou même des idylles en règle. Mais pas moi. Aucun garçon n'osait me faire passer un billet pendant les cours, m'aborder dans les couloirs, et encore moins me raccompagner chez nous. Je rentrais avec d'autres filles, ou avec Cary. Et quand j'étais avec des amies, mon frère nous suivait de près, comme un chien de garde.

À mon entrée en seconde, pourtant, je souhaitai avoir moi aussi un soupirant attitré, comme la plupart des autres filles. J'avais remarqué un certain Daniel Stephen, arrivé à Provincetown depuis tout juste un an, et je le trouvais très beau. J'aurais voulu qu'il me parle, qu'il se promène avec moi, et même qu'il me demande de sortir avec lui. Je pensais qu'il le désirait aussi, parce que je le surprenais toujours à me regarder, mais il ne le fit jamais. Toutes mes amies de classe affirmaient qu'il en mourait d'envie mais qu'il n'osait pas, à cause de mon frère. Stephen avait peur de lui.

J'en avertis Cary, qui répliqua que Stephen était un idiot ; qu'il sortirait avec la première fille venue, pourvu qu'elle lui donne ce qu'il voulait d'elle. Il affirmait qu'il le lui avait entendu dire lui-même, dans les vestiaires des garçons. Plus tard, j'appris que Cary avait menacé ouvertement Stephen de le réduire en chair à pâté, s'il osait encore lever les yeux sur moi. Je fus assez déçue, bien sûr. Mais je ne pouvais pas m'empêcher de me demander si Cary n'avait pas eu raison.

Tous les soirs, après avoir fait nos devoirs, nous aidions maman à s'occuper de notre petite sœur May, qui était sourde et suivait un enseignement spécialisé. Puis, Cary et moi parlions un moment des autres élèves du lycée. Si je mentionnais une fille, n'importe laquelle, il trouvait aussitôt quelque chose à lui reprocher. Une seule échappait à ses critiques : Theresa Patterson, la fille aînée de Roy Patterson, un pêcheur qui travaillait pour papa sur son bateau. Les Patterson étaient des Bravas, métis de Noirs américains et de Portugais. Les autres élèves les regardaient de très haut, surtout ceux qui appartenaient à de soi-disant « bonnes familles ». Le genre de familles qui prétendaient descendre des Premiers Pèlerins, comme celle de Grandma Olivia, la mère de Papa, qui régnait sur nous tous comme une reine douairière.

Cary s'entendait bien avec Theresa. Il la trouvait sympathique, et appréciait beaucoup la façon dont elle et ses amies Bravas défiaient les autres élèves. L'idée me vint qu'il pourrait même en faire sa petite amie. Mais quand je lui en parlai, il me regarda d'un air éberlué, comme si j'avais proféré une énormité.

— Ne sois pas stupide, Laura ! Theresa est comme une autre sœur pour moi, sans plus.

C'était sans doute vrai. Mais plus je grandissais, plus la surveillance de Cary me pesait, et je commençai à souhaiter qu'il s'intéresse à une autre. Je m'efforçai d'attirer son attention sur telle ou telle, tour à tour, mais rien n'y fit. Au contraire, il suffisait que je mentionne une amie possible pour lui, pour qu'aussitôt cette fille lui semble affreuse ou idiote. J'eus vite compris qu'il valait mieux ne rien faire, et laisser la nature suivre son cours.

Seulement voilà : il ne se passa rien. La nature avait dû oublier Cary. Les autres garçons de son âge s'évertuaient à séduire les filles, paradaient en ville pour les impressionner, essayaient de leur extorquer des rendez-vous... Mais pas Cary.

Cary passait tout son temps libre avec moi, ou à travailler à ses maquettes de bateaux dans son atelier du grenier, situé juste au-dessus de ma chambre.

Finalement, un jour au déjeuner, je fis part à Theresa de mes inquiétudes au sujet de mon frère. Elle ouvrit des yeux ronds et secoua la tête, comme si ma naïveté dépassait les bornes.

— Alors tu ne sais rien de tous ces ragots qui circulent, de tout ce qu'on raconte à votre sujet ? Il n'y a pas une fille dans ce lycée qui pense que Cary est normal, Laura. Et la plupart des garçons se posent des questions sur *toi.* On ne me dit rien directement, mais je les entends parler entre eux.

Un frisson d'appréhension me courut le long du dos.

— Que veux-tu dire ? Qu'est-ce qu'on raconte sur nous ?

— Que... que Cary et toi... (Theresa hésita.) Que vous êtes comme deux amoureux, acheva-t-elle avec réticence.

Mon cœur manqua un battement. Je me souviens d'avoir regardé autour de moi, en me disant que tout le monde me toisait avec mépris. Puis je pris vraiment conscience de ce que j'avais entendu. Et ce fut comme si une hideuse créature de la nuit s'était échappée en rampant d'un cauchemar, pour se glisser parmi mes pensées du grand jour.

— Regarde-toi un peu, reprit Theresa. Tu as quinze ans, tu es une des plus jolies filles de tout ce lycée, mais est-ce que tu as un amoureux ? Non. Est-ce qu'on t'invite aux soirées dansantes ? Non. Quand tu y vas, c'est avec Cary.

— Mais...

— Il n'y a pas de « mais » qui tienne, Laura. C'est à cause de Cary. À cause de la façon dont il te couve et te protège. Je suis désolée, ajouta Theresa. Je croyais que tu le savais, et que ça t'était bien égal.

— Mais qu'est-ce que je vais faire, maintenant ?

Comme elle le faisait souvent, quand elle s'apprêtait à médire d'une des pimbêches du lycée, Theresa me poussa du coude.

— Mets-lui une jolie fille dans les bras, ça lui chahutera les hormones et tu seras tranquille !

Là-dessus, elle se leva pour aller rejoindre ses amies Bravas et je restai là, seule et désemparée. Puis Cary entra dans la cafétéria, me repéra et s'avança vers ma table.

— Désolé d'être en retard, Laura. M. Corker m'a gardé en retenue, à cause de mes devoirs. Que se passe-t-il ? s'inquiéta-t-il comme je ne répondais pas. Quelque chose qui ne va pas ?

Je secouai la tête. Comment aurais-je pu le mettre au courant de tout ça sans le blesser ?

Je n'abordai jamais le sujet. Je n'essayai jamais d'éclairer Cary, jusqu'à l'année suivante, quand la famille de Robert Royce acheta le vieil hôtel Marina et que Robert devint élève du lycée.

Entre Robert et moi, ce fut le coup de foudre, et la révélation d'une magie que Cary ne pouvait pas partager. Il fallait que je le lui fasse comprendre, et accepter. Que je lui montre comment se séparer de moi.

Mon seul espoir était que cela fût possible.

1

Le matin d'un amour

TOUTE la journée, mon cœur avait battu plus vite que la normale, et si violemment que Cary, m'étais-je dit, avait sûrement dû l'entendre. Je marchais sur des nuages, il me semblait que mes pieds ne touchaient plus terre. J'aurais pu jurer que, ce matin-là, je m'étais réveillée en souriant. Et le fait est qu'en me penchant sur le miroir de ma coiffeuse, je vis mes joues toutes roses d'excitation. Celle de mes rêves enchanteurs et toujours présents qui m'emportaient, telle une princesse arabe sur un tapis volant, à travers toutes les splendeurs de l'Orient.

Autour de moi, tout prenait un éclat nouveau. Les couleurs étaient plus vives, plus intenses, les bruits les plus ordinaires s'intégraient à une immense symphonie. Que ce fût le craquement d'une marche quand je descendis aider maman pour le petit déjeuner, le tintement de la vaisselle, le ruissellement de l'eau dans l'évier, les pas de Cary, de papa et de May dans le hall : le moindre son y prenait part. Et leurs voix devenaient un chœur qui se fondait à cette musique.

— Tu es en beauté ce matin, ma chérie, observa maman quand je pris place à table.

Papa m'accorda un bref regard et hocha la tête en silence. Je retins mon souffle. Je m'étais permis de mettre un soupçon de rouge à lèvres, et il détestait le maquillage. Il disait que c'était la marque du diable, qu'aucune femme honnête ne se serait peinturluré le visage.

Je portais l'une de mes plus jolies robes, la bleue avec un col blanc. Et j'avais mis mon bracelet porte-bonheur en or, avec des breloques, le cadeau de papa et maman pour mes seize ans. Cary, lui, avait eu une montre de poche avec sa chaîne, en or aussi, et qui jouait « En avant, soldats du Christ » quand il ouvrait le couvercle.

Il leva les yeux de son bol de flocons d'avoine.

— Tu n'as pas peur d'avaler du rouge à lèvres, en mangeant ? me jeta-t-il d'une voix revêche.

Ce fut comme un coup de tonnerre dans mon beau ciel d'été. Je coulai une œillade prudente en direction de papa, mais il venait de se plonger dans son journal. Puis je lançai un regard meurtrier à mon frère, qui baissa promptement le nez sur son bol.

En partant pour le lycée, je sortis la dernière et m'arrêtai sur le seuil, offrant mon visage à la caresse du soleil. C'était si bon ! Je fermai les yeux et serrai mes livres contre ma poitrine, en souhaitant que tout cela ne fût pas un rêve.

— Qu'est-ce que tu fabriques ? s'impatienta Cary. Tu veux que May arrive en retard à l'école ?

— Désolée, m'excusai-je en courant les rejoindre.

Il tenait fermement la main de May. Ma petite sœur, murée dans son silence, me décocha un coup d'œil pétillant, comme si elle savait tout. On aurait vraiment dit qu'elle avait fourré son joli minois dans mes rêves, et deviné mon bonheur. Je pris vivement sa main libre et nous partîmes d'un bon pas dans la rue. J'avais l'impression d'être Alice au Pays des Merveilles.

Cary marmonna sur un ton de reproche :

— Tu es aussi ridicule que toutes ces idiotes du lycée, avec leurs histoires de garçons. Toutes les mêmes !

Je me contentai de lui sourire. *Aujourd'hui,* pensai-je, *aujourd'hui les lutins et les fées me protègent. Rien ne pourrait gâcher mon bonheur.*

Il y avait des nuages au ciel, mais pour moi il était bleu. Et bien qu'on fût aux premiers jours de mai, il faisait frisquet ce matin-là. L'orage de l'avant-veille avait rafraîchi l'air. La mer moutonnait, crêtée de vaguelettes blanches, et même à cette distance le grondement du ressac parvenait jusqu'à nous. À petits pas vifs et légers, comme si elles marchaient sur des trésors enfouis, les mouettes arpentaient la plage en quête de leur pitance matinale.

J'avais les cheveux noués sur la nuque, mais le vent agitait quand même quelques mèches folles sur mon front. Ceux de May, au contraire, étaient soigneusement maintenus en place par un bandeau bleu. Quant à Cary, le désordre de sa chevelure était le cadet de ses soucis. En arrivant au lycée, loin d'aller se donner un coup de peigne aux lavabos, il se contentait de passer les doigts dans sa tignasse. Par contre, il m'accompagnait toujours au vestiaire, et attendait que j'aie rassemblé tous mes livres pour aller chercher les siens. Il restait sans arrêt près de moi, même quand Robert Royce venait me rejoindre ; il nous observait avec méfiance et s'attardait à nos côtés, ou nous suivait de près, l'air malheureux et furibond. Depuis quelque temps, c'était bien la seule chose qui parvenait à jeter une ombre sur ma joie.

— Arrête de rêvasser, et regarde où tu mets les pieds ! ronchonna-t-il quand une voiture nous dépassa à toute allure.

Les signes avant-coureurs de l'invasion touristique se multipliaient. Pendant le week-end, la circulation s'intensifiait à travers tout le cap Cod, mais pendant la semaine Provincetown était assez tranquille. Le matin, nous empruntions des rues écartées pour conduire May à son école. Nous l'embrassions avant de la laisser à la grille, et Cary prenait son air paternel pour lui recommander d'être sage. Comme si elle en avait besoin ! C'était l'enfant la plus aimable, la plus douce et la plus aimante qui fût. Mais, bien que le Dr Nolan affirmât que sa surdité n'y était pour rien, elle restait un peu chétive. Intelligente et brillante en classe, elle était menue pour son âge. Ses traits délicats évoquaient une poupée fragile, et quand nous nous promenions avec elle, ses petites mains disparaissaient dans les nôtres. Nous la chérissions tous et la protégions, de tout notre cœur. Mais, parfois, il m'arrivait de surprendre papa en train de la regarder, les traits empreints d'une indicible tristesse. Il en avait les larmes aux yeux, ses lèvres tremblaient imperceptiblement. Puis, prenant conscience de ce qu'il faisait, il se redressait avec fermeté, effaçant de son visage toute trace d'émotion. Je ne vis jamais papa verser des larmes. Les rares fois où je le vis baisser la tête, ce fut pour prier, ou quand sa journée de pêche avait été vraiment pénible.

À l'école, May se retourna sur le seuil, me décocha un sourire espiègle et ses petits doigts s'agitèrent.

— N'embrasse pas trop Robert, me transmit-elle en langage des signes.

Puis elle s'en fut en courant rejoindre ses camarades.

Cary fit celui qui n'avait rien vu et s'éloigna en hâte, martelant si rudement le trottoir que je m'attendais presque à y voir s'incruster ses empreintes.

C'était un vendredi, et le bal du printemps avait lieu ce soir-là. Pour la première fois de ma vie, j'allais avoir un cavalier à une fête scolaire. Robert Royce m'avait invitée : ce serait notre premier rendez-vous officiel. Jusque-là, nous nous rencontrions seulement par hasard, ou après quelques timides suggestions de part et d'autre. C'était l'occasion que nous attendions tous deux.

Robert était entré au lycée en février. Ses parents avaient acheté le Marina, un hôtel de cinquante chambres situé à l'extrémité nord-ouest de la ville. Un vaste complexe hôtelier vieillissant, qu'ils avaient décidé de rénover. Dès le début du printemps, ils avaient entrepris la restauration, peignant, taillant, plantant et rafraîchissant le paysage du parc. Robert était leur fils unique, et donc le seul à pouvoir les aider. Charles et Jayne Joyce avaient investi presque toute leur fortune dans cette affaire, nous expliqua Robert. Ils devaient donc se charger d'une grande partie des travaux eux-mêmes. C'est pourquoi, la plupart du temps, Robert rentrait tout de suite après la classe, et pourquoi il était si souvent occupé pendant le week-end. Surtout maintenant, à l'approche de la saison d'été.

J'avais espéré que Cary apprécierait le dévouement de Robert envers sa famille. En fait, ils avaient beaucoup de choses en commun, tous les deux. Mais depuis le jour où Robert avait eu le courage de m'aborder dans les couloirs, et de me parler en plein devant Cary, mon frère ne supportait plus qu'il m'approche. Dès qu'il le voyait près de moi, il prenait son air mauvais.

Robert avait tenté de l'inclure dans nos conversations, mais Cary décourageait tout effort. Il répondait par monosyllabes, ou même se contentait de grogner. Je redoutais que cette attitude ne finisse par faire fuir Robert, mais non. Il n'en devint que plus intrépide, et prit même un samedi de repos pour me rendre visite à la maison.

Cary était allé travailler aux docks, avec papa et Roy Patterson. Je présentai Robert à maman et à May, qui s'amouracha de lui encore plus vite que moi. Et, en plus, Robert était très doué pour le langage des signes. Quand il nous quitta ce jour-là, il avait appris à dire « bonjour », « au revoir » et « je meurs de faim ».

Un peu plus tard, quand Cary apprit en rentrant que Robert m'avait rendu visite, il commença par pâlir. Mais aussitôt après, il devint tout rouge en me demandant pourquoi je n'avais pas amené Robert sur le port.

— Je ne voulais pas vous déranger, expliquai-je, mais ce n'était pas tout à fait vrai.

En fait, j'étais ravie d'avoir eu quelques moments d'intimité avec

Robert, sans que Cary soit là pour nous tourner autour. Il parut encore plus en colère.

— Tu as honte de notre travail, c'est ça ?

— Bien sûr que non, protestai-je. D'ailleurs tu connais Robert, tu sais très bien qu'on n'est pas snob dans sa famille. Ce serait plutôt à la nôtre qu'on pourrait reprocher de prendre des grands airs, tu ne crois pas ?

Bon gré, mal gré, Cary dut reconnaître que j'avais raison.

— Il devait savoir que je passerais la journée aux docks, bougonna-t-il.

— Et alors ? Quelle importance ça peut-il bien avoir ?

— Justement, c'est important. Tous ces garçons cherchent à profiter des filles, Laura, et toi tu es bien trop naïve. C'est pour ça que je dois veiller sur toi.

— Pas quand je suis avec Robert, et je ne suis pas trop naïve, Cary Logan. Tu ne me connais pas aussi bien que tu le crois, et tu ne connais rien du tout à l'amour ! lançai-je en lui tournant le dos.

Et je courus m'enfermer dans ma chambre.

Quand mon cœur se fut calmé, je m'étendis sur mon lit et me remémorai ce merveilleux après-midi, avec Robert. Main dans la main, nous avions marché sur la plage en bavardant, tout simplement. Nous avions parlé de nous, de nos préférences en matière de cuisine, de couleurs, de lectures. Robert s'était montré surpris que nous n'ayons pas la télévision. Mais quand il sut que c'était une décision de papa, il s'abstint d'émettre la moindre critique.

— Ton père a certainement raison, déclara-t-il. Je ne connais personne qui lise autant que toi, et tu es une brillante élève.

Il avait un sourire ensorcelant, le genre de sourire qui s'imprime en vous et réapparaît à tout moment dans votre mémoire, sans qu'on puisse rien y faire. Le bleu azur de ses yeux s'assombrissait parfois, quand il me parlait de choses graves. Mais quand il souriait, son regard se changeait en pure lumière. Ce sourire-là était contagieux, il vous réchauffait le cœur et chassait toute trace de mélancolie.

Robert avait quelques centimètres de plus que Cary, la même carrure, mais il n'était pas aussi musclé. Il avait des cheveux châtain clair qu'il portait courts, et toujours soigneusement tirés sur les côtés. Comme il était en terminale, nous n'avions jamais cours ensemble. Mais je savais qu'il était brillant et très apprécié de ses professeurs, autant pour sa courtoisie que pour sa soif de connaissances.

Cary, par contre, n'avait jamais été bon élève. Il supportait le lycée comme un vêtement trop petit de deux tailles, s'y rendait à contrecœur, et soupirait de soulagement quand la sonnerie annonçait la fin des cours.

Et, naturellement, les succès scolaires de Robert Royce étaient pour lui une raison supplémentaire de lui en vouloir. Il détestait nous voir plongés dans une discussion sur l'histoire, ou sur un livre du programme. Pour lui, c'était comme si nous parlions une langue étrangère. À plusieurs reprises, pourtant, Robert avait tenté de l'entretenir de la rénovation de l'hôtel, des problèmes concrets rencontrés au cours des travaux, de peinture et d'outils, toutes choses qui auraient dû l'intéresser. Mais, avec autant d'enthousiasme que s'il s'asseyait dans le fauteuil du dentiste, Cary laissait tomber quelques suggestions du bout des lèvres, aussi brèves que possible.

Plus tard, il me disait que Robert ferait mieux de se contenter des jeux-concours sur des sujets historiques, et de laisser les choses sérieuses aux hommes plus qualifiés. Je ne faisais qu'en rire, ce qui avait le don de le désarçonner.

— Qu'est-ce qui t'amuse ? s'emportait-il. Qu'y a-t-il de si drôle, Laura ? Si tu voyais le sourire inepte que tu promènes partout, ces jours-ci ! Tu as l'air complètement idiote, si tu veux le savoir.

— Tu refuses tout simplement de reconnaître que tu aimes bien Robert, n'est-ce pas Cary ?

— Sûrement pas. Il n'y a rien à reconnaître, s'obstinait-il en rougissant.

Malgré ces sombres perspectives, j'espérais toujours qu'ils deviendraient amis, tous les deux ; surtout depuis que Robert m'avait demandé d'être sa cavalière au bal du lycée. Maman l'aimait beaucoup, mais papa ne le connaissait pas encore. Et tant qu'il ne l'aurait pas rencontré, je savais qu'il ne me permettrait pas de sortir avec lui. Aussi, le samedi qui suivit la demande de Robert, je l'invitai à déjeuner à la maison.

Une fois de plus, il sut charmer maman, en lui offrant une boîte de bonbons. Cary prétendit que c'était de la corruption, et je répliquai que c'était un geste de courtoisie très courant. Comme d'habitude, il s'éloigna en bougonnant plutôt que d'admettre que j'avais raison.

Au déjeuner, Robert s'assit à côté de moi et en face de Cary, qui garda le nez baissé sans dire un mot. J'avais prévenu Robert que, chez nous, papa lisait toujours un passage de la Bible avant le repas. Cette fois-ci, après avoir ouvert le livre saint, papa marqua une pause et dévisagea Robert.

— Notre invité aurait-il une suggestion à formuler ?

Cary ébaucha un sourire : c'était le petit test de papa. Il nous répétait sans cesse que les jeunes gens d'aujourd'hui succombaient plus facilement au péché parce qu'ils ne connaissaient pas la Bible. Robert réfléchit quelques instants et déclara :

— J'aime bien Matthieu, chapitre 7.

Papa haussa un sourcil et regarda Cary, qui se renfrogna.

— Tu connais ce passage, Cary ?

Devant le silence de son fils, papa tendit la Bible à Robert, qui me sourit. Puis il commença d'une voix calme et posée :

— Ne jugez point, afin de n'être point jugés. Car on vous jugera comme vous jugez...

Il continua sa lecture, puis leva les yeux sur papa qui hocha la tête.

— Très bien, mon garçon. Voilà de bonnes paroles à garder en mémoire.

— C'est bien vrai, monsieur, approuva gravement Robert.

Papa et lui entamèrent une conversation sur le tourisme, et la plage de la Marina telle qu'elle était autrefois, d'après les souvenirs de papa. Je craignais qu'il ne se lance sur ce qui était son sujet favori, comme celui de Grandma Olivia : l'influence désastreuse des touristes sur le cap Cod. Mais il resta poli et s'abstint de toute réflexion blessante. Cary, lui, fit grise mine et ne dit pas un mot, sinon pour demander qu'on lui passe un plat.

Robert avoua qu'il ne connaissait pas grand-chose à la pêche au homard, et encore moins à la mer et aux bateaux.

— Nous avons été tellement pris par la rénovation de l'hôtel, vous comprenez ? Je n'ai pas eu de temps libre pour quoi que ce soit d'autre.

— C'est tout à fait normal, vous vous deviez d'abord à vos parents. Après le déjeuner, peut-être pourriez-vous descendre aux docks pour visiter notre bateau ? proposa papa, en regardant Cary avec insistance.

Mais, le déjeuner fini, mon frère annonça qu'il devait travailler à ses maquettes, et qu'il avait assez travaillé à bord pour toute la semaine, de toute façon. Ce fut donc sans lui que nous partîmes pour les quais avec papa et May, Robert et moi encadrant ma petite sœur comme nous le faisions toujours, Cary et moi. Je me retournai vers la maison et crus voir, à une fenêtre d'en haut, mon frère qui nous observait. J'en aurais pleuré. Mais Robert me sourit, et instantanément ma tristesse s'évapora.

L'essentiel, c'est que Robert fit bonne impression sur papa, ce samedi-là, grâce à quoi il obtint la permission de m'emmener à la soirée dansante.

Et voilà, c'était arrivé ! Ce soir, j'irais au bal du lycée avec mon tout premier amoureux. Le lycée bourdonnait comme une ruche, depuis le matin, et dans la cafétéria on ne s'entendait plus. On aurait juré que les effectifs avaient subitement doublé. Cary était le seul qui arborât un air sombre, pour ne pas dire une tête d'enterrement. Il entra dans la cafétéria sans parler à personne, alla s'asseoir et entama son repas en silence.

— Pourquoi n'inviterais-tu pas Millie Stargel ce soir ? suggérai-je quand nous le rejoignîmes, Robert et moi. Je sais qu'elle n'a pas encore de cavalier.

Cary leva sur moi un regard si lourd de tristesse que ma gorge se noua.

— Millie Stargel ? répéta-t-il avec un rire forcé. Qui a eu cette brillante idée ? *Lui ?*

— Non, je pensais simplement que...

— C'est une gentille fille, intervint Robert. Je suis sûr qu'elle meurt d'envie de venir.

— Eh bien, tu n'as qu'à l'inviter toi-même !

Robert m'adressa un sourire ému.

— Impossible, j'ai déjà quelqu'un.

— Pourquoi t'occupes-tu des autres filles, alors ?

— Je ne m'en occupe pas, je voulais seulement dire que...

— Tu vois bien, me lança Cary en se levant. Je t'avais prévenue. Ces bals sont complètement débiles, de toute façon. Se défouler en gigotant dans le gymnase, non merci, très peu pour moi. Si je dois sortir une fille, ce n'est sûrement pas là que je l'emmènerai.

— Cary, implorai-je comme il s'éloignait.

Pour toute réponse, il me jeta un regard furibond par-dessus son épaule et hâta le pas vers la sortie.

— Ne t'en fais pas pour lui, me consola Robert en posant la main sur la mienne. Un de ces jours, il rencontrera une fille, et son cœur battra pour elle, aussi fort que le mien la première fois que je t'ai vue.

Je hochai la tête, sans grande conviction. Je ne m'attendais pas à ce que la même chose arrive à Cary, en tout cas pas de sitôt. Et je savais que, tant qu'il ne serait pas heureux, j'aurais bien du mal à l'être moi-même.

***

J'eus l'impression que Cary marchait avec une lenteur particulière ce soir-là, en rentrant à la maison, et je croyais savoir pourquoi. Il n'était pas nécessaire d'être devin pour comprendre à quel point j'avais hâte d'arriver. Je finis par m'impatienter.

— May va nous attendre, si tu lambines comme ça. Moi en tout cas, je ne t'attends plus.

— Eh bien, vas-y toute seule !

Je ne me le fis pas dire deux fois, et j'arrivai devant l'école de May juste au moment où elle en sortait. Je lui fis signe de se dépêcher, et nous prîmes le chemin de la maison. Cary était si loin derrière qu'on ne le voyait pas encore. May s'en inquiéta, bien sûr, et j'expliquai qu'il faisait sa mauvaise tête. Elle se retourna, déconcertée, mais ne ralentit pas. Elle savait pourquoi j'étais si pressée ce soir, et elle était aussi surexcitée que moi. Une fois à la maison, elle me demanda la permission d'assister à mes préparatifs et je répondis, par signes, que toute aide serait la bienvenue. Elle sourit et ses mains voltigèrent, affirmant que j'étais très belle, si belle que je n'avais pas besoin d'aide pour l'être encore plus.

Malgré ses paroles encourageantes, je désirais une coiffure spéciale pour l'occasion. J'en avais vu une qui me plaisait dans la revue *Seventeen,* et je l'avais montrée à maman qui avait promis de m'aider. Elle était si adroite qu'elle réussirait aussi bien qu'une coiffeuse professionnelle, j'en étais sûre. Aussi, dès que j'eus pris ma douche et lavé mes cheveux, je m'assis devant ma coiffeuse et maman se mit à l'ouvrage. Perchée sur un tabouret à mes côtés, May nous observait, le regard pétillant de curiosité. Elle voulut savoir pourquoi je tenais à changer mon apparence et je m'expliquai de mon mieux.

— C'est une occasion très particulière, pour moi. J'essaie d'être aussi belle que possible.

— Pour être belle, tu le seras, déclara maman. Tu es la plus jolie fille du lycée.

— Oh, maman !

— Mais tu l'es, c'est Cary qui le dit.

— Il a un préjugé favorable, c'est tout.

— Je me souviens d'une certaine Elaine Whiting, quand j'étais au lycée. Une fille ravissante, tout le monde s'attendait à ce qu'elle devienne star de cinéma. Tous les garçons avaient le béguin pour elle, et il y avait une vraie file d'attente pour l'avoir comme cavalière au bal. Je suis certaine que c'est pareil pour toi, conclut maman, le visage éclairé d'un merveilleux sourire.

Elle m'examinait dans le miroir, mais son regard semblait perdu dans son propre rêve. De toute évidence, papa et elle ignoraient tout des abjectes rumeurs que certains élèves colportaient sur Cary et moi. Cela lui aurait brisé le cœur. De telles calomnies sont pires que des maladies contagieuses. Elles salissent et corrompent tout, même les esprits les plus sains.

— Avec quels garçons dansais-tu, maman ?

— Moi ? Aucun ne m'a jamais demandée pour cavalière, répondit-elle en souriant. Je faisais toujours tapisserie.

— Je ne te crois pas, maman.

— J'étais affreusement timide, tu comprends ? Surtout avec les garçons. J'ai été bien contente quand mon père et Samuel ont arrangé mon mariage avec Jacob.

Mes yeux s'arrondirent de surprise.

— Quoi ! Tu as fait un mariage de raison ?

— Eh bien, je crois qu'on peut dire ça, mais ce n'était pas aussi terrible qu'on se l'imagine. Nos pères ont discuté la chose, puis ton Grandpa Samuel en a parlé à son fils, et il a commencé à s'intéresser à moi.

Maman s'interrompit, souriant à ses souvenirs.

— À quoi penses-tu, maman ?

— Je venais juste de me rappeler la toute première fois où ton père m'a adressé la parole. Je rentrais de la pharmacie Gray, où je travaillais, et il roulait en camion. Il a ralenti pour m'offrir de me raccompagner. Je savais qui il était, ici tout le monde connaît les Logan. Mais je n'ai pas répondu. J'ai continué à marcher sans même oser tourner la tête de son côté. Il est reparti et m'a attendue un peu plus loin. Quand je suis arrivée à sa hauteur, il s'est penché par la fenêtre et m'a posé la même question. Je me suis contentée de secouer la tête et j'ai poursuivi ma route.

— Et que s'est-il passé ? questionnai-je, suspendue à ses lèvres.

— Ce qui s'est passé ? Il est parti et j'ai cru que l'incident était clos. Mais quand j'ai tourné le coin pour prendre la rue qui menait chez nous, il était là. Il avait garé son camion et m'attendait, assis contre la porte. Je ne te cacherai pas que j'étais morte de peur, reconnut maman.

May la dévorait des yeux, et se demandait visiblement ce qu'elle pouvait bien raconter. Maman lui accorda un bref regard et reprit le fil de son récit.

— J'ai failli faire demi-tour, mais j'ai quand même continué. Quand je suis arrivée devant la porte, Jacob s'est levé. Il m'a parlé très poliment.

« Je suis heureux que vous ayez refusé ma proposition, Sarah. Cela prouve que vous êtes une jeune femme sérieuse. Votre père et le mien s'accordent à penser que nous formerions un couple bien assorti. J'aimerais que vous me permettiez de vous rendre visite samedi prochain, en bonne et due forme. »

« J'en suis restée sans voix, m'avoua maman. Je ne me doutais pas du tout des intentions de mon père, tu comprends ? Je ne savais même pas qu'ils étaient amis, Samuel Logan et lui. Quand j'ai repris mes esprits, ton père m'a demandé :

— Ai-je votre permission ?

Et j'ai fait signe que oui.

— Merci, a-t-il dit simplement.

Puis il est reparti, et j'imagine que j'ai dû avoir l'air complètement éberluée, à ce moment-là.

— Est-il venu le samedi suivant ?

— Il est venu, et nous avons commencé à sortir ensemble. Nos pères avaient pris des dispositions pour notre mariage, mais Jacob ne m'a pas présentée tout de suite à sa mère. Olivia n'était pas particulièrement pressée de me recevoir chez elle, ajouta maman.

— Mais pourquoi ?

— Olivia Logan avait quelqu'un d'autre en vue, je suppose. Quelqu'un de plus... fortuné, avec une position sociale. Mais Grandpa Samuel et mon père étaient d'accord, Jacob avait commencé à me trouver à son goût, et les choses ont suivi leur cours. Enfin, tout cela est du passé, conclut maman, philosophe. Si nous nous occupions plutôt de ta coiffure ?

Pour elle, le chapitre était clos, mais pas pour moi.

C'était ma toute première chance de glaner quelques lueurs sur les premières années de vie commune de mes parents. Je n'allais pas la laisser passer.

— As-tu eu un beau mariage, maman ?

— Un mariage tout simple, en tout cas. C'est le juge Childs qui nous a mariés, chez Olivia et Samuel.

— Tu ne nous as jamais parlé de ta lune de miel, m'étonnai-je.

— C'est parce que je n'en ai pas eu, ma chérie.

— C'est vrai ? Tu n'en as pas eu ?

— Pas vraiment, non. Ton père a dû reprendre le travail le lendemain du mariage. Nous nous sommes promis de nous offrir « bientôt » des vacances ensemble, mais nous ne l'avons jamais fait. C'est la vie ! soupira-t-elle. Avant de savoir ce qui m'arrivait, j'étais enceinte de toi et de Cary. Ne prends pas cet air désolé, Laura. Je ne suis pas malheureuse.

— Je sais, maman, c'est juste que... J'aurais voulu que tu aies le temps de voyager, t'amuser, quitter au moins une fois Provincetown. Personne de la famille n'a jamais quitté la ville, à part oncle Chester et tante Hellie. Pourquoi sont-ils partis, maman ? Et pourquoi papa s'est-il fâché avec eux ? Je n'ai jamais compris.

La voix de maman se chargea de reproche.

— Tu sais que ton père n'aime pas que nous parlions d'eux, Laura.

— Je le sais, mais...

— Je t'en prie, ma chérie, implora-t-elle. Un si beau jour !

Elle ferma les yeux et les rouvrit, comme elle le faisait souvent pour se débarrasser d'une pensée déplaisante. Je ne voulais pas la mettre mal à l'aise, mais oncle Chester et tante Hellie demeuraient un grand mystère, chez nous. Et, bien sûr, j'aurais voulu savoir ce qui avait compliqué leur histoire d'amour et leur mariage, au point d'en faire les réprouvés de la famille.

Mais maman avait raison, ce n'était pas le moment d'insister là-dessus. Pas ce soir.

— Entendu, maman, me résignai-je.

Puis je me tournai vers May, dont les petits doigts télégraphiaient mille questions impatientes. Je lui racontai ce que je pouvais dire de notre conversation. C'est alors que j'entendis un craquement, au-dessus de ma tête, et j'en eus vite compris la provenance. Cary était dans son atelier du grenier. Je levai les yeux en pensant à lui, à la façon dont il allait passer l'une des plus belles soirées de ma vie, tout seul et rempli d'amertume.

Soudain, j'aperçus ce qui ressemblait à un minuscule trou lumineux dans le plafond. Mon souffle se bloqua dans ma gorge et je portai la main à ma poitrine. Maman avait surpris mon geste.

— Qu'y a-t-il, ma chérie ?

— Rien, maman. Tout va bien. Je ferais mieux de préparer les vêtements que je vais mettre, maintenant.

Elle recula un peu, et je levai à nouveau les yeux au plafond. La lumière avait disparu, comme si on venait de boucher le trou. Comment ne l'avais-je pas remarqué plus tôt ? Mes mains tremblaient quand je fis glisser les cintres de ma penderie, pour trouver la robe en taffetas rose que maman m'avait confectionnée. C'était ma plus belle, et la seule toilette habillée que je possédais.

C'était aussi une merveilleuse robe à danser. Toute la semaine, je l'avais mise pour m'exercer dans ma chambre. Assise sur mon lit, May commençait par m'observer. Puis elle s'enhardissait, se joignait à moi, et nous virevoltions en riant jusqu'à ce que la tête nous tourne.

Maintenant, ce trou dans le plafond me tracassait. Cary nous avait-il toujours épiées ? Se sentait-il mis à l'écart ? Était-ce pour cela qu'il avait agi ainsi ? Depuis combien de temps ce trou était-il là ? L'esprit troublé par ces questions, je restai un moment immobile et perplexe, la main toujours posée sur ma robe.

— Est-ce qu'elle te plaît, Laura ? s'enquit maman. La plupart des filles en porteront de beaucoup plus coûteuses, je sais bien.

— Pardon ? Oh, bien sûr qu'elle me plaît, maman. Je l'adore. Je la tirai du placard, la déposai sur le lit et ôtai mes chaussures.

— Bon, eh bien... je crois que je ferais bien d'aller m'occuper du dîner, annonça maman. Appelle-moi quand tu seras prête, je suis impatiente de te voir. Et à propos : je tiens à ce que tu mettes mon collier, ce soir.

J'ébauchai un geste de refus. Le collier de maman était son seul bijou vraiment précieux, même son alliance avait coûté moins cher. Papa estimait que c'était une dépense inutile de choisir quelque chose de coûteux, alors qu'un simple anneau d'argent faisait l'affaire.

— Je ne peux pas accepter, maman.

— Bien sûr que si, mon trésor. Quand aurais-je l'occasion de le porter ? Tu le porteras pour moi, d'accord ?

J'acquiesçai en silence, non sans hésitation, et maman se tourna vers May. En quelques signes, elle lui demanda de l'aider à préparer le dîner, car j'avais trop à faire.

— Mais je peux t'aider, protestai-je.

— Certainement pas, ma chérie. Je te l'ai dit, je n'ai jamais été à un bal d'étudiants, mais j'en ai toujours eu grande envie. Ce soir, tu danseras aussi pour moi, conclut-elle en soupirant.

— Oh, maman ! Merci, murmurai-je avec émotion.

Elle me tendit les bras, et nous échangeâmes une affectueuse étreinte. J'avais les larmes aux yeux quand elle sortit avec May. Je revins à ma coiffeuse et commençai à me vernir les ongles, tout en m'abandonnant à mes chimères. Je m'imaginais dans les bras de Robert, dansant sous les lumières et les ballons, emportée par un flot de musique. Il me serrerait contre lui, et, quelquefois, ses lèvres frôleraient mes cheveux.

Un craquement au plafond me tira de ma rêverie, me rappelant brusquement l'existence du trou. Je me levai pour me rendre à la salle de bains. J'étais furieuse, mais cela ne dura pas. Bientôt, je me sentis désolée pour Cary. Je savais que je le rejetais d'une partie de ma vie, et que c'était définitif. Mais il devait comprendre que je grandissais, et que ce qui nous avait amusés longtemps, lui et moi, ne me suffisait plus. *Il finira par s'en rendre compte,* m'efforçai-je de me convaincre. *Il le faudra bien.* Mais en même temps je me promettais, si je pouvais l'éviter, de ne plus jamais lui faire de peine.

Mes pensées revinrent à la soirée dansante. J'étais tellement surexcitée que je dus m'étendre un moment avant de m'habiller. Je crus avoir somnolé près d'une heure quand je m'éveillai en sursaut, terrifiée à l'idée d'avoir dormi trop longtemps. Je m'assis sur mon lit et consultai mon réveil. En fait, mon somme n'avait pas duré plus de vingt minutes mais quand même : je passai ma robe en toute hâte. J'appliquai du rouge sur mes lèvres, plus que je n'avais jamais osé en mettre, et parachevai ma coiffure. Puis je scrutai mon reflet dans la glace.

Étais-je vraiment jolie, aussi jolie que le prétendait maman ? Robert était de cet avis, et Cary aussi bien sûr, mais je ne m'étais jamais sentie comme la fille que décrivait maman. Je ne pensais jamais que tous les garçons me regardaient, ni que je leur faisais tourner la tête. Je n'étais pas laide, sans doute, mais rien en moi n'évoquait la beauté spectaculaire d'une star de cinéma. Je gardais les pieds sur terre, sans laisser mon ego s'enfler comme celui d'un tas de filles que je connaissais, au lycée.

Tout le monde achevait de dîner quand je fis mon entrée dans la salle à manger. Dès qu'elle m'aperçut, maman poussa un cri d'admiration et joignit les mains. Papa se renversa sur sa chaise, l'air approbateur. May sourit jusqu'aux oreilles. Cary arborait une mine lugubre assez bizarre.

Maman fut la première à parler.

— Tu es ravissante, ma chérie. Absolument ravissante, n'est-ce pas, Jacob ?

— La vanité est un péché, Sarah. Elle est très bien, mais ce n'est pas une raison pour l'encenser jusqu'à la faire éclater d'orgueil, débita papa d'un ton sévère.

Mais je vis bien qu'il n'était pas peu fier, lui non plus.

— Ne bouge pas, je reviens ! me dit soudain maman en s'élançant hors de la salle.

Je me retournai vers Cary. Je ne supportais pas qu'il ne veuille même pas m'accorder un regard.

— Comment me trouves-tu ?

— Très bien, jeta-t-il d'une voix brève.

Là-dessus, il baissa le nez sur son assiette.

— Je pensais que tu irais à cette fête, toi aussi, observa papa.

— Sûrement pas, c'est trop idiot.

— Comment ça ?

— Je ne m'intéresse pas à toutes ces danses rétro, bougonna Cary.

Papa haussa un sourcil.

— En tout cas, c'est une soirée très convenable. Tous les professeurs y assistent, n'est-ce pas ?

— Et alors ? ricana Cary. Les profs sont là, mais ça n'empêche pas les élèves d'aller fumer dans les toilettes, ni de faire des tas d'autres choses.

— Quelles autres choses ?

— D'autres choses, répéta Cary, réalisant qu'il s'enfonçait dans le trou qu'il creusait lui-même. Le genre d'inepties que font les gamins.

Papa me dévisagea longuement.

— Laura est une fille bien, affirma-t-il. Elle ne ferait jamais rien qui mette la famille dans l'embarras.

Cary grimaça, le regard ailleurs, et je répondis sans le quitter des yeux :

— Bien sûr que non, papa.

C'est à ce moment que maman revint, son collier à la main.

— J'aimerais qu'elle porte cela ce soir, Jacob, déclara-t-elle en quêtant l'approbation de papa.

Il inclina la tête et maman me mit son collier. Elle l'attacha avec soin, puis fit courir ses doigts sur les grenats et les diamants étincelants.

— N'est-il pas merveilleux, sur elle ?

— Prends-en bien soin, me recommanda papa.

— Je vous le promets. Merci, maman.

Le carillon de l'entrée se fit entendre et je m'écriai :

— C'est sûrement Robert !

— Je pense qu'elle devrait prendre un châle, avança maman. Ce n'est pas ton avis, Jacob ?

— Pour ça, oui. Les soirées sont plutôt fraîches, en ce moment.

Maman alla me chercher le châle, et revint au moment où j'introduisais Robert. Il était superbe, dans son complet cravate. Il tenait à la main une petite boîte, qu'il me tendit :

— C'est un bouquet, pour ta robe.

— Quelle attention délicate ! s'écria maman, charmée.

Debout à mes côtés, May souriait de plaisir. Robert lui rendit son sourire, ouvrit la boîte et en tira une touffe serrée de petites roses rouges, mes préférées. Elles s'harmonisaient parfaitement avec les grenats.

— Il va falloir que tu l'attaches, maintenant, lui dis-je.

Il jeta un regard implorant à maman, puis essaya d'épingler le bouquet à ma robe, mais la nervosité le rendait trop maladroit.

— Laissez cela, je m'en charge, annonça maman, volant à notre secours.

Robert soupira de soulagement et recula d'un pas pour la regarder faire.

— Là, voilà, dit-elle en s'écartant à son tour. C'est ravissant.

— Merci, maman.

— Nous ferions mieux de partir tout de suite, déclara Robert. Je ne tiens pas à manquer l'ouverture.

Maman eut un sourire attendri.

— Passez une excellente soirée, tous les deux. Amusez-vous bien.

Papa s'approcha pour se placer derrière elle et examina Robert.

— Vous êtes superbe, mon garçon. Mais rappelez-vous : je veux que Laura soit rentrée avant minuit, ajouta-t-il avec un froncement de sourcil.

— Entendu, monsieur.

Je cherchai Cary du regard, mais il avait quitté la pièce.

— Bonsoir, Cary ! lançai-je dans la cage d'escalier.

Il n'y eut pas de réponse.

Maman m'observait en hochant doucement la tête, radieuse. Je ne lui avais jamais vu des yeux si lumineux : ils brillaient comme des lampes. Je lui adressai un rapide sourire, puis Robert et moi nous éloignâmes dans la nuit.

Il m'ouvrit la portière, attendit que je sois installée dans la voiture, puis la contourna vivement et se glissa derrière le volant.

— C'est moi qui aurai la plus jolie cavalière de la soirée, dit-il en me caressant du regard. Laura, tu es si belle que je crois rêver.

— Merci, Robert. Je te trouve très beau, toi aussi.

— Je parie que nous allons faire une entrée fracassante, observa-t-il en démarrant.

Comme nous remontions l'allée, je me retournai malgré moi vers la maison. J'espérais tellement voir apparaître Cary sur le seuil !

Mais il demeura invisible.

2

J'aurais voulu danser toute la nuit

— OH, Robert ! m'écriai-je en entrant dans le gymnase, magnifiquement décoré par le comité des fêtes. Je voudrais que Cary soit là. Il n'aurait plus si mauvaise opinion des soirées dansantes au lycée, s'il pouvait voir ce que cet endroit est devenu. On dirait une vraie salle de bal.

Robert m'adressa un sourire plein de sympathie.

— Je ne crois pas que ce soit ça qui l'ait empêché de venir, Laura, dit-il avec gentillesse.

Il avait raison, je le savais. J'inclinai la tête en silence et regardai autour de moi.

Juste en face de nous, on avait installé une estrade où jouaient déjà quatre musiciens. Une foule de danseurs encombrait la piste, sous les rubans de crépon, les guirlandes et les flots de ballons multicolores. Nappées de papiers aux tons vifs et gais, les longues tables du buffet s'alignaient sur la droite. À gauche, on avait disposé d'autres tables entourées de chaises, et habillées des mêmes couleurs joyeuses. Au-dessus d'elles, sur le mur, une immense banderole proclamait : BIENVENUE AU FESTIVAL DE PRINTEMPS.

Tout le monde était sur son trente et un. Certaines filles arboraient même des toilettes si coûteuses que maman, j'en suis sûre, aurait jugé la mienne trop simple et déplacée, en comparaison. Quant à moi, je la trouvais parfaite, mais je n'étais pas fâchée d'avoir accepté le collier. La plupart des filles portaient à la fois des boucles d'oreilles, des colliers, des bracelets, des bagues à presque tous les doigts. Une véritable exhibition.

Je posai mon sac sur une table, tandis que Robert me débarrassait de mon châle.

— Eh bien, sourit-il en le déposant sur le dossier d'une chaise. Qu'attendons-nous pour nous joindre aux réjouissances ?

J'eus l'impression que tous les regards convergeaient sur nous, quand il me guida vers la piste. Non loin de nous, quelques filles de ma classe avaient formé un petit groupe et nous observaient avec des sourires en coin. J'éprouvai un petit pincement au creux de l'estomac.

L'orchestre jouait un air vif et j'espérais ne pas avoir l'air trop empruntée, mais Robert paraissait très content. Il était très bon danseur. Je ne le quittais pas des yeux, en m'appliquant à imiter chacun de ses mouvements, et je me sentis rapidement très à l'aise. Il avait assez d'assurance pour nous deux.

À la première pause, nous nous embrassâmes et il m'entraîna en riant vers le buffet. Plusieurs de ses camarades, déjà rassemblés près du bol à punch, levèrent le pouce en signe d'admiration pour sa cavalière. Il était aux anges.

— Nous allons nous amuser comme des fous, promit-il, les yeux brillants d'excitation. Je te ferai danser jusqu'à ce que tes pieds demandent grâce.

— Je ne m'en tire pas trop mal, tu trouves ?

— Tu plaisantes ? S'il y a un concours de danse, nous le faisons.

— Sûrement pas, Robert Royce ! me récriai-je, effarouchée à cette seule idée.

Nous bûmes un peu de punch, accompagné de quelques canapés au fromage. Puis nous fûmes rejoints par Marsha Winslow et le délégué de notre classe, Adam Jackson. Marsha, une grande fille séduisante à l'accent si hautain qu'elle en parlait du nez, portait une planche à pince et un bloc. Elle m'aborda d'un air distant.

— Excuse-moi, mais il semblerait que tu aies omis de payer ton entrée. Je ne trouve pas trace de reçu pour ton billet.

— Bien sûr que nous avons payé ! s'exclama Robert. J'ai moi-même remis l'argent à Betty Hargate.

— Betty a bien ton nom, mais pas celui de Laura.

— C'est complètement idiot !

— Est-ce à Marsha que ce discours s'adresse ? glissa aigrement Adam. Elle n'est pas payée pour faire ce travail, figure-toi. C'est uniquement pour que tout le monde puisse s'amuser qu'elle se donne cette peine.

— Je ne l'ai pas traitée d'idiote, je voulais simplement dire... Ah, voilà Betty ! constata Robert avec soulagement. Appelons-la.

Betty s'avança, les mains aux hanches et l'air dégoûté, comme si on lui demandait de frayer avec des intouchables.

— Que se passe-t-il ?

Marsha leva les yeux au ciel.

— Robert Royce prétend avoir payé pour Laura, mais ce n'est pas indiqué sur ma feuille.

— Je t'ai donné l'argent mardi dernier à la cafétéria, précisa Robert. Tu t'en souviens ?

— Ce qui est noté sur le papier, c'est ce que j'ai reçu, riposta Betty, doucereuse. Je n'en suis pas réduite à voler l'argent d'un billet.

— Je n'ai jamais dit que tu l'avais volé !

— Je n'ai qu'un billet à ton nom, insista Marsha. Cela signifie que tu n'en as payé qu'un.

Robert commençait à perdre patience.

— C'est incroyable, à la fin !

— Es-tu sûr de n'avoir pas simplement *cru* payer pour elle ? insinua perfidement Lorraine. Peut-être n'étais-tu pas encore certain, mardi dernier, qu'elle viendrait avec toi ?

— Bien sûr que j'ai payé pour elle. Aucun doute là-dessus. Marsha prit un air entendu.

— Les comptes tombent juste, en tout cas. L'argent correspond au nombre exact de billets vendus.

— As-tu les nôtres, Robert ? chuchotai-je.

Il réfléchit un instant, extirpa les coupons de la poche de sa veste et les brandit sous le nez de Marsha.

— Alors comment les aurais-je obtenus, d'après toi, si je ne les avais pas payés ?

Elle regarda les billets, puis son bloc, et secoua la tête.

— Franchement, je n'y comprends rien.

— Betty lui a peut-être fait crédit pour le deuxième, suggéra promptement Adam. Il a dû lui promettre de payer plus tard.

Betty saisit la balle au bond.

— C'est ça, oui ! C'est exactement ce qui s'est passé.

— Non, s'obstina Robert. Et tu le sais très bien.

J'estimai le moment venu d'intervenir.

— Betty n'a pas pu faire cela, observai-je calmement. Elle est bien trop responsable pour distribuer des billets à crédit. Quelqu'un a dû se tromper, c'est tout. Sincèrement, vous croyez Robert capable de resquiller pour un billet ?

— J'espère bien que non, lâcha étourdiment Betty.

Marsha était manifestement de mon avis.

— Nous tirerons tout ça au clair plus tard, décida-t-elle. Ne perdons pas notre temps pour si peu, allons nous amuser.

— Excellente idée, sourit Adam en lui prenant le bras. En piste, belle damoiselle.

Tout le monde rit et le groupe se dispersa, sous le regard furibond de Robert.

— Quelle belle démonstration de méchanceté gratuite, marmonna-t-il entre ses dents.

— C'était peut-être une erreur innocente, Robert.

Il ne les avait pas quittés des yeux, les défiant d'oser soutenir son regard.

— Eux, faire quoi que ce soit d'innocent ? C'est bizarre mais ça, tu vois, ça m'étonnerait !

Je posai légèrement la main sur son bras.

— Ne les laissons pas gâcher notre soirée, Robert, tu veux bien ?

Il se détendit, me sourit et hocha la tête.

— Tu as raison, capitula-t-il, tout en prenant mon verre pour le déposer sur une table. Allons-y.

Nous regagnâmes la piste, et aussitôt le stupide incident des tickets fut oublié. Nous nous laissions porter par la musique, littéralement captivés l'un par l'autre. Nous dansâmes sans interruption, jusqu'à ce que j'annonce, enfin, que mes pieds demandaient grâce. Robert éclata de rire.

— Grâce accordée, cela nous permettra de manger un morceau. J'ai une faim de loup, et je suis sûr que toi aussi. Ça creuse, ce genre d'exercice !

Nous prîmes notre tour dans la file pour aller nous servir au buffet. Marsha et Betty avaient bien fait les choses, il fallait le reconnaître. Il y avait des palourdes, bien sûr, mais aussi du poulet, froid ou grillé, des pâtes avec toutes sortes de sauces, des salades, des fruits. Sans compter la table réservée aux desserts, déjà sérieusement prise d'assaut. Pendant que nous remplissions nos assiettes, quelques-unes de mes camarades me complimentèrent pour ma façon de danser. D'autres filles, qui étaient venues sans cavalier servant, dévisageaient ouvertement Robert en vantant ses talents de danseur, à lui aussi. Theresa Patterson et ses amies Bravas étaient là, un peu à l'écart. Elles restaient entre elles, mais quand je lui fis signe de la main, Theresa m'adressa un sourire amical.

Quand nous eûmes goûté à tout, Robert et moi, nous n'avions plus faim. Mais pour ne pas faire bande à part, et aussi pour nous reposer, nous restâmes à table avec quelques-uns de ses amis et leurs cavalières. Nous étions tellement gais, tellement surexcités que tout le monde parlait à la fois. C'était vraiment la plus belle soirée de ma vie. Quand Robert se pencha pour m'embrasser dans le cou, je lui dis que je ne m'étais jamais sentie aussi bien, ni autant amusée. Son visage s'éclaira.

— J'en suis si heureux, Laura ! Je m'inquiétais de voir Cary bouder cette soirée. J'avais peur qu'il...

— Oui, Robert ? De quoi avais-tu peur ?

— Qu'il te décide à ne pas venir, avoua-t-il.

— Il n'y avait aucun risque. Nous sommes peut-être jumeaux, mais j'ai mon libre arbitre, quand même.

— Tant mieux !

— Tu devrais le savoir, à présent. Et si tu ne le sais pas encore, cela ne va pas tarder, crois-moi.

Le ton provocant de mes paroles me surprit moi-même, et le sourire de Robert illumina ses yeux. Je me détournai vivement, de crainte qu'on ne me voie rougir.

Après la pause repas, l'orchestre joua des airs plus lents et l'éclairage diminua sensiblement. J'aimais beaucoup ce genre de danses, où je pouvais poser la tête sur l'épaule de Robert et me blottir dans ses bras. Nous nous balancions doucement, évitant de parler pour ne pas rompre le charme. De temps en temps, les lèvres de Robert effleuraient mes cheveux ou mon front, et mon cœur battait si fort contre sa poitrine qu'il devait sûrement le sentir.

— Je suis si content que tu sois venue à ce bal avec moi, Laura, chuchota-t-il.

— Moi aussi, Robert.

— Que dirais-tu de partir un peu plus tôt pour aller faire un tour sur la plage ? C'est une si belle nuit...

— Cela me plairait beaucoup, Robert.

Tout en dansant, nous nous frayâmes un chemin parmi les ombres mouvantes et les jeux de lumière, inconscients de tout ce qui nous entourait, sauf de nous-mêmes. C'était comme si les autres avaient disparu, comme si nous étions seuls. Du moins jusqu'au moment où le rire de Janet Parker s'éleva derrière nous, dur et perçant. Je tournai vivement la tête dans sa direction et l'aperçus, en compagnie d'Adam et de Marsha, de Betty et de Lorraine. Brad Laughton et Grant Simpson s'étaient joints à eux. Pourquoi ne dansaient-ils pas ? N'étaient-ils venus que pour surveiller les autres, et se moquer d'eux ? Ils n'arrêtaient pas de nous observer en ricanant. Robert grommela entre haut et bas :

— Qu'est-ce qu'ils ont tous, à la fin ?

— Aucune importance, dis-je en haussant les épaules.

Mais il continua de leur jeter des regards furibonds, et finit par s'immobiliser.

— Robert, ne t'occupe pas d'eux !

— J'aimerais bien savoir ce qu'il y a de si drôle, répliqua-t-il en m'entraînant vers le groupe.

Ils s'écartèrent, espérant que nous allions passer entre eux, mais Robert s'arrêta.

— On peut partager votre petite plaisanterie ? attaqua-t-il rudement. Elle a l'air très amusante.

Adam grimaça un sourire suffisant.

— Pardon ? Tu veux entendre une bonne plaisanterie, c'est ça ?

Je tirai Robert par la main pour le faire taire, mais il n'en avait pas du tout l'intention. Il poursuivit sur le même ton :

— Vous essayez de nous gâcher la soirée ? Je vous plains, si vous n'avez rien d'autre pour vous occuper.

Adam parut outré qu'on osât le critiquer.

— Dois-je prendre ça comme une provocation ?

— Prends ça comme tu veux.

Lorraine s'interposa, l'air innocent.

— Nous nous demandions simplement pourquoi le frère de Laura n'était pas là. Il ne pouvait pas se payer l'entrée ou quoi ?

— Robert aurait pu lui offrir un billet pour le même prix qu'à sa sœur, fit observer Adam, goguenard.

— Ce n'est pas drôle, mon vieux !

En voyant s'avancer Robert, Adam recula, les mains levées devant lui.

— Holà, doucement. Je croyais que tu voulais plaisanter ?

— Ce n'est pas une plaisanterie, gronda Robert, fustigeant le groupe du regard.

Du coup, Brad aussi recula, et je toisai la petite bande avec pitié. Comme ils étaient lâches, les uns et les autres, malgré leurs vêtements ultrachic et leurs bijoux.

— Allez, viens, dis-je à Robert. Nous avons perdu assez de temps avec eux, ça suffit comme ça.

Mais Janet Parker vint ajouter son grain de sel.

— Si nous nous posions des questions sur ton frère, c'est qu'en allant fumer dehors Brad vient justement de le voir, figure-toi. Il était en train de rôder sur le parking.

— Quoi ?

— Parfaitement, confirma Brad. Il est dehors, dans le froid, à rêver d'être ici bien au chaud avec sa sœur.

Le bras de Robert se détendit si vite que je n'eus pas le temps de le voir. Je ne compris ce qui s'était passé qu'en voyant Brad vaciller, avant d'atterrir sans douceur sur le parquet. Quelques rires fusèrent. Rouge comme une écrevisse, Brad se releva en maugréant, mais garda prudemment ses distances.

— Espèce de brute ! s'indigna Betty. Là d'où tu viens, c'est peut-être ainsi qu'on se conduit, mais nous n'admettons pas ces manières dans nos soirées. Oh, non ! gémit-elle tout à coup, la mine consternée. Voilà monsieur Rosner. Il va nous obliger à écourter la fête, et je m'étais donné tant de mal pour qu'elle soit réussie !

— Eh bien ? Que se passe-t-il ?

Les poings sur les hanches, M. Rosner dévisagea successivement Robert et Brad, puis tous les membres du petit cercle.

— Juste une petite blague idiote, monsieur Rosner, plaça promptement Adam. Rien de sérieux, pas de problème.

Bien qu'il ne parût pas convaincu, M. Rosner accepta l'excuse.

— Je ne veux pas de bagarre, je vous préviens. Nous sommes bien d'accord ?

— Oui monsieur Rosner. J'y veillerai. En tant que délégué de classe, j'en prends la responsabilité.

— J'en suis certain, monsieur Jackson. (Le regard de M. Rosner s'arrêta sur moi et s'adoucit sensiblement.) Jusqu'ici, tout s'est passé à merveille et nous sommes fiers de vous, ajouta-t-il. J'espère que nous pourrons continuer à l'être.

— Oui, monsieur Rosner, susurra Lorraine comme il s'éloignait.

Adam foudroya Robert du regard.
— Ouf ! C'était moins une !
— Ce n'était pas de sa faute, protestai-je avec vivacité.
Betty prit un air faussement apitoyé.
— Bien sûr que non, le pauvre. Et nous sommes tous vraiment navrés pour lui.
— Ce qui veut dire ? se hérissa Robert.
— Allons, viens, tentai-je de le convaincre. Partons, maintenant.
J'aurais voulu l'éloigner, avant que toute l'équipe ne répande ses ignobles calomnies, mais il s'obstina.
— Non. Je veux savoir ce qu'ils veulent dire.
— Pourquoi ne sors-tu pas le demander à son frère ? lança Janet, à la joie manifeste de tous les autres.
Avec une politesse maniérée, Adam s'inclina sur la main de Marsha.
— M'accordes-tu cette danse ?
— Tout pour échapper à cette atmosphère d'inceste, rétorqua-t-elle.
Et dans un éclat de rire cruel, le groupe s'éparpilla, nous laissant rigoureusement seuls. Robert explosa.
— Espèce de sales gosses de riches, de...
— Ce n'est rien, Robert. Ne fais pas attention à eux.
Il me dévisagea gravement.
— D'après toi, c'est vrai ce que disait Grant ? Tu crois que Cary est dehors en train de rôder ?
— J'espère que non. Je suis sûre qu'il a inventé ça pour nous ennuyer.
Robert eut un sourire forcé.
— Si tu as toujours envie de faire cette balade, ça me va aussi. L'air devient malsain, par ici.
— Oui, j'en ai envie, affirmai-je, en m'efforçant de prendre un ton enthousiaste.
L'expression de Robert s'adoucit.
— Super ! Je te ramènerai avant minuit, sois tranquille. Je ne tiens pas à déclencher les foudres de ton père.
— En général, papa crie plus fort qu'il ne mord, tu sais ?
Robert glissa la main dans la mienne.
— Ce n'est pas d'être mordu que j'ai peur, figure-toi. C'est de ne plus être autorisé à te voir.

Nos regards se fondirent, et j'eus l'impression qu'une onde rayonnait du creux de mes entrailles jusqu'à mon cœur. Pouvait-on désirer davantage être avec quelqu'un que moi de rester avec Robert ? Ce devait être cela qu'on appelait l'amour. Et cela m'était arrivé si vite, si tôt après notre premier regard que c'était sûrement le vrai, le grand amour. Était-il écrit dans les étoiles, comme celui de Roméo et Juliette ? Je ne demandais qu'à le croire... à condition de ne pas connaître le même destin qu'eux, bien sûr.

En quittant le gymnase, nous ne regardâmes qu'une seule fois derrière nous, pour voir Adam et Betty nous suivre des yeux. Ils riaient, et cela me fit peur. Car ils paraissaient savoir une chose que j'ignorais.

***

Dehors, quelques étudiants fumaient dans les coins d'ombre, mais je n'aperçus Cary nulle part. Je relâchai mon souffle et nous nous dirigeâmes rapidement vers le parking, où Robert m'ouvrit la porte de sa voiture. Dès que nous y eûmes pris place, il mit le contact et se tourna vers moi.

— Tu es bien sûre de vouloir venir, Laura ?

— Oui, Robert. Tout à fait sûre.

Je glissai sur la banquette pour me rapprocher de lui, posai la tête sur son épaule, et il me sourit. Tandis que nous quittions lentement le parking, je me retournai une dernière fois. Il me sembla voir une ombre s'éloigner rapidement, entre deux voitures, pour se fondre aussitôt dans l'obscurité.

— Tu as vu quelque chose ?

— Non, préférai-je répondre, en me redressant sur mon siège.

Nous roulâmes quelques minutes en silence, sur la route sablonneuse qui menait à la plage, là où Race Point s'avançait dans l'océan. Au bout d'un moment, je fis observer :

— Je connais l'artiste qui vit au bout de ce chemin. C'est Kenneth Childs, le fils du juge Childs.

Robert ralentit et m'entoura les épaules de son bras.

— Ah oui ? J'en ai entendu parler. Je crois même que nous avons un de ses tableaux à l'hôtel. En fait, il était là quand nous sommes arrivés.

— Cela n'aurait rien d'étonnant. Kenneth est une célébrité,

chez nous. C'est l'un de nos plus grands artistes. Un homme très bien, mais un peu sauvage. Beaucoup de gens l'appellent « l'ermite », par ici.

— Je serais très heureux de le connaître. J'aime beaucoup le tableau que nous avons de lui.

— Et tu sembles bien connaître le coin, on dirait. Tu es déjà venu ?

Le chemin s'enfonçait dans les dunes, et Robert ralentit encore.

— J'ai fait quelques petites virées d'exploration.

— Et dans quel but ? insistai-je pour le taquiner.

— Oh... juste pour admirer le paysage !

Cette fois, son sourire pétilla de malice, et il se concentra sur sa conduite. Quelques instants plus tard, il s'engagea dans un chemin étroit, éteignit les phares et roula encore quelques mètres avant de s'arrêter.

Derrière nous, et de chaque côté de la voiture, la nuit s'amassait comme pour nous cerner. Mais devant nous s'ouvraient le ciel criblé d'étoiles et l'océan, où la lune traçait un chemin de lumière qui semblait conduire au bout du monde. Cary et moi nous étions assis bien souvent dans l'obscurité, devant la mer qui reflétait la splendeur des étoiles. Mais jamais elle ne m'avait émue comme ce soir, où je la contemplais le cœur battant, la tête appuyée sur l'épaule de Robert. Son souffle effleurait mes cheveux, mon front, et bientôt je sentis sa bouche frôler mes tempes et mes paupières. Je levai mon visage vers le sien, lui tendis mes lèvres, et nous échangeâmes un long baiser très doux.

Puis il pressa la joue contre la mienne.

— Laura, chuchota-t-il à mon oreille. La première fois que je t'ai vue, au lycée, ton image s'est instantanément gravée en moi. Je te cherchais partout, ce premier jour. Et si je ne t'apercevais pas aux changements de cours, dans les couloirs, j'en étais malade de déception.

— Je t'avais remarqué, moi aussi. Mais je ne pensais pas que tu m'accordais une attention particulière.

— C'est parce que je n'osais pas t'aborder. J'étais sûr que tu verrais du premier coup d'œil que j'étais tombé amoureux fou de toi. Et j'avais peur que tu ne te moques de moi.

— Je n'aurais jamais fait ça !

Robert dessina du doigt le contour de mes lèvres.

— Maintenant, je le sais. Mais je n'en savais rien jusqu'à ce que je te parle, et découvre quelle fille merveilleuse tu es. Je marchais sur des nuages, ce jour-là, même à la maison. Je me souviens de m'être cogné en plein dans la porte de la cuisine. Mon père a cru que j'avais pris de la drogue, ou que j'avais bu. Mais ma mère m'a regardé bien en face et elle a dit : « Il a rencontré une fille. À son âge, il n'y a rien de tel pour rendre un garçon aussi balourd et empoté. »

— Elle a dit ça ?

— Ma mère a beaucoup d'humour, tu sais. J'ai hâte que vous vous connaissiez.

— Lui as-tu présenté tes autres petites amies ? demandai-je impulsivement.

Il eut un sourire à la fois tendre et moqueur.

— Je n'ai pas eu tellement de petites amies, et aucune autre comme toi. Avant toi, j'ai eu des béguins d'écolier, c'est vrai. Mais avec toi, Laura, je sais que c'est pour de bon. J'espère que tu ressens la même chose que moi.

— Oui, Robert. Moi aussi, c'est pour de bon.

Nous nous embrassâmes encore, et cette fois le baiser de Robert se prolongea, insista. Quand ses lèvres descendirent dans mon cou, je fermai les yeux et renversai la tête. Sa main caressa le taffetas de ma robe, glissa jusqu'à ma taille, remonta. Tout d'abord, j'eus un geste instinctif de défense quand sa paume vint doucement palper mes seins. Mais l'excitation que cela provoquait en moi était si délicieuse que, bientôt, je cessai toute résistance et le laissai continuer.

Il perçut mon hésitation, puis mon abandon, et cela ne fit qu'augmenter son ardeur. Sa bouche s'abaissa sur la mienne, en un baiser plus appuyé, plus exigeant. Puis il m'embrassa dans le cou et, sous les mouvements habiles et délicats de ses pouces, je sentis se durcir mes mamelons. Un gémissement sourd s'échappa de ma gorge et Robert m'inclina lentement en arrière.

Il était sur moi, et déjà ses doigts cherchaient la fermeture à glissière de ma robe, l'ouvraient peu à peu dans mon dos. Je levai les bras pour l'aider à rabattre le corsage sur ma taille. Puis je fermai les yeux, tandis qu'il tâtonnait pour détacher l'agrafe de mon soutien-gorge. Pendant de longues secondes enivrantes, délicieuses, je crus mourir d'impatience. Puis, quand les lèvres de Robert descendirent jusqu'à moi, je crus mourir de plaisir.

Une joie indicible fusa en moi, avec une telle violence que j'en perdis toute raison. J'aurais dû dire à Robert de se maîtriser, je le savais, mais j'étais déjà au-delà de la raison. Je me laissais bercer par le flot de passion qui me soulevait et m'emportait, très loin, bien trop loin. Et finalement, je m'entendis murmurer :

— Attends. Nous allons trop vite, Robert, j'en ai peur.

Il se souleva sur les coudes et je le vis au-dessus de moi, tendu, les yeux fermés. Il inspira longuement et se reprit, dominant peu à peu le tumulte effréné qui l'avait emporté trop loin, lui aussi.

— Tu as raison, Laura. C'est juste que... je n'ai pas pu m'en empêcher.

— Il y a des tas de filles qui t'auraient laissé faire, Robert, je le sais bien. Je comprendrai si tu m'en veux.

Il sourit dans l'obscurité.

— Non, c'est tout le contraire. Je veux qu'entre nous ce soit différent. Que nous prenions tout le temps qu'il nous faudra. Que nous nous aimions comme il nous plaira de nous aimer. Je veux que les choses durent longtemps pour nous, Laura. Je t'aime vraiment.

— Moi aussi, je t'aime, Robert.

Je me haussai vers lui mais il secoua la tête, et remit mon soutien-gorge en place.

— Si nous ne nous arrêtons pas tout de suite, je n'en serai plus capable, avoua-t-il en s'adossant à la portière.

Je me redressai pour rajuster ma tenue, et il dut m'aider à remonter ma fermeture. Nous restâmes longtemps ainsi, serrés l'un contre l'autre, attentifs aux battements de nos cœurs qui s'apaisaient. De temps en temps, nous échangions un baiser, en parlant tout bas des étoiles, de notre amour, de nos rêves. Subitement, Robert consulta sa montre.

— Wouaoh ! Je n'ai pas vu le temps passer. Dépêchons-nous de partir, si nous voulons respecter ta permission de minuit.

Il mit le contact, enclencha la marche arrière, et nous entendîmes les roues patiner en grondant. Mais la voiture ne bougea pas d'un pouce.

— Allons bon ! Qu'est-ce que...

Le moteur s'emballa et, cette fois, les pneus gémirent, soulevant de petites gerbes de sable. Robert repassa en marche avant, tenta tour à tour d'avancer, de reculer, mais rien n'y fit.

— Oh, non ! gémit-il, consterné.

Il ouvrit la boîte à gants, y prit une torche électrique et descendit.

— Je me suis enlisé, constata-t-il en pointant le faisceau de sa lampe sur les roues arrière. J'ignorais que le sable était aussi meuble, par ici.

— Mais qu'allons-nous faire, Robert ?

— Il va falloir que je trouve une maison encore éclairée, et que je téléphone pour avoir une remorque. Je suis désolé, Laura. J'ai tout gâché. Nous ne pourrons jamais expliquer...

Brusquement, des phares trouèrent la nuit. Robert mit vivement sa main en visière pour se protéger les yeux.

— Mais qu'est-ce que... qui diable...

Un frisson de terreur me parcourut.

— Qui est-ce, Robert ?

— Je n'en suis pas certain, mais il me semble... je crois bien que c'est Cary !

Je me retournai, sur le qui-vive. J'aurais reconnu entre mille cette silhouette. Forme noire découpée par les phares de son camion, Cary s'avançait droit sur nous.

— Cary ! m'écriai-je dès qu'il fut à portée de voix.

Il s'arrêta, les poings aux hanches, et contempla les roues enlisées.

— Vous voilà dans un beau pétrin, on dirait.

— Oui, admit Robert. Je ne me suis pas rendu compte...

— Évidemment, tu n'es pas d'ici ! Tu t'es cru sur un de ces chemins de terre où tu as l'habitude d'emmener tes flirts, je suppose.

— Pas du tout, protesta Robert, en pure perte.

Cary s'était déjà tourné vers moi.

— Ce n'est pas très malin de ta part, Laura. Je te croyais moins stupide.

— Qu'est-ce que tu fais là, Cary ? Comment nous as-tu trouvés ?

— Je vous ai vus quitter le bal, et j'ai cru que vous rentriez à la maison. Quand vous avez continué vers la Pointe.. Enfin, bref.

Vous avez de la chance que j'aie eu envie de traîner quelques instants dehors.

Quelques instants ? pensai-je, intriguée. Il y avait un bon moment que nous étions là. Qu'avait-il bien pu faire pendant tout ce temps ?

Il se retourna vers Robert.

— Je vais chercher mon camion. J'ai une chaîne, je pourrai vous remorquer. Remonte en voiture et mets-toi au point mort.

Robert reprit vivement sa place au volant.

— Et desserre bien tes freins ! lança Cary en retournant à son camion.

Nous l'observâmes pendant qu'il manœuvrait, afin de tourner l'arrière du véhicule face à nous. Il revint avec une chaîne et la fixa solidement à la voiture.

— Je n'en reviens pas ! me chuchota Robert. Pourquoi nous a-t-il suivis comme ça ?

— C'est heureux pour nous qu'il l'ait fait, me bornai-je à répondre.

Pour le moment, je préférais ne pas trop creuser la question.

— Ça y est ! annonça Cary. Tiens-toi prêt.

Il remonta dans le camion, démarra lentement, et nous sentîmes les pneus se dégager de leurs ornières. La voiture tressauta sur le chemin sablonneux, jusqu'à ce que nous arrivions sur un sol plus ferme. Là, Cary s'arrêta encore et vint détacher la chaîne. Robert descendit à son tour.

— Je te dois une fière chandelle, Cary. Merci beaucoup.

— Je ne l'ai pas fait pour toi, mais pour elle, riposta mon frère en passant de mon côté de la voiture. Laura, tu ferais mieux de rentrer avec moi. J'ai l'impression que tu seras plus en sécurité.

Même dans l'obscurité, je pus voir que Robert rougissait.

— Si je ne rentre pas avec lui, papa se demandera pourquoi, Cary. Tu ne lui diras rien, au moins ?

— Bien sûr que non ! répondit-il sans hésiter. Bon, c'est d'accord mais il se fait tard. Et je n'ai pas l'intention de traîner dans le coin pour te dépanner une seconde fois, ajouta-t-il à l'intention de Robert.

Il remonta dans son camion, fit demi-tour et Robert démarra lentement derrière lui, tout pensif.

— À ton avis, Laura, pourquoi nous a-t-il suivis ?

— Il s'ennuyait, je suppose.

L'excuse ne valait pas grand-chose, mais c'était tout ce que j'avais trouvé.

— Tu crois qu'il était là depuis le début, à nous surveiller ? À nous épier ?

J'ouvris la bouche pour répondre, mais les mots refusèrent de franchir mes lèvres. Robert secoua la tête.

— Ces imbéciles avaient raison, finalement. Il rôdait dans le parking. Il faut que tu l'aides, Laura. Il faut lui faire comprendre que tu ne peux pas rester sa petite sœur toute ta vie.

— Je sais, Robert, mais... ne parlons pas de ça pour l'instant, s'il te plaît.

La seule pensée de l'étrange fixation de Cary sur notre relation me rendait malade. J'en avais les larmes aux yeux.

— Entendu, consentit Robert.

Et nous roulâmes sans plus échanger un mot, jusqu'à ce que la maison fût en vue.

— Je suis désolé pour ce qui s'est passé, murmura Robert en se garant dans l'allée. Cary a eu raison de me secouer les puces. J'espère que je n'ai pas gâché ta soirée.

— Pas du tout. Je l'ai trouvée merveilleuse, Robert. Vraiment.

— Moi aussi. Je t'appelle demain, d'accord ?

— Il vaut mieux que ce soit moi qui t'appelle, décidai-je. Ce sera plus facile pour moi.

Il eut l'air un peu inquiet.

— D'accord, si c'est ce que tu veux...

— C'est promis, affirmai-je en l'embrassant, avant de sauter de la voiture. Merci pour cette magnifique soirée, Robert.

— Bonne nuit, Laura.

En refermant la porte, j'aperçus le camion garé un peu plus loin : Cary était déjà rentré. Je trouvai papa dans le salon, qui m'attendait en lisant. Il leva les yeux de son livre et je retins mon souffle. Et si Cary avait décidé de lui parler, finalement ?

— Tu as passé une bonne soirée, Laura ? s'enquit-il d'une voix calme.

— Oui, papa. Excellente.

— Tout le monde s'est bien conduit ?

— Oui, papa.

Il hocha la tête et baissa légèrement la voix.

— Ton frère n'est pas rentré longtemps avant toi : il doit avoir une amourette en secret. Je me trompe ? insista-t-il, en laissant deviner qu'il n'en eût pas été fâché.

Je me sentis pâlir. Je détestais mentir à papa.

— Je n'en sais rien, papa. Il n'a jamais fait allusion à une fille devant moi.

Il me dévisagea un instant, puis haussa les épaules.

— Bah ! Il nous en parlera quand il en aura envie. J'espère seulement que c'est quelqu'un de bien, reprit-il en m'interrogeant du regard.

Je me mordis la lèvre en secouant la tête. Si seulement c'était vrai, me dis-je avec tristesse. J'aurais tellement voulu que Cary eût une petite amie !

— En tout cas, reprit papa, le jeune monsieur Royce t'a ramenée à l'heure, c'est très bien. Il se fait tard et je crois que je vais me coucher aussi, ajouta-t-il en s'étirant. N'oublie pas que, demain, nous allons chez tes grands-parents.

— Entendu, papa. Bonne nuit.

Je m'élançai vers la porte, trop heureuse d'échapper à son regard inquisiteur, et courus pratiquement jusqu'au premier étage. Là, je fis halte un instant sur le palier. Cary avait soigneusement fermé sa porte. J'entrai dans ma chambre, refermai derrière moi et m'adossai au mur, le temps de reprendre mon souffle. Et seulement alors, je me sentis en sécurité.

Peu pressée d'ôter ma belle robe de bal, j'allai m'asseoir sur mon lit et réfléchis aux heures dorées que nous venions de vivre ensemble, Robert et moi. Sans y prendre garde, je me renversai en arrière et m'abandonnai au flot brûlant de mes souvenirs. Plongée dans un véritable rêve éveillé, je revivais intensément chaque détail, chaque baiser, chacune des caresses de Robert. Là où ses mains m'avaient touchée, les miennes venaient se poser d'elles-mêmes, et sans y penser je commençai à me déshabiller. En quelques instants, je fus nue. Et je me retrouvai debout devant mon miroir, contemplant mon reflet en imaginant que Robert était à mes côtés. Puis la fatigue eut raison de moi, je passai dans la salle de bains pour me démaquiller. Rafraîchie, détendue, je me glissai sous mes draps et m'y blottis en chien de fusil.

Quelle soirée merveilleuse, malgré tout ! pensai-je en éteignant ma lampe de chevet. Rien n'avait pu nous la gâcher. Je laissai tomber ma tête sur l'oreiller, soupirai d'aise, et j'allais fermer les yeux quand un craquement au-dessus de moi me fit sursauter. Arrachée à mes songeries, je retins mon souffle et tendis l'oreille. C'était Cary, sans le moindre doute. Je l'entendis ouvrir la porte du grenier, abaisser l'échelle et descendre aussi vite qu'il le pouvait.

Il était là-haut depuis mon retour, et peut-être m'avait-il épiée par ce trou ! Je me sentis rougir de honte. Qu'avait-il vu, exactement ? Nous avions cessé de prendre notre bain ensemble vers sept ou huit ans, et les regards curieux de Cary m'avaient fait prendre conscience de mon corps. Quand j'avais commencé à avoir de la poitrine, j'avais exigé mon intimité. Très vite, j'avais cessé de me montrer devant lui en sous-vêtements. Mais même après cela, sa façon insistante de m'observer me mettait encore mal à l'aise.

Je me levai pour aller entrouvrir ma porte : je voulais surprendre mon frère quand il remonterait l'échelle. Mais au moment d'ouvrir en grand, j'hésitai. Que gagnerais-je à le mettre en face des faits, sinon un surcroît d'embarras ? Il était tard, de toute façon. Ce n'était vraiment pas le moment.

Avec d'infinies précautions, je refermai la porte et attendis que Cary fût rentré dans sa chambre. Puis je me recouchai, m'efforçant de chasser toutes les pensées importunes. Je ne voulais garder en tête que les plus doux souvenirs de ma soirée avec Robert.

Mais quand je me retournai dans mon lit et fermai les yeux, ce furent d'autres images qui s'imposèrent. L'expression furieuse de Cary surgissant de l'obscurité, derrière nous. Sa silhouette menaçante, bizarrement découpée par l'éclat des phares. Dans mes cauchemars, je vis son visage grimaçant et celui de mes camarades de classe. Ils me cernaient, chuchotaient, ricanaient, me poursuivaient, tout en me poussant vers l'océan déchaîné. Je m'éveillai quand la première vague s'abattit sur moi, le cœur battant et trempée de sueur. J'osais à peine croire que ce n'était qu'un rêve : tout était si vivant, si réel ! Je m'assis dans mon lit et m'obligeai à respirer lentement, longuement. Puis je me levai, retournai à la salle de bains et me plongeai le visage dans l'eau froide.

Quand nous avions des cauchemars, Cary et moi, nous nous les racontions toujours le lendemain matin. C'était notre façon de nous en délivrer, d'exorciser nos démons, de nous réconforter l'un l'autre. Pour la toute première fois, je ne pourrais pas lui parler de mon rêve.

Cette fois-ci, j'allais devoir trouver un moyen de chasser mes démons toute seule.

3

Le temps se gâte

CARY bouda pendant tout le petit déjeuner, le lendemain. C'est à peine si nous échangeâmes quelques mots, et je ne cessai pas de sentir peser sur moi son regard accusateur. Mais je refusai de me laisser culpabiliser. De quel droit se comportait-il ainsi avec moi ? C'était plutôt lui qui aurait dû avoir honte de me suivre partout, et de m'épier par ce trou du plafond.

Maman voulait tout savoir sur le bal, et je lui en fus reconnaissante. Avec elle, au moins, je pouvais partager mon bonheur. Tout en lui décrivant les détails : décoration, buffet, musique, je traduisais en signes pour May, en omettant naturellement l'incident des billets. Je ne dis rien non plus de notre mésaventure dans les dunes et de l'intervention de Cary. Dès qu'il en eut l'occasion, papa fit observer :

— Je m'attendais à ce que tu ailles au bal, toi aussi, Cary.

— Pas de danger ! répliqua mon frère avec dédain.

— Alors où étais-tu passé, mon garçon ? Il était bien tard quand je t'ai entendu rentrer, et te précipiter sur cette échelle.

— J'ai rencontré des copains au Bon Bec, improvisa Cary. Mais papa ne se contenta pas de si peu.

— Tu n'as pas passé toute la soirée dans une brasserie, tout de même ?

Cary me jeta un regard circonspect, pour voir si j'allais parler, mais je baissai le nez sur mon assiette.

— Nous avons traîné un peu dehors, déclara-t-il prudemment. Je ne me suis pas rendu compte qu'il était si tard.

Papa secoua la tête d'un air réprobateur.

— Je me demande ce que tu avais de si passionnant à raconter, au point d'en oublier l'heure.

— Cela t'arrive aussi, Jacob, intervint maman avec douceur. Quand tu discutes avec Pat O'Reilly, par exemple.

— C'est tout à fait différent. Nous parlons affaires, nous !

Papa était devenu tout rouge, il ne supportait pas la moindre critique. Du coup il abandonna le sujet, à mon vif soulagement comme à celui de Cary.

En attendant l'heure de partir chez Grandma Olivia, j'allai faire un tour sur la plage avec May, en emmenant mon carnet d'esquisses. Le dessin était un moyen de détente, pour moi, comme la broderie. Je faisais des croquis de nous tous, sur le vif ou de mémoire, et tous ceux qui les avaient vus s'accordaient à les trouver bons. Un jour, je les avais montrés à Kenneth Childs. Il m'avait vivement encouragée à suivre des cours d'art plastique pour développer mon talent, mais je ne m'estimais pas assez douée pour cela. Perdre son temps à vouloir devenir ce qu'on n'est pas, m'avait appris papa, était un véritable péché.

— Le temps nous est donné par Dieu pour accomplir une tâche digne de nous, répétait-il. Remettre sans arrêt l'ouvrage au lendemain, poursuivre des rêves insensés, voilà ce que le démon aime nous voir faire !

Je n'avais pas encore choisi de profession, mais depuis peu je songeais sérieusement à devenir professeur, et même — pourquoi pas — dans une école pour handicapés. Quand je parvenais à enseigner quelque chose à May, la voir s'illuminer parce qu'elle avait compris m'emplissait de joie, moi aussi. C'était comme si j'avais percé un mur, même s'il s'agissait d'une petite chose toute simple. Je me sentais investie d'une mission. Je me disais que je pourrais faire la même chose avec d'autres enfants atteints du même handicap, et les aider.

Tandis que je crayonnais, en bavardant avec May, papa et Cary qui partaient pour les docks s'arrêtèrent en passant près de nous. Cary avait toujours sa mine renfrognée.

— Nous allons jeter un coup d'œil aux casiers, expliqua papa. Ce ne sera pas long. Vous devriez commencer à vous préparer, toutes les deux.

Nous nous mettions toujours en grand tralala pour les fameux brunchs de Grandma Olivia. Ces déjeuners du dimanche auraient pu, auraient dû être de simples repas de famille sans façon, mais pas chez Grandma. Il fallait respecter tout un cérémonial. Cela ne lui coûtait aucun effort particulier, elle était toujours vêtue comme pour une réception. Même quand elle jardinait, elle semblait sortir de chez le coiffeur. Grandpa Samuel, pour sa part, préférait les tenues sport, mais ne nous recevait jamais sans cravate. Tout était rutilant de propreté, chez eux, et rigoureusement rangé. Enfants, nous n'avions pas la permission de nous promener dans la maison, et jamais nous n'aurions osé toucher à quoi que ce soit. Nous aurions eu bien trop peur de casser quelque chose.

— Entendu, papa, obtempérai-je en refermant mon album.

Je me levai, fis signe à May qui m'imita aussitôt, et nous reprîmes le chemin de la maison. C'était le meilleur moment pour appeler Robert, et peut-être le seul, décidai-je en entrant dans le vestibule. Il devait être sur des charbons ardents, à se demander comment s'était terminée ma soirée.

Ce fut sa mère qui décrocha.

— Oh, bonjour ! s'exclama-t-elle avec enthousiasme, quand je me fus présentée. À voir la façon dont Robert se conduit ce matin, je devine que vous avez passé une soirée magnifique. Il est complètement dans les nuages.

J'entendis Robert grommeler en arrière-fond, puis sa mère ajouta dans un éclat de rire :

— Je m'empresse de vous le passer, avant de recevoir un coup de poing sur le nez.

— Salut ! fit la voix de Robert. Maman est d'humeur joviale, aujourd'hui.

— Je suis impatiente de la connaître.

— Je te présenterai... à condition que tu sois prête à tout entendre, articula-t-il haut et clair, à l'intention de Mme Royce.

Puis, baissant la voix, il me demanda comment cela s'était passé à la maison.

— Très bien, rassure-toi. Mon père m'attendait, il était soulagé que je sois rentrée à l'heure. Et Cary n'a rien dit, précisai-je, sachant que c'était l'information la plus importante pour Robert.

— Ton père t'attendait ? Tu imagines la catastrophe, si Cary n'était pas venu nous tirer de là ! Quand même, je me demande pourquoi il nous suivait, Laura. Tu lui as posé la question ?

— Non, dus-je admettre. Pas encore. J'attends l'occasion.

— Ne la laisse pas passer, Laura. C'est sérieux.

— Promis, murmurai-je d'une voix éteinte.

À vrai dire, la perspective ne m'enchantait guère. Mon moral remonta quand Robert ajouta, sur un ton vibrant qui me fit frissonner :

— Je meurs d'envie de te revoir. Merci pour ton appel !

— Je ne pouvais plus attendre, avouai-je, toute remuée par l'intensité de sa voix.

Et nous raccrochâmes tous les deux en même temps. Je me hâtai de monter à l'étage, pour m'habiller avant d'aider May à se préparer. C'est-à-dire à choisir une toilette qui ne fît pas froncer le sourcil à notre grand-mère.

Grandma Olivia n'était jamais très à l'aise avec May. Le langage des signes l'agaçait, nous le savions tous. Elle s'était toujours refusée à l'apprendre, et ne communiquait avec sa petite-fille que par l'intermédiaire d'un interprète, en général Cary ou moi.

Maman semblait apprécier les visites chez Grandma Logan, et pourtant elle était toujours très nerveuse, ces jours-là. Notre tenue devait être parfaite, notre coiffure impeccable, nos chaussures étincelantes. Nous subissions un véritable examen avant le départ, doublé d'un sermon sur ce qu'il fallait faire ou ne pas faire, dire ou ne pas dire. Si l'un de nous ne passait pas victorieusement l'inspection de Grandma, papa s'en prenait à maman. Aussi faisions-nous de notre mieux pour être irréprochables.

Le résultat, c'est que nous ne nous reconnaissions plus nous-mêmes, ces jours-là, surtout May et moi. Grandma Olivia n'aimait pas que les femmes laissent leurs cheveux libres, elle disait que cela leur donnait l'air de sorcières. Aussi m'appliquais-je toujours à me coiffer bien sagement, à grand renfort d'épingles et de peignes, et May serrait sa chevelure en catogan. Il n'était pas question de mettre du rouge à lèvres, le maquillage étant strictement interdit. Maman elle-même ne se le permettait pas.

Malgré tout, j'aimais aller chez Grandma Olivia. La cuisine y était excellente, et j'avais un faible pour certains desserts. De délicieux petits fours à la gelée de framboise, enrobés d'un glaçage qui fondait sous la langue. Et bien que nous fussions déjà grands, Cary et moi, Grandpa Samuel nous donnait toujours un beau billet de cinq dollars tout neuf.

Je choisissais souvent la toilette qui semblait la plus appropriée pour ces occasions : une robe bleu marine à col blanc, boutonnée près du cou. Bien que j'eusse d'autres tenues tout aussi « convenables », c'était celle-ci— j'ignorais pourquoi — que Grandma semblait préférer. Quand je la portais, j'avais toujours droit à un sourire approbateur.

Devant mon miroir, je m'exerçais à tenir la tête bien droite, comme si je portais un paquet sur le haut du crâne. Grandma se plaignait souvent du laisser-aller des jeunes d'aujourd'hui. Elle affirmait que le maintien exprime le caractère, et qu'une bonne tenue renforce la santé.

Je ne l'avais jamais dit à personne, excepté Cary, mais j'éprouvais une certaine pitié pour Grandma Logan. Malgré sa richesse, sa demeure somptueuse, ses relations et ses grands dîners, elle ne me semblait pas heureuse. J'avais même l'impression, au contraire, qu'elle était prisonnière de sa fortune et de sa position sociale. Comme ce devait être triste, méditais-je, de traverser l'existence sans s'accorder un seul instant de détente. Ne jamais marcher pieds nus dans le sable, laisser flotter ses cheveux sur ses épaules, ou faire la grasse matinée. Ne jamais s'offrir un simple dîner entre amis, à la fortune du pot. En bref, ne jamais rien faire de spontané. Mais toujours agir selon un programme fixé d'avance, comme pour se conformer aux instructions d'un manuel de savoir-vivre.

Je savais fort peu de choses du passé de Grandma. Elle n'en parlait pas volontiers, sauf pour citer tel ou tel exemple notoire de bonne conduite. Quand j'interrogeais maman sur ce sujet, la réponse était toujours la même.

— Ta grand-mère a eu une enfance difficile, à cause de sa sœur Belinda et de ses problèmes.

Quels problèmes, au juste ? Cela demeurait un mystère.

Belinda, ma grand-tante, avait eu un net penchant pour l'alcool, et il avait fallu l'interner dans une maison spécialisée de la région. Quand j'allais la voir, elle me racontait toutes sortes d'histoires sur sa jeunesse et celle d'Olivia. Mais il m'était difficile de la croire, car elle avait tendance à mélanger le présent et le passé. Quelquefois, elle me prenait pour ma mère, et tout récemment elle m'avait appelée « Hellie ».

Grandma Olivia n'appréciait pas ces visites. Elle traitait sa sœur comme une malade contagieuse, qui risquait de nous contaminer avec ses histoires insensées. Sachant quelle réaction j'allais provoquer, j'évitais de mentionner le nom de tante Belinda devant Grandma Logan.

Avec tous ces interdits et règlements à suivre, c'est tout juste si nous osions circuler dans la grande maison, May, Cary et moi. Nous marchions sur la pointe des pieds, parlions en chuchotant et nous efforcions de nous rendre invisibles.

Quand nous fûmes habillés, tous les trois, l'inspection rituelle eut lieu. Papa redressa la cravate de Cary, et effaça un pli de la jupe de May. Maman se sentit aussitôt coupable.

— Je peux lui donner un coup de fer, Jacob, si tu veux.

— Non, refusa-t-il, cela nous retarderait. En route !

Nous montâmes à l'arrière, May, Cary et moi, ma petite sœur assise entre nous.

— Quelle belle journée ! s'écria maman comme nous nous engagions sur l'autoroute 6.

Cary se tourna ostensiblement vers la fenêtre et ne desserra pas les dents pendant tout le trajet.

La maison de mes grands-parents était vaste et imposante, mais n'avait rien de froid ni d'impersonnel, vue de l'extérieur. Entièrement construite en bardeaux, elle remontait aux alentours de 1780, comme Grandma ne manquait pas une occasion de le rappeler. En fait, seule une partie de la bâtisse était d'origine. Le reste avait subi quelques transformations. Au-dessus de la grand-porte en bois poncé, l'imposte en verre coloré avait de toute évidence un but décoratif. Mais Cary et moi disions en plaisantant que c'était comme un œil au regard sévère, destiné à intimider les visiteurs.

Lorsque Grandma vantait l'ancienneté de sa maison, elle ne manquait jamais d'ajouter :

— Les gens bien construisaient dans le plus pur style colonial, en ce temps-là. Maintenant, le classique n'a plus cours. Les nouveaux riches préfèrent le tape-à-l'œil.

Le parc avait grande allure, lui aussi, et il était parfaitement entretenu. Gazons ras, buissons taillés, parterres foisonnant de roses, pensées, hydrangéas et géraniums. Il y avait même une petite mare, où barbotaient quelques canards. Devant la maison, deux grands érables ombrageaient une balancelle, placée là pour qui ? À part May, Cary et moi, je n'avais jamais vu personne s'en servir.

La voiture du juge Childs était déjà garée dans l'allée circulaire. Le juge venait très souvent à la grande maison, surtout le dimanche. C'était l'un des plus proches amis de mes grands-parents Logan. Il avait pris sa retraite, mais Grandma se plaisait à souligner qu'il avait conservé ses hautes relations, et par conséquent son influence. À l'en croire, Nelson Childs « avait le bras long ».

En descendant de la voiture, maman vérifia une dernière fois l'ordonnance de notre tenue, puis papa sonna et Loretta vint nous ouvrir. C'était la femme de chambre attitrée de Grandma, mais elle n'en semblait pas particulièrement ravie. D'aussi loin que je me souvienne, je ne l'avais jamais vue sourire.

— Tout le monde est au salon, annonça-t-elle d'une voix morne.

Puis elle s'effaça devant nous et nous entrâmes en bon ordre, papa d'abord, puis maman, Cary et moi, May fermant la marche.

Le sol dallé de marbre reluisait, comme à l'ordinaire, et je caressai du regard les tableaux qui décoraient le vestibule. Des paysages du cap, pour la plupart, dont un bon nombre de marines. La maison embaumait : il y avait toujours des fleurs, même en hiver.

Le salon, la première pièce sur la droite, aurait pu servir de vitrine à un marchand de meubles. Le plancher ciré luisait d'un tel éclat qu'en pensée, nous le transformions en patinoire, Cary et moi. Deux grands canapés ivoire, complétés par quelques fauteuils assortis, encadraient la table basse, en bois d'érable. Sur toutes les surfaces planes, tables, étagères, buffets, trônaient des vases et des cristaux de prix, auprès de quelques photographies dans des cadres en or. Il y en avait de Grandma Olivia et Grandpa Samuel, quand ils étaient jeunes. Quelques-unes de papa et maman, et même un groupe de nous trois, May, Cary et moi, datant de quelques années. Mais oncle Chester et tante Hellie, les réprouvés de la famille, ne figuraient nulle part. Prononcer leur nom dans cette maison était aussi impensable que d'y blasphémer.

J'avais toujours l'impression que tout était neuf, chez Grandma. Tout étincelait. Les vitres étaient si cristallines qu'on ne savait jamais si les fenêtres étaient ouvertes ou fermées. On aurait pu s'y cogner.

Toute raide dans son grand fauteuil, Grandma Logan avait son air de reine douairière, à notre entrée. Ses cheveux, tirés en un chignon austère, étaient retenus par des peignes en nacre incrustés de petits diamants. Sur le corsage de sa robe en soie rose, d'une élégance extrême, se détachait un camée dont nous connaissions tous la provenance. Un bijou d'une valeur inestimable, hérité de sa grand-mère paternelle.

Grandpa Samuel, pimpant comme il savait l'être dans son complet sport beige, paraissait nettement plus décontracté. Jambes croisées, verre de whisky en main, il nous accueillit d'un grand sourire chaleureux.

— Les voilà ! s'exclama-t-il d'une voix joyeuse. Une jolie brochette de petits-enfants, pas vrai Nelson ?

Assis en face de lui, à la droite de Grandma, le juge Childs hocha la tête. Il était toujours très bel homme, et très élégant lui aussi dans son complet bleu. Des mèches argentées striaient ses cheveux châtains, méticuleusement coiffés. Le visage plein et à peine ridé, des yeux noisette au regard vif, il paraissait beaucoup plus jeune que son âge.

— Tu as raison, Samuel, opina-t-il aimablement. Vous avez de la chance, Olivia et toi. Sarah, Jacob, heureux de vous voir.

Maman inclina la tête en souriant, et Grandpa proposa :

— Je vous sers un Bloody Mary, tous les deux ?

— Non, merci, refusa précipitamment papa.

Mais Grandpa Samuel fit la sourde oreille.

— Je sais que vous aimez le Bloody Mary, Sarah, insista-t-il, les yeux pétillants de malice.

Papa fronça le sourcil, et maman bredouilla tout bas une réponse incompréhensible. Grandpa ne se tint pas pour battu.

— Quand vas-tu relâcher un peu le collier que tu as passé au cou de ta femme, Jacob ?

Le juge Childs se mordit la lèvre, et Grandma fusilla son époux du regard.

— Quelle remarque déplacée, Samuel ! Surtout devant les enfants. Loretta ! Emmenez-les à la cuisine, ordonna-t-elle aussitôt, et servez-leur une citronnade en attendant que le brunch soit prêt.

— Bien, madame.

Grandma Olivia estimait que les enfants n'avaient pas à écouter les conversations des adultes. Pour elle, apparemment, Cary et moi étions encore des enfants.

— N'allez pas traîner n'importe où et vous salir, ajouta-t-elle à notre adresse. Nous vous appellerons pour le repas. Et toi, Jacob, assieds-toi. Ça me rend nerveuse de te voir planté là comme un piquet. Toi aussi, Sarah.

Tout le monde s'empressa d'obéir, et nous suivîmes Loretta. Elle nous servit de la citronnade et, comme nous l'avions fait maintes fois auparavant, nous allâmes jusqu'au kiosque qui se dressait derrière la maison. On l'appelait aussi le belvédère, et il offrait une vue splendide sur le large. Là, je me mis à bavarder par signes avec May, tandis que Cary se plongeait dans la contemplation de l'océan. Au bout d'un moment, il fit volte-face et attacha sur moi un regard malheureux.

— Aller traîner dans les petits chemins le soir de ton premier rendez-vous ! Ce n'est pas bien, Laura. Cela te donne l'air de... d'une... d'une fille facile. Je savais qu'il allait faire ça. J'en étais sûr ! déclara-t-il en se détournant à nouveau.

— D'abord, je ne suis pas une fille facile, Cary Logan. Je ne fais que ce que j'ai envie de faire, et de plus, nous n'avons rien fait de mal. Robert est un gentleman, figure-toi.

— Pff !

— Tu ne le connais pas, Cary.

— Tu verras, prédit-il amèrement. Demain, tous les garçons parleront de toi au vestiaire, et Robert se vantera de sa conquête.

— Certainement pas ! Et c'est vraiment affreux de dire ça de lui. Tu es... tu es jaloux, voilà !

Il pivota d'un bloc, rouge comme une pivoine.

— Ce qui veut dire ?

— Tu n'as pas d'amie, tu ne sors jamais avec une fille, alors...

— Alors ?

— Alors comme je sors avec un garçon, tu es jaloux.

Cary grimaça un rictus méprisant.

— Des filles, vraiment ! ricana-t-il. Des rendez-vous !

Pendant cet échange de paroles, May avait lu sur mes lèvres et elle semblait désemparée. Je tentai de lui sourire, mais elle se retourna vers Cary, l'air interrogateur, puis à nouveau vers moi. Elle ne nous voyait pas souvent nous disputer.

— Nous pourrons parler de ça plus tard, dis-je à Cary.

— Parler de quoi, je me le demande ?

Je contre-attaquai instantanément :

— Pourquoi nous as-tu suivis ?

— Pourquoi ? J'étais allé faire un tour au bal, histoire de me rendre compte de quoi ça avait l'air. Quand je vous ai vus partir en avance, tous les deux, j'ai tout de suite compris que je ferais mieux d'ouvrir l'œil. Heureusement pour toi, d'ailleurs. Et tu as le culot de me demander pourquoi ! Sans moi, vous ne seriez jamais rentrés à temps.

— La question n'est pas là, répliquai-je. Il faut que tu me laisses...

— Que je te laisse quoi ? Vas-y, Laura. Continue.

— Que tu me laisses grandir.

Il me dévisagea un instant, battit des cils et se remit à contempler la mer.

— J'apprécie ta sollicitude, Cary, mais j'ai besoin d'indépendance. De mon espace personnel, comprends-le.

— Très bien, grommela-t-il en serrant les dents.

Puis il se détourna et fixa sur la maison un regard furibond.

— Je ne vois pas pourquoi nous sommes forcés d'attendre qu'ils aient fini de cancaner. J'ai faim, moi ! Nous avons à peine eu le temps d'avaler quelque chose, ce matin.

— Eh bien, va te plaindre à Grandma.

Ma provocation eut un effet immédiat. Il fila au pas de charge vers la maison et ouvrit si brusquement la porte qu'il faillit l'arracher de ses gonds. May me tira par la main et m'adressa une rapide série de questions.

— Il a faim, expliquai-je. Il veut savoir si nous allons devoir attendre encore longtemps le déjeuner.

Loin de se satisfaire de ma réponse, elle parut si troublée que je haussai les épaules, découragée. Pourquoi la plus merveilleuse relation que j'eusse jamais eue devait-elle provoquer tant de tristesse ? Pourquoi mon frère n'était-il pas heureux pour moi ? J'en aurais pleuré.

L'intervention de Cary dut être efficace, car Loretta ne tarda pas à reparaître, pour annoncer que le brunch était servi. Un repas fabuleux, cette fois encore. Homards en sauce, assortiment de crevettes et de fruits de mer, grillades, salades composées comprenant tous les légumes imaginables. Et, comme toujours, de savoureux desserts, dont mes petits fours préférés.

Après le repas, Grandpa et le juge allèrent fumer un cigare sur la plage, en compagnie de papa et de Cary. Maman, May et moi restâmes « entre femmes », c'est-à-dire avec Grandma Olivia.

Maman commençait à lui parler du bal, tout heureuse de lui dire combien j'étais jolie, quand Grandma se leva brusquement de son fauteuil. Interrompant maman au beau milieu d'une phrase, elle annonça tout à trac :

— J'aimerais m'entretenir un instant avec Laura. Si cela ne te dérange pas, Sarah, naturellement.

— Pardon ? Moi ? Oh, non, bien sûr, bafouilla maman, complètement désarçonnée.

Grandma Olivia était déjà à la porte du salon.

— Viens, Laura, m'ordonna-t-elle.

Je regardai maman qui secouait la tête, encore sous le coup de la surprise, et suivis Grandma dans le hall. Elle marchait déjà vers la grand-porte.

— Pourquoi maman ne pourrait-elle pas entendre notre conversation ? demandai-je, non sans une pointe d'inquiétude.

Grandma Olivia ignora ma question.

— Allons jusqu'au kiosque, veux-tu ? J'ai besoin d'air, et cela nous fera du bien de marcher un peu après le repas.

Quittant la maison, nous suivîmes le chemin jusqu'au belvédère et nous assîmes sur le banc circulaire. En bas, sur la plage, quatre petites silhouettes marchaient au bord de l'eau. Les trois hommes en avant et Cary à quelques pas derrière, la tête basse.

— Maman et May devraient être dehors, elles aussi, ne pus-je m'empêcher d'observer. Il fait si beau !

— Nous les enverrons chercher dans un moment, Laura. Mais comme il est évident que tu deviens femme, avec des... des préoccupations de femme, j'ai estimé qu'il était grand temps de parler de certaines choses, toi et moi. Je ne veux pas me mêler de ce qui ne me regarde pas, mais il me semble que ta mère... n'est pas encore prête pour ce genre de discussion.

— Quel genre de discussion, Grandma ?

— Une discussion de femme à femme, répliqua-t-elle. De celles où une femme avertie peut transmettre son expérience et sa sagesse à une autre. Ta mère a toujours été pleine de bonnes intentions, je le sais. Mais elle n'a pas reçu mon éducation, elle n'a pas mon usage du monde. Elle n'est pas consciente des dangers.

— Des dangers ?

J'eus brusquement l'impression que mon délicieux déjeuner venait de se contracter dans mon estomac, en une boule dure et pesante. Je m'appuyai au dossier du banc.

— Je ne comprends pas, Grandma. Quels dangers ?

Elle plissa les paupières et me regarda droit dans les yeux, avec cette intensité bien à elle qui vous gelait le rire dans la gorge et le sourire sur les lèvres.

— Tu as rencontré quelqu'un si je ne me trompe. Et tu es sortie officiellement avec cette personne ?

— Oh, il s'agit de cela ? (Je me sentis soulagée.) Oui, c'est un garçon charmant, Grandma. Il s'appelle...

— Je sais comment il s'appelle. Je sais qui sont ses parents et ce qu'ils font. Je sais qu'il a été invité à déjeuner chez toi, et que tu es allée au bal avec lui hier soir.

J'ouvris des yeux ronds et souris à Grandma, ravie de l'intérêt qu'elle prenait à mes relations. Elle ne m'avait jamais posé de questions, jusqu'ici ; et elle ne s'était pas non plus souciée de savoir si j'allais danser ou non. J'avais toujours cru que ces choses étaient trop insignifiantes à son gré pour mériter son attention.

— Je n'ai pas eu l'occasion de t'en parler, Grandma. Je le regrette.

Finalement, nous allions avoir une vraie conversation de grand-mère à petite-fille, elle et moi. Et peut-être allait-elle me parler de ses amours de jeunesse, qui sait ? cela m'aurait tellement plu !

— Il ne se passe pas grand-chose dans cette ville sans que j'en sois avertie, commença-t-elle, surtout si cela concerne ma famille. Je ne t'en parle peut-être pas, mais je sais que tu réussis en classe et combien tes professeurs t'apprécient. Je sais que tu aides beaucoup ta mère et que tu es une jeune fille obéissante et respectueuse. C'est pourquoi je trouve si important que nous ayons cet entretien, poursuivit-elle.

Mon sourire s'élargit. Une petite bulle de joie se mit à gonfler dans ma poitrine.

— Mais tu es beaucoup trop jeune pour t'engager sérieusement, Laura. Surtout avec un garçon d'un milieu... si discutable.

Ma bulle brillante explosa d'un seul coup.

— Quoi !

— Ne m'interromps pas, Laura. Écoute et apprends. Les Logan et ma propre famille, les Gordon, remontent aux Premiers Pèlerins, cela tu le sais. Nous appartenons à une lignée hautement respectée. Nous occupons une position importante, dans cette communauté, ce qui nous confère également des devoirs. Nous avons toujours été un modèle de bonne conduite, et nous devons le rester. Mon père m'a appris que la chose la plus précieuse que nous possédions, c'est notre réputation.

Grandma s'interrompit, le temps de reprendre son souffle, et enchaîna aussitôt :

— Vous avez reçu un don à la naissance, Cary et toi : votre nom de famille. Vous avez hérité de plusieurs siècles d'honneur et de valeur. Cet héritage vous ouvrira bien des portes, il vous placera tout en haut de l'échelle sociale. Mais il comporte aussi des responsabilités, Laura. Et la plus importante de toutes est de préserver le prestige et l'honneur de notre nom, de notre famille. C'est pourquoi...

Ici, Grandma Olivia me décocha un sourire sans chaleur.

— C'est pourquoi toutes vos actions sont passées au crible, Laura. Vous êtes sur le devant de la scène. Jusqu'à présent, tu n'as rien fait qui puisse ternir le bon renom de la famille, et j'aimerais que cela continue. Je te demande de cesser immédiatement toutes relations avec ce jeune homme. Ces gens ne sont pas de notre milieu, voilà tout. Je discuterai de tout ceci avec ton père avant ce soir, conclut Grandma.

Et elle se renversa en arrière, attendant ma réaction.

Pendant un moment, je fus incapable d'articuler un son. Malgré la brise fraîche qui soufflait de la mer, j'avais l'impression de rôtir dans une fournaise. J'avais les joues en feu. Mon cœur battait à grands coups, et pourtant c'est à peine si je le sentais. On aurait dit qu'il était tombé tout au fond de ma poitrine, dans un grand trou.

Je retrouvai enfin la parole.

— J'ignore ce qu'on t'a raconté, Grandma, mais il y a erreur. Robert Royce est un garçon charmant. Il...

— Il vient d'une famille d'hôteliers, cracha-t-elle comme si les mots lui salissaient la bouche. Tu sais d'où sortent ces gens-là, Laura ? Comment ils débutent dans la vie ? Avec rien. Pas de passé, pas de réputation, pas de nom. Ils ouvrent leur maison aux étrangers, nettoient derrière eux, récurent leurs lavabos et leurs toilettes, les servent à table. Ils sont aux petits soins pour de parfaits inconnus, pour les premiers venus. Mais le pire, c'est qu'ils contribuent à la pollution et à la destruction du cap.

« Nos magnifiques demeures, nos plus beaux paysages vont être saccagés par ces chaînes d'hôtels et de motels. N'importe qui pouvant s'offrir un lit à bas prix peut venir ici, profiter de toute cette beauté. D'un pays que nous seuls, ses découvreurs, avons fait ce qu'il est à présent. Tu n'as rien de commun avec cette racaille, Laura. Je t'interdis de revoir ce... ce garçon. Il ne ferait que te rabaisser.

— Je t'en prie, Grandma, protestai-je en refoulant mes larmes. Ne parle pas comme ça !

Ses lèvres dessinèrent une mince ligne dure.

— Reprends-toi, Laura. Tu dois te montrer forte, faire preuve de maturité. Débarrasse-toi de ces désirs puérils, et rappelle-toi qui tu es. Malheureusement...

Grandma libéra un long et pesant soupir.

— Nous avons déjà eu beaucoup de mal à sauver l'honneur de la famille, à cause de ma sœur et de ton oncle Chester, mais tout est rentré dans l'ordre. Nous n'avons pas besoin qu'un autre faux pas vienne tout compromettre.

— Rentré dans l'ordre, Grandma ? Votre fils est parti. Nous n'avons pas le droit de prononcer son nom devant vous, je ne comprends toujours pas pourquoi. Tu ne parles jamais de lui, mais est-ce qu'il ne te manque pas ?

— Il a fait son choix, et malheureusement c'était le meilleur pour tout le monde, rétorqua-t-elle avec âpreté. Je ne suis pas là pour parler des morts, mais des vivants.

— Des morts ?

— Laura, reprit sévèrement Grandma Logan. Comprends-tu un peu ce que j'ai essayé de te dire ?

— Non, Grandma. Pas du tout. Je viens de rencontrer Robert. Il me plaît beaucoup. Il s'est montré correct et gentil avec moi, et je lui dois une merveilleuse soirée. Je n'ai pas décidé de devenir sa femme... du moins pas encore, ajoutai-je.

Les sourcils de Grandma pointèrent si haut que je m'attendis à les voir glisser de son front.

— Il n'est pas question que tu épouses ce genre d'individu, décréta-t-elle, incapable de dissimuler son inquiétude.

— Je ne juge pas les gens d'après leur compte en banque, Grandma.

Je voulais simplement établir un fait, mais Grandma reçut cette déclaration comme une insulte. Elle rejeta la tête en arrière comme si je l'avais giflée.

— Moi non plus, Laura. C'est justement le point que j'essaie de souligner, mais qui semble t'échapper. La plupart des nouveaux riches ont fait fortune dans le tourisme. Ils ont de l'argent, mais aucune distinction. Et ils n'en auront jamais, quelles que soient les sommes entassées sur leur compte en banque.

— Mais... n'as-tu jamais aimé personne qui n'appartienne pas à une famille considérée, Grandma ? Même pas quand tu es devenue grande, et indépendante ?

— Certainement pas ! rétorqua-t-elle avec hauteur. Je ne me le serais jamais permis.

Je ne pus retenir un sourire.

— Ce n'est pas une chose qu'on se permet ou qu'on se refuse, Grandma. C'est... tout simplement magique. Je suis sûre qu'à mon âge...

— Je n'ai jamais donné dans ces enfantillages, Laura. Pas comme ces têtes de linotte d'aujourd'hui. Mon père ne l'aurait pas toléré, surtout avec la conduite de ma sœur. Il n'aurait pas supporté que ses deux filles...

Grandma Olivia s'interrompit, le temps de se ressaisir.

— Nous nous écartons de la question, constata-t-elle. Nous ne sommes pas là pour discuter de mon passé, mais de ton avenir. Et de l'avenir de notre réputation familiale, je te le rappelle.

— Tu ne te souviens pas de ce que tu éprouvais, à mon âge ? Tu ne pensais sûrement pas à toutes ces choses, en ce temps-là.

— Bien sûr que si ! Et je savais que j'aurais dû m'occuper davantage de ton éducation. Ta mère... Sarah n'est pas à la hauteur, voilà tout. Et elle a bien trop à faire avec ta pauvre infirme de sœur.

— Ma sœur n'est pas une infirme, protestai-je. Elle a un handicap, c'est vrai. Mais ça ne l'a pas empêchée d'être une brillante élève, ni de faire presque tout ce que font les autres filles de son âge. Elle est loin d'être un fardeau pour nous, elle se rend très utile à la maison. Si tu me laissais t'enseigner le langage des signes, tu pourrais communiquer avec elle, Grandma. Et tu verrais à quel point elle est intéressante : c'est une enfant merveilleuse.

— Qu'est-ce que tu me chantes là ? C'est ridicule, et je n'ai pas de temps à perdre en stupidités. Vous la couvez beaucoup trop, d'ailleurs. Il faudrait l'habituer à ne rien attendre des autres. Ce serait le meilleur moyen de lui donner la force de vivre avec son anomalie.

— May n'est pas anormale, Grandma, insistai-je. Elle est intelligente, et assez forte pour mener une belle vie, malgré son handicap.

Grandma Olivia haussa les épaules.

— Ne perdons pas notre temps à discuter là-dessus, veux-tu ?

C'est pour te faire profiter de mon expérience que je t'ai amenée ici. Malheureusement, je suis la seule qui ait de la jugeote et de la poigne, dans cette famille. Ton grand-père commence à perdre la mémoire, et si ça continue il va bientôt retomber en enfance. J'ai peur de devoir le faire entrer dans une maison de retraite, un de ces jours.

— Grandpa ? Mais il se porte comme un charme !

— Ce n'est pas toi qui vis avec lui, rétorqua sèchement Grandma Olivia. En tout cas, j'espère que tu as retenu ce que je t'ai dit, et que tu sauras te conduire en conséquence.

Je répliquai avec plus de douceur, mais tout aussi fermement :

— J'aime beaucoup Robert Royce, Grandma. Je n'ai pas l'intention de le blesser en lui disant qu'il n'est pas assez bon pour les Logan.

Pendant un moment, elle en resta tout interdite. Puis elle secoua lentement la tête.

— J'attendais mieux de toi, Laura. Tu ne me laisses pas le choix, je vais devoir informer ton père de tout ceci.

Je sentis les larmes s'amasser sous mes paupières.

— Papa aime bien Robert, affirmai-je, déjà moins sûre de moi.

Je n'ignorais pas combien l'influence de Grandma sur son fils était grande. Il tenait tout ce qu'elle disait pour parole d'Évangile.

— Ne lui dis pas de mal de Robert, implorai-je.

— Dans ce cas, promets-moi de ne pas t'engager trop vite, et de ne rien faire de mal avec ce... cette personne. Les jeunes gens d'aujourd'hui font si bon marché de l'honneur des familles !

— Bien sûr que je ne ferai rien de mal, Grandma.

— Alors nous verrons. Un jour, tu me remercieras, Laura. Tu regarderas en arrière, et tu riras de ta propre gaminerie.

Elle paraissait sûre d'avoir raison, mais j'étais d'un tout autre avis. *Non, Grandma,* pensai-je alors. *Je ne te serai jamais reconnaissante de m'avoir dit que la magie qui unit deux êtres n'est qu'un stupide enfantillage. Qu'on juge les gens sur la position de leur famille, et non sur leurs qualités personnelles. Que le statut social est plus important que tout, même les sentiments les plus sincères. Je n'éprouve aucune reconnaissance pour cela, mais de la pitié, Grandma. De la pitié non pour moi-même, mais pour toi.*

Je ne dis rien de tout cela, bien sûr. Je me contentai d'observer

Grandma, qui s'était tournée vers la mer. Elle regardait les quatre silhouettes qui remontaient de la plage.

— On dirait que nos brillants esprits ont résolu les grands problèmes du monde, fit-elle remarquer d'un ton acide. Les voilà qui reviennent. Si tu allais chercher ta mère et ta sœur, à présent ?

Je sautai sur mes pieds.

— Quand j'avais ton âge, Laura, je remerciais toujours mes aînés pour leurs bons conseils, proféra-t-elle comme je m'éloignais.

Je fis halte et me retournai lentement.

— Je sais que tu ne désires que mon bonheur, Grandma, et je te remercie pour cela.

De toute évidence, ma déclaration ne la satisfit pas. Elle me jeta un regard si perçant, si glacé que j'en frémis. Je m'élançai en courant vers la maison pour aller chercher maman.

4

Un signe d'en haut

Au cours des jours suivants, une sorte de trêve s'établit tant bien que mal entre Cary et moi. Il conservait son air désapprobateur, cherchant toujours à prouver qu'il en savait plus long que moi sur le flirt. Il utilisait May pour s'adresser à moi, doublant ses signaux de sermons à haute voix, comme si elle pouvait l'entendre. Il proclamait que May devait connaître les risques des relations entre garçons et filles, puisque j'étais de toute évidence tellement ignorante à ce sujet. Il ressemblait tellement à papa, quand il tenait ce genre de propos, que je devais parfois me retenir de rire. Il adoptait sa voix, sa mine rogue, sans avoir besoin de faire un effort pour cela, d'ailleurs. Il avait aussi mauvais caractère que lui.

— Maintenant que tu grandis, May, déclarait-il en m'observant à la dérobée, fais bien attention. Ne perds pas ton temps avec des garçons sans cervelle, qui prennent les filles pour des trophées, non pour des personnes.

Naturellement, j'étais bien forcée d'intervenir.

— Elle n'a pas la moindre idée de ce dont tu parles, voyons !

— Raison de plus pour l'avertir maintenant, avant qu'il soit trop tard. Tu as beaucoup d'influence sur elle, Laura. Et pas spécialement bonne, ajoutait-il d'un ton sentencieux.

— Ce qui veut dire ?

— Exactement ce que j'ai dit. Tout ce qu'elle te voit faire, May pense que c'est bien. Tu es un modèle, pour elle.

— Je ne lui ai jamais donné le mauvais exemple, il me semble !

— Pas encore, bougonnait Cary. Pas encore.

Il était exaspérant, mais je préférais ne pas me mettre en colère. Je me mordais la lèvre pour ne pas riposter. Il en profitait pour continuer ses discours, parlant des garçons comme s'il s'agissait de bêtes venimeuses. Intelligente et intuitive comme elle l'était, la pauvre petite May devinait qu'il valait mieux ne pas le contredire. Elle m'interrogeait sans cesse du regard, pour savoir si j'allais confirmer ou critiquer les allégations de Cary. Mais je détournais les yeux sans mot dire. Elle me questionnait plus tard, quand nous étions seules. Elle voulait comprendre pourquoi Cary parlait ainsi des garçons du lycée. Je répondais qu'il ne cherchait qu'à la protéger, mais elle levait sur moi ses grands yeux noisette, pleins d'une intense curiosité. Elle attendait que j'en dise plus, et cela m'était impossible.

Une tristesse morne nous gagnait, comme si une araignée tissait sa toile autour de nous. L'humeur de Cary projetait ses ombres dans tous les coins de la maison. Il restait de plus en plus souvent seul, dans son atelier du grenier. Au lycée aussi, il s'isolait, même à la cafétéria. Parfois, il lui arrivait de s'asseoir à table avec d'autres fils de pêcheurs, pour parler métier. Mais, même alors, il ne cessait de nous surveiller du coin de l'œil, Robert et moi. Et le moindre sourire échangé, la moindre plaisanterie qui déclenchait nos rires, le moindre contact entre nous provoquait en moi une gêne coupable.

Robert s'efforçait de se montrer amical envers Cary, pourtant. Mais quand il essayait de lui parler, mon frère ne répondait que par un grognement bourru, ou tout simplement l'ignorait. J'exhortai Robert à la patience. Je lui dis que Cary finirait par s'apercevoir qu'il était un garçon sérieux, et qu'il cesserait de jouer les protecteurs.

— Si j'avais une sœur aussi jolie que toi, je l'escorterais avec un fusil en bandoulière, répondit-il avec un clin d'œil.

Cette fois, je ris de bon cœur. Je ne connaissais personne qui eût autant d'entrain, d'énergie, de joie de vivre. Aucune mélancolie ne résistait à sa bonne humeur. Plus tard, quand je connus ses parents, je me dis que ce don lui venait d'eux. Ils paraissaient si amoureux, et tellement doués pour le bonheur !

« Une fleur s'épanouit là où elle se sent bien », m'avait dit un jour tante Belinda. J'en avais déduit qu'elle parlait de sa sœur, en la comparant à une plante sans fleur. Je pensais qu'elle se plaignait de sa propre vie de famille, et j'aurais voulu de plus amples détails. Mais je n'avais pas pu l'amener à s'expliquer. La plupart du temps, elle faisait suivre ses déclarations d'un petit rire, et les mots semblaient se dissoudre dans l'air tel un panache de fumée.

Je fis la connaissance des parents de Robert un après-midi, où les cours se terminèrent plus tôt que d'habitude. Il y avait une réunion de professeurs. Ma première pensée fut de demander à Cary s'il voulait venir avec nous, pour voir comment les Royce aménageaient le Marina.

— Pourquoi irais-je perdre mon temps à regarder s'écrouler un clapier à touristes ? riposta-t-il aigrement. Et pourquoi irais-tu toi-même ?

— L'hôtel n'est plus en train de s'écrouler, Cary. Et il n'a rien d'un clapier.

— Et qui ira chercher May ?

— Moi, si tu veux.

— Si je veux ? Tu prenais soin de ta petite sœur, jusqu'ici, observa-t-il avec froideur.

— Et c'est bien ce que je fais, Cary. Tu n'es pas juste ! J'ai dit que j'irais la chercher.

— Non, tu serais capable d'oublier. Tu seras trop occupée avec ton amoureux, elle restera toute seule et elle aura peur.

— Je ne suis pas si distraite que ça, Cary ! Mais même si c'était le cas, May saurait très bien rentrer seule.

— Bien sûr. Et se faire renverser par une voiture qu'elle n'aurait pas entendu venir, en traversant.

— Elle sait traverser la rue, m'obstinai-je.

Mais rien ne désarma la mauvaise foi de mon frère.

— Je ne trouve pas qu'aller voir un taudis à touristes soit plus important que la sécurité de May, grogna-t-il. Je m'occuperai d'elle.

Là-dessus, il me tourna le dos et s'éloigna rapidement dans le couloir, me laissant ruminer ma fureur.

— Tu es sûre que tu vas bien ? s'inquiéta Robert quand nous quittâmes le lycée un peu plus tard. Depuis la fin des cours, tu n'as pas dit un mot.

— Je vais bien, c'est juste que... mon frère est tellement odieux, quand il s'y met. Parfois, j'ai bonne envie de me mettre en colère.

— Peut-être devrais-tu le faire, Laura. Il est grand temps qu'il sache à quoi s'en tenir.

Je dévisageai pensivement Robert, et son expression pleine de sollicitude me dit qu'il avait raison.

— Je ferais mieux de prendre un air moins sinistre avant de rencontrer tes parents, décidai-je. Sinon, ils vont croire que tu t'es choisi une vraie sorcière comme amie.

Il éclata de rire et nous montâmes dans sa voiture, pour prendre aussitôt la route de l'hôtel.

Bien que le bâtiment eût été négligé, les avantages de la propriété sautaient aux yeux. Sa situation en bordure de mer était inappréciable. Le terrain n'était gazonné que devant la façade. Derrière l'hôtel s'étendait une vaste plage de sable fin, coupée par un sentier menant à une petite jetée. En d'autres temps, l'établissement avait eu son propre yacht, à présent disparu. Il ne restait que deux canots, assez mal en point, semblait-il. Les parents de Robert avaient concentré tous leurs efforts de restauration sur la bâtisse elle-même. Depuis des mois, ils s'employaient à remplacer les volets brisés, poser de nouveaux planchers, reboucher les fissures et repeindre les murs. Ils remettaient la cuisine en état, réparaient la plomberie et l'électricité, changeaient la literie, rénovaient l'ameublement... et tout cela de leurs propres mains. Quand nous arrivâmes, M. Royce était perché sur une échelle, occupé à reclouer une planche.

Je connaissais un peu l'histoire du Marina, une des demeures les plus intéressantes du cap. Un certain capitaine Bellwood, qui s'était enrichi dans le commerce de l'huile de cachalot, l'avait fait construire à la grande époque des baleiniers. Puis, comme bien des grandes familles, les Bellwood avaient perdu leur fortune, et transformé leur manoir en auberge. Une enseigne au nom de *la Marina* avait été clouée au-dessus de la porte, et la demeure était entrée dans une nouvelle phase de son histoire. Agrandie, transformée, elle n'avait jamais été bien gérée. Jusqu'au moment où, devenu l'hôtel Marina, l'établissement avait fait faillite, quatre ou cinq ans plus tôt. Hypothéqué, saisi par la banque, il avait été revendu à bas prix. Et c'est ainsi, m'avait expliqué Robert, que les Royce avaient pu l'acquérir, tout en conservant assez d'argent pour le restaurer.

Le bâtiment comportait deux étages, et pour l'instant vingt-deux chambres à louer. Les Royce vivaient en bas, dans les pièces du fond. L'architecture du Marina offrait toutes sortes de détails originaux et remarquables. Son grand toit pentu, à l'arête crêtée de pierre, était surmonté d'une coupole à lucarne ronde. On y voyait aussi une de ces fenêtres en avancée, d'où les femmes guettaient le retour des marins, et qu'on appelle encore chez nous « balcon de veuve ». Au rez-de-chaussée, des portes-fenêtres donnaient sur un vaste porche à galerie, aux rambardes et aux piliers de bois sculpté.

Les murs extérieurs avaient besoin d'être mis à nu et sablés, avant d'être repeints. Mais un travail immense avait déjà été accompli. Moi qui m'étais souvent arrêtée là, au cours de mes promenades à bicyclette, je pouvais en mesurer l'étendue. Et je comprenais mieux, à présent, à quoi Robert occupait tout son temps !

Du plus loin qu'il nous vit, M. Royce nous fit signe et je sus de qui Robert tenait son beau sourire. Puis, quand il descendit de son échelle, je vis que son fils avait également hérité de lui ses yeux bleus. Ils avaient la même silhouette mince et ferme, à ceci près que M. Royce était un peu plus grand que Robert.

— Vous ne seriez pas en train de faire l'école buissonnière, vous deux ?

— Je t'ai dit que les cours finissaient plus tôt, papa ! protesta Robert.

M. Royce m'adressa un clin d'œil.

— Il me l'a dit, c'est vrai. Mais puis-je le croire ?

— Vous pouvez, monsieur Royce !

Ma promptitude à répondre le fit éclater de rire.

— Je vois que tu as là une partenaire loyale, mon fils. Comptes-tu nous présenter, ou nous laisser plantés là comme deux idiots ?

— Papa, voici Laura Logan. Laura, mon père : Bob Hope.

— Bob Hope, dis-tu ? Si j'étais aussi bon comédien que lui, je ne serais pas ici en train de me décarcasser sur cette planche ! Bonjour, Laura. Eh bien, demanda M. Royce en reculant d'un pas. Qu'en dites-vous ?

Nous levâmes tous les trois le nez vers la façade.

— C'est du beau travail, monsieur Royce. Ça va être magnifique.

— Merci. Robert a mis la main à la pâte, mais il faut voir ce qu'a fait sa mère à l'intérieur.

— J'y compte bien. Je suis très heureuse de vous connaître, monsieur Royce.

Il me sourit, et gratifia son fils d'un regard approbateur sur lequel il était impossible de se méprendre. Robert rayonnait.

— La maison vous est ouverte, Laura. Passez nous voir quand vous voudrez, en toute liberté. Y compris celle de prendre un pinceau, si ça vous tente.

— Papa ! protesta Robert.

— Cela me plairait beaucoup, monsieur Royce. Je suis sûre que c'est très amusant.

— Amusant, dites-vous ? Amusant ! Robert, cette fille me plaît.

Robert leva les yeux au ciel.

— Au revoir, papa, dit-il en me prenant la main. Tu viens, Laura ?

À sa suite, je grimpai les marches du perron et pénétrai dans le hall.

Si l'extérieur de l'hôtel avait déjà fort belle allure, l'intérieur exigeait encore quelques bonnes semaines de travail. Les planchers étaient toujours nus, les murs venaient à peine d'être sablés, des fils électriques pendaient un peu partout. Et les portes, pas encore placées sur leurs gonds et posées contre les parois, avaient l'air d'invités attendant d'être introduits.

— Ma ! cria Robert à la cantonade.

Un vacarme évoquant la chute d'une muraille de bidons se fit entendre, suivi d'un juron sonore.

— Aïe, aïe, aïe ! s'exclama comiquement Robert.

Et, toujours sans lâcher ma main, il m'entraîna vivement vers ce qui devait être la cuisine.

Le visage enfoui dans les mains, sa mère était assise sur le carrelage, au milieu d'un amoncellement de casseroles et de marmites. Vêtue d'un jean et d'une chemise en flanelle aux manches roulées, elle avait noué ses cheveux châtain clair en queue de cheval. Je remarquai qu'ils avaient exactement la même nuance que ceux de Robert. Et quand elle releva la tête, je reconnus les traits délicats et bien dessinés de son fils. Même dans cette situation, avec son air juvénile et son teint éclatant, elle paraissait dix ans plus jeune que son âge.

En nous apercevant, elle se redressa, tendit les bras en arrière et prit appui sur ses mains.

— Bienvenue à l'hôtel Marina, commença-t-elle, en imitant l'intonation d'un maître d'hôtel anglais. Je crains que le dîner ne soit légèrement retardé, pour cause de catastrophe.

— Qu'est-il arrivé, maman ?

Mme Royce désigna le mur, là où des équerres venaient apparemment de céder.

— Ces étagères ont décidé que je les avais placées au mauvais endroit, et se sont mutinées.

— Je t'avais dit que je m'en occuperais en rentrant !

— Je n'ai pas cru que ce serait si compliqué que ça. De toute évidence, j'ai sous-estimé le poids de ma batterie de cuisine, expliqua Jayne Royce.

Puis elle leva sur moi un regard souriant.

— Êtes-vous la nouvelle cuisinière ?

— Ma ! Tu sais très bien qui elle est !

— Vraiment ? Oh ! fit-elle en se levant d'un bond, j'y suis. La fille aux homards !

— Quoi ?

— Ma !

Nos deux exclamations fusèrent en même temps, et Mme Royce éclata de rire.

— Jayne Royce, annonça-t-elle en s'avançant, la main tendue. Robert m'a tout dit sur vous, aussi n'ai-je aucune question à vous poser.

— Ma !

— Ma, Ma ! se moqua gentiment Jayne. Tu as fini de bêler comme un agneau perdu, mon fils ? Venez, ajouta-t-elle en me prenant la main. Laissez-moi vous montrer mon chef-d'œuvre.

Elle me fit traverser le hall et pénétrer dans la salle à manger, la première pièce achevée que je voyais depuis mon arrivée. Deux lustres en cristal étincelaient aux rayons du soleil. Ils dominaient une longue table en érable, chargée d'argenterie précieuse, et qu'entouraient de vieux fauteuils à haut dossier. Je reconnus ces sièges sévères en bois noirci, dans lesquels s'étaient assis les capitaines des caravelles. Mon père en avait un, lui aussi. Sur le mur le plus éloigné de la porte était accrochée une grande peinture à l'huile, représentant un baleinier en pleine chasse. En parcourant la salle du regard, je découvris, sur le mur opposé, un tableau qui ne pouvait être que celui de Kenneth Childs. Une plage immense et vide, où des mouettes prenaient leur vol dans le soleil levant. L'élégante harmonie de l'ensemble m'émerveilla.

— C'est magnifique, madame Royce !

— Je vous en prie, appelez-moi Jayne. C'est ma belle-mère que j'appelle Mme Royce.

Je ris, et Robert s'approcha vivement de nous.

— Ça te dirait de venir voir la jetée, Laura ?

— Pourquoi aurait-elle envie d'aller là-bas, Robert ? Ce vieux ponton pourri où tous les chiens vont...

— Ma !

— Si nous aidions plutôt ta mère à fixer ses étagères de cuisine ? suggérai-je avec diplomatie.

Jayne Royce s'illumina.

— Voilà une jeune fille comme je les aime ! Je sens que je pourrais vous adopter. Si un jour vous faites une fugue, vous savez où aller. Elle est vraiment charmante, Robert. Tu n'as pas exagéré.

— Mm...

— Non, Robert, l'interrompit sa mère. Ne le dis pas ! Au fond... (Elle fit mine de réfléchir.) Vous pourriez m'appeler madame Royce, finalement !

J'éclatai de rire et elle me poussa résolument hors de la pièce.

— Venez à la cuisine. Vous me parlerez du cap Cod pendant que je me battrai avec mes marmites.

Je me retournai vers Robert, qui haussa les épaules.

— Tant pis ! soupira-t-il en affectant la résignation. Allons aider Mme Royce.

Ce fut un merveilleux après-midi. Je n'aurais jamais cru prendre un pareil plaisir à travailler. Jayne Royce voulut me retenir à dîner, mais je dus refuser. Il était un peu tard pour prévenir mes parents, et j'avais l'habitude d'aider maman à préparer le repas. Je l'expliquai aux Royce, qui comprirent très bien mes raisons.

Ils étaient pleins de confiance en l'avenir, malgré tout le travail qui les attendait encore. Je leur enviais leur joie, leur complicité, leur façon de tout partager. Les parents de Robert paraissaient tellement plus jeunes que les miens, et tellement plus détendus ! Je sentais l'amour qui régnait entre eux trois, le souci qu'ils avaient les uns des autres. Et je ne m'étonnais plus que Robert eût une personnalité si ouverte et si généreuse.

— Eh bien, s'enquit-il en me reconduisant, comment trouves-tu maman ? Je t'avais prévenue que c'était un personnage.

— Elle est fantastique, Robert. Je l'adore.

— Oui, commenta-t-il en souriant. Pour ça, j'ai de la chance. Et maintenant ajouta-t-il en cherchant mon regard, j'en ai deux fois plus.

***

Les examens de fin d'année approchaient, il était important de nous y préparer. Robert et moi n'avions aucun cours en commun, mais il nous sembla plus amusant de réviser ensemble. Maman n'y vit pas d'objection, et il fut entendu qu'il viendrait travailler avec moi le samedi suivant, à la maison. J'avais déjà l'accord de maman et pourtant... j'attendis le dernier moment pour mettre papa au courant. Il était au salon, plongé dans une partie d'échecs avec May. Quand je lui eus fait part de nos intentions, il observa d'un ton pensif :

— Il semble que vous fassiez parler de vous ces temps-ci, toi et ton petit ami. Et même un peu trop.

— Sûrement pas ! protestai-je en souriant.

— Grandma Olivia pense que si, pourtant. Tu sais comme elle est vite au courant de tout.

— Je sais, oui.

— Tu ne crois pas que tu t'emballes un peu trop vite ?

Qu'avait bien pu lui raconter Grandma ? J'en frémis d'appréhension.

— Pas du tout, papa.

— Tout le monde s'attend à ce que tu ailles à l'université, Laura. Peu de Logan y sont allés. D'après ta mère, tu envisagerais de devenir professeur ?

— Je *serai* professeur, papa.

— Attention, me mit-il en garde. La plupart des filles font des projets d'avenir, puis rencontrent quelqu'un et leurs beaux projets tombent à l'eau.

— Je ne suis pas la plupart des filles, papa. Je suis moi.

Son regard s'adoucit aussitôt. Il détestait avoir à me gronder ou me punir, et le pauvre Cary en avait souvent souffert. Quand nous faisions une bêtise ensemble, c'était toujours lui qu'on blâmait. J'avais beau prendre sa défense, rien n'y faisait. Parce qu'il était un garçon, papa estimait que c'était lui le plus responsable.

Un soir, quand nous avions dix ans, nous étions rentrés tout trempés de la plage et papa avait fouetté Cary. Derrière la porte de la chambre, je criais, suppliais, sanglotais. Quand papa fut sorti, j'entrai pour passer de la pommade sur les balafres de mon frère. Il ne pleura pas, n'émit pas une plainte. Et quand j'affirmais, en larmoyant, que j'aurais dû recevoir la moitié de la correction, Cary s'étonna.

— Pourquoi, Laura ? Je peux supporter le fouet pour deux. Je suis content d'avoir reçu ta part.

Lui qui m'avait toujours été si dévoué, si fidèle, il m'en coûtait de le voir si fâché, à présent. J'étais comme une corde tiraillée dans les deux sens, et prête à se rompre. Je voulais que Cary soit heureux. Mais je ne voulais pas pour autant sacrifier mon bonheur, ni celui de Robert. J'espérais que mon frère l'accepterait bientôt, et que nous serions heureux ensemble.

Papa ne parla plus de ma relation avec Robert, et ne s'opposa pas non plus à ce qu'il vienne étudier avec moi. Contrairement à mon attente, Cary ne fit aucune réflexion désagréable à son sujet, aussi lui proposai-je de venir réviser avec nous. Il refusa tout net.

— Je ne vais sûrement pas perdre mon temps avec ça !

— Ce ne serait pas du temps perdu, Cary. Je sais que tu as besoin de travailler certaines matières.

— Et alors ? C'est toi qui vas à l'université, pas moi, rétorqua-t-il rudement. Ma place est aux côtés de papa. J'y reste.

— Mais tu voudrais construire des bateaux, Cary. Ce serait très utile pour toi de faire des études d'ingénieur et de prendre des cours de dessin.

— Je n'ai pas besoin d'aller m'enfermer dans une boîte snob, bourrée de fils à papa, pour aller apprendre ce que je sais déjà !

C'est vrai qu'il en savait long sur les bateaux, et dès que l'on parlait navigation il avait son mot à dire. Certains amis de papa demandaient même des conseils à mon frère en ce domaine, ce dont papa était très fier.

Je jugeai inutile d'insister.

— Très bien, Cary. Si jamais tu changes d'avis...

— Sûrement pas. J'ai des choses à faire aux docks.

Robert avait du travail jusqu'après le déjeuner, mais il arriva vers deux heures et demie. Maman était en ville avec May, je l'attendais sur le perron. Il sauta lestement de voiture, un paquet de livres et de cahiers sous le bras, et nous échangeâmes un rapide baiser.

— Bonjour, Laura. Ça m'ennuyait un peu de quitter l'hôtel, il y a encore tellement de travail, mais ma mère m'a pratiquement jeté dehors. Alors, où allons-nous ?

J'avais réfléchi à la question, et tout préparé en conséquence.

— Dans ma chambre, indiquai-je sans hésiter. Nous serons moins distraits. Si nous restions dehors par un beau temps pareil, nous ne ferions rien du tout.

Robert m'enveloppa d'un regard caressant, littéralement débordant d'amour.

— Bonne idée, approuva-t-il avec empressement.

Je n'avais jamais fait monter un garçon dans ma chambre, avant cela, et cette seule perspective me bouleversait. À peine entré dans la maison, nous nous arrêtâmes au beau milieu du vestibule. Je voyais bien que Robert était aussi intimidé que moi.

— Ta mère n'est pas là ?

— Elle fait des courses en ville, avec May. Mon père et Cary sont aux docks.

— Oh ! fit Robert, de plus en plus embarrassé.

Je lui pris la main et l'entraînai vers l'escalier.

— Viens. Nous avons du pain sur la planche.

J'avais passé la matinée à nettoyer, astiquer et ranger ma chambre. À deux reprises, Cary avait passé la tête à l'intérieur, non sans me jeter un regard sévère. De toute évidence, il n'approuvait pas.

— Jolie chambre, commenta Robert en entrant. Qui t'a donné tout ça ?

Il désignait les animaux en peluche et les poupées de porcelaine, alignés sur les étagères. J'en avais une vraie collection.

— Maman, Cary, papa... ce sont des cadeaux d'anniversaire, ou pour fêter des occasions spéciales, expliquai-je.

En apercevant la petite table avec sa dînette, devant laquelle était assise une grande poupée, il ne résista pas à la tentation de me taquiner.

— Ne me dis pas que tu joues toujours avec ça ?

— Mais si, de temps en temps. Avec May, bien sûr.

Il sourit et s'approcha du lit à baldaquin.

— Tu peux t'y asseoir, si tu veux.

Sur la courtepointe mauve, assortie aux rideaux du lit et aux coussins, trônait un gros chat en peluche. Robert se laissa tomber sur le matelas, rebondit en riant et prit le chat dans ses bras.

— Il a l'air si réel ! Je voulais être sûr que c'était une peluche.

Il ne semblait pas plus pressé que cela de se mettre au travail, et peut-être n'en avais-je pas grande envie non plus. Réprimant un soupir, j'allai résolument vers mon bureau, sur lequel un cahier était déjà ouvert.

— J'ai commencé à relire mes notes d'histoire, annonçai-je.

Robert se leva, et je crus qu'il allait me rejoindre, mais il se campa devant la fenêtre ouverte, près du lit. La mer toute proche miroitait sous le soleil.

— Jolie vue, commenta-t-il.

— C'est pour ne pas voir tout ça que nous sommes venus dans cette pièce, je te rappelle.

Il se détourna du paysage et je lui désignai la chaise libre, sur le petit côté du bureau.

— Tu peux prendre celle-là, si tu veux.

— Merci, mademoiselle Logan, répondit-il en effectuant une courbette.

Puis il s'assit et ouvrit son livre de mathématiques.

— Je déteste ces formules ! l'entendis-je grommeler.

Mais il s'absorba dans son manuel, et nous travaillâmes en silence. De temps à autre, nous levions la tête, nos regards se croisaient, nous échangions un sourire. Puis nous nous hâtions de nous replonger dans nos livres.

— Tu n'aimerais pas boire quelque chose de frais ? proposai-je, en voyant que Robert achevait un chapitre en même temps que moi.

— Oh, que si !

— Du jus d'airelle, ça ira ?

— Tout à fait.

— Je reviens tout de suite, annonçai-je en me levant.

Sans perdre une seconde, je descendis à la cuisine, mis des glaçons dans deux verres, les emplis de jus d'airelle fabrication maison et remontai aussi vite que possible. Je trouvai Robert étendu sur le lit, les mains sous la nuque, occupé à contempler le baldaquin. Il se redressa brusquement, l'air penaud.

— Désolé, c'était tellement tentant...

— Ne t'excuse pas, il n'y a pas de mal.

Je lui tendis son verre et m'assis à côté de lui.

— Hmm... délicieux, soupira-t-il après avoir bu quelques gorgées. Quelle cruauté de nous infliger des examens quand il fait si beau ! Nous serions tellement mieux dehors. Bien que...

Il laissa sa phrase en suspens, nos regards se nouèrent et mon cœur battit plus vite. Insensiblement, nous nous penchâmes l'un vers l'autre jusqu'à ce que nos lèvres se touchent.

— Il y a une heure que j'ai envie de faire ça, murmura-t-il.

— Moi aussi, Robert.

Il me débarrassa de mon verre, le posa en même temps que le sien sur la table de nuit, se retourna vers moi. Et, cette fois, il m'entoura de son bras et me serra contre lui en reprenant mes lèvres. Je me laissai lentement tomber en arrière.

— Laura, souffla-t-il en caressant mes cheveux, tu me hantes jour et nuit. C'est à toi que je pense d'abord en m'éveillant, à toi que je pense en dernier avant de m'endormir. Les jours où nous ne pouvons pas nous voir, je maudis chacune des heures qui me séparent de toi.

Ses mains se posèrent sur mes épaules, il m'embrassa encore, plus longuement. Puis ses lèvres descendirent dans mon cou, effleurèrent la naissance de ma poitrine, allumant en moi un véritable incendie. Il me semblait qu'à chaque battement de mon cœur un torrent de feu s'en échappait, parcourait chaque fibre de mon corps et remontait à sa source, pour recommencer à nouveau le délicieux supplice. Robert avait déjà défait les deux premiers boutons de mon chemisier. Les doigts enfouis dans ses cheveux, je me renversai sur les coussins et le laissai dégager, un par un, les boutons qui tenaient encore.

Il m'ôta mon chemisier, détacha l'agrafe de mon soutien-gorge, m'en libéra. Sa bouche agaçait la pointe de mes seins, et je l'entendis gémir. *Je devrais l'arrêter,* eus-je le temps de penser. *Tout de suite.* Mais je n'en fis rien, et ses mains descendirent sous ma taille, s'insinuèrent sous ma robe, la remontèrent. Avec une plainte sourde, il plaqua les paumes sur mes cuisses.

— Laura, Laura... je t'aime tellement !

— Moi aussi, Robert.

Je n'offris pas la moindre résistance quand ses mains palpèrent le tissu de ma petite culotte. Mais quand elles glissèrent le long de mes hanches, dénudant ma peau frémissante, un faible cri m'échappa.

J'avais lu des romans dans lesquels on voit des filles aller trop loin, ou se laisser séduire. Et je m'étais juré que cela ne m'arriverait jamais, même avec le plus beau garçon du monde. Même si j'étais follement amoureuse de lui. Comment votre corps peut-il vous obliger à faire ce que vous ne voulez pas faire ? m'étonnais-je. Le plaisir pouvait-il vraiment être assez fort pour vous faire perdre toute volonté, oublier toutes les résolutions, toutes les promesses que l'on s'est faites à soi-même ?

C'était bien ce qui m'arrivait, pourtant. Je m'approchais de plus en plus vite du point de non-retour. Comme le nageur intrépide, dans un instant j'atteindrais la distance critique où l'on est trop loin pour regagner la côte, et je serais à la merci des vagues.

Aucune image n'aurait pu mieux convenir à ce que j'étais en train de vivre. Vague après vague, sensation après sensation, j'étais emportée de plus en plus loin, au-delà des limites de la prudence.

— Robert, implorai-je. Si nous ne nous arrêtons pas maintenant, il sera trop tard.

— Je ne peux pas m'empêcher de te désirer, Laura. C'est plus fort que moi.

— Non, je t'en prie, nous ne sommes pas prêts. Attends que nous le soyons.

Ma voix se fit suppliante. Je savais que s'il refusait, s'il m'embrassait ou me touchait une fois de plus, rien qu'une seule, ce serait fini. J'enverrais promener toute prudence et m'abandonnerais à son désir.

Il se rejeta en arrière et je restai allongée là, sans force et sans souffle. Puis il sauta du lit et remonta la fermeture de son jean. Je ne m'étais même pas aperçue qu'il l'avait abaissée.

Subitement, j'entendis un long craquement ébranler le plafond. Mon cœur manqua un battement. Je tirai vivement Robert en arrière, le ramenant sous le baldaquin. Il attacha sur moi un regard stupéfait.

— Qu'y a-t-il ? Tu veux que je...

— Non. Tais-toi un moment, c'est tout.

Il sourit pour masquer son trouble.

— Quoi ? Mais pourquoi ?

Un second craquement résonna, suivi cette fois d'un bruit de pas.

— Cary est là-haut, proférai-je à voix basse.

Robert ouvrit des yeux stupéfaits.

— Mais pourquoi ne me l'as-tu pas dit ?

— Je n'en savais rien.

— Je ne l'ai pas entendu rentrer ni monter, Laura. Et ta porte est ouverte. Nous aurions dû le voir passer, tu ne crois pas ? Ou alors, ajouta-t-il après un instant de réflexion, il est rentré pendant que nous étions... occupés.

— Non, Robert. Nous avons été là tout le temps, nous l'aurions forcément entendu. Ces marches craquent tellement !

Il eut une moue perplexe.

— Je n'y comprends rien. Tu m'avais dit qu'il n'était pas là.

— Il a dû rentrer pendant que j'étais dehors, en train de t'attendre.

Robert réfléchit un moment, puis haussa les épaules.

— Bon, il était là-haut, et après ? Nous ne faisions rien de mal. Nous n'avons plus qu'à nous remettre au travail, conclut-il en riant.

Comment aurais-je pu lui expliquer ? Pouvais-je lui parler du trou dans le plafond, alors que je n'osais même pas aborder le sujet avec Cary ? Maintenant, il allait bien falloir que je le fasse, décidai-je. Maintenant plus que jamais. Il n'était plus question de reculer.

— Mais d'abord, reprit Robert, j'ai besoin de me rafraîchir.

Il se rendit à la salle de bains, et je me levai pour aller écouter à ma porte. Cary était totalement silencieux, à présent. Un vrai fantôme. Je levai les yeux vers la trappe du grenier, puis retournai m'asseoir à mon bureau. Nous travaillâmes encore un bon moment, tout en marquant de temps à autre une pause pour bavarder. Chacun de nous parlait de ses projets d'avenir. Robert dessinait très bien, et il espérait devenir architecte.

— Au fond, observai-je, vous avez beaucoup de points communs, Cary et toi. Plus qu'il ne veut bien l'admettre. Je suis sûre que tu saurais dessiner un bateau qui lui plairait.

— C'est possible. J'essaierais bien, pour m'amuser... si j'étais certain qu'il ne m'arrache pas la tête des épaules !

— Il ne le fera pas. Nous allons discuter sérieusement, tous les deux. Je te le promets.

J'avais à peine parlé que la porte d'entrée claqua, et la voix animée de maman résonna dans le hall.

— Il se fait tard, observa Robert. Je ferais mieux de rentrer. Je descends juste dire bonjour à ta mère. Cary est toujours là-haut ?

Je levais les yeux vers le trou que Robert, par chance, n'avait pas remarqué.

— Oui, il est toujours là.

Nous descendîmes et Robert bavarda un peu avec maman, puis échangea quelques signes avec May. Il apprit plusieurs mots nouveaux, puis je le raccompagnai jusqu'à sa voiture.

— À demain, Laura. Je passerai dans l'après-midi, pour cette balade sur la plage.

— Entendu.

Il déposa un baiser léger sur mes lèvres, puis se glissa derrière le volant. Je le regardai s'éloigner, disparaître, et j'étais encore à la même place quand j'entendis la porte s'ouvrir derrière moi. Je pivotai pour voir Cary planté sur le perron. Il me lança un regard noir, dégringola les marches et me dépassa, pour s'engager sur le chemin des docks.

— Un instant, Cary, le rappelai-je.

Il s'immobilisa, mais sans se retourner.

— Pour quoi faire ?

— Il faut que nous parlions.

— Je n'ai rien à te dire. Il faut que j'aille à bord.

— Eh bien moi, j'ai à te parler, Cary Logan, et je te conseille de m'écouter.

Avec une répugnance manifeste, il se retourna enfin.

— Me parler de quoi ?

— Du plafond de ma chambre, répondis-je en marchant droit sur lui.

5

Voyage inaugural

Très lentement, Cary reprit la direction des docks et j'accordai mon pas au sien. Je me taisais. Ce n'était pas facile de trouver les mots justes. Finalement, je commençai le plus calmement possible :

— Tu es remonté au grenier sans te faire voir, n'est-ce pas, Cary ? Tu savais que Robert venait, alors tu es rentré en catimini pour nous épier de là-haut ?

— Tu es folle ! J'avais quelque chose à terminer, c'est tout. Je n'y peux rien si tu ne savais pas que j'étais là. D'ailleurs...

Il s'arrêta et se tourna carrément vers moi.

— Qu'est-ce qui te tracasse tellement ? Tu as fait quelque chose dont tu devrais avoir honte ?

— À ton avis, Cary ? L'ai-je fait ?

Ses yeux lancèrent des éclairs, mais il ne répondit pas.

— Eh bien ? L'ai-je fait ?

— Comment pourrais-je le savoir ? grogna-t-il en repartant sur le chemin des dunes, d'un pas plus rapide cette fois-ci.

Je dus courir pour le rattraper.

— Comment tu pourrais le savoir ? En regardant par ton judas, voilà comment !

Il s'arrêta de nouveau, les poings aux hanches.

— Quoi ! Un judas ? Mais qu'est-ce que tu racontes ?

— Tu sais très bien de quoi je parle, Cary Logan. Rentrons à la maison, si tu veux. Je te le montrerai tout de suite.

À nouveau, il essaya de soutenir mon regard mais, cette fois-ci, le sien vacilla. Il vira au cramoisi et détourna les yeux d'un air coupable.

— Oh, je vois ce que tu veux dire. Il y avait un nœud dans le bois du plancher ! Il est tombé il y a quelque temps.

— Un nœud dans le bois, vraiment ?

— C'est ça. Je m'en suis seulement aperçu l'autre jour. Tu crois que je n'ai rien de mieux à faire qu'à monter au grenier pour vous espionner, toi et ton amoureux ?

— J'espère que si, Cary. Et si tu me dis que tu ne l'as jamais fait, et que tu ne le fais pas, je te croirai.

— J'ai oublié de reboucher le trou, c'est tout. J'allais justement arranger ça avec un peu de colle, ajouta-t-il, tout heureux d'avoir une explication à fournir. C'est juste que j'ai été trop occupé, je n'y ai plus pensé.

— Très bien.

— Je ne peux pas croire que tu m'accuses d'une chose pareille, reprit-il, assez rassuré pour passer à l'offensive.

— Et pourquoi ne le ferais-je pas, Cary ? Tu me traites comme une femme déchue, tout simplement parce que je vois Robert. Que tu n'as aucune raison de ne pas aimer, d'ailleurs. Il ne t'a rien fait.

— Ils sont hôteliers, dans sa famille, accusa-t-il âprement. Ce sont des gens comme eux qui nous amènent tous ces touristes.

— Ça, ce n'est pas de toi, Cary. Tu te bornes à répéter les critiques de Grandma Olivia. Et nous avons besoin des touristes, tu le sais très bien. Qui achèterait les homards de papa, s'ils n'étaient pas là ? Et si les produits du cap n'étaient pas si recherchés, qui voudrait de nos airelles ? Nous sommes une des plus célèbres régions touristiques de toute l'Amérique, il est grand temps d'accepter les faits. Les gens qui refusent de le faire sont ceux qui sont nés tellement riches qu'ils n'ont besoin de personne.

— En voilà une tirade ! me taquina Cary. Tu devrais travailler pour la chambre de commerce ou l'office de tourisme, Laura.

— C'est une idée.

— Tu es sérieuse ? Tu n'as quand même pas l'intention de faire ça ?

— Ce n'est pas dans mes projets, mais sait-on jamais ? D'ailleurs ce n'est pas la question, Cary. On doit juger les gens sur ce qu'ils sont, et non sur ce que font leurs parents, ou ce que faisaient leurs grands-parents. Ne sois pas si Bêcheur-du-Cap !

Nous avions inventé l'expression quand nous étions enfants, et Cary ne put s'empêcher de sourire. Mais il évita mon regard.

— C'est juste que... je ne veux pas qu'on profite de toi, Laura. Tu es si confiante et si naïve.

— Tandis que toi tu es un homme d'expérience, Cary Logan ? Et depuis quand ?

— Je sais ce que cherchent les garçons de maintenant, riposta-t-il aigrement. Ils n'ont qu'une idée en tête.

— Robert n'est pas comme ça.

— Qu'est-ce que tu en sais ?

Je me contraignis à garder mon calme.

— Je crois être mieux placée pour le savoir que toi, Cary. À moins que tu n'écoutes chacune de nos conversations, et que tu ne surveilles chacune de nos rencontres, bien sûr. Est-le cas ?

— Non.

— Alors ? Pourquoi ne laisses-tu pas la plus petite chance à Robert ? Tu serais surpris de savoir combien vous avez de points communs, Cary. Tu ne trouves sans doute pas le métier de ses parents aussi respectable que celui de papa, mais il est très dévoué à sa famille. Exactement comme tu l'es à la tienne. Rien ne lui a été servi sur un plateau d'argent, à lui non plus. Toi comme lui, vous travaillez dur pour obtenir ce que vous avez. Vous êtes plus forts et plus mûrs que la plupart des garçons du lycée, tous les deux.

L'étincelle qui brilla dans les yeux de Cary m'apprit que mon petit discours lui avait plu. Je poursuivis, encouragée :

— Robert voudrait devenir architecte, et ton travail sur les bateaux l'intéresse beaucoup. Alors que la plupart de tes soi-disant bons amis s'en moquent éperdument. Aucun n'est jamais venu voir tes maquettes.

— Je ne le leur ai pas demandé.

— Et pourquoi, d'après toi ? Parce que tu sais très bien qu'ils ne s'y intéressent pas. Robert, si.

Cary fit la grimace.

— Il t'a complètement tourné la tête, ma parole.

— Cary ! Ne peux-tu pas me faire confiance et t'en remettre à mon jugement, pour une fois ? Tu respectais mes opinions, avant ! Tu croyais en moi.

Il vit que j'étais sur le point de pleurer. Ses traits s'adoucirent.

— Je ne dis pas que je ne crois plus en toi, Laura... D'accord, concéda-t-il après un silence pensif. Je lui laisserai une chance. Si c'est ce que tu veux.

— Oui.

— Très bien, c'est entendu. Et maintenant je file aux docks, j'ai promis à papa de l'aider.

— Il va falloir que tu commences à préparer tes examens ! lui criai-je comme il s'éloignait.

Sans même se retourner, il m'adressa un salut désinvolte de la main et poursuivit son chemin, cheveux au vent. Je le suivis des yeux quelques instants et m'en revins vers la maison, avec la vague impression d'avoir remporté une victoire. Mais laquelle au juste ? Je n'en savais trop rien.

Le lundi suivant, toutefois, les choses avaient changé. Cary se montra très amical envers Robert, si amical en fait que je n'en revins pas moi-même.

— Laura m'a parlé du travail que vous faites au Marina, tes parents et toi. J'aimerais aller voir ça, un de ces jours, annonça-t-il avec un coup d'œil furtif à mon adresse.

Robert sourit jusqu'aux oreilles.

— Ce serait super ! J'aurais sûrement besoin de tes conseils pour la jetée, d'ailleurs. Elle a besoin d'être consolidée, mais je ne sais pas trop comment m'y prendre.

— Peut-être mercredi, alors, après la classe ? Nous emmènerons May, ajouta Cary en se tournant vers moi.

— Elle adorerait ça, Cary !

Pour un peu, j'en aurais sauté de joie.

— Bon, il faudra prévenir Ma. Mais inutile d'en parler à papa, souligna mon frère en baissant la voix.

Je l'approuvai d'un bref signe de tête. Bien qu'il eût besoin du tourisme pour vivre, Papa ne cessait de s'en plaindre, reprenant mot à mot les propos de sa mère. J'étais reconnaissante à Cary de n'avoir pas abordé le sujet, mais là-dessus Robert et lui ne seraient jamais d'accord. C'était une chose qu'ils devraient accepter.

Ce jour-là, Cary nous rejoignit à la cafétéria pour déjeuner. Robert lui posa quelques questions relatives à la navigation, et mon frère parla tout le long du repas. De temps à autre, Robert levait sur moi un regard ébahi, quant à moi je retenais mon souffle. J'avais trop peur, si je prononçais un seul mot ou faisais le moindre mouvement, de rompre le sortilège.

Mais il ne se rompit pas. En rentrant à la maison, après les cours, Cary admit qu'il avait peut-être mal jugé Robert.

— C'est sans doute parce qu'il n'est pas d'ici, hasarda-t-il. En tout cas, il ne fait pas partie de la clique d'Adam Jackson, c'est déjà ça. Il m'a demandé de lui donner quelques leçons de navigation. Peut-être bien ce week-end, réfléchit-il à haute voix.

J'acquiesçai en silence. J'avais l'impression de marcher sur de la glace mince, sur la pointe des pieds pour ne pas la voir se briser.

— Tu peux venir aussi, ajouta mon frère.

— Avec plaisir, Cary. Je crois qu'on va bien s'amuser.

— Il faut d'abord qu'il fasse beau. Quant à s'amuser, ça dépendra des qualités du matelot. On verra s'il apprend vite ou pas.

— Robert t'a dit s'il était certain de pouvoir se libérer ? m'inquiétai-je. Il a tellement de travail à l'hôtel.

— En fait, j'ai promis de venir lui donner un coup de main jeudi, pour badigeonner la terrasse, derrière l'hôtel. J'ai un peu de temps devant moi.

Je n'en croyais pas mes oreilles.

— Vraiment, Cary ? Tu ferais ça ? Enfin, je veux dire...

— Ce n'est pas grand-chose, Laura. S'il en met un coup, ça ne nous prendra qu'une heure, affirma Cary d'un petit air fanfaron.

Le mercredi, comme convenu, nous passâmes prendre May à son école et partîmes pour la Marina. La sympathie fut immédiate entre Mme Royce et May. Pendant que Robert et Cary allaient examiner la jetée avec Charles Royce, j'appris à Jayne Royce quelques éléments du langage des signes, et elle se mit tout de suite à pratiquer. M. Royce fut très impressionné par les avis de Cary sur les réparations, et par la suite il n'en parla plus qu'avec éloge. Nous passâmes tous un agréable moment sur la galerie, à savourer une citronnade bien fraîche, tandis que les trois hommes poursuivaient leur discussion sur les travaux.

May adora la mère de Robert. Jayne Royce lui offrit une montre sans grande valeur, qu'elle avait trouvée dans un tiroir à son arrivée. Elle avait un boîtier de nacre, un cadran à chiffres romains et un bracelet en cuir. May en fut si contente que pendant tout le trajet du retour elle garda le bras en l'air, pour mieux la contempler.

— Papa voudra savoir où elle a eu ça, fit observer Cary. Nous ne pouvons pas lui demander de mentir.

Il n'en était pas question. May nous était si chère, à tous les deux. Et elle était si différente des autres enfants ! L'idée de la voir commettre la moindre action douteuse nous était insupportable. C'était l'innocence et la pureté mêmes.

— Laissons-la dire la vérité, Cary. Nous n'avons rien fait de mal. Un bon chrétien ne doit-il pas aider son prochain ? Si papa fait une réflexion, nous n'aurons qu'à citer la 1re Épître aux Corinthiens, verset 13.

« Et quand même je distribuerais tout mon bien pour nourrir les pauvres, et que même je livrerais mon corps pour être brûlé, si je n'ai point la charité, cela ne me sert de rien. »

Cary éclata de rire.

— Ça lui apprendra à nous faire lire la Bible tous les soirs avant le dîner !

Papa interrogea May au sujet de sa montre, bien sûr. Mais comme il ne comprit pas sa réponse, il se tourna vers moi et je lui dis la vérité. Il resta quelques instants tout songeur.

— Je n'aime pas la voir accepter des cadeaux des étrangers, Laura, dit-il enfin.

— Mme Royce n'est plus une étrangère, papa, en tout cas pour moi.

Il n'eut pas l'air très content, mais ne fit pas de commentaire, et May conserva la montre.

Le jeudi, Cary partit avec Robert pour l'aider à repeindre, et bien sûr je ne les accompagnai pas. Mais j'étais si nerveuse à l'idée de les savoir ensemble, et sans moi, que je fus incapable de m'occuper utilement. Je passai mon temps à la fenêtre à guetter le retour de mon frère. Comme il l'avait annoncé, il ne lui fallut pas plus d'une heure pour venir à bout de sa tâche. Je courus lui ouvrir la porte.

— Déjà fini ? m'écriai-je comme il montait les marches.

Il haussa les épaules.

— Ce n'était pas grand-chose. Parle-moi de repeindre une coque, ça c'est du travail !

— Et Robert ? Il a trouvé ça facile, lui aussi ?

Ce que je voulais vraiment savoir, sans oser le demander, c'est s'ils s'étaient bien entendus, tous les deux.

— Il a fait sa part d'ouvrage, reconnut Cary. Je pense trouver quelques heures samedi pour l'amariner un peu. Tu pourras venir, si tu veux.

— Oh, Cary ! m'exclamai-je en lui sautant au cou. Merci, merci, merci !

Dans ma joie, je lui plantai un baiser sur la joue, et il se raidit comme si mes lèvres l'avaient brûlé. Nous ne nous embrassions plus, depuis quelque temps. Mais cette fois je n'avais pas pu m'en empêcher.

— Il n'y a pas de quoi, grommela-t-il sur un ton presque fâché. Je l'aurais fait pour n'importe qui. Bon, il faut que j'aille me débarbouiller, conclut-il précipitamment.

Et il s'élança dans l'escalier.

J'aurais dû être heureuse, je le savais. J'aurais dû me réjouir de tout ce qui arrivait, mais ce ne fut pas le cas. Je crus sentir un souffle froid passer dans l'air. Comme si l'ombre de Cary s'était attardée derrière lui et me voilait le soleil.

***

Le lendemain, au lycée, Robert annonça que ses parents lui avaient imposé d'office un samedi de vacances.

— Ils ont dit que je n'avais pas pris une seule journée de repos complet depuis notre arrivée au cap. Et comme nous sommes en avance sur nos prévisions...

Je battis des mains.

— Génial ! Que dirais-tu d'un pique-nique sur la plage, Cary ?

— Bonne idée. Alors voilà le programme. Leçons de navigation toute la matinée, puis pique-nique à Logan Bay.

— Logan Bay ? s'étonna Robert. Qu'est-ce que c'est que ça ?

J'échangeai un sourire avec Cary.

— C'est notre coin secret. Nous l'avons baptisé comme ça parce que nous sommes pratiquement les seuls à y aller.

— Ça se trouve à près d'un kilomètre au nord du champ d'airelles, précisa Cary. Là, au moins, on est sûr de ne pas être assaillis par les touristes.

Les yeux bleus de Robert pétillèrent.

— Ce doit être rudement bien caché, alors ! Je meurs d'envie de voir ça.

Après la lecture de la Bible, ce soir-là, papa marqua une pause avant de couper le pain et chercha mon regard.

— Alors, vous espérez dégourdir le marin d'eau douce, à ce que j'ai compris ?

Incapable de deviner ce que papa pensait vraiment, je scrutai les traits de Cary, mais il resta impénétrable. Je pris sur moi de répondre :

— Nous l'emmenons samedi sur le *Sunfish,* pour sa première leçon.

— Nous ? releva mon frère avec un petit sourire en coin.

— Je suis bon marin aussi, Cary Logan. Tu l'as dit toi-même.

— Oui, je l'ai dit. Mais tu ne l'es pas encore assez pour être bon professeur, expliqua-t-il.

Cela plut à papa et le fit sourire, lui aussi. Mais il reprit vite son sérieux.

— Si vous emmenez May, je ne veux pas qu'elle soit à bord pendant que ce garçon prendra sa leçon, Cary.

— Bien sûr que non, papa.

Le *Sunfish* était de dimensions modestes, le banc permettait tout juste à deux navigateurs de s'asseoir. Mais, malgré cela, nous emmenions presque toujours May, en la plaçant entre nous. Elle était si menue ! Je lui avais déjà promis qu'elle viendrait pour le pique-nique. Il me fallait rassurer papa.

— Nous resterons sur la plage pendant que les garçons seront à bord, affirmai-je. Ne t'inquiète pas.

Il émit un grognement bourru, mais pas sévère, qui pouvait passer pour une approbation. Cary fit observer que le temps s'annonçait beau, papa grogna encore, et la question en resta là. J'étais tellement surexcitée que je montai tout droit dans ma chambre pour commencer à tirer des plans. Je n'aurais pas pu attendre une seconde de plus. May, qui m'avait suivie, s'assit pour observer mes mains tandis que j'arpentais la pièce en gesticulant, tout en dressant à haute voix la liste des préparatifs.

— Si je faisais une salade de crevettes ? Cary adore ça. Nous pourrions avoir un barbecue, qu'en penses-tu ? Que choisirais-tu, comme grillades ? Des hamburgers ou du homard ? Ah ! Ma tarte au citron, bien sûr. Quand il goûtera ma cuisine, Robert sera ébloui par mes talents. Quoi, que dis-tu ?

May venait de commencer à me parler par signes.

— Des jeux ? Oui, bonne idée. Nous emmènerons quelque chose pour nous distraire, pendant qu'ils seront à bord. Non, May, pas mon album, je serais trop gênée de montrer mes dessins. Nous prendrons le jeu de dames chinoises, et le Frisbee de Cary, d'accord ? En attendant, je ne sais toujours pas trop quoi faire, expliquai-je avec une moue perplexe. Allons en parler à maman.

Sur ce, May se leva d'un bond et m'emboîta le pas, sautillant légèrement derrière moi dans l'escalier.

Le samedi matin, j'emballai le pique-nique avec maman pendant que Cary achevait son petit déjeuner.

— Je ne vois pas pourquoi nous ne nous contentons pas de sandwiches, marmonna-t-il entre deux bouchées. Ce n'est quand même pas la Bénédiction de la Flotte !

La cérémonie à laquelle il faisait allusion était une tradition, au cap. Chaque année, une procession quittait l'église pour aller bénir les bateaux, rutilants sous leurs oriflammes et arborant pavillon haut. Tout le monde se mettait sur son trente et un, et le repas de ce jour-là était un véritable banquet.

— C'est bien d'un homme ! plaisanta maman. Toujours à rouspéter et à se moquer du monde, jusqu'à ce qu'ils s'empiffrent à s'en lécher les babines. C'est drôle, mais il n'y en a plus un qui grogne, à ce moment-là. On entendrait voler une mouche.

J'éclatai de rire et Cary devint écarlate.

Environ une heure plus tard, Robert arriva, en grande tenue d'apprenti matelot. Tennis neuves, pantalon kaki, chemise éclatante de blancheur. Et, pour compléter le tout, un béret de toile crânement incliné sur le côté. Cary, pieds nus et vêtu en tout et pour tout d'un vieux short, sourit d'une oreille à l'autre.

— À bord de quoi t'attends-tu à naviguer ? D'un yacht ?

Robert ne se laissa pas démonter.

— Non. J'ai voulu être dans la note, c'est tout.

— Et tu es très bien, Robert, affirmai-je avec conviction.

Par-dessus mon maillot, je portais une robe bain de soleil rose, et je trouvais que nous étions très bien assortis, tous les deux. Cary fronça les sourcils.

— Naviguer n'est pas un jeu, figure-toi. Tu vas gâcher ton joli costume.

— Aucune importance. Je n'aurai pas tellement l'occasion de le porter, de toute façon. Eh, mais... (Robert venait d'apercevoir le panier de pique-nique.) Qu'est-ce que c'est que tout ça ?

— Ma sœur nous a préparé un festin, comme tu vois.

— Tu n'aurais pas dû te donner tant de mal, Laura ! En tout cas, merci beaucoup.

— Bon, allons-y ! bougonna Cary, visiblement pressé de changer de sujet. Ne laissons pas perdre un si bon petit vent.

May prit nos serviettes, Robert offrit de porter la couverture et nous partîmes en direction des docks. Une brise agréable folâtrait avec de petits nuages mousseux, qui glissaient sur le ciel turquoise. Au sud, l'océan était déjà tout pointillé de voiles.

— Le temps paraît parfait pour naviguer, commenta Robert, comme nous descendions le chemin des dunes.

Cary lui lança par-dessus son épaule :

— Parce que tu crois t'y connaître en navigation, toi ?

— Moi ? À peu près autant qu'en physique nucléaire, avoua Robert. Je ne comprends même pas comment on peut faire avancer un bateau !

Tant de franchise désarma Cary, je vis son expression s'adoucir. C'était lui qui avait la vedette, aujourd'hui. Et il était si content de pouvoir parler de ce qu'il aimait le plus au monde !

— C'est le vent qui fait avancer le bateau, expliqua-t-il. On établit la voile de façon à ce qu'elle soit perpendiculaire à l'axe de la coque, et que le vent agisse sur sa face arrière. On appelle ça courir devant le vent. Avec un angle de quarante-cinq degrés, on parle de remonter au vent. Il exerce alors plutôt une traction qu'une poussée, tu comprends ?

— Je comprendrai quand je verrai par moi-même, répondit Robert en me décochant un grand sourire.

Cary se retourna, la mine sévère.

— Tu n'arriveras à rien si tu n'écoutes pas et si tu ne te concentres pas, je te préviens.

— Je vais faire attention, promit Robert. Excuse-moi.

Cary reprit patiemment son exposé.

— L'air glisse à une très grande vitesse sur la face antérieure de la voile, créant devant elle une zone de basse pression, tu comprends ?

— Oui. Enfin je veux dire : oui, capitaine.

Cary secoua la tête d'un air découragé.

— Non, mais je rêve ! Il fallait que je sois fou...

— Il fait attention, Cary, je t'assure.

— On verra bien, grommela mon frère.

Il faut croire que Robert avait écouté, car il fit observer :

— Ce que je ne comprends pas, c'est pourquoi le vent ne fait pas pivoter le bateau, quand la voile est établie à quarante-cinq degrés.

Cary s'arrêta net et se retourna.

— Ce serait le cas si la coque était parfaitement plate. Mais tous les voiliers possèdent une quille, qui joue le rôle de plan longitudinal et empêche le bateau de dériver, expliqua-t-il, illustrant ses propos de gestes des deux mains.

— Ah ! Mais si on se déplace selon un angle de quarante-cinq degrés, comment fait-on pour imposer une direction au bateau ?

Les yeux de Cary pétillèrent. J'y reconnus cette lueur de plaisir qui y brillait toujours quand il parlait de navigation. J'étais heureuse que Robert sût poser les bonnes questions.

— À cette allure, un voilier s'écarte forcément de quarante-cinq degrés de la direction du vent. Pour garder son cap, on se dirige tour à tour vers la gauche, puis vers la droite, en zigzag. De bâbord à tribord, si tu préfères, et vice versa. On appelle ça tirer des bords. Il faut que tu connaisses bien les termes, pour pouvoir exécuter sans erreur les ordres que je te donnerai. Jusque-là, tu me suis ?

— Je crois.

— Bon. Changer d'amures, c'est-à-dire de côté par rapport au vent s'appelle virer de bord. Pour ça, on se sert du gouvernail, qu'on appelle la barre. En général, on vire vent devant, en amenant le bateau face au vent, puis en pointant la proue sur l'autre bord. On peut aussi s'écarter du vent, en ouvrant l'angle jusqu'à ce que le bateau soit complètement vent arrière. Et là on remonte au vent, mais de l'autre bord.

Robert hocha la tête, mais je n'étais pas certaine qu'il eût tout assimilé. Pourtant Cary poursuivit, imperturbable :

— Sur les bateaux à gréement aurique...

— Aurique ? Attends une minute... Tu parles de ces bateaux à voile carrée, fixée à une... comment déjà ? Une corne ?

— Exact, approuva Cary, et Robert sourit de fierté.

À la suite de Cary, nous repartîmes d'un bon pas, et les explications de mon frère se firent de plus en plus techniques. Je me félicitais qu'il ne posât pas trop de questions à son élève, car Robert me semblait à présent complètement dépassé. J'en eus la preuve lorsque Cary demanda soudain :

— Et alors que se passe-t-il, d'après toi ?

— Euh... ce qui se passe ? bafouilla Robert. Sans s'arrêter, Cary lança derrière son épaule :

— On se retourne, tu tombes à l'eau et ton accoutrement « dans la note » est fichu, mon vieux !

Par-dessus la tête de May, qui marchait entre nous, je me penchai vers Robert et lui chuchotai :

— Ne t'inquiète pas, il ne laissera pas le *Sunfish* se retourner. Ce n'est jamais arrivé.

— Voilà qui est rassurant ! pouffa-t-il en souriant à May.

Et il ne fut plus question de navigation jusqu'à Logan Bay. Une fois là, ma sœur et moi étendîmes la couverture dans un coin bien ensoleillé, pendant que les garçons embarquaient sur le *Sunfish.* J'avais emporté les jumelles de papa, pour que nous puissions les voir de la plage. Je savais qu'une fois le bateau sous voiles, Cary ne penserait plus qu'à la manœuvre. Il était vraiment très bon marin, excellent professeur, et le vent n'avait pas de secrets pour lui.

Ils s'éloignaient et se rapprochaient de la côte, le *Sunfish* dansant sur les vagues avec aisance et sans à-coups. Quand je prenais les jumelles, je voyais Cary diriger Robert, lui parler, lui désigner tel ou tel agrès, ou lui indiquer par l'exemple comment s'y prendre. Malgré cela, quand Robert prenait la barre, l'allure changeait du tout au tout. Le *Sunfish* tanguait et roulait comme par gros temps, et à deux ou trois reprises je les crus bien près de chavirer.

Je fis quelques parties de dames chinoises avec May, puis nous allâmes patauger dans les flaques, à la recherche de jolis coquillages. Les mouettes nous suivaient partout, surtout quand nous revînmes vers la couverture. Elles savaient reconnaître les apprêts d'un pique-nique et nous guettaient, prévoyant une ample récolte de miettes.

Deux heures et demie après avoir quitté Logan Bay, le *Sunfish* se rapprocha de la côte en louvoyant. Il vint aborder juste en face de l'endroit où nous avions étendu la couverture, et les deux garçons sautèrent sur le sable humide. Robert était trempé comme une soupe, mais ravi.

— Alors, demandai-je à Cary quand ils nous rejoignirent. Comment s'est-il débrouillé ?

Mon frère eut une petite moue peu enthousiaste.

— Couci-couça, c'est tout ce que je peux dire.

— Il lui faut de l'entraînement, c'est tout.

Le front et les joues de Robert arboraient déjà une belle couleur dorée, mais je frémis en voyant sa nuque. Elle était carrément rouge vif.

— Mon Dieu, Robert ! Tu aurais dû mettre une crème antisolaire. Tu vas souffrir, demain, je te préviens.

— Je sais, soupira-t-il en regardant Cary avec envie. Comment se fait-il que tu ne sois pas rôti, toi ?

— Depuis le temps que je vis au grand air, ma peau ne craint plus le soleil, je suppose. En attendant, je suis affamé. Si on attaquait ?

May et moi nous empressâmes de déballer nos provisions, et tout en mangeant Robert raconta ses débuts à la mer. Il ne chercha pas à dissimuler ses nombreuses maladresses, toujours rattrapées par Cary. Mais il avoua qu'il espérait avoir déjà fait quelques progrès.

— Je crois que je commençais à prendre le tour de main, pas vrai, Cary ?

— Ça vient, reconnut mon frère. En fait, ajouta-t-il comme à contrecœur, tu ne t'en es pas trop mal tiré, pour un éléphant.

C'était l'un des autres doux noms que nous réservions aux terriens, mais Robert ne s'en offusqua pas. Il rayonnait.

— Merci, Cary ! Et toi, tu n'es pas encore trop décati pour un vieux loup de mer. Tu as les jambes un peu arquées mais à part ça...

Mon frère sauta sur ses pieds.

— Moi, j'ai les jambes arquées ? Ton avis, Laura ?

— Eh bien, ma foi... (Je fis mine d'hésiter.) Un tout petit peu, je dirais.

— Ah oui ? En tout cas, j'ai un sens parfait de l'équilibre, à terre ou en mer.

Robert rit de bon cœur, mais mon frère ne plaisantait pas, lui. Je le vis froncer les sourcils.

— Tu veux vérifier, marin d'eau douce ?

— Cary ! protestai-je. Non, pas de ça !

— C'est lui qui s'est vanté, non ? Je ne l'ai pas cherché.

Robert releva le défi.

— D'accord. Qu'est-ce que tu proposes ?

— La lutte indienne, tu connais ?

— Et comment ! fanfaronna Robert. Je suis champion des États de l'est !

Je tentai encore une fois de m'interposer.

— Vous n'avez pas fini, tous les deux ? J'aimerais bien pouvoir servir le dessert. Assieds-toi, Cary, ordonnai-je en lui désignant sa place.

— Pas avant d'avoir gagné la partie. Prêt, champion ?

Cary se mit en position, le bras tendu. L'enjeu était de déséquilibrer l'adversaire jusqu'à ce qu'il tombe. Je savais que mon frère était très fort à ce jeu, sans doute à cause de son expérience de la mer. Porter des charges et manœuvrer par tous les temps l'avaient rendu redoutablement efficace.

Robert se leva d'un bond et May battit des mains.

— Tu vas finir d'abîmer ton joli costume, ironisa Cary.

— C'est ce qu'on va voir.

— Oh, non ! me lamentai-je. Arrêtez ça tout de suite.

Je perdais ma peine et je le savais. Quand l'ego est en jeu, surtout celui des garçons, les choses finissent toujours mal. Robert se campa solidement en face de Cary, saisit sa main et la lutte commença. Tous deux étaient vigoureux. Les muscles de leurs bras se gonflaient, leurs épaules se tendaient. La maîtrise et la stabilité de Robert me surprirent, et Cary aussi d'ailleurs. Il pensait en triompher rapidement. Chacun des deux tentait de renverser l'autre, et tous deux semblaient à tout moment sur le point d'y parvenir. Puis Robert feinta. Il se pencha comme pour exercer une poussée, se rétablit et tira si rudement Cary à lui que mon frère bascula en avant et atterrit la tête la première dans le sable. Il en était tout barbouillé quand il se releva, depuis le front jusqu'au bas des jambes.

— Et Robert Royce conserve son titre de champion des États de l'est ! cria Robert, en joignant les mains au-dessus de sa tête.

May rit aux éclats, mais pas moi. Je croisai le regard de Cary et pressentis que les choses allaient mal tourner.

— Jouons la revanche, exigea mon frère.

Robert pointa le menton dans ma direction.

— Règle ça avec mon manager, mon vieux.

— Cary, je t'en prie ! insistai-je. Nous n'avons toujours pas mangé le dessert.

— Je n'ai pas besoin de dessert. Allez, Royce, tu as eu de la chance mais, maintenant, on va voir.

Il était déjà en position, et Robert me regarda. Je secouai la tête avec énergie, mais il haussa les épaules.

— Je ne peux pas ignorer un défi, je dois tenir compte de mes fans.

— Génial.

Je refermai le panier en claquant le couvercle, et boudai pendant toute la durée de la lutte.

Comme la première, elle fut d'abord indécise, les deux adversaires étant de force égale. Mais Cary était âprement décidé à vaincre, cette fois-ci. Sa détermination lui crispait la bouche, ses yeux luisaient d'un éclat sombre. À nouveau, Robert fit une feinte adroite. Mais cette fois, quand il déstabilisa Cary, mon frère tomba sur lui et ils roulèrent tous les deux à terre.

— Ex aequo ! m'écriai-je avec soulagement.

Mais aucun ne voulut lâcher l'autre et l'épreuve de force continua sur le sol. Robert riait, mais Cary lui tordit le bras en arrière, le plaquant sur le sable. Instantanément, Robert se dégagea et lui empoigna la cheville, l'empêchant de se relever. Le combat devint mêlée. Tous deux ne formaient plus qu'une masse enchevêtrée, roulant sur elle-même et agitée de mouvements furieux. Je me levai, aussitôt imitée par May.

— Arrêtez ! vociférai-je. Arrêtez tout de suite ou je m'en vais.

Ils grognèrent vaguement quelque chose, mais le combat se poursuivit. Cette fois, c'en était trop. Je pris May par la main et m'éloignai rapidement vers la maison, laissant les deux garçons s'essouffler tout leur soûl dans le sable.

J'étais furibonde. Grâce à ces deux petits coqs, ce qui aurait dû être un merveilleux après-midi s'achevait en gâchis complet.

Papa et maman étaient en ville, heureusement : je n'eus pas à répondre à leurs questions. Je montai dans ma chambre, suivie par une petite May complètement effarée. En quelques signes rapides, elle me demanda ce qui n'allait pas.

— Ces idiots de garçons, expliquai-je avec des gestes impatients, voilà ce qui ne va pas ! Ils peuvent être tellement bêtes, parfois. Ils commençaient à s'entendre, et voilà où en en est. J'en ai assez de tout ça. Et toi, tu as de la chance de ne pas t'occuper des garçons. Tu t'en soucies comme de ta première chemise, et tu as bien raison.

— Plus maintenant, Laura. J'aime un garçon de ma classe, avoua ma petite sœur.

— Eh bien, ne le lui dis pas, surtout !

J'étais amèrement déçue, et très en colère. Je pris ma broderie en cours, m'assis près de la fenêtre et plantai rageusement mon aiguille dans le canevas. Peu de temps après, je vis Robert et Cary remonter de la plage. Ils ne marchaient pas côte à côte. Ce fut seulement en arrivant à la maison qu'ils se rapprochèrent pour se parler.

— Merci d'avoir gâché le pique-nique ! leur criai-je de ma place.

Tous deux levèrent la tête en même temps.

— C'était pour rire, Laura, prétendit Cary. Nous voulions nous amuser un peu. Pourquoi t'es-tu sauvée comme ça ?

— Non, vous ne vouliez pas vous amuser. Vous n'êtes que deux imbéciles, et moins je vous verrai, mieux je me porterai !

— Laura, implora Robert. Je voulais juste...

Je croisai les bras et me renversai sur ma chaise, de sorte qu'ils ne pouvaient plus me voir d'en bas. Je n'entendis pas rentrer Cary, pas plus que je n'entendis Robert partir en voiture. Mais je contins la curiosité qui me dévorait, et m'interdis de regarder par la fenêtre. Ils complotent quelque chose, pensai-je, intriguée. Au même instant, je les entendis chanter sous ma fenêtre. Sur l'air de *My darling Clementine,* ils entonnèrent avec un bel ensemble :

On regrette, on regrette,
On regrette nos idioties,
On se sent tout misérables,
Sans notre Laura chérie.

Ils répétèrent le couplet, inlassablement, jusqu'à ce que je me penche au-dehors. Ils étaient toujours plantés là, nez en l'air, chacun avec le bras posé sur l'épaule de l'autre. Il me fut impossible de ne pas rire.

— Sommes-nous pardonnés ? demanda Robert.

— Vous ne le méritez pas, mais vous l'êtes.

— Alors pouvons-nous avoir le dessert, maintenant ? réclama Cary. Nous avons aussi faim qu'avant, avec tout ça !

— Tiens, tiens ! Le festin n'est plus si ridicule, finalement ? Entrez, accordai-je, enchantée de les voir réconciliés.

Par signes, j'expliquai à May le changement de situation. Elle fronça les sourcils, un peu déroutée.

— Grandir est plus compliqué que je ne le croyais, fut sa réponse.

Et cette fois encore, je ne pus m'empêcher d'éclater de rire.

Après le dessert, Cary descendit aux docks mettre le *Sunfish* à quai, et je raccompagnai Robert à sa voiture.

— J'ai vraiment passé une journée fantastique, Laura, déclara-t-il avec son sourire ensorcelant. Je suis désolé de te l'avoir gâchée.

— L'essentiel, c'est que vous entendiez bien, Cary et toi. Pourvu que ça dure !

— Ça durera, je te le promets. Tu es un fameux cordon bleu, tu sais ? J'ai adoré ce pique-nique.

— Merci.

Il hésita, et je devinai qu'il pensait à une chose difficile à dire. Je voyais bien qu'il rassemblait son courage. Comme il ne se décidait pas, je vins à son secours.

— Qu'y a-t-il, Robert ? Qu'est-ce qui te tracasse ?

— Je réfléchis, c'est tout. Mes parents vont faire des courses à Boston, samedi, et je ne les accompagne pas. Ça te tenterait de venir dîner à l'hôtel avec moi ? Nous ferions semblant d'être les propriétaires, d'avoir des tas de clients, et nous...

— Je ne sais pas trop, l'arrêtai-je, en me demandant comment présenter la chose à papa.

Robert eut l'air très déçu.

— Tant pis ! soupira-t-il en ouvrant la porte de sa voiture. C'était juste une idée.

— Mais il n'y a rien de mal à ce que je vienne dîner chez toi, Robert. Je dirai la vérité : que tu m'as invitée.

— Mais *c'est* la vérité, souligna-t-il, encouragé.

— Ce n'est pas un mensonge, si je ne mentionne pas l'absence de tes parents.

— Non. Ce n'est pas un mensonge.

— Alors j'arrangerai ça, lui promis-je.

— Génial ! Qu'est-ce que je devrai préparer ?

— J'y réfléchirai, je te le ferai savoir dans la semaine.

— Ce sera comme si nous étions mariés, chuchota-t-il en se penchant pour m'embrasser. Je t'aime, Laura.

— Moi aussi je t'aime, Robert.

Il démarra en marche arrière, agita la main en signe d'adieu et s'éloigna sur la route ensoleillée.

Peut-être serions-nous mariés un jour, me laissai-je aller à rêver. Mais presque aussitôt, la pensée de Grandma Olivia me ramena sur terre. Elle n'assisterait probablement pas à la cérémonie. Elle pourrait même me renier, me bannir de la famille comme elle l'avait fait pour son propre fils, Chester. Mais comme l'oncle Chester, j'étais prête à courir ma chance et à en payer le prix, pour celui que j'aimais.

Ce que je ne pouvais pas savoir, toutefois, c'était jusqu'où s'étendait le pouvoir de Grandma Olivia. Pas plus que je ne devinais, ni même soupçonnais, quel prix terrible elle était capable d'exiger.

6

Dévotion sans espoir

MALGRÉ leur combat farouche sur la plage, Cary et Robert restèrent bons amis. Cary se rendit même au Marina, vers le milieu de la semaine, pour aider Robert et son père à réparer la jetée. Le jeudi, un orage terrible éclata sur le cap, noyant la ville sous des torrents de pluie. Papa ne put même pas sortir en mer. Il nous conduisit au lycée en voiture et vint nous y rechercher, histoire de ne pas rester inactif. Il faisait sombre, et beaucoup trop froid pour la saison. Ce fut seulement le vendredi, en fin d'après-midi, que le temps commença à s'éclaircir.

— En tout cas, nous sommes sûrs d'avoir fait du bon travail sur la jetée, nous dit Robert à la cafétéria. Et c'est grâce à Cary. Elle n'a absolument pas souffert de la tempête.

Mon frère rougit de plaisir.

Nous ne nous quittions plus depuis le début de la semaine, tous les trois. De vrais inséparables. Je voyais bien que ce changement faisait marcher les langues. Certaines filles, parmi les plus jalouses, s'employaient à inventer et à répandre, par mille allusions perfides, les rumeurs les plus ignobles. Sur la porte de mon placard, au vestiaire, quelqu'un alla jusqu'à coller un papier où je pus lire : *Est-ce que Grandpa est aux premières loges, quand tu embrasses Robert ?*

Je déchirai la feuille en mille morceaux, tremblant à l'idée de ce que pourrait faire Cary s'il la voyait. Il ne me disait rien, mais je pressentais qu'il recevait le même genre de messages, lui aussi. Et si Robert fut la cible des mêmes persécutions, il ne m'en parla pas non plus. Le vendredi, pourtant, juste avant le déjeuner, Cary se battit avec Peter Thomas dans le vestiaire des garçons. Ce que lui dit Thomas le rendit fou furieux. Il lui mit le nez en sang et lui imprima la marque de son poing au beau milieu du front.

Quand je lui demandai ce qui s'était passé, il refusa d'en parler. Il ne dit rien non plus dans le bureau du directeur, et une fois de plus récolta une suspension. Papa et maman furent prévenus. Et quand ils vinrent nous chercher, maman pleura devant Cary, ce qui représentait une punition bien suffisante. Pendant tout le trajet, tandis que papa le sermonnait à voix basse, il garda la tête penchée sur la poitrine. On aurait dit un condamné à mort écoutant prononcer sa sentence.

— Tu n'es plus un enfant, Cary. Tu fais un travail d'homme, et cela depuis longtemps. Ce n'est plus à tes parents de juger tes erreurs, comme quand tu étais petit. C'est toi qui es ton propre juge, à présent. Tu es responsable de tes actes, devant quelqu'un de plus haut placé que moi, et tu dois en répondre. Si la direction du lycée décide de te renvoyer, tant pis pour toi.

— Ce n'était pas de ma faute, Pa ! protesta Cary.

— Comment ça, pas ta faute ? Tu as battu ce garçon, et tu n'y es pas allé de main morte.

— Il ne l'avait pas volé.

— Comment ça ? insista papa.

Cary secoua la tête et se contenta de répondre :

— Il ne l'avait pas volé, voilà tout.

— Ah oui ? Eh bien si on te laisse le soin d'en juger, tu prononceras le verdict toi-même. En attendant, tu vas devoir rester à la maison et manquer des cours, dont tu as pourtant grand besoin.

Papa se retourna et m'interrogea du regard, pour voir si je pouvais éclaircir ce mystère. Mais, tout comme mon frère, je secouai la tête.

— Je suis fatigué, annonça papa en arrivant à la maison. Je sais qu'il est tôt, mais je monte me coucher.

— Je t'apporterai quelque chose à manger, Jacob ! cria maman derrière lui.

L'atmosphère était si pesante, ce soir-là, que la tristesse nous semblait une brume en suspension dans l'air. Emmurée dans son cocon de silence, May n'en perçut pas moins la tension qui régnait. Elle s'assit aux pieds de Cary, levant de temps en temps sur lui un regard désolé, ce qui ne fit qu'aggraver son désarroi. Lui aussi se passa de dîner. Il préféra monter se réfugier dans son grenier.

De ma chambre, je l'entendis remuer des meubles et quand je levai les yeux au plafond, je vis qu'il avait obturé le trou. Puis tout redevint calme.

J'étais souvent montée dans l'atelier de Cary pour le regarder travailler. La pièce n'était pas très spacieuse, à cause de la pente accentuée du toit. Mais il s'était installé une table de bonnes dimensions pour fabriquer ses maquettes. Celles qu'il avait terminées, soigneusement rangées, remplissaient déjà une demi-douzaine d'étagères. Les voiliers, dont il était particulièrement fier, avaient droit sur chacune d'elles à la place d'honneur.

Au bout d'une demi-heure, n'entendant toujours aucun bruit, je montai voir Cary dans son repaire. Il me tournait le dos et ne leva même pas la tête.

— C'est quoi, celui-là ? demandai-je en m'approchant.

— Une réplique du *Victory,* le vaisseau amiral de Nelson. Je suis plutôt branché sur les bateaux de guerre, ces temps-ci.

Cette allusion à son humeur belliqueuse n'était pas le fait du hasard. Je saisis la balle au bond.

— Cary, que s'est-il passé entre toi et Peter ? S'il te plaît, dis-le-moi.

— Qu'est-ce que ça changerait ? C'est terminé, n'en parlons plus.

— C'est vraiment terminé, Cary ?

Cette fois, il se retourna, et je vis qu'il avait les yeux rouges.

— Non, ça ne l'est pas ! Ça ne s'arrêtera que lorsque nous aurons quitté cette sale boîte, toi et moi.

— Mais pourquoi ?

Il me tourna le dos, et se remit au travail sans répondre. Mais je m'obstinai.

— Il faut que je sache, Cary. Pourquoi penses-tu que ce n'est pas fini ?

— Parce qu'ils n'arrêteront pas, grommela-t-il entre ses dents. Ils aiment trop ça.

— Trop quoi, Cary ? Qu'est-ce qu'ils aiment tant que ça ?

— Me rabaisser, te rabaisser, dire des choses répugnantes sur nous.

— Quelles choses ? questionnai-je, l'estomac noué.

Je croyais déjà deviner la réponse, mais elle dépassa mes pires craintes.

— Des choses comme : « Est-ce que c'est chacun votre tour, Robert et toi ? Vous tirez au sort pour savoir qui passera le premier ? Ou bien faites-vous ça tous les deux en même temps ? » Voilà ! s'emporta Cary, tu es contente, maintenant ?

Il avait l'air si étrange, ses yeux luisaient d'un éclat si sauvage que je ne savais pas s'ils exprimaient la rage ou le chagrin.

— Non, Cary, mais tu dois les ignorer. Ils sont envieux et méchants, c'est tout.

— Les ignorer ? Sûrement pas. Je leur renfoncerai leurs saletés dans leurs sales becs, oui !

— Mais au bout du compte, tu ne gagneras pas la partie, insistai-je avec douceur. C'est toi qui seras suspendu, Cary.

— Tant pis, ça en vaut la peine. Comme ça au moins, ils sauront qu'ils devront payer pour chaque calomnie, et plein tarif, crois-moi ! Ils ne s'en sont pas pris à toi, au moins ?

Il s'interrompit, me scruta d'un œil perspicace et tira ses conclusions de mon silence.

— Tu ne me le dirais pas, de toute façon.

— Non, et pour cause. Tu vois bien ce qui arrive ! Tu ne veux vraiment pas dîner ? Je te monterais quelque chose.

— Je n'ai pas faim.

Je me résignai à redescendre, et j'étais déjà au milieu de l'échelle quand il me rappela.

— Laura !

— Oui ?

— Ne permets à personne de se moquer de toi, pendant mon absence.

— À personne, affirmai-je.

Sur quoi, je le laissai à ses maquettes.

Robert appela dans la soirée, pour m'exprimer sa sympathie et savoir ce qui s'était passé. Mais je ne lui dis pas toute la vérité, j'avais bien trop peur qu'il ne s'attire des ennuis, lui aussi. Je me sentais responsable. S'ils avaient de mauvais résultats scolaires, à cause de ces histoires, j'estimais que ce serait de ma faute.

— Tu viens toujours demain, au moins ? s'alarma Robert.

— Oui, le rassurai-je, le cœur serré.

Il m'en coûtait de devoir laisser Cary tout seul, enfermé dans ses idées noires et son chagrin.

— Je serai chez toi vers cinq heures, d'accord ?

— D'accord.

Ce soir-là, je mis un temps infini à m'endormir. Je n'étais jamais restée aussi longtemps dans mon lit, les yeux grands ouverts, à réfléchir avec une telle intensité. Qu'avions-nous donc fait de si terrible pour déclencher ces rumeurs abjectes ? Nous étions jumeaux, nés à quelques minutes d'intervalle. Nous étions reliés l'un à l'autre dans le ventre maternel. Et la naissance nous avait brutalement déconnectés l'un de l'autre, aussi bien que de notre mère. Quand nous étions petits, nous étions beaucoup plus proches l'un de l'autre que la plupart des frères et sœurs. Jamais nous ne nous séparions, ni de jour, ni de nuit. Certains de nos amis étaient convaincus que, si l'on disait quelque chose à l'un de nous, l'autre le savait aussitôt. Ils sentaient tous que nous n'avions pas de secrets l'un pour l'autre Cela nous était impossible. Et ce fut tout naturellement qu'en grandissant, Cary s'institua mon protecteur. Si une émotion, une crainte, une pensée joyeuse traversait l'un d'entre nous, un simple regard nous suffisait pour la partager.

Peut-être nos amis nous enviaient-ils ce lien magique. Peut-être était-ce la jalousie qui les poussait à nous faire du mal. Cary me vouait une adoration sans bornes, et veillait sur moi comme un chien fidèle. Leur malveillance avait beau jeu de transformer ce dévouement loyal en quelque chose de vil et de sale. Et ils ne s'en privaient pas.

Soudain, au milieu du tumulte de mes pensées, une petite voix timide s'éleva. *Et s'ils avaient en partie raison ? C'est peut-être parce qu'il y a quelque chose de vrai dans tout ça que Cary s'est fâché si fort. Son attachement pour toi est excessif, c'est ça son problème. Et si sa violence n'était qu'un moyen de le nier ?*

J'enfouis mon visage dans l'oreiller, pour faire taire la petite voix insistante, et surtout... chasser les souvenirs qu'elle évoquait. Ceux de regards étranges, de contacts qui se prolongeaient sans raison, de paroles un peu trop caressantes de la part d'un frère. J'avais peur pour Cary, peur d'accorder ne fût-ce qu'un atome de confiance à cette voix ténue. Peur de devoir éviter le regard de Cary, de me crisper à son contact, de ne plus oser rester un instant seule avec lui. La séparation, commencée à l'instant de notre naissance, serait alors achevée, définitive. Et mon pauvre frère bien-aimé resterait seul.

Je pleurai pour lui, en proie à un mélange de colère, de désarroi et de honte. Il était toujours là-haut, enfermé dans son atelier du grenier. Il ne faisait pas le moindre bruit, et pourtant je crus l'entendre pleurer. Je tendis l'oreille mais plus aucun son ne me parvint d'en haut. La tempête était finie, même si le vent soufflait encore assez fort pour faire craquer les bardeaux. Dehors, la lune jouait à cache-cache avec les nuages, le ressac battait la plage en grondant. Il s'élevait et s'abaissait, interminablement, telle une main géante jaillie de l'océan pour ramper sur le sable.

Dans un élan de gratitude, je bénis la nuit. Elle était notre refuge, le répit accordé à nos tourments du jour. Le temps qui nous était donné pour laisser reposer nos corps fatigués, reléguer les pensées déprimantes dans les coins d'ombre. Et pour accueillir le sommeil tel un vieil ami fidèle, bienveillant et bien-aimé.

Je fermai les yeux, murmurai une prière et me préparai aux surprises du lendemain.

***

Papa et Cary partirent travailler aussitôt après le petit déjeuner, ce matin-là, et restèrent absents presque toute la journée. Ils venaient juste de rentrer quand Robert arriva. Ils savaient tous les deux que j'allais dîner chez lui, mais pas que nous serions seuls. Je ne l'avais même pas dit à Cary.

Avec toutes ces histoires qui nous empoisonnaient la vie, je n'étais pas fâchée de fuir l'atmosphère de la maison. Mes parents ignoraient que M. et Mme Royce étaient à Boston, et ne rentreraient qu'assez tard le lendemain. Je me sentais un peu coupable de n'avoir rien dit. Mais si je l'avais fait, papa aurait déclaré que ce n'était pas convenable, et je n'aurais pas eu ma permission.

Étouffant mes scrupules, je leur adressai un signe de la main et montai dans la voiture de Robert.

— Tout va bien, Laura ?

Je respirai un grand coup et parvins à sourire.

— Oui, tout va bien.

Robert serra doucement ma main et repartit, remontant l'allée en marche arrière. Quelques instants plus tard, nous roulions vers le Marina et notre soirée romanesque.

Les Royce avaient accompli un travail de Romains depuis ma dernière visite. La restauration était pratiquement achevée. Robert me fit faire le tour du propriétaire, depuis le salon jusqu'à l'office, avant de m'entraîner à l'étage pour me montrer quelques-unes des chambres.

Toutes étaient magnifiquement décorées, lumineuses, aérées, surtout celles qui donnaient sur la mer. Complètement remis à neuf, le Marina pouvait désormais rivaliser avec les plus prestigieux hôtels de la côte.

— Nous avons fait de la publicité dans les meilleurs magazines et les grands quotidiens, m'apprit Robert. Papa et maman sont très optimistes.

— Ils peuvent l'être ! Ils ont fait un travail fabuleux, Robert.

— Merci.

Nous trouver seuls dans le vaste hôtel remis à neuf nous intimidait, tous les deux. Sans y prendre garde, nous devenions un peu cérémonieux. Robert ouvrait les portes devant moi et nous évitions de nous regarder, bavardant de tout et de rien, de la météo de la saison touristique toute proche. On aurait pu croire que nous venions tout juste de faire connaissance.

— Il est temps de penser au dîner, décida-t-il. J'ai apporté tout ce que tu m'as dit de me procurer.

Nous passâmes dans la cuisine, où je pris aussitôt la direction des opérations. Laissant Robert peler des pommes de terre et mettre de l'eau à bouillir, pour les légumes, j'entrepris de paner et de faire sauter les filets de merlan.

Robert avait déjà dressé le couvert dans la salle à manger. Il avait sorti l'argenterie et la plus fine porcelaine, disposé les verres à pied en cristal et les serviettes de lin. Au centre de la table, dans les hauts chandeliers d'argent, se dressaient deux longues bougies blanches. J'ignorais que la sonorisation venait d'être installée, j'en eus la surprise. Des haut-parleurs, discrètement placés dans presque toutes les pièces du bas, diffusaient en sourdine une musique douce et romantique.

Je ne pus m'empêcher de demander :

— Est-ce que tes parents sont au courant de tout ça, Robert ?

— Bien sûr. C'est maman qui m'a conseillé d'utiliser ce que nous avions de mieux. Toutefois, je ne leur ai pas parlé de ceci, dit-il en exhibant une bouteille de vin portugais rafraîchi. Il est réservé aux grandes occasions, et ceci *est* une grande occasion.

Je fis « oui » de la tête et retournai à mes fourneaux. Quand tout fut prêt, je dis à Robert d'allumer les bougies et de s'asseoir. Je servirais moi-même.

— Laisse-moi t'aider, proposa-t-il.

Mais j'insistai si bien qu'il alla docilement prendre place à table.

J'apportai les plats, il remplit nos verres. Timidement, nous portâmes un toast à l'hôtel Marina.

— Au succès de l'inauguration, dit Robert en levant son verre.

Et nous commençâmes à manger. Robert bavardait, plaisantait, et je riais avec lui. Dès que nous avions bu, il remplissait à nouveau nos verres. Tout d'abord, nous fîmes semblant d'être les propriétaires de l'hôtel, puis Robert modifia les règles du jeu.

— Nous sommes deux jeunes mariés en voyage de noces, d'accord ? D'où venons-nous, au fait ?

— De New York. Non, du Midwest, rectifiai-je. Nous n'avions jamais vu l'océan.

— Et maintenant que nous l'avons vu, nous sommes si enchantés que nous voulons rester. Pour toujours.

Il changea d'attitude et tenta de se donner l'air plus âgé, imitant l'allure d'un homme d'affaires important.

— Je songe même sérieusement à travailler ici. Te l'ai-je dit, ma chère ?

— Non, mon ami, répliquai-je en singeant la grimace hautaine de Grandma. Tu n'en as rien fait.

— J'ai visité une de ces petites maisons du bord de mer, hier. Rien de très luxueux, certes. Mais pour élever des enfants, ce serait parfait. Ils auraient le plus grand bac à sable du monde.

— Un bac à sable ? fis-je mine de m'offusquer. Tu n'y songes pas, mon ami ! Jamais je ne permettrai que mes chéris salissent leurs petites mains dans une de ces atrocités.

Là-dessus, nous partîmes d'un grand éclat de rire, et vidâmes à nouveau nos verres.

Subitement, Robert tendit la main à travers la table et la posa sur la mienne. Les yeux fixés sur les miens, il m'offrit son irrésistible sourire.

— T'ai-je déjà dit à quel point j'étais heureux près de toi, Laura ? Quelle bizarre sensation d'être enfin comblé j'éprouvais avec toi ? C'est comme si le monde n'avait été créé que pour nous deux. Qu'il nous appartenait. Que toute sa beauté n'était qu'à nous seuls.

J'ignore si ce fut le vin, ou les paroles de Robert, mais à cet instant une sorte de griserie s'empara de moi. Je n'eus plus conscience que d'une chose : je débordais d'amour pour lui, et pour rien au monde je n'aurais voulu qu'il retirât sa main. Il se pencha en avant et déposa sur mes lèvres un baiser furtif, doux et léger, comme s'il m'embrassait en rêve.

— Laura... C'est une telle chance pour moi de t'avoir trouvée !

— Pour moi aussi, chuchotai-je en retour.

Sans lâcher ma main, il se leva lentement, très lentement et me fit lever avec lui. À nouveau, il m'embrassa. Et ce baiser-là dura, s'approfondit, s'enflamma, et ne cessa que lorsque nous fûmes tous deux à bout de souffle.

La joue de Robert frôlait la mienne et il murmura contre mon oreille :

— Veux-tu que nous montions dans notre chambre, ma chérie ?

Notre chambre ! Cette seule pensée m'emplit d'un émoi étrange, fait d'excitation et de frayeur. Le cœur battant, je laissai Robert me guider hors de la salle à manger, dans l'escalier, puis dans une suite donnant sur la mer.

Nous étions si nerveux en y entrant qu'aucun de nous ne parla. Debout en face de moi, Robert déboutonna sa chemise, l'enleva, la jeta sur une chaise. Mes doigts, comme animés d'une vie propre, montèrent d'eux-mêmes jusqu'à ma blouse de coton et, bien qu'en tremblant, défirent un à un les boutons. Lentement, je me débarrassai de ma blouse, et elle alla rejoindre sur la chaise la chemise de Robert. Il sourit, s'avança, m'enferma dans ses bras. Et tout en reprenant mes lèvres, il détacha l'agrafe de mon soutien-gorge.

Mon cœur entama une sarabande effrénée.

Robert ôta son jean, s'assit au bord du lit et se déchaussa. Les yeux fixes, je suivis chacun de ses mouvements tandis qu'il pliait le pantalon et le posait sur le dossier de la chaise.

Le vent agitait les rideaux, les vagues se brisaient avec force sur le sable, mais je ne les entendais pas vraiment. Le seul bruit qui me parût réel était celui de mon cœur battant contre mes côtes.

Je fis descendre la fermeture à glissière de ma jupe, m'en dévêtis et la plaçai sur le jean de Robert. Puis j'ôtai mes sandales, et il se leva pour me prendre à nouveau dans ses bras. Ce baiser-là aussi fut long, fougueux, ardent. Il nous laissa tous deux hors d'haleine.

— Laura, murmura Robert dans un souffle.

Je ne baissai pas la tête, mais je sentis qu'il portait les mains à sa taille. Je gardai les yeux fermés pendant qu'il enlevait son caleçon, puis faisait doucement glisser mon panty jusqu'à mes chevilles. Je m'en dégageai d'un mouvement vif, comme si j'avais hâte d'entrer dans un bain chaud.

— Tu es la plus belle femme du monde, Laura. Je t'aime tant que le cœur me fait mal.

Une vague d'appréhension m'enveloppa, puis une autre, et une autre, tel un impérieux rappel à la prudence. Mais mon corps frémissait d'un désir aigu, presque douloureux, et sous ses assauts la voix de la sagesse dut se taire. Abandonnant toute réserve, j'accomplis le périlleux pas en avant. Et tout fut dit.

Les paumes de Robert étaient plaquées sur mes hanches, ses lèvres écrasaient les miennes, nos corps se touchaient, s'épousaient. Et pourtant, ce n'était pas encore assez. Il fallut que nos mains tâtonnent et caressent, avidement, partout, jusqu'à ce que nous nous retrouvions étroitement noués l'un à l'autre, comme si notre vie en dépendait.

L'instant d'après, nous étions au lit, mollement étendus sous les draps frais.

— Sois tranquille, chuchota Robert. Je suis prêt.

Renversée dans les oreillers, les yeux clos et comme en transe, j'attendis.

D'abord, je sentis le souffle chaud de Robert sur mon ventre, puis sa bouche frôla mes seins, remonta jusqu'à mes lèvres, tandis que ses jambes s'insinuaient doucement entre les miennes.

— Robert...

Son nom m'échappa comme une plainte, si faible qu'il ne dut pas l'entendre.

— C'est vraiment notre lune de miel, murmura-t-il, juste avant que nos corps ne se joignent.

Je gémis, je criai, je m'agrippai si violemment à ses cheveux que je dus lui faire mal, mais il me laissa faire sans protester. Des larmes roulèrent sur mes joues, et il les cueillit d'un baiser. Quand tout fut fini, nous restâmes étendus dans les bras l'un de l'autre, haletants.

Puis je baissai les yeux et vis les draps tachés de sang.

— Oh, non ! me désolai-je.

— Ne t'inquiète pas pour ça, je m'en occuperai.

Robert ébaucha un sourire, mais je m'éloignai brutalement de lui, pivotai sur moi-même et enfouis mon visage dans l'oreiller.

— Laura, dit-il en posant la main au creux de mes reins. Je t'aime, Laura.

Il me semblait que je venais de retomber sur terre. Comme si j'avais vogué sur un nuage blanc qui serait devenu soudain tout noir avant d'éclater sur le Marina, en m'y projetant avec les gouttes de pluie glacées. Mon cœur menait toujours la sarabande, mais mon esprit s'éclaircissait. Un flot de pensées froides et lucides s'y ruaient comme un torrent.

Voilà, c'était fait. J'étais allée trop loin, j'avais perdu le contrôle de moi-même. Ou bien avais-je simplement désiré que cela arrive, tout autant que Robert ? Était-ce un péché que le désir ? Était-ce cela que papa ne cessait de nous apprendre, et lirait-il mon péché dans mes yeux ? En aurait-il le cœur brisé ?

Je pensai aussi à Cary, à sa méfiance envers tous les garçons qui me regardaient ou me parlaient. Rien ne pourrait le convaincre que ce que nous venions de faire était bien, pur et beau. Il dirait que j'étais devenue le dernier trophée de quelqu'un, sans plus.

— Laura, s'inquiéta tendrement Robert. Qu'y a-t-il ?

— Je ne sais pas ce qui m'a pris. Pourquoi... Comment...

— Mais nous n'avons rien fait de mal, voyons. Nous nous aimons. Ne commence pas à culpabiliser !

Je me levai, happai mes vêtements sur la chaise et commençai à m'habiller.

— Et pourquoi ne devrais-je pas me sentir coupable, Robert ? C'est exactement ce à quoi tout le monde pouvait s'attendre, si je venais ici seule avec toi. Chaque regard méprisant, chaque ricanement...

— Mais nous n'avons rien fait de mal, encore une fois ! Nous nous aimons, et nous nous désirons.

— J'avais trop bu ! ripostai-je, avançant la première excuse venue.

Robert leva sur moi un regard si triste que j'en eus mal pour lui.

— Tu ne penses pas ce que tu dis, Laura. Tu ne peux pas vouloir dire que si tu as fait l'amour avec moi... c'est parce que tu étais soûle !

— Je ne sais pas ce que je veux dire, larmoyai-je. Je sens simplement que nous avons été trop loin. Que nous avons gâché quelque chose de très pur et de très beau.

— C'est ridicule.

— Pas pour moi, Robert !

Il leva les mains devant lui en un geste apaisant.

— Bon, bon, je retire ce que j'ai dit. Mais au fond de toi, tu sais très bien que tu le voulais, toi aussi.

— Justement ! Peut-être que je l'ai voulu, mais j'ai eu tort de le vouloir.

— Tu n'as pas eu tort, s'obstina-t-il.

— Ça, c'est ce que les garçons disent toujours !

— Pas ce garçon-là, en tout cas. Je suis sincère et je te parle de ce qui est bon pour nous. Je ne couche pas avec la première venue, et je ne tombe pas amoureux de chaque fille que je rencontre. Mais toi, je t'aime.

J'achevai de mettre mes sandales.

— Il vaut mieux que je rentre, Robert.

— Laura...

— Non, je t'en prie. J'ai envie de rentrer, c'est tout.

Il se leva et s'approcha de la chaise.

— Tu te punis injustement, déclara-t-il en enfilant une jambe de pantalon.

Je n'attendis pas qu'il eût terminé.

— Je descends ranger pendant que tu t'habilles, Robert. Et tu ferais bien de changer ce drap, s'il te plaît.

— Ne t'inquiète pas, me rassura-t-il. Je m'occuperai de tout ça plus tard.

Malgré tout, je quittai précipitamment la chambre. Je descendis si vite que j'étais déjà en train de débarrasser la table lorsque Robert me rejoignit. Il me saisit le poignet.

— Je t'ai dit que je m'occupais de tout, Laura. Arrête ça tout de suite. Arrête de te punir.

Je voulus parler, mais j'avais la gorge nouée. Je dus me contenter d'incliner la tête. Robert m'attira contre lui et me caressa les cheveux.

— Laura, Laura, Laura, psalmodia-t-il à voix basse. Si j'avais su que je te rendrais malheureuse...

- Mais non, je t'assure. Ramène-moi à la maison, c'est tout ce que je demande. Ça ira mieux quand j'aurai dormi un peu.

Je le sentis se détendre.

— Ça, c'est bien vrai. Le lendemain, les choses paraissent toujours plus faciles, n'est-ce-pas ?

— Pas toujours, répliquai-je impulsivement.

Je me retournai pour regarder la table. Notre dîner avait été si romantique, si plein de charme... Pourquoi fallait-il que je sois si troublée, si partagée entre des sentiments contradictoires ? Était-ce un pressentiment ?

***

Pendant tout le trajet du retour, Robert me cajola, me supplia, me conjura de ne pas avoir une mauvaise opinion de lui ni de moi-même. Il me répétait qu'il m'aimait, jurait qu'il me suivrait au bout du monde s'il le fallait. Il affirmait qu'il aurait préféré marcher dans le feu plutôt que de me causer le moindre tort.

Je tentai de parler mais ce fut impossible : les mots se bloquaient dans ma gorge. Je me bornai à regarder par la fenêtre, fixant l'océan ténébreux et les vagues qui se brisaient sur le sable. Comment aurais-je pu expliquer mes sentiments à Robert ? Je ne les comprenais pas moi-même.

— Laisse-moi un peu de temps, lui dis-je quand nous arrivâmes à la maison.

Il inclina tristement la tête.

— Moi qui espérais que cette soirée serait tellement spéciale...

— Elle l'était, Robert.

Je l'embrassai rapidement sur la joue et courus jusqu'au perron. Je ne me retournai même pas pour lui dire au revoir de la main. Je rentrai en toute hâte et montai directement à l'étage, avant que personne n'ait une chance de me voir. Mon premier soin fut d'aller à la salle de bains me baigner le visage à l'eau fraîche.

J'allais entrer dans ma chambre quand j'entendis maman appeler d'en bas :

— Laura ? C'est toi, ma chérie ?

— Oui, maman.

— Tout va bien ?

— Oui, maman, me hâtai-je de la rassurer. J'avais besoin d'aller à la salle de bains, c'est tout.

— Ah bon. Un chocolat chaud, ça te ferait plaisir ?

— Non merci, maman. J'ai assez bu et mangé comme ça.

— Très bien. Est-ce que Mme Royce fait bien la cuisine, au fait ?

C'était le cas, je le savais par Robert. Mais je détestais mentir à maman. Elle avait en moi une telle confiance !

— Oui, maman, articulai-je péniblement.

Et il me sembla que ces deux mots me déchiraient la gorge.

— Tant mieux, ma chérie. Tu me raconteras tout ça demain, si tu veux. Bonne nuit, Laura.

— Bonne nuit, maman.

Je refermai la porte de ma chambre, et attendis d'avoir entendu maman gagner la sienne pour me coucher. Mais ce ne fut pas pour trouver un sommeil apaisant, loin de là. Toute la nuit, je me tournai et retournai dans mon lit, harcelée de cauchemars. Je me voyais dans un canot, ballottée par une mer en furie, sous un ciel noir et des rafales de pluie glacée. Entre les nuages d'orage se montrait le visage furibond de papa, et il tendait vers moi un index accusateur.

— Tu as péché, tonnait-il du haut des cieux.

Et cela devenait une litanie menaçante, sans cesse répétée.

— Tu as péché, tu as péché...

Je m'éveillai en sursaut et me soulevai sur un coude, trempée de sueur.

— Non, je n'ai pas péché. J'aime Robert et il m'aime. Ce n'est pas un péché, c'est...

Je plaquai la main sur mes lèvres, honteuse de m'apercevoir que je parlais tout haut. Puis je retombai sur mon oreiller, les yeux au plafond, et scrutai l'obscurité jusqu'à ce que mes paupières se ferment toutes seules.

Tel un oiseau étourdi, le soleil fit irruption dans ma chambre et je m'assis dans mon lit, les yeux grands ouverts. Ma chemise me collait à la peau tellement j'avais transpiré. Je me hâtai de l'enlever pour aller prendre une douche, et m'attardai longtemps sous le jet d'eau chaude et bienfaisante.

Personne, à part Cary, ne parut remarquer à quel point je restai silencieuse, au petit déjeuner. Tout content d'avoir découvert un nouveau lieu de pêche où le homard abondait, papa nous décrivit en détail sa journée de travail. De temps en temps, Cary coulait vers moi un regard bref, interrogateur. Il sentait que quelque chose n'allait pas, je le voyais bien, mais je m'empressais de détourner les yeux. J'avais hâte que tout le monde ait fini de manger, pour pouvoir aller aider maman à la cuisine.

Juste comme nous terminions la vaisselle, Cary passa la tête dans l'encadrement de la porte.

— Je vais au champ d'airelles, Laura. Si tu veux venir avec May.

— Pars devant, répondit maman à ma place. Nous n'en avons plus pour longtemps.

— C'est que...

— Je sais, ça ne t'intéresse plus autant qu'avant ! grogna mon frère. Ça va, laisse tomber !

— Non !

Cary se retourna, tout surpris.

— J'aimerais bien venir, moi aussi. Je vais chercher May.

Nous le rejoignîmes dehors et, comme nous l'avions toujours fait, nous partîmes tous les trois à travers les dunes en direction du champ d'airelles. Il était en fleurs, on aurait dit un océan de mousse rose. Cary se pencha pour observer de près quelques plants.

— La récolte sera bonne, d'après papa, mais pas exceptionnelle. Ce n'est pas cette année que nous battrons les records.

Nous ne commencions pas la cueillette avant l'automne et, même en nous y mettant tous, ce n'était pas une mince affaire. Depuis l'âge de dix ans, Cary se voyait confier l'une des moissonneuses.

— Elles ont l'air bien parties, commenta-t-il en examinant une fleur, avant de l'offrir à May.

Puis il s'assit, cueillit un brin d'herbe et le mordilla en contemplant la mer. Il attendit quelques instants avant d'ajouter, sans me regarder :

— Alors, ce dîner ? Tu fais déjà partie de la famille, on dirait ?

— Non, Cary, et ce n'est pas la peine d'être aussi sarcastique. Le dîner était parfait, me hâtai-je de préciser.

— Hm ! (Cette fois, j'eus droit à un bref regard.) Tout s'est bien passé ?

— Oui.

— Tu n'as pas l'air dans ton assiette, ce matin.

— C'est parce que... j'ai réfléchi à des tas de choses.

— Ah oui ?

— Des choses assez personnelles, en fait. Des questions dont je dois trouver la réponse toute seule.

Cary fit la grimace.

— Autrefois, nous avions assez confiance l'un en l'autre pour partager tous nos soucis, Laura.

— Ce n'est pas que je n'aie plus confiance en toi, Cary ! Mais, quelquefois, les filles ont des problèmes... de filles, auxquels un garçon ne comprendrait rien.

— C'est évident, railla-t-il, un pli sceptique aux lèvres.

— C'est pourtant la vérité, Cary. Tu n'as pas besoin de ricaner à chaque mot que je dis !

— Tu veux me faire croire que tu ne vas pas parler de ces choses-là avec ton cher et tendre, peut-être ?

— Cary !

— Eh bien quoi, Cary ?

— Rien, répliquai-je, les yeux soudain remplis de larmes.

Instantanément, le rictus amer de Cary s'effaça, remplacé par une expression de pure sollicitude.

— Qu'y a-t-il, Laura ?

— Les garçons ne sont que des... que des garçons ! renvoyai-je en me levant d'un bond.

J'aurais voulu courir d'une traite jusqu'à la maison, mais le sable mou se dérobait sous mes pieds, me faisant presque perdre l'équilibre. Je dévalai le chemin des dunes en trébuchant presque à chaque pas, consciente d'avoir l'air affreusement gauche et ridicule.

Toute la journée, je me retrouvai en train de fondre en larmes pour un oui ou pour un non, ou même sans raison du tout. Je me réfugiai dans ma chambre pour me cacher, sous prétexte de révisions. Mais, en réalité, mes yeux ne faisaient qu'effleurer les pages, et le sens des mots ne m'atteignait pas. Robert appela, mais j'abrégeai la conversation et je sentis bien, au son de sa voix, qu'il était sincèrement peiné.

Je retournai dans ma chambre et, une fois de plus, mes pensées revinrent à la soirée de la veille. J'entamai un dialogue pointilleux avec ma conscience. *Pourquoi,* me demandai-je en m'efforçant d'être objective, *pourquoi devrais-je me sentir coupable ? J'aime Robert et je crois qu'il m'aime aussi. Tous les gens qui s'aiment font ce que nous avons fait.*

Mais les autres attendent le moment convenable, répondait ma conscience avec la voix de papa. Ils attendent de s'être juré amour et fidélité devant Dieu, dans une église, et d'avoir été bénis par Lui.

Non. Je secouai la tête avec obstination. *Ce qui est sacré, c'est l'amour, et non les paroles prononcées par un prêtre. L'amour, purement et simplement.*

Est-ce de l'amour ? En es-tu absolument sûre ? Seras-tu encore amoureuse l'année prochaine ? Et Robert, le sera-t-il toujours ?

Oui, oui, oui, hurlai-je dans le tumulte de mes pensées.

Soudain, on frappa légèrement à ma porte. J'essuyai rapidement mes larmes du dos de la main.

— Qui est-ce ?

Cary ouvrit la porte et passa la tête à l'intérieur.

— Laura, si j'ai dit quelque chose qui t'a fait de la peine, ce matin, je te demande pardon. Je voulais te le dire avant que tu t'endormes.

— Tu ne m'as pas fait de peine, affirmai-je, mais je te remercie.

— Bonne nuit, Laura.

— Bonne nuit, Cary.

Il referma la porte et s'éloigna sans bruit dans le couloir.

Durant toute la semaine qui suivit, à la fin de chaque journée, Robert déposa une lettre dans mon placard, au vestiaire. Et chacune de ces lettres proclamait son amour avec plus de force que la précédente.

Je voudrais m'excuser auprès de toi, Laura, mais je sais que nous n'avons rien fait de mal, que ni toi ni moi ne devons nous sentir coupables. Je t'aime, je n'aime que toi, et faire l'amour est simplement une autre façon de te le dire. Il n'y a rien ni personne à pardonner.

Je nouai ses lettres d'un ruban et les cachai dans mon bureau, à la maison, les lisant et les relisant si souvent que je m'attendais presque à en voir pâlir l'encre. Je voulais croire chaque mot qu'il écrivait, chaque chose qu'il disait. Je le voulais plus que tout au monde et bataillais ferme pour réduire au silence la voix de ma conscience. Cette voix qui m'admonestait sans cesse et me menaçait de tous les tourments de l'enfer.

Chaque soir de cette semaine-là, au dîner, papa choisit son extrait de la Bible comme s'il savait ce qui se passait en moi. Un soir, ce fut Isaïe, chapitre 1 : « Ah, nation pécheresse, peuple chargé d'iniquité, race de méchants, enfants corrompus... »

Je baissai la tête et, quand je la relevai, je rencontrai le regard scrutateur de Cary, à la fois perplexe et alarmé.

Le lendemain, ce fut mon tour et papa me désigna un paragraphe de l'Épître de saint Paul aux Romains. Je commençai à lire, mais la voix me manqua quand j'arrivai à ce passage : « Car se tourner vers la chair donne la mort ; mais se tourner vers l'esprit donne la vie et la paix. »

Là, ma gorge se noua et je dus m'arrêter, feignant de m'étrangler avec quelque chose que j'avais grignoté avant de m'asseoir à table. Je bus un peu d'eau, et Cary me prit le livre pour achever la lecture à ma place. Papa me dévisagea, l'air troublé, et maman s'enquit aussitôt :

— Tout va bien, Laura ?

— Oui, maman. Ce n'est rien.

— Tu travailles trop avec ces révisions, à mon avis. Tu devrais prendre un jour de congé pour aller faire un tour en mer, ou profiter de la plage.

— J'y penserai, maman, la rassurai-je. Ne t'en fais pas, tout va bien.

Les lettres de Robert continuèrent d'arriver, à chaque fois plus implorantes alors que je gardais mes distances avec lui. Le jeudi, il ne vint pas en classe, et comme Cary déjeunait avec des amis, je pris place à la table de Theresa Patterson à la cafétéria.

— Tu as l'air toute perdue sans Robert, fit-elle observer. Où est-il ?

— Ma foi... je n'en sais rien. Il ne se sentait pas très bien ce matin, je suppose.

Le regard couleur café noir de mon amie s'aiguisa ; elle se rapprocha légèrement de moi.

— Il y a des tas de filles qui sont jalouses de toi, Laura. La plupart ne demandent qu'à te chiper Robert, et elles essaieraient si elles avaient une chance. En ont-elles une ? insista-t-elle avec un soupçon de sourire.

— Je n'ai pas de droits de propriété sur lui, Theresa. Personne n'appartient à personne.

Elle eut une petite moue de dérision.

— Ce n'est pas une réponse, ça, Laura ! Tu devrais t'accrocher à ton homme comme une tigresse. Regarde Maggie Williams, tiens. Elle te sauterait dessus et t'arracherait les yeux si seulement tu osais les lever sur son Artrus. Et...

Theresa marqua une courte pause et finit par demander :

— Tout va bien entre toi et Robert ?

— Oui.

— Je sais que ce garçon est fou de toi, Laura. C'est pour ça que les autres filles colportent tous ces cancans sur vous deux et Cary. Elles crèvent de jalousie. Seigneur, ça fait du bien de les voir se ronger les sangs comme ça, pouffa Theresa, en louchant vers la bande agglutinée de l'autre côté de la salle.

Toujours les mêmes, évidemment. Celles qui n'auraient jamais consenti à être vues en public à côté d'une Brava. Theresa haussa les épaules et se retourna vers moi.

— Rends ce garçon heureux, Laura, et il te rendra heureuse. Tu vois ce que je veux dire ?

Je fis signe que non.

— Sois une maîtresse aimante, et tu auras un bon amant ! lança-t-elle avec un clin d'œil. Bon, n'en parlons plus, je ne veux pas être indiscrète. Mais je te préviens, ma chère. Tourne le dos une seule fois à Robert Royce, et tu te le fais souffler !

J'en restai un instant toute songeuse. Avait-elle raison ? Robert était-il à bout de patience ? Allait-il se détourner de moi ? Et moi, le regretterai-je toute ma vie ?

Si seulement il était aussi facile de répondre à ces questions qu'à celles des examens, soupirai-je. Comme la vie serait simple !

7

Un cœur de femme

Un jour, quand j'étais encore petite, nous brodions côte à côte sur la galerie, maman et moi. Tout à coup, je vis son visage s'éclairer d'un sourire étrange, à la fois surpris et ravi. On aurait dit une fillette émerveillée par une bizarrerie de la nature.

— Qu'y a-t-il, maman ? questionnai-je.

— Oh, rien, ma chérie. C'est juste que... tu me rappelles tellement ta tante Belinda, par moments !

À peine avait-elle parlé qu'elle se mordit la lèvre et secoua la tête, comme pour rattraper ses paroles. On aurait dit qu'elle venait de proférer un blasphème.

— Ne répète à personne ce que je viens de dire, Laura, surtout pas à Grandma Olivia. Je ne sais pas ce qui m'a pris ; tu ne ressembles pas tellement à ta tante, finalement. Et même pas du tout, renchérit-elle en baissant le nez sur son travail.

Je ne mentionnai jamais l'incident à personne, pas même à Cary, mais je n'oubliai jamais non plus cette réflexion de maman. Et s'il m'arrivait de trouver une photo de tante Belinda, je l'examinais toujours avec soin, dans l'espoir d'y détecter une ressemblance entre nous.

Puis un jour, sur une impulsion, je demandai à Cary de me conduire à la maison de repos. Il commença par refuser. L'endroit était tabou pour nous, au même titre que les bars de la ville. Il était admis que tante Belinda était la honte de la famille, qu'elle n'avait plus toute sa tête, et que lui rendre visite serait une perte de temps. Si je posais des questions à son sujet, papa répondait : « Cela ne te regarde pas, ne t'occupe plus d'elle. » Mais ces réponses ne faisaient qu'aviver ma curiosité, en plus de la remarque échappée à maman. Et je voulais connaître tante Belinda.

Un beau jour, pourtant, Cary consentit enfin à me conduire à l'institution, mais il refusa de me suivre à l'intérieur.

— Je t'attendrai ici, déclara-t-il en se garant non loin du perron. Et ne reste pas plus d'une demi-heure.

Ce fut ma première visite, et cela resta longtemps notre secret. Il m'y emmena encore une fois par la suite, mais il y avait des mois de cela, maintenant. Nous ne parlions pas beaucoup de tante Belinda, et Cary ne me posait aucune question sur mes entrevues avec elle. Il se comportait comme si le sujet était tellement tabou que la simple curiosité à son propos était un péché. Il faisait comme si rien ne s'était passé.

De temps à autre, pourtant, il lui arrivait de répéter ce qu'il avait pu entendre au cours d'une conversation. Par exemple, il faisait observer : « C'est bien le genre de chose que cette pauvre Belinda aurait pu dire, tiens ! »

S'il est vrai que toutes les familles ont un squelette caché dans un placard, tante Belinda était certainement le nôtre.

Le jour de mon entretien avec Theresa, à la cafétéria, je demandai à Cary de me conduire à la maison de repos. Il n'apprécia pas du tout.

— Quoi ! Mais pourquoi, Laura ? Cela fait des mois que tu n'y es pas allée !

— Justement, Cary, je me sens si triste pour elle. Et j'ai des choses à lui dire, de toute façon.

— Quelles choses ?

— Des choses, c'est tout. Si tu ne veux pas m'emmener, il faudra que je demande à Robert, ajoutai-je.

Instantanément, sa décision fut prise.

— J'irai, mais je n'entrerai pas avec toi.

— Je sais. D'ailleurs j'aime autant ça, en fait.

Je lus sa curiosité sur son visage, mais il se contenta de secouer la tête.

— Tu es vraiment bizarre depuis quelques jours, Laura. Ce n'est pas bon de garder un secret trop longtemps, ça finit par vous empoisonner.

— Ne t'inquiète pas pour moi, tout va bien. Rends-moi seulement ce service. S'il te plaît.

Il était presque impossible à Cary de me refuser quelque chose, si je le demandais avec insistance. Il capitula.

— Dès que nous aurons ramené May à la maison, nous irons. Mais pas pour longtemps, Laura. Papa ne doit pas être au courant, tu le sais.

— Oui, et je trouve ça dommage. C'est une adorable vieille dame, très solitaire et tout à fait incapable de nuire.

Cary s'abstint de répondre. Nous allâmes chercher May à son école, et la reconduisîmes à la maison en toute hâte. Puis nous sautâmes dans la camionnette et partîmes pour la maison de repos.

Nous roulions depuis près d'une demi-heure lorsque Cary s'engagea dans une route secondaire, à travers une forêt de pins, de pommiers sauvages et de chênes-lièges. L'endroit semblait idéal comme résidence, pour une femme dont on cherchait à faire oublier le passé scandaleux. Dans un lieu aussi retiré, il était aisé de l'oublier elle-même.

La maison de repos, longue bâtisse à deux étages d'un ravissant bleu porcelaine, était agréablement située. Devant la façade, que longeait une large galerie de bois, s'étendait une pelouse traversée de sentiers, agrémentée d'une rocaille et de fontaines. Çà et là, mais surtout au bord des chemins, des bancs confortables étaient disposés à l'ombre de quelques bosquets. Derrière le bâtiment, le parc était plus vaste et donnait directement sur l'océan. Plus élaboré que le jardin de façade, il comportait davantage de bosquets, de bancs, de fontaines, et une rotonde au moins deux fois plus grande que celle de chez Grandma Logan. En plus des pommiers et des chênes, on y voyait des érables du Japon au gracieux feuillage rouge, et de nombreux sentiers bordés de buissons bien taillés. C'est parmi ces jardins que s'était déroulée ma seconde visite à tante Belinda.

— N'oublie pas, me recommanda Cary en coupant le moteur. Une demi-heure, pas plus. Nous devons être à la maison avant que papa n'arrive et ne commence à poser des questions.

— Mais oui, c'est entendu.

Je descendis, suivis l'allée dallée jusqu'à l'entrée principale et quand j'eus gravi ses quelques marches, je me retournai. Cary m'observait d'un air soucieux, vivante image de l'angoisse. On aurait dit le chauffeur d'un gang, en train d'attendre l'issue d'un hold-up devant une banque.

Le grand hall était très accueillant avec son plancher de chêne clair et ses nattes bleues, assorties aux rideaux et aux coussins des banquettes. Tout y invitait à la détente. Il y avait de petites tables entourées de sièges capitonnés, des étagères chargées de livres et de revues ; et une grande cheminée de brique, devant laquelle des rocking-chairs étaient rangés en demi-cercle. Sur tous les murs, de grands tableaux montraient des paysages campagnards ou des marines, essentiellement des scènes de pêche ou des voiliers en haute mer.

Il n'y avait pas beaucoup de monde dans la salle. Deux vieux pensionnaires jouaient aux dames, quelques autres conversaient à voix basse. Je ne vis pas tante Belinda. Mais la réceptionniste, qui bavardait avec une infirmière, s'interrompit aussitôt pour s'avancer vers moi.

— Puis-je vous aider, mademoiselle ?

— J'aimerais voir ma tante, Belinda Gordon. Je suis déjà venue lui rendre visite. Je m'appelle Laura Logan.

— Ah, oui ! fit l'hôtesse en se retournant vers l'infirmière. Sais-tu où se trouve Belinda Gordon en ce moment, Jenny ?

— Dans sa chambre. Je l'ai raccompagnée il y a tout juste dix minutes.

— Elle va bien ? m'informai-je auprès de l'infirmière.

— Elle était fatiguée. Elle a passé toute la journée dehors, vous comprenez. Venez, proposa-t-elle en souriant. Je vous emmène.

À sa suite, je passai d'un couloir à un autre, jusqu'à la chambre de tante Belinda. Elle était assise dans son fauteuil, renversée en arrière, les yeux clos. À peine avions-nous ouvert la porte qu'elle se redressa en battant des paupières.

— Une visite pour vous, Belinda, lui annonça l'infirmière.

Je m'avançai dans la pièce.

— Bonjour, tante Belinda. C'est moi, Laura. La fille de Jacob et de Sarah, précisai-je, comme elle ne semblait pas m'identifier.

Elle esquissa un sourire.

— Ah oui, Laura.

Encouragée par ce signe de reconnaissance, je tirai une chaise jusqu'à la fenêtre la plus proche d'elle et y pris place.

— Comment te sens-tu, aujourd'hui ?

Tante Belinda n'était pas très grande, peut-être même un peu plus petite que Grandma Olivia. Toutes deux avaient des traits délicats, mais je trouvais tante Belinda plus jolie. Ses yeux bleus étaient plus brillants, son regard plus joyeux que celui de sa sœur, malgré sa situation. Elle souriait avec douceur. Et bien qu'on chuchotât toutes sortes d'histoires sur sa jeunesse dissolue, quelque chose en elle évoquait l'innocence et la fraîcheur de l'enfance.

— Je suis un peu fatiguée, aujourd'hui, soupira-t-elle. Comment va la famille ?

— Tout le monde va très bien, tante Belinda.

— Et tu es la fille de Jacob ?

Elle avait quelque peine à se rappeler certains détails, comme toujours. Je lui souris avec indulgence.

— Oui, tante Belinda. J'ai un frère jumeau, Cary, et une petite sœur, May. Tu te souviens ? Tu sais que je suis déjà venue te voir, au moins ?

— Ah oui...

Elle resta quelques instants songeuse, puis baissa la voix pour demander, les yeux rivés sur la porte :

— Tu connais Hellie, alors ?

— Non, tante Belinda. Je ne l'ai jamais rencontrée.

— Ah bon. Quelle merveilleuse journée, n'est-ce pas ? gazouilla-t-elle en regardant par la fenêtre.

Je ne me laissai pas démonter pour si peu.

— Tante Belinda, je suis venue te voir à cause d'une chose que tu m'as dite la dernière fois. Tu avais commencé à me parler de ton premier amour, tu te rappelles ?

— C'est vrai ? Ah, oui ! s'exclama-t-elle en souriant, je me souviens. (Instantanément, elle se rembrunit.) C'était un amour interdit, voué au secret, aux coins d'ombre et aux baisers volés. Quand nous nous rencontrions en public, nous devions cacher nos sentiments. Et puis je l'ai perdu, ajouta-t-elle tristement. Perdu pour toujours.

— Mais comment savais-tu que c'était de l'amour, tante Belinda ?

— Oh, c'était bien de l'amour, tu peux me croire. Est-ce qu'Olivia a encore fait des réflexions ? Elle allait toujours se plaindre de moi à papa, et rapporter sur mon compte. Elle était loin d'être innocente, pourtant ! lança ma tante avec une petite moue boudeuse.

— Non, tante Belinda, elle n'a rien dit. Je voulais simplement que tu me parles de l'amour. Je ne sais pas pourquoi, mais j'ai l'intuition que tu en sais plus que n'importe qui dans la famille, à ce sujet.

Cette observation s'adressait plus à moi-même qu'à ma tante, mais elle saisit la balle au bond.

— En effet, confirma-t-elle en prenant ma main. J'ai été bien souvent amoureuse.

— Bien souvent ? Je croyais qu'il n'y avait eu qu'un grand amour dans ta vie ! C'est ce que tu m'as dit la dernière fois, soulignai-je sans cacher ma déception.

— Et c'est la vérité. Mais je l'ai perdu, et depuis je n'ai pas cessé de le chercher, partout et toujours.

— Partout et toujours ? Mais... où le cherchais-tu, tante Belinda ?

Elle eut un petit rire perlé, puis son regard se fit soupçonneux.

— Tu voudrais bien le savoir, n'est-ce-pas ? C'est Olivia qui t'a envoyée m'espionner ?

— Pas du tout, ma tante. Elle ne se doute même pas que je suis ici.

Elle me dévisagea pendant quelques secondes, l'air franchement sceptique, puis hocha gravement la tête.

— Chaque fois que je tombe amoureuse de quelqu'un, Olivia en tombe amoureuse aussi. Elle dit toujours qu'elle était la première, et que je lui ai volé son prétendant en me jetant à sa tête. Mais c'est faux. Personne ne l'aime, parce que c'est un vrai glaçon. Elle ne veut même pas qu'un homme lui tienne la main en public. Tu peux courir lui répéter ce que j'ai dit, si tu veux.

— Je ne lui raconte jamais rien de ce que tu me confies, la rassurai-je.

Mais elle s'était déjà replongée dans ses confidences.

— Quand on aime quelqu'un, on ne craint pas de le toucher ni qu'il vous touche. Mais Olivia détestait ça, et elle avait horreur des baisers. Oh, elle ne l'avouera jamais ! Elle prétend qu'elle embrasse et se laisse embrasser en privé, mais ce n'est pas vrai. Je le sais, des tas de jeunes gens me l'ont dit. Et tu sais quoi ?

À nouveau, tante Belinda se pencha vers moi.

— Un jour, j'ai entendu Samuel dire à quelqu'un qu'elle ne faisait l'amour que dans le noir, et sous les couvertures. Comme si elle avait quelque chose de monstrueux à cacher ! gloussa ma tante.

Puis elle marqua une pause et, une fois de plus, me dévisagea d'un œil perplexe.

— Comment dis-tu que tu t'appelles, déjà ?

— Laura, tante Belinda. Je suis la fille de Sarah et de Jacob. Comment peut-on être amoureux aussi souvent, tante Belinda ? L'amour n'est-il pas une chose unique, spéciale ?

— Il l'a toujours été pour moi, affirma-t-elle avec gravité. À chaque fois. Vois-tu... (Elle se mordilla la lèvre et prit un air sagace.) Il faut savoir te faire respecter. N'avoue jamais tout de suite à un homme que tu l'aimes. Laisse-le se morfondre et se tourmenter. Alors, quand enfin tu lui diras oui, il croira que tu lui as donné le monde.

— J'ai été amoureuse, une fois, ajouta-t-elle pensivement. Il y a bien longtemps de ça. Un garçon charmant, et très beau. Pour lui, mon humeur était la pluie et le beau temps. « Il pleut dans mon cœur quand tu es triste, me disait-il souvent, et quand tu souris le soleil revient. » N'est-ce pas adorable ? C'est de la poésie, ma chère.

— Il m'écrivait des poèmes. Un jour, Olivia les a trouvés et les a déchirés. Elle a dit que si je me plaignais, elle les montrerait à papa et qu'il saurait ce que je manigançais. Mais je ne manigançais rien du tout. Je voulais seulement quelqu'un qui m'aime, et que j'aimerais aussi.

À bout de souffle, tante Belinda dut s'interrompre. Elle prit une longue inspiration, puis battit des paupières et son expression changea.

— Vous me rappelez quelqu'un, observa-t-elle d'une voix rêveuse. Connaissez-vous ma sœur, Olivia Logan ? Son nom de jeune fille était Gordon. Le même que le mien, acheva-t-elle avec un petit rire léger.

— Je suis ta nièce, tante Belinda. Laura, la fille de Jacob, le Jacob de Grandma Olivia.

— Oui, fit-elle dans un sourire. Comme tu es jolie ! Est-ce que tu vas à l'école ?

— Au lycée.

— Et tu as un amoureux ? Des tas d'amoureux, peut-être ?

— Un seul, tante Belinda.

Elle se détourna pour regarder au-dehors.

— Je l'attends. Chaque jour, je m'assieds près de la fenêtre et je l'attends. Il a promis de revenir, tu sais ? Il m'apportera des fleurs et des sucreries. Ils ne veulent pas me donner de sucreries, chuchota-t-elle en louchant vers la porte, mais il les cache dans les fleurs.

Elle porta la main à sa bouche et pouffa de rire, comme une petite fille. Puis, subitement, elle se mit à fredonner.

— Tante Belinda ?

Fredonnant toujours, elle reprit sa contemplation des jardins. Je me levai.

— Je m'en vais, tante Belinda.

Cette fois, elle se tut et leva les yeux sur moi.

— Dis à Olivia que je ne regrette rien. C'est elle qui devrait avoir des remords et me demander pardon. Sans elle, il serait toujours mon amoureux. Nous serions là-bas, dehors, murmura-t-elle, en train de nous promener main dans la main, et il me dirait des choses tendres.

Puis elle se remit à chantonner.

Je me penchai, l'embrassai sur la joue, mais elle ne parut même pas le sentir. Au moment de franchir la porte de sa chambre, je me retournai pour la voir une dernière fois. Elle semblait si petite et si seule, abandonnée à ses souvenirs, hantée par le regret de tout ce qu'elle avait perdu...

Jamais je ne connaîtrais un sort pareil au sien, je me le jurai. Personne au monde ne pourrait me séparer de mon amour.

***

— Eh bien ? s'enquit mon frère en démarrant, tu as eu ce que tu voulais ?

— Oui.

— Et qu'est-ce que c'était ?

— La réponse à une question.

— Quelle question ? insista-t-il encore. Laura ?

— Quelque chose que seule une femme peut comprendre, Cary.

— Seigneur, encore ces histoires !

— Oui, encore ces histoires, rétorquai-je en appuyant mon front contre la vitre.

La camionnette tressautait dans le chemin, mais nous eûmes bientôt retrouvé l'autoroute. Cary accéléra, siffla entre ses dents et secoua la tête.

— Tout ça, c'est à cause de lui, naturellement.

— Qu'est-ce que tu racontes ?

— Rien, grommela-t-il en raidissant les épaules.

Et il accéléra encore.

En arrivant, je le remerciai, sautai à terre et le précédai dans la maison.

— Robert a appelé, m'annonça maman à notre entrée.

Cary me jeta un regard noir et se précipita dans l'escalier, martelant si rudement les marches que la rampe en trembla.

— Merci, maman. Je reviens tout de suite t'aider pour le dîner, lui promis-je en allant vers le téléphone.

Ma première question, dès que j'eus entendu la voix de Robert, fut pour lui demander la raison de son absence.

— J'avais tellement mal à la tête, ce matin, que maman a pensé que je couvais une grippe. Elle a dit que j'avais un peu de fièvre, m'a donné de l'aspirine et prescrit une journée de repos. Je déteste rester au lit mais je n'étais vraiment pas très en forme. Je t'ai manqué ?

— Bien sûr ! Je ne t'aurais pas demandé de tes nouvelles, sinon.

— Et toi ? s'informa-t-il avec sollicitude. Comment ça va ? Tu avais l'air complètement ailleurs, hier, après la classe. Je n'ai pas eu la moindre chance de te parler, mais est-ce que tu m'aurais écouté ? Je ne sais même pas si tu m'aurais entendu !

— Tout va bien, Robert. C'est juste que... j'ai trop de choses en tête, avec mes révisions et toute cette histoire.

— Toute cette histoire... ça veut dire moi, je suppose ?

— Oui.

— Je t'aime toujours, Laura. Tu peux refuser de répondre à mes lettres, me rabrouer quand je t'adresse la parole, mais je n'ai pas l'intention de m'arrêter de t'aimer.

— Je sais. Je ne veux pas que tu t'arrêtes, avouai-je.

— C'est vrai ?

— Naturellement. Comment vas-tu, maintenant ?

Au son de sa voix, je devinai qu'il souriait.

— Je guéris à toute allure, j'irai au lycée demain. Laura, tu crois que nous pourrons nous... nous voir bientôt ?

— Oui.

— Ce week-end ? hasarda-t-il avec espoir.

— Oui, Robert. J'aimerais beaucoup.

— Magnifique ! Je... nous mettrons ça au point demain, d'accord ?

— D'accord. Bon, à présent il faut que je te quitte pour aller aider maman.

— Je serai devant ton placard demain matin. Peut-être avant toi, ajouta-t-il en riant. Je t'aime, Laura.

Je venais de reposer le combiné sur sa fourche quand papa rentra. Il me regarda d'un air scrutateur.

— Que se passe-t-il, Laura ?

— Mais rien, papa. J'allais justement rejoindre maman pour l'aider à la cuisine. Ta journée a été bonne ?

— Comme ci, comme ça. Où est ton frère ?

— En haut.

— Encore dans le grenier, je parie. Ce garçon aurait dû naître chauve-souris, comme ça il aurait pu vivre dans un clocher ! bougonna papa en montant se changer.

Après le dîner, maman déclara que je perdrais mon temps en faisant la vaisselle, et insista pour que j'aille tout de suite travailler dans ma chambre. J'obéis, mais je m'aperçus très vite que j'étais incapable de me concentrer. J'en fus consternée. Si je ne me reprenais pas, je n'aurais pas les résultats brillants que j'escomptais aux examens de fin d'année. Jusqu'ici, j'avais toujours bien réussi en classe, et j'avais de grandes chances de finir major de ma promotion l'année suivante. Je savais que cela comptait beaucoup pour maman, et davantage encore pour Grandma Olivia.

Je n'étais pas à mon bureau depuis bien longtemps quand j'entendis sonner le téléphone. Je tendis l'oreille, au cas où ce serait à nouveau Robert ; mais personne ne m'appela en bas et je me replongeai dans mes livres. Presque aussitôt, le pas lourd de papa ébranla les marches, puis j'entendis frapper à ma porte.

— Oui ?

Il ouvrit et se campa sur le seuil, les poings sur les hanches.

Papa m'avait toujours paru déplacé dans ma chambre, parmi mes meubles et mes bibelots. Tout y était trop petit, trop délicat, trop fragile. J'avais toujours l'impression que s'il touchait à quoi que ce soit, il le briserait. D'ailleurs, même quand j'étais petite, il entrait rarement dans la pièce. Il me disait toujours bonsoir du seuil. La seule fois où il s'était assis à mon chevet, c'est quand j'avais eu la rougeole.

— Laura, demanda-t-il abruptement, où es-tu allée aujourd'hui ?

— Après le lycée, tu veux dire ?

— Tu sais très bien ce que je veux dire.

La voix de papa marqua sa déception, mais je ne lui avais jamais menti ouvertement. Et je n'avais pas l'intention de le faire.

— Je suis allée voir tante Belinda, papa.

— Qui t'a emmenée là-bas ? Cary ou Robert Royce ?

— Papa...

Trahir Cary m'était aussi odieux que mentir.

— Qui t'a emmenée là-bas, Laura ?

— Moi, lança Cary du haut de son échelle.

Papa pivota et leva sur lui un regard courroucé.

— Je te l'avais pourtant absolument défendu, Cary.

J'ignorais cette interdiction, je ne m'en sentis que plus coupable. Je pris loyalement la défense de mon frère.

— Il n'y a pas mis les pieds, papa. Je suis entrée seule. Cary est resté dans le camion, il ne voulait même pas m'emmener là-bas. C'est moi qui l'y ai forcé.

— On ne force pas un garçon de son âge à faire ce qu'il ne veut pas faire, Laura.

— Elle ne m'y a pas forcé, annonça tranquillement Cary.

— Je sais. Rends-moi immédiatement les clés de la camionnette. Tu ne t'en serviras plus jusqu'à ce que je te le permette.

— Tiens, les voilà.

Cary lança les clés d'en haut, et papa les attrapa au vol, ce qui sembla le rendre encore plus furieux. Il me toisa d'un œil sévère.

— Je croyais avoir été clair sur ce sujet, Laura. Je pensais que tu avais compris que tu ne devais plus retourner là-bas. Que cela déplaisait à ta grand-mère.

— Mais pourquoi, papa ? Quel mal y a-t-il à ce que je rende visite à une vieille dame solitaire ?

— C'est une affaire de famille, répliqua-t-il sèchement.

— Et alors ? Je fais partie de la famille, moi aussi. Pourquoi ne puis-je pas aller voir ma tante ?

— Belinda est la brebis galeuse de la famille. C'est une question d'honneur, de moralité, de réputation.

— Et pourquoi est-elle la brebis galeuse de la famille ?

Papa fronça les sourcils.

— Je n'ai pas à entrer dans les détails, Laura. Elle ne s'est pas bien conduite, voilà tout. Elle a causé beaucoup de tourments aux parents de Grandma Olivia, et a continué à se conduire mal après leur mort. Sauf que c'est Grandma qui a dû porter ce fardeau sur ses épaules. Et moi, tu crois que je suis fier d'apprendre que mes enfants m'ont désobéi ? « Honore ton père et ta mère », dit la Bible, et ne pas le faire est un péché. Souviens-t'en, Laura.

— Mais...

— Il n'y a pas de « mais » qui tienne ! Je t'interdis formellement de retourner là-bas, c'est compris ? Eh bien, Laura ? C'est compris ?

Ma vue se brouilla, mais papa était si terrible dans sa colère que je n'osai pas détourner les yeux.

— Oui, papa.

— J'espère n'avoir pas à revenir là-dessus, et ne plus recevoir d'appel de ta grand-mère à ce sujet. Elle est bouleversée.

Grandma Olivia, bouleversée ? Je me permis d'en douter.

— Il est écrit aussi : « Car si vous pardonnez les erreurs d'autrui, votre père céleste vous pardonnera », récitai-je.

— Ne te mêle pas de me citer l'Écriture, Laura ! Je la connais, et je sais que tu devrais obéir à ton père.

Papa était devenu si rouge qu'il me fit peur. Sa tension avait dû atteindre la cote d'alerte.

— D'accord, papa.

— Très bien, oublions ça.

Je baissai la tête et j'entendis Cary claquer la trappe du grenier. On aurait dit une détonation. Papa se détourna, s'éloigna, descendit pesamment l'escalier. Chacun de ses pas résonna comme le marteau d'un juge, ponctuant la sentence qui nous condamnait, de plus en plus sévère à chaque coup frappé. Il ne me fut pas facile de reprendre mes révisions, après cela. En me concentrant, je parvins à parcourir encore quelques chapitres, puis je me couchai. Je venais d'éteindre quand j'entendis Cary descendre. Je sautai du lit et courus à ma porte, juste à temps. Cary allait entrer dans sa chambre.

— Cary...

— Quoi ? renvoya-t-il d'un ton rogue.

— Je suis désolée pour ce qui s'est passé avec papa.

— Je t'avais prévenue. Je ne sais pas ce que tu pouvais avoir de si important à faire là-bas, d'ailleurs. Ni de si urgent. Ces histoires de filles, maugréa-t-il en s'éloignant. Quelle ineptie !

— Cary !

Je perdais ma peine. Il rentra dans sa chambre et ferma brutalement la porte, comme s'il me la claquait au nez. Jamais je ne m'étais sentie aussi misérable. J'aurais voulu disparaître sous terre.

***

Le lendemain, en partant pour le lycée, je renouvelai mes excuses à Cary.

— Oublie ça, Laura, dit-il en haussant les épaules. Tu connais papa. Tout s'arrangera quand il sera calmé.

— Oui, mais j'aimerais comprendre, Cary. Si tu rencontrais tante Belinda, ne serait-ce qu'une fois, tu verrais quelle adorable vieille dame elle est. Elle ne ferait pas de mal à une mouche, et je suis sûre qu'elle a oublié la moitié des choses dont on l'accuse.

— Cela ne nous regarde pas, Laura.

— Mais pourquoi ? Il s'agit de notre famille, quand même. Pourquoi n'avons-nous pas le droit de poser des questions, ni d'exprimer notre opinion ? Nous ne sommes plus des enfants !

— C'est comme ça, rétorqua mon frère avec brusquerie.

Nous arrivions devant l'école de May, et il attendit qu'elle y fût entrée pour poser la question qui le tracassait.

— Tout ça, c'est à cause de toi et de Robert, je me trompe ? C'est en rapport avec votre grande histoire d'amour ?

Je rougis jusqu'à la racine des cheveux.

— Inutile de répondre, grogna Cary en repartant d'un bon pas. Je connais la réponse.

Après ça, il marcha si vite qu'il me fut impossible de le rattraper. Je trottai derrière lui jusqu'au lycée.

— Quelque chose qui ne va pas ? s'inquiéta Robert dès notre arrivée.

Il suivait des yeux Cary, qui avait déjà plongé dans la foule des élèves, en se frayant un chemin à coups d'épaule.

— Je te raconterai plus tard, lui glissai-je en ouvrant mon placard.

Et, rangeant vivement mes livres et mes cahiers, je me préparai à une nouvelle journée de classe.

Cary garda ses distances avec moi, ce jour-là. Il ne chercha pas à me parler, ni pendant les cours, ni dans les couloirs. À la cafétéria, il alla rejoindre des amis et je m'assis à la table de Robert.

C'est alors que je lui racontai notre visite à ma tante, et les ennuis qu'elle nous avait valus.

— C'est vraiment étrange, commenta-t-il. Personne ne vous a jamais dit pourquoi elle est au ban de la famille ?

— On nous trouve trop jeunes, apparemment.

— Moi aussi j'ai des parents que je n'ai jamais vus, au fait. Mais c'est parce qu'ils sont trop repliés sur eux-mêmes. Maman les appelle la famille Pompes Funèbres.

Mon air effaré le fit sourire.

— La famille Pompes Funèbres ?

— Nous ne les rencontrons qu'aux enterrements des autres parents. Maman affirme qu'à sa connaissance, ils n'ont que des vêtements noirs.

Cette fois, ce fut moi qui souris, et le visage de Robert s'illumina.

— À la bonne heure, je retrouve ma Laura ! Ça te plairait d'aller au cinéma, ce week-end ? Je suis en fonds, papa m'a payé mon mois. Je peux aussi t'inviter à dîner, si tu veux. Je peux même nous offrir la Table du Capitaine.

— Je verrai... ce que mon père en dira, m'empressai-je d'ajouter. Ça me plairait beaucoup, Robert.

Il glissa les mains sous la table pour prendre la mienne et la serra doucement.

— Alors tout est pour le mieux, Laura. Merci.

Je préférai laisser passer quelque temps avant de demander à papa la permission d'aller dîner en ville avec Robert, et ensuite au cinéma. Heureusement, au cours des jours suivants, le bruit courut que le prix des airelles allait monter, et papa fit de bonnes prises à la pêche. Son humeur s'améliora sensiblement. Un soir, après avoir fait la vaisselle, je revins au salon pour lui demander s'il me permettrait d'aller voir un film avec Robert.

— Et de dîner en ville d'abord, ajoutai-je après coup.

Papa haussa les sourcils.

— Dîner ? La saison touristique n'est pas commencée, et le jeune Royce a de l'argent à gaspiller ?

— Il n'estime pas que m'inviter à dîner soit du gaspillage, papa.

— Hum ! À ton âge, ma fille, je n'allais au restaurant qu'avec mes parents.

— Mais c'est différent à présent, papa. Les choses ont changé.

— Ça, c'est sûr ! Et pas en bien, je dois dire. Mais bon, pour une fois... demande d'abord à ta mère, finit-il par concéder.

Autrement dit, c'était oui.

Le lendemain, au lycée, Robert faillit sauter de joie quand je le lui appris. Entre nous, tout était redevenu comme avant, et nous ne nous quittions plus. Nous nous tenions la main, bavardions, éclations de rire à tout propos, savourant chaque minute passée ensemble. J'avais repris confiance en ma réussite aux examens. Habitée d'une nouvelle énergie, j'étais bien décidée à terminer l'année en beauté.

Mais je n'étais pas encore au bout de mes surprises. Lorsque nous quittâmes le lycée en fin de journée, Cary, Robert et moi, nous vîmes la Rolls-Royce de Grandma Olivia devant le portail. À côté d'elle se tenait Raymond, le chauffeur. Il nous fit signe dès qu'il nous aperçut.

— Que se passe-t-il encore ? me demandai-je à haute voix.

La question ne s'adressait qu'à moi, mais Raymond y répondit.

— Votre grand-mère souhaiterait vous voir, mademoiselle Laura.

— Me voir ?

— Elle m'a prié de vous conduire à la maison juste après la classe.

Je me tournai vers Cary, qui baissa le nez sur ses chaussures.

— Je m'occupe de May, déclara-t-il avant de s'éloigner, comme si le trottoir lui brûlait les pieds.

Robert était aussi étonné que moi.

— Il y a un problème, Laura ?

— Je n'en sais rien. Je t'appelle ce soir, lui dis-je en montant dans la voiture.

Cela ne m'était pas arrivé souvent, et en tout cas jamais seule. Partir dans une Rolls avec chauffeur sous les yeux de mes camarades était un peu intimidant.

En arrivant, je m'engouffrai dans la maison et allai tout droit au salon, où je trouvai Grandma Logan dans son fauteuil favori. Ses lunettes à fine monture de métal pendaient sur sa poitrine, accrochées à leur chaînette de nacre. Elle venait de lire la chronique mondaine dans un quotidien de Boston, qu'elle avait reposé sur une table, à côté d'elle.

— Bonjour, Grandma. Tu voulais me voir ?

Elle pointa le menton vers le fauteuil qui faisait face au sien.

— Tu peux t'asseoir, Laura.

J'obéis, attendis, et comme elle se taisait je demandai :

— C'est au sujet de ma visite à tante Belinda, n'est-ce pas ?

— Non, pas directement. Toi et moi, si tu t'en souviens, avons eu récemment ce que je considérais comme un entretien très important. J'espérais que tu avais bien écouté mes avis, et que tu te conduirais en conséquence. Que tu serais un sujet de fierté pour nous, tes parents et grands-parents. Mais tu as choisi, semble-t-il, de mépriser mes conseils et de me défier ouvertement.

D'un hochement de tête, j'indiquai à Grandma Olivia que j'avais saisi l'allusion.

— Tu parles de Robert, bien sûr. Je t'avais dit que c'était un jeune homme très bien, Grandma, et je...

— Les jeunes gens très bien n'invitent pas les jeunes filles impressionnables chez eux, en l'absence de leurs parents, pour les séduire ! riposta-t-elle d'un ton cinglant.

Je crus que j'allais m'évanouir.

— Quoi !

— Ne nie pas, Laura. Je lis la vérité sur ton visage, et nier ne ferait qu'aggraver les choses.

— Mais qui... je ne comprends pas...

Est-ce qu'elle avait des espions partout ? Soudoyait-elle tous les habitants de la ville pour lui servir de rapporteurs ? Je ne savais plus que croire.

— Il n'y a rien à comprendre. Ce que tu as fait, et que tu sembles disposée à continuer de faire, est inqualifiable. J'entends y mettre fin dès ce soir. Je ne dirai rien de tout ceci à tes parents si tu m'obéis, mais sinon...

Je me levai brusquement.

— Assieds-toi, Laura. Je n'en ai pas terminé.

— Je n'écouterai pas un mot de plus, Grandma. Tu ne comprends pas et tu n'as pas le droit de régenter ma vie de cette façon.

— Bien sûr que si ! railla-t-elle, comme si j'avais proféré une énorme sottise. Je suis responsable du bien-être de cette famille.

— Et pourquoi ?

— Pourquoi ? Je vais te le dire, moi, pourquoi ! (Elle eut un petit rire de dérision, et ses yeux se rétrécirent jusqu'à n'être plus que deux fentes.) Parce que les hommes de cette famille n'en sont pas capables. Ils n'en ont jamais été capables, et les autres femmes n'ont ni la carrure ni le cran qu'il faut pour ça. Voilà pourquoi.

« Mais revenons à ce que je disais. Apparemment, tu t'es si bien affichée avec ce garçon que cela fait jaser. Des amis m'ont rapporté que...

— Me ferais-tu espionner, Grandma ? Est-ce que je suis suivie ?

— Bien sûr que non, mais les gens ont des yeux et des oreilles. Ils savent quelle importance j'attache à la réputation de cette famille, Laura.

— Ce ne sont que des mauvaises langues qui n'ont rien d'autre à faire qu'à cancaner, Grandma. Je ne suis pas une princesse, ni toi une reine. Le fait que notre famille remonte aux premiers colons ne fait pas de nous des altesses royales. Nous sommes exactement comme tout le monde, m'emportai-je. Nous mettons nos chaussures une à la fois !

Je pleurais pour de bon, à présent. Mes larmes ruisselaient sur mon menton.

— Tu n'as donc aucun respect de toi-même ? jeta Grandma, la voix sifflante. Aucun souci du bon renom de ma famille ?

— De *ta famille* ?

— De notre famille, rectifia-t-elle. Je t'ai déjà expliqué combien il est important de conserver son honneur, sa respectabilité, sa réputation.

Je la toisai avec une raideur égale à la sienne.

— Je n'ai rien à me reprocher, Grandma, ni aucune raison d'avoir honte. J'ai une vie personnelle, et je suis assez grande pour prendre mes propres décisions.

— Pff ! L'âge ne fait rien à l'affaire. Il y a des gens deux fois plus âgés que toi et deux fois plus stupides. Y compris dans cette famille, se plut-elle à souligner.

— Qu'est-ce qui te rend si sûre d'avoir toujours raison, Grandma ?

Elle plaqua les mains sur les accoudoirs de son fauteuil.

— C'est mon destin d'avoir toujours raison, hélas ! Cela m'impose la lourde charge d'assumer la responsabilité de la famille.

— Tu n'as pas besoin de veiller sur moi.

— On dirait bien que si, pourtant, et même plus que je ne

l'aurais cru. Je t'avertis, Laura. Ne me défie pas, ou je vais dès ce soir informer ton père de ta conduite. Pense à l'effet que cette révélation produirait sur tes parents.

J'ouvris la bouche et la refermai, incapable de parler. Grandma s'en chargea pour moi.

— Voici ce que j'attends de toi, Laura, et tu m'en remercieras un jour. Travaille bien en classe. Continue d'être une fille aimante et dévouée. Après ta terminale, je te ferai admettre dans l'une des meilleures universités de Nouvelle-Angleterre, ainsi que dans l'association d'étudiantes la plus sélect. Tu rencontreras un jeune homme digne de toi, de ton nom, et tu mèneras une vie merveilleuse.

— Aussi merveilleuse que l'a été la tienne ? persiflai-je. Avec une sœur enfermée dans un asile, abandonnée par les siens, et un fils déshérité ? Non, merci.

— Laura, ne sois pas insolente ! Tu feras ce que je te dis ou je mettrai ma menace à exécution. Tu es prévenue.

Je sentis ma résolution vaciller. Papa et maman seraient effondrés d'apprendre ce qui s'était passé entre Robert et moi, ce fameux soir. Ils n'auraient plus jamais confiance en moi.

— Maintenant, rentre chez toi, reprit froidement Grandma Logan. Raymond t'attend dehors. Révise tes examens et mets immédiatement un terme à cette histoire stupide. Je ne veux pas voir un autre membre de ma famille me tenir tête, ni quitter le droit chemin. Avec ma sœur et mon fils, je suis intervenue trop tard. Mais en ce qui te concerne, cela ne se passera pas comme ça, tu peux me croire.

Que pouvais-je lui répondre ? Je lui tournai le dos et quittai la pièce d'un pas de somnambule. J'étais comme en transe, je ne me souviens même pas du trajet de retour. À la maison, je montai directement à l'étage, avant que quelqu'un ne m'aperçoive ou ne me questionne. Une fois dans ma chambre, je me jetai à plat ventre sur mon lit et fondis en larmes. Je pleurai longtemps, jusqu'à en avoir mal dans la poitrine. Puis je me retournai pour essuyer mes larmes.

Après cela, je me levai, traversai la chambre et allai ouvrir le tiroir du bureau, où je gardais les merveilleuses lettres de Robert. Je les contemplais depuis un moment, toute songeuse, quand un détail attira mon attention. Les lettres n'étaient plus dans le bon ordre. Le ruban qui les attachait avait été renoué à la hâte, et sans soin.

Je sentis mon cœur chavirer.

Cary, devinai-je. Cary avait dû trouver mes lettres, les lire, et aller en communiquer la teneur à Grandma Olivia.

8

Trahie

Au lycée, j'avais souvent tenu le premier rôle dans les pièces que nous donnions pour les fêtes. Je ne me croyais pas assez bonne comédienne, cependant, pour cacher à mes parents combien j'étais triste ce soir-là. Pâle, lasse à mourir, je m'exprimais d'une voix morne et j'étais incapable de sourire.

Cary ne me posa aucune question au sujet de ma visite à Grandma Olivia. Il n'en avait même pas parlé à maman. Elle supposa que, retenue au lycée pour une raison quelconque, j'étais rentrée seule à pied. Ni elle, ni papa n'avaient vu Raymond me ramener dans la Rolls.

May fut la seule à vouloir connaître la raison de mon retard, et pourquoi j'avais l'air si morose. Je me contentai de répondre, en quelques signes hâtifs, que j'avais beaucoup de travail à cause des examens. Papa ne remarqua rien, et maman était bien trop occupée à servir le dîner. Elle était très fière de son pâté en croûte, dont elle venait de trouver la recette dans une vieille revue. Cary, les yeux baissés sur son assiette, ne releva pratiquement pas la tête pendant tout le repas.

C'était au tour de papa de lire la Bible, et pendant la lecture je ne cessai pas de fixer mon frère. Incapable d'affronter mon regard, il ne leva les yeux qu'à deux ou trois reprises, pour les détourner aussitôt d'un air coupable. Il fut le premier à se lever, sous prétexte d'aller réviser. Trop heureux de l'entendre fournir une excuse pareille, papa s'abstint de commenter ce départ précipité. À la cuisine, pendant que nous faisions la vaisselle, maman parla pour nous deux. Elle déroula joyeusement sa liste de projets pour l'été, dans laquelle figurait un voyage à Boston. Quand elle remarqua enfin mon silence, elle déclara que je ferais bien d'aller travailler un peu, moi aussi.

Je saisis avec soulagement cette occasion de m'échapper, mais une fois dans ma chambre ce fut comme la veille. J'avais toutes les peines du monde à me concentrer. À tout moment, je levais les yeux de mon livre et fixais le tiroir où j'avais caché les lettres de Robert. Et, tout naturellement, je voyais surgir son image. Il me semblait même entendre sa voix.

Juste avant de se coucher, May vint passer un moment avec moi. Cela me fit une récréation, je pris ma broderie pendant qu'elle m'entretenait de ses amis, et m'interrogeait sur la vie au lycée. Il ne se passa pas longtemps avant qu'elle ressente la fatigue et me quitte pour se mettre au lit. Dès qu'elle fut sortie, j'en fis autant.

Je n'avais pas éteint depuis longtemps quand on frappa discrètement à ma porte. Un coup léger, si léger que je doutai d'avoir bien entendu. Je tendis l'oreille et quand le bruit se renouvela, je me levai pour aller ouvrir. Dans la pénombre du couloir, j'aperçus Cary, en robe de chambre et en pantoufles.

— Qu'est-ce que tu veux ? demandai-je, rien moins qu'aimable.

— Il faut que je te parle, sinon je ne pourrai pas m'endormir.

— Ça ne me surprend pas, figure-toi.

Je reculai pour aller m'asseoir sur mon lit, en tailleur, et Cary entra. Il referma doucement derrière lui et resta quelques instants immobile, tête basse. Il cligna des yeux quand j'allumai ma lampe de chevet.

— Eh bien, Cary ? Que se passe-t-il ?

Il se décida enfin à s'expliquer.

— Je me demandais... ce qui s'est passé chez Grandma Olivia.

— Ah oui ? C'est bizarre, mais j'ai l'impression que tu le sais déjà.

— Comment ça, je le sais déjà ?

Cette fois, il me regarda droit dans les yeux mais je ne me laissai pas intimider.

— Quelqu'un lui a raconté que j'étais allée au Marina le soir, seule avec Robert.

— Et alors ? N'importe qui a pu lui dire ça, Laura. N'importe qui a pu te voir aller là-bas. Tu en as peut-être parlé à une amie au lycée. À Theresa Patterson, si ça se trouve, ajouta-t-il précipitamment. Ou peut-être...

— Peut-être le lui as-tu dit toi-même, Cary.

— Moi ! Je n'aurais jamais...

— Allons, Cary. De toute ta vie, tu n'as jamais su me mentir. Tu ne t'en sors pas mieux maintenant, d'ailleurs. Je ne sais pas si je dois pleurer ou me fâcher.

Il me regarda fixement, l'air totalement désemparé.

— Il se peut que je lui aie dit quelque chose, reconnut-il. Elle... enfin, tu connais les interrogatoires de Grandma. Elle m'a fait venir chez elle il y a quelques jours et...

— Pourquoi ne m'as-tu rien dit ce jour-là ? (Il garda le silence.) Tu avais honte, c'est ça ? Honte de m'avoir trahie ?

— Oui, finit-il par admettre.

— Pourquoi ? Que s'est-il passé au juste ? Tu ferais mieux de cesser ton petit jeu stupide avec moi, Cary. *Il se peut* que tu lui aies dit quelque chose ? Tu sais très bien ce que tu as fait.

Il poussa un soupir accablé.

— D'accord, je vais tout te raconter. Elle a commencé à me poser des tas de questions à propos de cette visite à tante Belinda. Elle était furieuse à cause de ça, et elle m'a sonné les cloches en me traitant d'idiot. Elle voulait savoir pourquoi il était si important d'aller voir notre tante. Je lui ai dit que je ne l'avais pas vue, que tu y étais allée seule. Et là, elle est devenue carrément terrible.

« Elle me faisait peur, Laura. Si tu l'avais vue !

Ce que je voyais, surtout, c'est que Cary cherchait à noyer le poisson, et il n'épargnait pas ses efforts pour cela.

— Je ne l'avais jamais vue comme ça, reprit-il avec véhémence. Elle demandait pourquoi tu étais allée là-bas, ce que tante Belinda t'avait dit... est-ce que je sais, moi ! Dès que j'avais esquivé une question, une autre arrivait, on aurait dit des rafales de mitraillette ! Un véritable interrogatoire de police, je t'assure.

— Et donc, tu lui as parlé de mes lettres ? questionnai-je sans détours. N'est-ce pas, Cary ?

Son regard dériva vers le tiroir de mon bureau, puis revint sur moi.

— Je ne vois pas ce que tu veux...

— Cary, tu ne peux pas me mentir, lui rappelai-je avec froideur. Je sais que ces lettres ont été lues. Je les avais pliées et attachées ensemble d'une certaine façon. May ne les aurait jamais lues, maman et papa non plus. Qui cela nous laisse-t-il, d'après toi ?

Il hésita, pas longtemps.

— Eh bien... je m'inquiétais pour toi, en fait. Je savais que tu gardais les lettres de Royce dans ce tiroir. Un soir, je suis venu te voir juste au moment où tu les rangeais. Quand tu as commencé à te conduire de façon bizarre, j'ai deviné que c'était à cause de lui. Alors je suis venu ici et j'en ai lu quelques-unes.

— Tu as lu mon courrier personnel, proférai-je d'une voix atone.

Je n'en revenais pas. Soupçonner mon frère était une chose, mais recevoir confirmation de mes soupçons par sa propre bouche en était une autre.

— C'est toi qui comptes pour moi, Laura ! protesta-t-il, et je me moque bien de lire ta correspondance privée ! Mais ces lettres... est-ce qu'elles étaient vraies ? Je veux dire... ce qui s'est passé entre vous chez lui ?

— J'aurais dû savoir que tu les lirais, murmurai-je en réponse.

— Ces choses qu'il t'écrit... c'était ça, les histoires de filles dont tu voulais parler avec tante Belinda, pas vrai ?

— Non, rétorquai-je. C'était beaucoup plus que ça.

— Nous n'avons jamais discuté de ces choses, Laura. Nous n'avons jamais parlé de sexe, mais j'ai toujours pensé que tu étais différente des autres filles du lycée. Que tu n'aurais jamais...

— Je ne suis pas comme les autres filles, Cary ! Je *suis* différente, affirmai-je d'une voix fêlée par l'émotion.

Il s'empressa de me donner raison.

— C'est aussi ce que je pense. Je crois que tout est de sa faute.

Cette fois, il déformait le sens de mes paroles, et je réagis avec vigueur.

— Non, ce n'est pas de sa faute ! (Ma véhémence le fit tressaillir, et je baissai aussitôt la voix.) Ce n'est la faute de personne. Je n'ai rien fait que je n'aie pas désiré faire, Cary. Il se trouve que j'aime Robert et qu'il m'aime aussi. Maintenant, grâce à toi, nous sommes dans une situation épouvantable. Tu n'avais pas le droit de faire ça.

— Je voulais seulement te protéger, Laura. Je voulais...

— Tu n'avais pas le droit ! m'obstinai-je. Qu'as-tu dit à Grandma, exactement ? Je veux tout savoir, jusqu'aux détails les plus scabreux.

— Je n'ai rien dit de précis, en fait. Seulement que tu te comportais de façon bizarre, et que tu voulais voir tante Belinda pour lui parler d'histoires de filles. Alors là, elle a carrément sauté en l'air ! Et elle a commencé à me bombarder de questions.

« Des histoires de filles ? Laura voit toujours ce garçon, alors ? Jusqu'où les choses sont-elles allées ? Est-elle déjà restée seule avec lui ? » J'ai essayé de minimiser les faits, Laura, parole d'honneur, mais elle ne me lâchait pas. C'est elle qui a parlé de l'hôtel la première, maintenant que j'y pense. Elle l'appelait « cette auberge », et a voulu savoir si tu y étais allée.

J'aurais aimé placer un mot, mais Cary ne m'en laissa pas l'occasion.

— À la façon dont elle m'a posé la question, enchaîna-t-il habilement, j'ai cru qu'elle le savait déjà, qu'elle voulait juste vérifier si j'étais sincère. J'ai dit que oui, elle a demandé si les parents de Robert étaient présents, et alors là... Je crois que tu as raison, Laura, je ne suis pas un bon menteur. J'ai répondu que je n'en savais rien, mais elle a répété sa question d'un ton cinglant. Du coup, j'ai dit qu'ils étaient peut-être absents, et après ça elle n'a plus rien demandé. C'est elle qui m'a dit ce que tu avais fait, Laura, je te jure. À croire qu'elle avait lu tes lettres.

— Et tu n'as rien nié ? (Il garda un silence éloquent.) Non, bien sûr. Tu l'as laissée croire ce qu'elle voulait.

— Elle n'a eu qu'à me regarder, Laura. Elle a dit que je n'avais pas besoin d'ajouter un mot, qu'elle en savait assez. Elle m'a fait froid dans le dos, Laura. C'est une...

— C'est une femme très malheureuse, Cary. Et maintenant, avec ton aide, elle a réussi à me rendre aussi malheureuse qu'elle. Tu es content ?

— Non, bien sûr que non ! se récria-t-il, désemparé. Mais il n'aurait pas dû... S'il t'aimait comme tu l'as dit, Laura, il t'aurait respectée. Cela ne serait jamais arrivé.

— Ne parlons plus de ça, Cary, franchement je n'y tiens pas. J'aurais trop peur que tu coures tout répéter à Grandma.

Une gifle ne l'eût pas choqué davantage. Il sursauta et détourna la tête, mais j'eus le temps de voir ses yeux. J'y lus tant de peine que cela me fit mal. Moi aussi, je lui dérobai mon regard.

— Je suis désolé, Laura, mais si j'ai fait ça c'est seulement parce que... parce que je t'aime, lança-t-il tout à trac en se précipitant hors de la pièce.

Je restai longtemps immobile, fixant la porte close, entendant toujours l'écho des paroles de Cary. Comment pourrais-je expliquer une pareille chose à Robert ? Qui pourrait jamais comprendre la folie de ma famille ?

***

Je voulais dormir, mais ma nuit fut traversée de cauchemars. Je me réveillais en sursaut, poussant de petits cris étranglés, en proie à une terreur inexplicable. Puis je me rendormais, le visage enfoui dans l'oreiller, mais jamais pour longtemps. Ce fut seulement juste avant l'aube que je sombrai dans un sommeil sans rêves. Je dormais si profondément, quand le jour se leva, que je n'entendis aucun des bruits familiers du matin. Ce fut May qui finit par venir me réveiller, en me secouant par le bras.

Je battis des paupières et regardai autour de moi, complètement désorientée. Puis j'aperçus mon réveil et je bondis hors de mon lit. Je m'habillai en toute hâte, suivie pas à pas par une petite May dévorée de curiosité. Est-ce que j'étais malade ? Cary l'était-il aussi ? questionnait-elle à petits gestes vifs. Il n'avait adressé la parole à personne, et se montrait maussade. Tout allait bien, la rassurai-je. J'avais trop dormi, sans plus.

Elle ne demanda plus rien, mais à peine étais-je entrée dans la salle à manger que maman prit le relais.

— Ça ne va pas, Laura ? Tu n'avais pas l'air très en forme hier soir, maintenant que j'y pense.

— Tout va bien, maman. Je suis un peu fatiguée, c'est tout. Excuse-moi d'avoir dormi si tard.

— Ton frère non plus n'a pas l'air dans son assiette, soupira-t-elle. C'est comme quand vous étiez petits. Si l'un de vous deux avait mal au ventre, l'autre s'en plaignait aussi. C'est peut-être cette nouvelle recette ?

— Mais non, maman. Si c'était ça, papa, May et toi auriez été malades.

— Tiens, c'est vrai, se rassura-t-elle. Tu as raison.

— Nous sommes juste un peu fatigués, je te l'ai dit.

Ce n'était pas un mensonge. J'aurais parié que Cary n'avait pas mieux dormi que moi.

Je bus un peu de jus de fruit, grignotai un toast, et rassemblai mes affaires pour aller rejoindre Cary et May, qui m'attendaient à la porte. Papa était déjà parti travailler. Les yeux de Cary exprimaient la peine et le remords, mais j'évitai délibérément son regard. Notre comportement éveilla la curiosité de May, qui télégraphia des questions pendant tout le trajet. Je lui fournis des réponses évasives, et Cary l'ignora complètement. Ce fut seulement quand nous l'eûmes déposée à son école qu'il m'adressa la parole.

— Je suis désolé, Laura. Je n'avais pas l'intention de t'attirer des ennuis.

— Ça va, n'en parlons plus. Mais je ne sais toujours pas comment je vais pouvoir expliquer les choses à Robert.

Il baissa la tête, passa devant moi et demeura silencieux jusqu'à notre arrivée au lycée. Robert m'attendait au vestiaire, et Cary alla droit à son placard pour me laisser seule avec lui. Dès qu'il vit ma mine défaite, son merveilleux sourire s'évapora.

— Qu'est-ce qui se passe ? On dirait que tu as perdu ton meilleur ami, observa-t-il, mi-sérieux, mi-plaisant.

— C'est à peu près ça.

Je n'eus pas le temps de le renseigner. La sonnerie annonçant le premier cours retentit.

— Je t'expliquerai à la cafétéria, lui promis-je en m'éloignant dans le couloir.

Il sentit que c'était sérieux, et son visage s'assombrit. À chaque interclasse, il s'arrangea pour me parler afin de découvrir ce qui n'allait pas.

— Tu es sûre que ça va ? Tu as l'air vraiment fatiguée, Laura.

— Je *suis* vraiment fatiguée, dus-je admettre.

— Ton frère se donne beaucoup de mal pour m'éviter, aujourd'hui. Je l'ai surpris en train de me regarder, mais quand il m'a vu il a tourné le dos. Il recommence à bougonner à chaque fois que j'essaie de lui parler, comme avant. Que se passe-t-il, à la fin ?

— Nous parlerons de tout ça au déjeuner, éludai-je en m'esquivant.

Mais l'heure venue, lorsque je m'approchai de la cafétéria bourdonnante de voix et de rires, je m'arrêtai brusquement à quelques pas de l'entrée, clouée au sol. Theresa Patterson arrivait justement à ma hauteur.

— Qu'est-ce qui te prend ? m'aborda-t-elle. On dirait que tu as vu un fantôme.

Une larme roula sur ma joue et je secouai la tête sans répondre. Le sourire de mon amie se figea.

— Laura ?

Je m'élançai en courant dans le couloir, franchis la porte en trombe et sortis dans le parc ensoleillé. J'étais seule, maintenant, je pouvais pleurer tout mon soûl. Je marchai jusqu'à un vieux chêne, me laissai tomber dans l'herbe, les bras enserrant mes genoux, et j'éclatai en sanglots. J'étais là depuis quelques minutes, me balançant tout doucement en pleurant, quand je tressaillis à la voix de Robert.

— Laura ! Que se passe-t-il ? Je t'ai attendue et attendue, à la cafétéria, jusqu'à ce que Theresa me dise qu'elle t'avait vue sortir en courant.

Il s'agenouilla près de moi et, du dos de la main, je balayai mes larmes. Je m'efforçai de lui sourire.

— Tout va bien, je t'assure. C'est juste que je ne suis pas d'humeur à supporter tous ces regards inquisiteurs, aujourd'hui.

— Mais pourquoi ? demanda-t-il en s'asseyant à mes côtés. Raconte-moi tout.

— Oh, Robert ! Cary a lu tes lettres ! Il est entré dans ma chambre en mon absence et il les a lues.

— Aïe ! gémit-il en rentrant la tête dans les épaules. Pas étonnant qu'il m'ait fui comme si j'avais la peste, ce matin ! Je te demande pardon, Laura. Je n'aurais jamais dû me laisser aller à les écrire. Est-ce qu'il t'a maltraitée, ou...

— Non, Cary ne ferait jamais ça.

Je me tus et promenai autour de moi un regard désenchanté. Des nuages duveteux voguaient à l'horizon dans un ciel turquoise, on entendait chanter des oiseaux. Tout est si beau, si paisible ! Mon malaise ne m'en semblait que plus fort, et mon cœur plus glacé.

Je parlai à Robert de ma tante Belinda, de ma visite, et de l'interrogatoire qu'avait subi Cary. Je lui décrivis comment Grandma l'avait questionné sur ma vie privée, et spécialement sur nos relations. Je n'eus pas le temps de lui donner de détails, il me devança.

— Tu veux dire... que Cary lui a répété tout ce que je t'écrivais dans ces lettres ?

— Pas exactement, mais le résultat a été le même. Il en resta un instant bouche bée.

— Que s'est-il passé, ensuite ?

— C'est pour ça qu'elle avait envoyé son chauffeur me chercher, Robert.

— Pour te questionner à notre sujet, tu veux dire ?

— Exactement.

Il serra les lèvres et laissa échapper un long sifflement.

— Je suis désolé, Laura. J'ai l'impression d'avoir causé un beau gâchis, mais je n'ai pas pu m'empêcher de t'écrire. Je voulais que tu saches ce que j'éprouvais, et comme tu ne voulais pas me parler...

— Ne te reproche rien, Robert, Cary sait qu'il a eu tort. Le problème, c'est que Grandma dirige toute la famille, et qu'elle peut nous rendre la vie très dure à tous, si elle veut.

— Mais qu'est-ce qu'elle veut, au juste ? Tu crois que si j'allais la voir...

— Surtout pas, Robert ! m'écriai-je avec effroi. N'y pense même pas.

Il lut ma terreur dans mon regard et n'insista pas.

— Bon, mais que devrais-je faire, alors ?

— Il n'y a rien à faire pour le moment. Sauf...

— Sauf quoi, Laura ?

— Sauf ne plus nous voir pendant quelque temps. Du moins jusqu'à ce que les choses se tassent, ajoutai-je en voyant sa mine s'allonger.

— C'est quoi, quelque temps, pour toi ?

— Quelque temps, répétai-je en haussant les épaules. Nous avons nos examens à préparer, de toute façon.

— Tu crois que je me soucie de mes examens, à présent ?

— Il le faut, Robert. Tu veux poursuivre tes études. Si tu échoues à cause de moi, je me sentirai encore plus mal.

Il cueillit un brin d'herbe et se mit à le mordiller.

— Je t'empêche de déjeuner, observai-je en m'efforçant de plaisanter. Tu dois être affamé, tu manges de l'herbe.

Il cessa aussitôt de mâchonner la tige et me sourit.

— Je ne sais pas si tu comprends à quel point je t'aime, Laura.

C'est facile de parler de ne plus nous voir pendant un moment, mais pour moi c'est presque impossible. Je vais camper près de ta maison et guetter un regard de toi chaque soir.

— Robert...

— Te voir au lycée sera un vrai supplice. Que suis-je censé faire, t'éviter là-bas aussi ?

Mes lèvres frémirent, je sentis mon menton trembler.

— Je te demande pardon, Laura, s'excusa Robert, tout contrit. Voilà que je recommence. Je ne pense qu'à moi, et je te mets dans une position intenable. Très bien, ajouta-t-il en se levant. Je vais réfréner mon ardeur, comme on dit, du moins pour quelque temps. Mais retiens bien mes paroles, Laura Logan. Un jour, tu seras ma femme. La femme avec qui je partagerai ma vie, pour toujours et à jamais. Et aucune grand-mère tyrannique, aucun grand frère protecteur, personne au monde ne pourra s'y opposer.

J'inclinai la tête, incapable de proférer un son. J'avais une boule dans la gorge. Robert me sourit une dernière fois puis s'éloigna, la mine sombre et le cœur lourd, aussi malheureux que moi.

Tous les jours qui suivirent furent pour moi des jours de deuil. Sa voix, ses sourires, ses appels téléphoniques, sa présence enfin, tout me manquait. J'accomplissais mes tâches ménagères, j'étudiais, j'aidais May dans son travail scolaire, mais je faisais tout cela comme un zombie. Quand j'avais le temps, je descendais jusqu'à la plage et m'absorbais dans la contemplation de l'océan, fascinée par l'inlassable va-et-vient des vagues. Quelquefois, je m'avançai jusqu'à la limite du ressac et trempai mes pieds nus dans l'écume. Les mouettes tournoyaient en criant autour de moi. Et j'avais l'impression qu'elles me fixaient, intriguées par ma silhouette solitaire qui se dressait, lugubre, au milieu de ce désert de sable.

J'apercevais souvent Cary qui m'observait de loin, n'osant ni me parler ni m'approcher, aussi désemparé que moi. Il luttait contre lui-même, cherchant un moyen de me rendre à nouveau heureuse, de s'excuser, de regagner mes bonnes grâces. Je me répétais sans cesse que je devais lui pardonner. Mais, en même temps, une petite voix s'élevait en moi, posant toujours la même question soupçonneuse. En allant tout raconter à Grandma, Cary ne cherchait-il pas à me garder pour lui tout seul ?

Maman continuait à poser des questions sur ma santé, et papa lui-même commençait à me regarder avec une attention spéciale. Je mettais tout sur le compte du surmenage.

Le week-end suivant, nous allâmes tous à la réception donnée pour l'anniversaire de Grandpa Samuel. Ce fut une garden-party très élégante, avec la traditionnelle dégustation de palourdes grillées. Il y avait deux bars, chacun à une extrémité de la pelouse. Une grande tente bleu et blanc abritait les tables drapées de lin fin, où était dressé un somptueux couvert. Grandma Olivia réprouvait l'usage de la vaisselle en plastique, et tout était servi dans la porcelaine, les cristaux et l'argenterie. Une armée d'extras, rassemblant des aides-cuisiniers, des garçons et des serveuses, s'affairait discrètement sous la haute direction d'un maître d'hôtel. Il y avait plus de cent cinquante invités, dont certains étaient venus d'aussi loin que Boston, et même de Hartford, dans le Connecticut. L'assistance ne comptait que des hommes d'affaire importants, politiciens et autres notables, accompagnés de leur famille. Sans oublier, bien sûr, toute la haute société de Provincetown.

Un quatuor à cordes, installé dans le belvédère, joua tout l'après-midi. Le dernier morceau fut naturellement « Joyeux Anniversaire », entonné par toute l'assemblée en l'honneur de Grandpa Samuel. Ce fut vraiment une des réceptions les plus réussies de Grandma Olivia. Mais je n'étais pas d'humeur à m'amuser, aussi n'y fis-je pas grand honneur. Pourtant, vers la fin de la journée, Grandma me prit à part et m'exprima sa satisfaction.

— Apparemment, tu as suivi mes conseils et c'est très bien, Laura. Très bien pour tout le monde.

J'aurais volontiers répliqué, mais elle ne m'en donna pas le temps. Elle fit signe à l'une de ses relations et s'en alla, me laissant un peu plus solitaire et plus perdue qu'avant. Je m'éloignais en direction de la jetée, me croyant seule, quand je me retournai à la voix de Cary.

— Qu'est-ce qu'elle te voulait ?

— Elle a dit qu'elle était contente que j'aie suivi ses conseils, et que c'était très bien pour tout le monde.

— Je suis désolé, Laura, s'excusa-t-il pour la énième fois.

Je croisai les bras, contemplant l'océan sans répondre.

— Elle n'a pas le droit de régenter nos vies. On dirait que tu vas tomber malade de chagrin ! reprit-il sur un ton plein de colère.

— Je ne tomberai pas malade, ne t'en fais pas.

— Tu es aussi pâle qu'un bois d'épave, constata-t-il en se rapprochant de moi. Écoute, Laura : il n'y a rien de mal à ce que je sois l'ami de Robert, n'est-ce pas ?

— Où veux-tu en venir ?

— À rien, sinon que j'ai commencé à lui apprendre à naviguer, pas vrai ? Je peux très bien lui proposer une leçon demain, et tu pourrais...

— Je pourrais quoi, Cary ? m'écriai-je, le cœur battant.

— Faire un tour en mer, toi aussi.

— Tu ferais ça pour moi ?

— Oui, soupira-t-il en évitant mon regard. Je le ferais.

— Tu auras des problèmes avec Grandma Olivia, je te préviens.

— Ce n'est pas ça qui me fait peur ! renvoya-t-il rudement.

Juste à ce moment, une bourrasque plaqua mes cheveux sur ma figure. Quelqu'un poussa un cri. Nous nous retournâmes, pour voir une des splendides compositions florales s'écrouler.

— Aïe, aïe, aïe ! s'esclaffa Cary. Quelqu'un va se faire assaisonner. Grandma pourrait lui faire supprimer le droit de respirer, le pauvre diable !

Ce fut plus fort que moi, je joignis mon rire au sien.

— Ah, j'aime mieux ça, Laura. Je te retrouve. Ne t'inquiète pas, j'appellerai Robert plus tard. Et, cette fois, elle ne viendra pas se mettre en travers de nos projets, me promit-il.

Au même instant, le nuage qui venait de voiler le soleil se déchira et un rayon tomba sur moi, m'inondant de lumière et de chaleur. Je me sentis revivre.

***

Ce soir-là, j'osai téléphoner à Robert. Cary l'avait déjà fait pour l'inviter.

— J'allais t'appeler, m'annonça-t-il d'emblée. J'ai été tellement surpris par la proposition de Cary ! Je n'y comprends plus rien. Un jour il me bat froid, et le lendemain...

— Il regrette tellement ce qu'il a fait, Robert. Il voudrait se faire pardonner, expliquai-je. Par moi et par toi.

— En fait, je me moque de ses raisons, Laura. Je vais passer la journée avec toi, c'est tout ce qui compte. C'était tellement dur de ne pas te voir, tous ces jours-ci ! Tu ne peux pas savoir.

— Mais si, je peux. C'était pareil pour moi.

— Et ma mère qui me demandait sans arrêt comment je m'étais arrangé pour te faire fuir ! À l'en croire, je ne suis qu'un pauvre idiot, elle me le chante sur tous les tons. Elle va se calmer quand elle saura que je te vois demain, acheva Robert en riant.

J'eus l'impression que mon cœur se remettait à battre, mon sang à circuler dans mes veines. Je me surpris à sourire stupidement, et je n'aurais pas été plus étonnée que ça d'avoir une auréole autour de la tête. Je me sentais rayonner.

Le lendemain matin, je fus la première debout et préparai le petit déjeuner pour tout le monde. Maman fut si heureuse de me voir ce regain d'énergie qu'elle babilla comme une pie en m'aidant à mettre la table. Papa lui-même était détendu, et même joyeux. La seule remarque un peu rabat-joie qu'il fit fut pour nous mettre en garde au sujet du temps. D'après lui, le ciel avait la même couleur que lorsqu'un grain de nordet menaçait.

Personnellement, je trouvais le ciel superbe, et les nuages qui s'amassaient à l'horizon me semblaient les bienvenus. Le vent s'était levé, Cary estimait que c'était parfait pour naviguer. Il passa une partie de la matinée au champ d'airelles, pendant que je préparais le pique-nique.

— Je suis contente que tu te distraies un peu, Laura, observa maman. Tu travailles trop. Tu ne voudrais pas tomber malade au moment des examens, quand même ?

— Non, maman.

— Nous sommes très fiers de toi, Laura. Toute la famille est fière de toi. Pas plus tard qu'hier, à la réception, ta grand-mère m'a dit à quel point elle était ravie de tes succès scolaires. Elle tient à ce que tu le saches, et m'a chargée de t'annoncer qu'elle avait une surprise pour toi.

— Ah oui ? Qu'est-ce que ça peut bien être ? questionnai-je, sans quitter des yeux le sandwich que j'enveloppais.

— Eh bien, nous ne sommes pas censés te le révéler tout de suite, mais je le sais par papa. Elle a ouvert un compte en banque pour subvenir à tous les frais de tes études supérieures. Cela représente une grosse somme, Laura. C'est réconfortant de savoir que tes grands-parents se soucient à tel point de toi.

— L'argent n'est pas la seule façon de prouver qu'on tient aux gens, maman.

— Non, mais ça aide, en tout cas ! riposta-t-elle en riant. Pense au soulagement que ce sera pour ton père. Tu sais qu'il s'en tire tout juste avec sa pêche, depuis quelque temps. Il n'est pas homme à se plaindre des épreuves, mais nous en avons eu notre part. Il est très heureux que Grandma Olivia se préoccupe autant de toi.

J'avais la gorge serrée, mais je parvins à avaler ma salive.

— J'en suis très contente aussi, maman, affirmai-je en achevant de remplir mon panier.

Je voulais que cette journée soit absolument spéciale, dans les moindres détails. J'avais essayé différentes coiffures, et presque tous les vêtements de mon placard. Pour finir, j'avais choisi un short gris clair et un débardeur blanc, enfilé des tennis sans socquettes, et attaché ma queue de cheval avec un foulard de soie. Je me sentais légère comme une bulle. Je courus toute la matinée dans les escaliers, tel un courant d'air, jusqu'à ce qu'il fût temps de partir.

Robert arriva juste comme Cary revenait du champ d'airelles, et nous nous retrouvâmes tous devant la maison. May portait le plus petit des deux paniers dans ses bras.

— Merci de m'avoir invité, dit Robert à Cary. C'est une journée idéale pour naviguer, non ?

Cary scruta longuement l'horizon.

— À condition de rentrer avant la fin de l'après-midi, ça ira. Le vent forcit tout doucement, ça promet un peu de sport. Mais tu es un expert, à présent, conclut-il avec un rien de provocation.

— Je n'ai pas oublié ce que tu m'as appris, si c'est ce que tu veux dire.

— Laissons Laura en juger, elle est assez forte pour ça.

— Alors allons-y, décidai-je, redoutant qu'un mot maladroit ne rouvrît les vieilles blessures.

Je portais le plus grand des deux paniers. Robert m'en débarrassa et, Cary ouvrant la marche, nous partîmes d'un bon pas pour la plage. En arrivant à hauteur du voilier, Robert braqua sur mon frère un regard de défi.

— Tu veux m'éprouver ? Vas-y, pose-moi des questions.

— La seule épreuve qui compte est celle de l'océan, répliqua froidement Cary.

Puis, à mon intention, il ajouta :

— Si tu conduisais May à Logan Bay, pendant que nous mettons le *Sunfish* à l'eau ?

— D'accord. Sois prudent, conseillai-je à Robert en prenant May par la main.

Nous avions étendu la couverture et terminions les préparatifs quand le voilier contourna la pointe de la crique. Robert manœuvrait seul. Rudement secoué, le bateau piquait du nez dans les creux et roulait d'un bord à l'autre. Puis il se stabilisa, affermit sa trajectoire et fila droit vers la côte, dans une double gerbe d'écume.

— C'est génial ! s'époumona Robert. Ça vous fouette le sang. C'est bien mieux que la dernière fois, Laura.

— Je vois ça. Comment s'en est-il sorti, Cary ?

Mon frère se chargea lui-même d'échouer le *Sunfish* et, cela fait, se retourna.

— Bien, dit-il avant de lever les yeux vers le ciel. Mais vous devriez partir juste après le déjeuner, le plus tôt sera le mieux. Et si ça se gâte, rentrez immédiatement.

Robert sourit de plaisir.

— Bon sang, rien que cette petite balade m'a creusé l'appétit !

J'étais bien trop excitée pour avoir faim, et Cary ne mangea pas beaucoup non plus. Il resta assis, tout pensif, les yeux fixés sur l'océan. Robert parla de l'hôtel, de la réussite des premiers weekends, de leurs espoirs pour la saison. Tout était déjà presque réservé pour juillet, annonça-t-il fièrement. Cary ne fit qu'un minimum de commentaires. Je ne l'avais jamais vu aussi songeur, ni aussi nerveux. Il coulait vers moi des regards furtifs, ramenait vivement les yeux sur l'océan, ou sur la plage. Finalement, il se leva.

— Je crois que nous allons chercher des coquillages pendant que vous serez en mer, May et moi. Surveille bien le ciel, Laura, insista-t-il en faisant signe à May.

Elle se leva, lui prit la main et tous deux s'éloignèrent le long de la plage.

— Eh bien, soupira Robert, nous voici seuls pour la première fois depuis un siècle ! C'est l'impression que ça me fait, en tout cas. Prête pour le grand voyage, Milady ? ajouta-t-il en se levant pour m'offrir sa main.

Je ris et le laissai me hisser sur mes pieds. Puis j'ôtai mes tennis, les lançai dans le bateau et me retournai vers la plage. Cary et

May étaient déjà loin. Cary semblait nous surveiller, mais il se détourna vivement pour aider May.

Robert m'aida à monter à bord, poussa le voilier vers le large et y sauta rapidement à son tour.

— Cap sur la Chine ! cria-t-il en saisissant l'écoute de grand-voile.

Et, beaucoup plus aisément que je ne l'aurais cru, il mit le *Sunfish* en route par un bon vent de travers.

C'était revigorant de sentir l'écume fouetter mon visage et mes bras, et la joie de Robert faisait plaisir à voir.

— Pas si mal pour un débutant, plaisanta-t-il. Je crois que je me découvre une vocation de marin, et c'est grâce à toi.

Je m'assis tout contre lui, poussant des cris chaque fois que le bateau bondissait dans le clapot. Nous fûmes bientôt assez loin de la côte, là où le contrecoup du ressac ne se faisait plus sentir.

— L'autre jour, avec Cary, j'ai aperçu de loin une autre petite crique, annonça Robert. Un endroit très abrité, lui aussi. Tu n'aimerais pas que nous le cherchions ? Nous pourrions l'appeler la crique de Laura, si tu voulais ?

Il embrassa mes cheveux, puis mon front, et je me tournai légèrement pour lui offrir mes lèvres. Le *Sunfish* quitta sa route et l'embardée nous arracha un cri.

— Je ferais mieux de m'occuper de la barre, observa Robert.

— Ne serre pas le vent d'aussi près, sinon nous risquons de nous retrouver à l'eau.

— Bien, commandant !

Une bonne brise gonflait la voile, la proue fendait allégrement les vagues. Nous avancions à bonne allure. Après avoir contourné une autre avancée de la côte, le vent faiblit un peu et notre navigation se fit plus douce et plus lente. La confiance de Robert s'accrut d'autant.

— Ce n'est pas aussi difficile que tout le monde le prétend, affirma-t-il.

— Ne sois pas trop arrogant, Robert. Il faut du temps pour devenir aussi bon marin que Cary. Et rappelle-toi ce qu'il a dit : l'océan ne pardonne aucune erreur.

— Je sais, mais j'ai un certain sens de la mer, non ? Eh bien, tu ne dis rien ? Je suis doué, oui ou non ?

J'éclatai de rire et lui tendis mes lèvres, mais, cette fois, il ne lâcha pas la barre. J'étais bien, détendue, enfin heureuse.

Peut-être en sera-t-il ainsi toute notre vie, méditai-je. On contourne une pointe du rivage, et on retrouve le soleil et le bonheur. Avec le vent dans mes cheveux, le bras de Robert autour de moi et notre voilier fendant l'eau de la crique, il m'était facile de croire aux contes de fées. Nous avions grandi en croyant à la magie de l'océan, Cary et moi. Qui aurait pu me blâmer de vouloir la partager avec Robert ?

Qui aurait pu me blâmer davantage que je n'allais bientôt le faire moi-même ?

9

Jamais plus

PENDANT longtemps, je perdis tout souvenir de ce fatal après-midi. Mon esprit l'avait enfermé dans un cabinet noir et en avait jeté la clé. Aussi incroyable que cela puisse paraître, j'oubliai jusqu'au nom de Robert.

J'étais dans ses bras quand il dirigea le *Sunfish* vers la côte. La crique était minuscule, tout juste une langue de sable en fait, mais il l'avait découverte et voulait qu'elle fût notre endroit secret. Quand nous en fûmes tout près, je me redressai. Le vent avait nettement forci, les nuages accourant de l'est semblaient plus sombres et plus épais. J'aurais dû dire à Robert de rentrer sans attendre, mais je n'en fis rien. Moi aussi, j'étais assoiffée d'amour. Et, moi aussi, l'idée d'avoir un petit univers à nous me séduisait.

Robert sauta du bateau et le guida jusqu'au rivage, puis me prit par la main et m'aida à descendre. Ayant trouvé non loin de là un morceau de bois flotté, il le planta dans le sable et y noua son mouchoir, qui claqua au vent comme un étendard.

— Je revendique cette plage pour Laura Logan, et par cet acte je la baptise Crique Laura, déclama-t-il, aussi fièrement qu'eût pu le faire un explorateur du passé.

J'éclatai de rire en battant des mains, et ris encore quand il exécuta une révérence théâtrale. Tout m'amusait ce jour-là. L'air, la liberté, nos retrouvailles et leurs promesses, tout cela m'étourdissait. J'étais ivre de rêves.

— Il nous faut baptiser notre coin de Paradis, décida Robert en se rapprochant de moi.

Il m'entoura de ses bras, me serra contre lui et m'embrassa sur la bouche.

— Laura, ma Laura, comme tu m'as manqué !

Le vent jouait dans mes cheveux, me jetait des bouffées d'embruns au visage, dans le cou, sur mes bras nus. Je répondais avec ardeur aux baisers de Robert, qui ne laissait mes lèvres que pour les reprendre aussitôt. Puis il se retourna vers le bateau, se pencha pour y prendre la couverture et la déplia sur le sable. Je m'y laissai tomber avec lui. Je me souviens d'avoir dit, la tête posée sur sa poitrine :

— Nous ne pouvons pas rester longtemps, Robert. Cary et May...

— Je sais, m'arrêta-t-il en me caressant les cheveux.

Puis ses paumes effleurèrent mes joues, tâtonnant comme s'il était aveugle et voulait graver mes traits dans sa mémoire, pour ne jamais les oublier. Tout mon corps avait faim de lui, je voulais être à lui. Oh, comme je le voulais !

Il ressentit mon désir et se mit à m'embrasser doucement dans le cou. Sa main descendit jusqu'à ma taille, souleva lentement mon débardeur, le remonta. En quelques instants, nous étions presque nus, accrochés l'un à l'autre comme deux naufragés emportés par la marée, une marée qui aurait envahi le monde.

— Je ne laisserai plus personne nous séparer, chuchota-t-il, même pour peu de temps. Jamais plus.

Ses paroles m'emplirent le cœur de joie, chassant tous les doutes que j'avais pu avoir sur notre amour, sur moi, sur nous-mêmes. *Oui,* m'entendis-je murmurer, d'une voix qui venait du plus profond de mon être. *Oui, oui, oui.*

Nos baisers se prolongèrent, fougueux, ardents, impatients. Les baisers de deux amants que l'on a séparés de force, et trop longtemps. Je ne me rappelle même pas comment nous nous retrouvâmes entièrement nus, mais nous l'étions. Et sans avoir hésité une fraction de seconde, jetant toute prudence au vent qui tournoyait autour de nous, nous faisions l'amour.

Cela commença dans un élan farouche, presque brutal ; puis, très lentement, cette ardeur frénétique s'adoucit. Elle adopta un rythme ondulant, passant des sommets de l'extase à des accalmies, qui me permettaient de reprendre mon souffle. Mais bientôt s'éveillait en moi le désir d'une extase nouvelle, et j'étreignais plus étroitement Robert, refusant que cela prît fin.

Je me souviens encore de son petit rire de joie, de son ravissement, de ses yeux rayonnants d'amour et de plaisir. Je me suis dit alors que ce que nous faisions était bon et beau, que cela ne pouvait pas ne pas l'être. Robert m'inondait de baisers. Il étouffait mes petits cris d'émoi sur mes lèvres. Il répétait mon nom sans fin, comme une incantation, et m'enlaçait aussi étroitement que je le retenais moi-même dans mes bras. Chacun de nous brûla de la passion de l'autre, jusqu'à l'épuisement.

Puis il se laissa glisser à mes côtés, les yeux levés sur moi. Je me tournai pour mieux voir son regard brillant de joie et son lumineux sourire.

— Je t'aime, Laura, dit-il simplement.

— Je t'aime aussi, Robert.

Il se rapprocha, m'entoura l'épaule de son bras et nous restâmes ainsi, sans bouger, gagnés par la fatigue et sentant nos paupières s'alourdir. Nous décidâmes de nous accorder un moment de repos et, d'un seul coup, le sommeil s'abattit sur nous comme un charme.

Je fus la première à m'éveiller. Le vent avait considérablement forci, et nous aspergeait d'écume et de sable. Je me retournai promptement, pour voir de gros nuages noirs rouler dans notre direction. Quelques secondes plus tard, je sentis les premières gouttes de pluie. Mais le plus effrayant de tout fut la vision du *Sunfish* à la dérive. Dans notre hâte, nous n'avions pas vérifié s'il était en sécurité. Il était déjà au moins à cinq mètres de la plage. Je hurlai.

— Robert !

Il ouvrit les yeux et s'assit brusquement.

— Oh, non ! Le bateau !

— Il faut le rattraper avant qu'il ne soit trop loin, m'écriai-je.

Levé d'un bond, il plongea aussitôt et nagea vigoureusement vers le voilier. Les vagues montaient déjà à plus de soixante centimètres, mais il réussit à saisir le bordage et à se hisser à bord. La voile claquait violemment, le mât oscillait de gauche à droite. Robert parvint à prendre la barre en main, mais quand il voulut raidir la toile pour remonter au vent, le petit voilier s'inclina dangereusement et il ne sut pas donner du mou assez vite. Le *Sunfish* parut bondir au-dessus des vagues avant de chavirer, précipitant Robert à la mer.

— Robert ! appelai-je en plongeant à mon tour.

J'étais bonne nageuse, mais pas assez vigoureuse pour tenir tête longtemps à la furie des vagues. Au prix d'un monstrueux effort, qui me laissa presque épuisée, je parvins à rejoindre assez vite le petit bateau. Je m'accrochai à la quille, et appelai à nouveau Robert. Il réapparut de l'autre côté, l'air tout étourdi. Ce fut seulement quand il contourna la coque pour me rejoindre que je compris pourquoi.

Dans sa chute, une partie quelconque du *Sunfish* avait dû le heurter à la tête. Une fine mais régulière coulée de sang s'échappait de ses cheveux, zébrant sa tempe et sa joue. À nouveau, je hurlai.

— Robert ! Tu es blessé !

Il fit signe que oui, l'air toujours égaré. La mer grossissait encore, nous étions ballottés avec le bateau et le vent s'intensifiait, lui aussi. La pluie augmentait sans cesse, elle devenait vraiment harcelante, et de plus en plus froide. Je me retournai vers la plage, pour découvrir une autre calamité. La couverture, nos vêtements, tout était balayé par la marée, lentement aspiré par la mer. Le choc fut tel que je cédai à la panique. Je me démenai comme une folle avec le *Sunfish* pour essayer de le redresser, sans parvenir au moindre résultat. Je ne pouvais pas y arriver seule. Robert, accroché d'une main à l'autre bord de la coque, se laissait simplement flotter, l'air toujours aussi hagard.

— Grimpe sur le bateau et commence à le retourner, lui criai-je. Grimpe, tout de suite ! Chaque vague nous emmène un peu plus au large.

Finalement, il parut comprendre. Il se hissa sur la coque, à califourchon, puis se pencha pour essayer de la faire basculer en déplaçant son poids. Mais il ne pesait pas assez lourd et n'était pas assez fort. Je le rejoignis aussi vite que possible et tous deux, unissant nos efforts, luttâmes contre le vent qui nous fouettait le dos, aveuglés par une pluie torrentielle. Aiguillonnés par une conscience aiguë du danger, nous déployâmes une énergie désespérée, dont aucun de nous ne se serait cru capable. Lentement, le *Sunfish* commença à basculer. Surexcité par cette amorce de succès, Robert imprima une violente secousse à la coque.

— Doucement ! lui criai-je. Laisse-la se retourner.

Mais il continua de s'agiter, montant et descendant avec les vagues, cognant et tirant tour à tour en grognant et en haletant, contrecarrant ainsi ses propres efforts.

À la fin, le mât jaillit de l'eau, ramenant la voile mouillée au-dessus de la surface. Nous ne nous en tirions pas si mal, après tout. Nous allions nous en sortir.

Je commençais à reprendre espoir quand une nouvelle rafale nous cingla de plein fouet, avec une brutalité inouïe. Je lâchai prise et retombai à l'eau. À nouveau, le voilier s'inclina et Robert employa toute sa force à corriger la gîte, pour tenter d'empêcher ce qui allait arriver. Je le vis basculer avec le bateau et disparaître de l'autre côté. Nous étions au moins à quinze mètres de la côte, à présent, et la pluie tombait si dru que je ne distinguais pratiquement plus la petite plage.

— Robert ! appelai-je, ne le voyant pas reparaître. Robert, où es-tu ?

Il ne répondit pas, ne nagea pas non plus vers moi. Je me cramponnai à la coque et entrepris de la contourner. Au début, je ne vis pas trace de Robert. Puis j'aperçus sa tête, juste au-dessous de la surface, et sa main qui flottait, dirigée vers le mât. Aussi vite que j'en étais capable, je nageai vers lui, saisis sa main tout en me raccrochant au mât et tirai, jusqu'à ce que sa tête émerge hors de l'eau. Il avait le regard vitreux, et sur sa tempe le filet de sang coulait toujours, plus abondant qu'avant. Je crus le voir articuler mon nom et sourire, mais je n'en fus pas sûre. Ma vision n'était pas très claire avec le sel qui me brûlait les yeux, et la pluie qui me martelait le visage.

Je maintenais fermement Robert. Son autre bras ne sortit jamais de l'eau, sa tête s'inclina mollement sur son épaule, il ferma les yeux.

— Robert !

Je tentai de l'attirer à moi, mais j'avais peine à rester accrochée au mât. L'eau l'avait rendu glissant et il n'était pas facile de m'y tenir. Si je ne lâchais pas Robert, c'est le mât que je devrais lâcher, et moi aussi je serais entraînée sous l'eau. J'avais mal aux épaules, les muscles du cou douloureux à en crier, il me semblait que ma main allait se détacher de mon poignet.

— Robert, réveille-toi. Aide-moi, aide-nous, implorai-je. Robert !

Il montait et descendait avec les vagues, secoué comme un ludion, tout comme moi. Quand je me retournai vers la côte, elle n'était plus visible. L'océan nous emportait au large.

Je me souviens d'avoir pensé à Cary, espérant le voir accourir à bord d'un autre bateau, pour nous sauver. Il serait fâché, mais très, très inquiet. Il nous hisserait à son bord, nous envelopperait dans des couvertures bien chaudes et nous ramènerait à la maison. Je le suppliai en gémissant.

— Vite, Cary, je t'en prie. Dépêche-toi.

Je tenais toujours le mât et la main de Robert, mais le poids de son corps tirait sur mon bras et sur mon poignet. Ses doigts se dénouèrent des miens et il commença à glisser.

— Robert, je t'en supplie, réveille-toi !

Je songeai à lui secouer le bras, mais je craignis que ce seul mouvement ne me fasse perdre la faible prise que j'avais encore sur le mât. L'eau salée m'entrait dans la bouche quand j'appelais. J'en avalais, suffoquais, toussais, crachais. J'avais de plus en plus de mal à retenir la main de Robert, et j'y employais toute ma force. Je ne voulais pas le laisser partir.

Tout est de ma faute, pensai-je alors. Comme si je ne connaissais pas le temps de la Nouvelle-Angleterre, et ses changements subits ! J'aurais dû savoir. Oui, tout était arrivé par ma faute, ma seule faute.

L'océan s'obstinait à nous harceler, refusant d'abandonner sa proie. Dans une tentative désespérée pour retenir Robert, je m'agrippai au mât, tout en m'efforçant de serrer sa main. Puis, je sentis ses doigts glisser le long de ma paume. Un instant, son corps se souleva au-dessus des vagues, comme s'il voulait m'adresser un dernier adieu, puis il coula.

Je hurlai son nom, aussi fort et aussi longtemps que je pus. Je voulus même lâcher le mât pour m'élancer à sa recherche, mais l'instinct de conservation fut le plus fort. Il ne me permit pas de desserrer mes doigts. Je sais que j'appelai encore et encore, jusqu'à ce que la gorge me fasse mal et que la voix me manque. Puis je fermai les yeux, me retournai vers le mât et l'étreignis de mes deux bras, la joue pressée contre le métal froid. Secoué par le roulis, malmené par le vent et la pluie diluvienne, le *Sunfish* continuait à danser sur les vagues.

Un voile de ténèbres s'abattit sur moi. Même en ouvrant les yeux, je ne voyais plus rien. La dernière chose qui me vint à l'esprit fut un détail stupide, eu égard à ce qui m'arrivait et ce qui venait de se passer. Je me souviens d'avoir gémi : « J'ai perdu le joli foulard que maman m'a donné. Pardon, maman. »

Mon corps tremblait, autant à cause de mes sanglots que de la pluie glacée. Je me laissai aller, la tête appuyée au mât et le côté gauche pressé contre la coque. C'était rassurant. Je vais dormir un peu, pensai-je. Juste un instant, et la tempête sera finie.

La magie reviendra.

Le soleil nous réchauffera.

À nouveau, nous rirons ensemble en échangeant des promesses.

Nous ? Qui cela, nous ? Je revoyais son visage, son sourire, je pouvais même entendre sa voix, mais qui était-il ? Je ne me rappelais plus son nom.

Et, tout à coup, la plus folle terreur s'empara de moi.

Qui suis-je ?

J'ai reconstitué ce qui se passa ensuite. Avec le temps, j'ai réuni et étudié les souvenirs confus, les événements, les paroles entendues, comme si j'assemblais les milliers de pièces d'un puzzle géant. Certaines choses m'ont été racontées plus tard, mais j'ai toujours comparé ce qui m'était dit à ce dont je me souvenais.

La tempête continua de s'intensifier, cet après-midi-là, empêchant toute tentative sérieuse de recherche et de sauvetage. La mer et le vent furieux emportèrent le voilier retourné vers le large. Ce fut Karl Hansen, un pêcheur qui avait jadis travaillé pour mes grands-parents Logan, qui me découvrit par hasard. Il était à la retraite, à présent, ne pêchant plus que de temps à autre et pour son propre compte. Il regagnait péniblement la côte quand il aperçut le voilier en détresse, et s'en approcha suffisamment pour me voir accrochée au mât. Il se mit à crier. Je me souviens d'avoir pensé que le vent m'appelait, qu'il avait une voix, que la magie disparue ressuscitait. Et je me contentai d'écouter, les yeux clos et en souriant, la voix qui appelait sans fin. Puis quelque chose me heurta l'épaule et j'ouvris les yeux, pour voir un homme lancer un filet dans ma direction, depuis son bateau secoué par la tempête.

— Attrapez ça et enroulez-vous dedans ! vociféra-t-il, les mains en porte-voix. Allez, attrapez !

Il jeta le filet à plusieurs reprises, mais je ne bougeai pas. Je ne pouvais pas lâcher le mât. Mes mains étaient nouées autour de lui et, malgré tous mes efforts, elles refusaient de m'obéir et de s'ouvrir.

Finalement, M. Hansen se rapprocha encore, assez pour sauter à l'eau et nager vers moi. Il avait une corde autour de la taille, et quand il arriva sur moi, il la détacha vivement pour la nouer autour de moi.

— Lâchez tout, ordonna-t-il. N'ayez pas peur, je vais vous prendre à mon bord.

C'était un petit homme trapu, à la barbe et aux cheveux grisonnants. J'aurais dû le reconnaître, mais ce ne fut pas le cas. C'est lui qui me reconnut.

— Laura Logan ? appela-t-il. La petite-fille de Mme Logan, Jésus Marie Joseph ! Lâchez ce mât quand je vous le dirai, ma fille.

Je me rappelle avoir crié, m'être débattue tant et plus quand il voulut me faire lâcher prise. Pour finir, il y parvint et nagea vigoureusement vers son bateau, me traînant en remorque.

Le vent et la pluie faisaient rage, la lutte devenait difficile pour le vieux pêcheur. Son propre bateau était en danger. Je suis sûre qu'il se demanda s'il allait pouvoir continuer, mais il continua. À la fin, nous atteignîmes sa barque et il réussit à me hisser par-dessus bord.

J'étais nue, j'avais froid, mes dents claquaient si fort que je m'attendais à ce qu'elles se brisent. Les vagues cognaient sans répit la coque. M. Hansen alla chercher une couverture dans la cabine et la jeta sur moi, avant de reprendre le contrôle de son bateau. Il dut pousser plus au large, pour gagner des eaux moins agitées, là où il aurait une chance de pouvoir s'occuper de moi. Quand nous atteignîmes une zone un peu moins houleuse, il m'emmena dans la cabine et me fit étendre sur une petite banquette rembourrée.

— Que vous est-il arrivé, ma fille ? Comment vous êtes-vous fourrée dans ce pétrin ? Votre frère était avec vous ?

Mon frère. J'avais donc un frère ? Je ne répondis pas. Je restai couchée là, dans une torpeur vague entrecoupée de brèves pertes de conscience. Je ne me rappelle pas combien de temps il nous fallut pour regagner la côte. Mais, le moment venu, mon sauveteur dut choisir sa route et prit sa décision : il mit le cap sur la jetée de mes grands-parents Logan. Quand nous y abordâmes, je remarquai que le vent se calmait un peu et que la pluie tombait avec moins de violence. Puis M. Hansen alla chercher de l'aide, ou prévenir quelqu'un. Il revint presque aussitôt, me souleva dans ses bras pour me déposer sur le ponton, et me porta dans la maison.

Une petite femme aux cheveux blancs nous accueillit, l'air courroucé. Elle nous pilota vers une chambre d'amis située au rez-de-chaussée, où le pêcheur me déposa doucement sur le lit. Debout derrière lui, elle observait ses faits et gestes. Je ne savais pas encore qui elle était. Je ne voyais que ses regards noirs braqués sur moi, et ses traits convulsés de rage. Il me semblait que tout cela concernait quelqu'un d'autre, comme si j'assistais à un film.

— Où l'avez-vous trouvée ? l'entendis-je demander.

— Environ à trois kilomètres de la crique du Mort, agrippée au mât d'un voilier chaviré. Bien trop légères pour ce genre de temps, ces petites coques de noix, c'est moi qui vous le dis.

— Elle était seule, alors ?

— Oui, madame. J'espère que son frère n'était pas avec elle, en tout cas. Personne ne pourrait survivre à un coup de chien pareil, ajouta mon sauveteur.

La vieille dame grimaça de dégoût.

— Ce n'était pas son frère. Était-elle nue quand vous l'avez trouvée ?

— Oui, madame.

— Répugnant, grommela-t-elle.

Je ne pouvais toujours pas bouger, tellement j'avais froid. Recroquevillée sous la couverture, la respiration lourde, j'étais secouée de frissons. La vieille dame se rapprocha du lit et me toisa, le regard métallique.

— Que faisais-tu dans ce bateau, ma fille ?

J'étais incapable de parler, ou même simplement de remuer la tête. Elle tira ses conclusions toute seule.

— Quelque chose de mal, comme je l'avais prédit.

— Je rassemblerai une équipe de sauvetage dès que ça se sera calmé, annonça Karl Hansen.

La vieille dame pirouetta sur elle-même.

— Vous ne ferez rien de tel, Karl. Et vous ne direz pas un mot de tout ceci, à qui que ce soit.

— Mais, madame Logan... il y avait sûrement quelqu'un d'autre, dans ce bateau.

— Je sais qu'il y avait quelqu'un d'autre, et je suis sûre qu'il était nu aussi. Je ne veux pas que cela se sache, ajouta-t-elle en se retournant sur moi. Ils étaient tous les deux en train de commettre un acte coupable. Un péché !

Quel péché ? aurais-je voulu demander.

Mais je ne parvins pas à proférer un son, et elle reporta son attention sur le vieux marin. Sur son bon visage honnête, je lus sa surprise et son trouble, mais je n'en compris pas la raison. Je ne savais pas où j'étais, j'avais même oublié comment j'étais arrivée là. Tout ce que je savais, c'est que j'avais très froid et que personne ne semblait y prendre garde.

— Vous ne l'avez jamais trouvée, Karl, décréta-t-elle avec autorité. J'exige votre parole d'honneur à ce sujet.

— Je vous demande pardon, madame Logan ?

— Vous ne l'avez jamais trouvée, répéta-t-elle. Et, maintenant, oubliez tout ça. Je prends les choses en main.

— Mais, madame Logan...

— Vous serez généreusement récompensé pour votre loyauté envers moi, Karl. Je sais que votre femme est malade, et que vous avez du mal à joindre les deux bouts. Vous n'aurez plus à vous soucier de vos notes d'honoraires, ni de quoi que ce soit dans ce domaine. Tant que je puis me fier à votre parole, ajouta-t-elle avec un temps de retard.

Karl Hansen me regarda longuement, puis fit face à la vieille femme en colère qu'il appelait Mme Logan.

— Très bien. Je suppose qu'il n'y a vraiment plus rien à faire, soupira-t-il. Vous vous occuperez d'elle et du pauvre garçon qui était à bord, qui que ce puisse être. Dieu ait son âme, le malheureux ! Je suis certain qu'il n'a pas survécu. Tout ce qu'on peut faire, à présent, c'est rechercher son corps, et cette chose-là n'a rien d'urgent.

— Très juste. Et maintenant rappelez-vous, Karl : vous ne l'avez jamais trouvée. Vous vous efforciez de regagner la côte, et vous avez atterri chez nous, trempé comme une soupe. Et non sans peine, d'ailleurs.

— Oui, madame, c'est bien vrai. Il n'y a pas de mensonge à raconter les choses comme ça.

— Exactement, souligna-t-elle. Bon, Raymond va vous reconduire et, dès demain matin, je vous envoie quelque chose. De plus, je veillerai à ce que Ruth reçoive l'assistance médicale à domicile dont elle a besoin.

— Merci beaucoup, madame Logan. Vous êtes bien bonne.

— Tant que nous nous comprenons, Karl, précisa-t-elle en le fixant de ses petits yeux durs, pleins de menace.

Il branla du chef avec empressement.

— Absolument, madame Logan. Absolument.

— Alors c'est parfait, conclut-elle, avant de l'escorter jusqu'à la porte d'entrée.

Elle ne tarda pas à revenir et se campa près de mon lit, la mine accusatrice.

— Comment as-tu pu faire une chose pareille ? s'indigna-t-elle. Comment as-tu pu me tromper délibérément, et me mentir ?

Mes dents s'entrechoquèrent, je ne pus que gémir.

— Tu n'as donc pas le moindre respect pour cette famille ? Sais-tu quel discrédit ta conduite pourrait lui valoir ? La presse pourrait même s'emparer de l'histoire ! Tout Provincetown serait au courant, et même des gens de l'extérieur. Tous nos amis, toutes nos relations en entendraient parler. Eh bien, tu ne dis rien ?

— J'ai froid, réussis-je enfin à proférer.

— Froid ? Ce n'est que le moindre de tes problèmes ! Heureusement, M. Hansen ne racontera rien à personne, mais... Tu m'entends, au moins ? (La voix de la vieille dame monta dans les aigus.) Tu me regardes avec des yeux ronds, comme si je parlais chinois ! Et arrête de sourire avec cet air idiot, tu veux bien ?

— Je suis désolée, m'excusai-je en me frictionnant les bras et les jambes avec la couverture. Je ne souris pas, j'ai froid, c'est tout.

— Désolée, je suis certaine que tu l'es, à présent, mais c'est un peu tard. Comment tout cela est-il arrivé ?

— Tout quoi ?

— Tout quoi ? Ne joue pas les demeurées, veux-tu ? Ça ! explosa-t-elle en tendant le bras vers moi. Tu es du pays, tu sais ce que c'est qu'une tempête. Qu'est-ce que tu faisais là-bas ? Étiez-vous tellement absorbés par vos ébats que vous n'avez plus pensé au temps ? Eh bien ?

— Où ça, là-bas ?

— En mer, espèce d'idiote ! Qu'est-ce qui ne va pas, chez toi ?

Je me souviens d'avoir pouffé de rire, sans pouvoir m'en empêcher. Je la trouvais très drôle cette vieille dame, avec ses cheveux tirés par des peignes de nacre, sa robe à fleurs et son collier de perles. Quand elle s'énervait, une rougeur lui montait du cou jusqu'au visage, comme du mercure dans un thermomètre. En plus, elle semblait rebondir sur ses pieds à la fin de chaque phrase.

— Tu trouves ça drôle ? demanda-t-elle, abasourdie.

Je secouai la tête, et elle se remit à poser des questions.

— Que lui est-il arrivé ?

— À qui ? renvoyai-je en réponse.

Elle en oublia un instant sa colère et me dévisagea intensément.

— Tu ne te souviens de rien, alors ?

À nouveau, je secouai la tête. Elle réfléchit un moment et demanda soudain :

— Quel est mon nom ?

— Cet homme vous a appelée madame Logan. Ce n'est pas votre nom ?

— Mon Dieu ! fit-elle en portant la main à sa bouche.

Puis elle l'abaissa lentement, sans me quitter des yeux.

— Comment t'appelles-tu ?

Je méditai la question, sans y trouver de réponse.

— Je ne sais pas.

Comme si j'étais brusquement devenue contagieuse, elle recula vivement d'un pas.

— Et maintenant la folie, pour couronner le tout ! voilà que ça recommence. D'abord ma sœur, maintenant toi, et c'est encore à moi de porter ce fardeau, j'imagine. À moi d'affronter la communauté, de sauvegarder mon prestige et ma position, et de préserver l'honneur de la famille. Eh bien non ! Cela n'arrivera pas !

Elle leva son poing serré vers le plafond, comme si elle menaçait Dieu Lui-même, puis me fixa d'un œil sévère.

— Je t'interdis de bouger de ce lit, me lança-t-elle en marchant vers la porte.

Je ne risquais pas de lui désobéir, j'avais tout juste réussi à étendre mes jambes. Après une ou deux minutes d'absence, elle revint avec une pleine brassée de serviettes moelleuses et passa dans la salle de bains. Je l'entendis remplir la baignoire, et son agitation m'amusa ; je me surpris à sourire. Je souriais encore quand elle émergea de la salle de bains, ce qui raviva sa colère.

— Lève-toi, m'ordonna-t-elle. Je vais régler tout ça moi-même. Allez, debout !

Péniblement, je m'assis au bord du lit, les muscles des jambes affreusement douloureux. Et quand je voulus me lever, je ressentis un élancement violent à l'épaule. La couverture glissa, découvrant mes bras. Des vaisseaux sanguins avaient éclaté sous ma peau, de vilaines marques bleues et noires la marbraient du poignet jusqu'à l'épaule. La vieille dame en eut un hoquet de surprise, et un gémissement m'échappa.

— J'ai mal partout.

— C'est bien fait, riposta-t-elle, retrouvant son arrogance brutale. Lève-toi et va dans la salle de bains, je n'ai pas la force de te porter. Allez, plus vite que ça !

— Je ne peux pas.

— Tu peux et tu vas le faire. Debout !

Ce disant, elle empoigna ma chevelure et la tira rudement vers le haut. Je hurlai, me levai en chancelant et dus me retenir à son épaule. Elle recula, mais ne put faire moins que me tendre la main.

— Je ne peux pas te porter. Marche !

Chaque pas m'était un supplice. Le dos, les bras, les jambes, tout me faisait mal. Guidée par le bruit de l'eau, je titubai jusqu'à la porte ouverte, m'appuyai un instant au montant et entrai dans la salle de bains. La vieille dame alla fermer les robinets.

— Rentre dans la baignoire et trempe-toi, ordonna-t-elle encore. Allez, fais ce que je te dis.

Je ne sais pas comment je m'y pris, mais je réussis à m'approcher de la baignoire, soulever une jambe et plonger le bout du pied dans l'eau. Je le retirai aussitôt en poussant un cri : elle brûlait. Dans ma hâte maladroite, je perdis l'équilibre et basculai en arrière, pour atterrir brutalement sur le carrelage.

— Imbécile ! Dégoûtante ! vociféra la vieille dame. Rentre là-dedans tout de suite, sinon tu risques d'avoir une pneumonie.

Lourdement, je me hissai sur les genoux et me traînai jusqu'à la baignoire. Puis il fallut me lever, enjamber le rebord, effort qui me laissa presque sans souffle. La tête me tournait, la vieille dame elle-même s'en aperçut. Elle me saisit par la taille et me permit de m'appuyer contre elle.

— Bon, dit-elle après un moment. Maintenant plonge-toi dans l'eau, tout de suite. Plus vite que ça !

Je respirai à fond et me baissai, non sans pousser un cri au contact de l'eau fumante. Ma peau fourmillait, picotait, me brûlait. Je m'obligeai à rester calme, commençai à me sentir mieux, et finalement tout à fait bien. Je fermai les yeux.

Jusqu'au moment où une trombe d'eau se déversa sur ma tête.

— Il faut enlever tout ce sel, fit la voix revêche de mon hôtesse.

Elle fit couler quelque chose dans mes cheveux, les frotta vigoureusement, et me força à m'enfoncer sous l'eau pour les rincer. Elle m'y maintint si longtemps que je me demandai si elle n'allait pas me noyer dans cette baignoire. Je refis surface en suffoquant.

— Reste là-dedans, me jeta-t-elle en quittant la pièce.

Je suis certaine d'avoir dormi quelques minutes, puis je sentis sa présence. Penchée sur moi, elle me fixait avec une grimace de dégoût.

— Alors ? interrogea-t-elle. Tu sais qui tu es, maintenant ?

Je réfléchis et réfléchis... en vain.

— Je ne sais pas, me lamentai-je. Qui suis-je ?

— Une pauvre folle, et je n'en veux plus dans cette famille. Ça suffit comme ça. Et moi, qui suis-je ?

Je fis une tentative pour m'en souvenir, sans plus de résultat. Je ne me rappelais même plus comment l'homme l'avait appelée. Je poussai un gémissement de frustration.

— J'ai oublié le nom que vous donnait cet homme.

— Quoi ! Ta cervelle s'est changée en gelée d'airelles, ma parole !

Je reconnus au passage un mot familier.

— Airelles ? Je me souviens des airelles.

— Eh bien, c'est toujours ça. Et de quoi d'autre te souviens-tu ? As-tu une famille ? Des amis ?

Je méditai la question, mais rien ne surgit dans mon esprit. Ni visages, ni paroles, ni voix... Rien qu'un grand vide blanc.

— Je ne sais pas, soupirai-je, accablée.

Ma réponse la rendit pensive.

— Peut-être dis-tu vrai. Peut-être même est-ce une bénédiction déguisée. Oui ! s'exclama-t-elle, le visage éclairé d'une joie soudaine. C'en est une.

À nouveau, elle quitta la pièce, mais son absence dura nettement plus longtemps cette fois-ci. Quand elle revint, elle portait un peignoir éponge blanc sur le bras. Elle reprit son ton de commandement.

— Sors de là, sèche-toi et mets ça. Quelqu'un va venir te voir.

— Quelqu'un ?

Tant mieux, pensai-je. Il y avait quelqu'un. J'allais tout me rappeler bientôt, sûrement. Je me levai, non sans peine, les muscles toujours aussi douloureux. J'étais exténuée. Je mis si longtemps à me sécher que la vieille dame s'impatienta. Elle m'arracha la serviette des mains et entreprit de m'étriller, à croire qu'elle voulait m'arracher la peau. Chaque mouvement m'était une souffrance.

— Voilà, dit-elle enfin. Maintenant, enfile ça et retourne au lit.

J'obéis, et j'avais à peine posé la tête sur l'oreiller que mes paupières se fermaient. Je coulai dans le sommeil.

Je fus réveillée par un bruit de voix, tout près de moi, mais mes yeux refusaient obstinément de s'ouvrir. Quand je parvins à les y contraindre, la première chose que je vis fut la silhouette d'une femme de haute taille, en uniforme blanc craquant d'amidon. Juste à côté d'elle se tenait la petite vieille dame. La femme en blanc m'examina longuement, et esquissa un sourire étriqué. Puis elle avança la main, mais seulement pour tâter mon pouls.

— Bonjour, je m'appelle Sylvia. Et vous ?

— Je m'appelle... je m'appelle... je ne me souviens pas !

La femme en blanc consulta l'autre du regard, puis me demanda :

— Savez-vous chez qui vous vous trouvez ? (Je fis signe que non.) Quel âge avez-vous ?

— Je ne sais pas.

Les questions se suivaient avec rapidité.

— Comment êtes-vous arrivée ici ?

— Je l'ignore. Où suis-je ?

— Êtes-vous chez vous ?

— Est-ce que j'y suis ?

— Vous voyez ? intervint la vieille dame, et la dénommée Sylvia hocha la tête. Vous comprenez ce que je désire et comment je souhaite que vous procédiez ?

— Tout à fait. Vous avez donné les coups de fils nécessaires et pris vos dispositions, je suppose ?

— Naturellement. Tout est arrangé. Je compte sur votre discrétion, dit la vieille dame d'un ton péremptoire. Vous en serez amplement récompensée.

Le sourire mince de Sylvia reparut.

— Vous ne serez pas déçue.

— Tant mieux.

La grande femme en blanc se retourna vers moi.

— Je vais vous aider, annonça-t-elle, mais il faudra aussi que vous vous aidiez vous-même. Nous sommes d'accord ?

— Oui.

— Bien. Je veux que vous vous leviez et veniez avec moi. Une voiture nous attend dehors. Je vais vous conduire dans un endroit très agréable, d'accord ?

— D'accord, approuvai-je docilement.

Je me soulevai sur les coudes, et Sylvia m'aida à sortir du lit. Une fois debout, je me sentis terriblement raide et le lui dis.

— C'est normal, affirma-t-elle, ça ne va pas durer. Je vous aiderai.

Elle souriait plus franchement, à présent, et je trouvais même son sourire charmant. Jamais la vieille dame n'aurait un sourire aussi chaleureux, pensai-je, toute contente de m'en aller.

Elle nous suivit quand nous quittâmes la pièce pour gagner la porte d'entrée, en traversant un très grand hall. Je me rappelle que je trouvai la maison immense, et que certaines choses me parurent vaguement familières, mais je ne me souvenais pas d'y être jamais venue. Ce fut la vieille dame elle-même qui nous ouvrit la porte.

Il faisait plutôt frisquet dehors, et l'air froid me fit frissonner. Sylvia me passa un bras autour des épaules.

— Allons, ce n'est rien, me rassura-t-elle. Bientôt, nous serons bien au chaud.

Elle me pilota jusqu'à la longue voiture sombre garée un peu plus loin, dont je ne pouvais pas voir le chauffeur. Il ne descendit pas et ce fut elle qui ouvrit la porte arrière, puis m'aida à m'installer sur la banquette. Après quoi, elle se retourna vers la vieille dame.

— Souhaitez-vous lui dire quelque chose, madame ?

— Non. Prévenez-les que je viendrai demain, pour régler les formalités d'usage et leur remettre un chèque.

— Très bien, madame Logan.

Je tournai brusquement la tête. Madame Logan ? Je me souvenais de ce nom, mais qui était-elle ? Elle me lança un regard meurtrier, ses petits yeux réduits à deux éclats de glace. Je fus soulagée quand la porte se referma entre elle et moi et qu'elle fut hors de vue.

Sylvia contourna la voiture, entra par l'autre porte et prit place à côté de moi.

— Ça va, maintenant ? s'enquit-elle en souriant. Vous serez bien là-bas, vous verrez. Bientôt, tout ira mieux.

Je lui souris en retour. Elle adressa un signe de tête au chauffeur et la voiture démarra, s'éloignant lentement de la grande maison pour s'enfoncer dans la nuit.

Pendant un moment, je regardai fixement devant moi, puis je me retournai. Les lumières étaient déjà éteintes, l'obscurité me dérobait la maison. J'eus l'impression d'avoir franchi une porte et qu'on venait de la refermer sur moi. Je voulais revenir en arrière. Je voulais rouvrir cette porte. Mais j'étais incapable de retrouver mon chemin.

— Où allons-nous ? demandai-je à Sylvia.

— Ailleurs. Cela vous convient ?

Je réfléchis quelques instants.

— Oui, affirmai-je. Cela me convient.

Je ne savais pas très bien pourquoi, mais j'avais vaguement conscience que oui, décidément, je serais beaucoup mieux ailleurs.

N'importe où ailleurs qu'ici.

10

Je m'appelle...

Je me rendormis dans la voiture, et ne me réveillai que lorsqu'elle tressauta sur un dos d'âne. Il faisait sombre, le ciel couvert occultait la lune et les étoiles. Quand je voulus regarder par la fenêtre, je ne distinguai que mon reflet sur la vitre obscure. Un visage exprimant un désarroi total, des yeux pleins de questions, des lèvres crispées s'efforçant vainement d'articuler un mot, de formuler une pensée.

Je me retournai vers la femme en uniforme blanc qui somnolait à mes côtés. Ses paupières battirent quand la voiture chassa dans un virage, mais elle ne s'éveilla pas. Du chauffeur, je ne voyais que la nuque, et je la contemplais fixement, sourcils froncés. Qui pouvaient bien être ces gens ? Où m'emmenaient-ils ? Me l'avait-on dit, aurais-je dû le savoir ?

Je me débattis avec ces questions, mais c'était comme si j'étais tombée dans une chambre d'échos. Tout ce que j'entendais dans ma tête, c'étaient les questions qui m'étaient renvoyées. Les réponses étaient comme des bancs de poissons filant en sens inverse, loin, de plus en plus loin de moi, hors d'atteinte. Je ne pouvais que les regarder fuir dans un scintillement d'écailles et disparaître, peut-être à jamais.

Pourquoi mon corps était-il si endolori ? Le moindre mouvement me faisait mal, les yeux aussi me faisaient mal, même si je les fermais. Je remuai pour chercher une position plus confortable, poussai un gémissement, et la femme assise à mes côtés s'éveilla en sursaut. Elle promena autour d'elle un regard embrumé, un peu perdu, puis m'aperçut et me sourit.

— Comment vous sentez-vous, mon petit ?

— J'ai mal, dis-je d'une voix dolente. Pourquoi ai-je aussi mal ?

— Vous ne vous rappelez rien de ce qui vous est arrivé ?

Je retournai la question dans ma tête, mais c'était comme feuilleter un livre et n'y trouver que des pages blanches. Mes lèvres tremblèrent, des larmes brûlantes s'amassèrent sous mes paupières.

— Ne vous inquiétez pas, me réconforta l'infirmière. Tout vous reviendra un jour, vous verrez.

Le chauffeur ne tourna pas la tête, mais je l'entendis marmonner ·

— Vaudrait mieux pour elle que ça lui revienne pas.

— Épargnez-nous vos commentaires ! renvoya vertement l'infirmière. Contentez-vous de conduire.

Il se raidit comme si elle l'avait giflé, grommela quelques mots inaudibles et se renferma dans le silence.

Brusquement, des lumières voilées de brume apparurent devant nous. En approchant, je parvins à distinguer ce qui semblait être l'entrée d'une propriété. Une large et haute grille flanquée de deux piliers de brique, surmontés chacun d'un globe lumineux. Le chauffeur ralentit et s'arrêta devant le portail.

— Un moment, ma chère, dit l'infirmière en me tapotant le genou. Je reviens.

Elle descendit, aussitôt environnée par les volutes du brouillard, et je la vis pianoter sur une plaque insérée dans le pilier de droite. Les lourds vantaux de la grille s'écartèrent en grinçant tandis qu'elle regagnait la voiture.

— Où sommes-nous ? voulus-je savoir.

Mais je n'obtins qu'une réponse évasive :

— Détendez-vous, mon petit.

Quand la grille fut entièrement ouverte, nous franchîmes le portail et commençâmes à monter en lacets au flanc d'une colline, émergeant peu à peu du brouillard. Au second tournant, une grande bâtisse en pierre grise, haute de trois étages, se dessina sur l'obscurité environnante, évoquant la proue d'un grand vaisseau. En approchant, elle me parut vaguement médiévale avec ses croisillons de bois. Sur le toit, des lucarnes reflétaient la lumière des réverbères du parking. Presque toutes les fenêtres étaient obscures, mais au rez-de-chaussée quelques pièces étaient chichement éclairées.

Comme nous tournions pour gagner l'aire de stationnement, je vis qu'un escalier de ciment menait à l'entrée principale. Il faisait trop sombre pour bien distinguer les jardins, mais, sur la droite, je pus voir un bouquet de grands saules pleureurs. Rien dans la disposition des lieux n'éveillait en moi le moindre souvenir. Je m'informai :

— Où sommes-nous ?

— Dans une sorte d'hôpital, répondit l'infirmière avec un sourire ambigu.

Le chauffeur émit un ricanement et elle lui jeta un regard noir puis se retourna vers moi, affable et rassurante.

— On s'occupera bien de vous, ici, mon petit.

— Est-ce ici que j'habite ?

— Pour le moment, oui.

Elle descendit, contourna la voiture et vint m'aider à sortir, sans que le chauffeur esquissât un geste. Il resta mollement affalé sur son siège. Elle s'approcha de sa fenêtre et cogna à la vitre, qu'il finit par ouvrir.

— Je n'en ai pas pour longtemps, le prévint-elle.

Mais il ne prit même pas la peine de répondre, et elle me guida doucement vers le perron.

— Par ici, mon petit.

La tête me tournait un peu, et je m'accrochai à la rampe de fer pour gravir les marches. Quand nous arrivâmes devant l'entrée principale, l'infirmière appuya sur la sonnette et me décocha un de ses brefs sourires.

Les portes en verre épais, surprenantes dans cette façade, donnaient une impression de solidité à toute épreuve. Aucune clarté ne filtrait de l'intérieur. Je reculai d'un pas, levai la tête et crus voir une chauve-souris filer d'un bout à l'autre du toit. Un calme absolu régnait, l'air humide nous collait à la peau. Loin sur la droite, un filet de lumière raya les ténèbres, pour disparaître instantanément. J'éprouvais une soudaine sensation de froid, comme si j'avais mangé de la glace pilée. J'étais comme perdue, détachée de tout, dérivant dans l'espace ; et cherchant désespérément à retrouver la force de gravité qui me ramènerait sur terre, à la maison, là où j'avais un nom.

Nous attendîmes et attendîmes. Finalement, la porte s'ouvrit, laissant apparaître un homme de haute taille aux cheveux d'un roux falot, la peau constellée de taches de son. Lui aussi portait un uniforme blanc. Mal réveillé, il parvenait à peine à garder les yeux ouverts. Il devait avoir dans les vingt-cinq ans.

— Vous ne nous attendiez pas, Billy ? l'apostropha rudement l'infirmière.

— Hein ? Euh... désolé, je me suis endormi.

— Eh bien, maintenant que nous sommes là, nous aimerions entrer, renvoya-t-elle d'un ton acerbe.

Il recula vivement pour nous laisser le passage.

À l'intérieur non plus, rien ne me parut familier. Je me trouvais dans une vaste pièce, que meublaient une demi-douzaine de tables en érable et des sièges capitonnés, recouverts de cretonne aux tons bleus et gris. Trois seulement des petites lampes étaient allumées, mais cela me suffit pour voir que la décoration des murs était des plus succinctes. Quelques tableaux, essentiellement des marines, et une œuvre abstraite composée de rectangles de couleur. Des nattes ovales étaient dispersées sur le plancher de bois sombre. Sur le mur du fond, je distinguai dans la pénombre une grande cheminée de pierre.

L'homme aux taches de son, que l'infirmière avait appelé Billy, tourna les yeux vers moi pour la première fois et m'examina en détail, comme s'il prenait mes mensurations. Une lueur anima son regard quand je lui adressai un sourire amical.

— C'est elle ? s'enquit-il, sans cacher sa surprise.

— Bien sûr que c'est elle. Qui vouliez-vous que ce soit ? La nouvelle Miss America ?

— C'est qu'elle a l'air tout à fait bien. Je pensais... Hm ! Mlle Miller a dit de la conduire directement à sa chambre et de la mettre au lit, s'empressa-t-il d'achever, devant la mine impatiente de Sylvia.

— Eh bien, allons-y, alors. Je n'ai pas toute la nuit pour papoter.

Billy nous précéda dans l'escalier, et l'infirmière me soutint pour m'aider à monter. Au premier palier, nous tournâmes pour suivre un long couloir, dont l'éclairage cru se reflétait sur le carrelage gris. Par intervalles, des traînées douteuses maculaient la blancheur des murs, que zébraient, par-ci, par-là, des gribouillis au crayon noir. Une plainte s'éleva soudain, et quelques instants plus tard un homme et une femme en blanc se ruèrent dans le corridor. Le jeune rouquin ne laissa pas passer l'occasion de nous donner son avis.

— C'est encore Sarah Richard qui fait un de ses satanés cauchemars, je parie. La dernière fois que c'est arrivé, elle s'est tellement lacéré la figure qu'il a fallu lui couper les ongles à ras. Elle finira là-haut, c'est moi qui vous le dis.

— Merci pour les bonnes nouvelles, observa sèchement Sylvia.

Là-haut ? me demandai-je. Qu'avait-il voulu dire par là ?

Il s'arrêta devant une porte et saisit le trousseau de clés pendu à sa ceinture. Il l'égrena, en choisit une, ouvrit la porte et alluma. La première chose que je vis en entrant fut les barreaux des fenêtres. Je trouvai cela très bizarre, dans un hôpital. À part ce détail déroutant, la pièce était plutôt agréable. Rideaux bleu et blanc, papier mural à fleurs bleues sur fond blanc, et un grand lit en acajou, à courtepointe bleue et aux oreillers rebondis. En face du lit, sur le mur, je remarquai un tableau représentant un coin de parc avec des meubles de jardin. Le mot « impressionniste » me vint à l'esprit, jailli d'un recoin obscur de ma mémoire, et suivi par un visage que je ne parvins pas à identifier. Était-ce un professeur ? Un ami ? Un parent ? L'image s'effaça trop vite pour que je parvienne à une conclusion.

— C'est agréable, ici, non ? demanda aimablement Sylvia.

Billy ne me laissa pas le temps de répondre. Il y alla de son grain de sel.

— Je comprends que c'est bien, et même rudement bien aménagé quand on pense...

Sylvia fronça les sourcils.

— Quand on pense quoi, Billy ?

— Que la plupart d'entre eux ne savent même pas où ils peuvent bien se trouver, acheva-t-il en s'esclaffant.

— Quelle attitude édifiante, Billy. Vous êtes la sensibilité même.

— Je dis les choses comme elles sont, c'est tout.

Dédaignant de répondre, l'infirmière traversa la chambre pour aller ouvrir le placard. J'y vis une blouse et un pantalon d'un bleu grisâtre, genre uniforme de travail, suspendus à un cintre, à côté d'une paire de pantoufles en éponge blanche. À part cela, il était vide.

— Très bien, commenta Sylvia en se tournant vers Billy. Je vais l'installer.

— Et les papiers ?

— Je descendrai dans un moment pour les remplir. Préparez-les pour moi, cela suffira.

— Oui, mon commandant, gouailla-t-il en singeant le salut militaire.

Il était déjà sur le pas de la porte quand il se retourna.

— Comment s'appelle-t-elle, au fait ?

L'infirmière hésita un moment.

— Euh... Lauren.

Lauren ? Ce prénom ne me rappelait rien du tout.

— Je ne m'appelle pas Lauren, déclarai-je.

— Tiens donc ! Vous vous souvenez de votre nom ?

Je méditai la question et fis signe que non.

— Alors comment savez-vous que ce n'est pas Lauren ?

— Je... je le sais, c'est tout.

Toujours sur le pas de la porte, Billy me dévisageait avec un sourire niais. Il semblait trouver cela très drôle.

— Jusqu'à ce que vous vous rappeliez votre nom, ce sera le vôtre, répliqua sèchement Sylvia. Et maintenant, *Lauren,* ajouta-t-elle en appuyant sur le prénom, venez mettre ceci.

Elle décrocha le pantalon et la blouse et me les tendit.

— Enfilez ça, couchez-vous et dormez. Demain va être une journée bien remplie, pour vous.

— Pour ça, oui, opina Billy. Le premier jour est toujours le plus dur.

Sylvia lui décocha un regard courroucé, sur quoi il s'empressa de tourner les talons. Je passai la tunique et le pantalon bleus pendant qu'elle préparait mon lit. Les draps sentaient l'amidon frais, la couverture était toute neuve. Sylvia vint me border avec des gestes prévenants.

— Vous êtes bien ? s'informa-t-elle en arrangeant mon oreiller sous ma tête.

— Oui, mais j'ai toujours mal partout. Comment se fait-il que je ne puisse pas me rappeler ce qui m'est arrivé ? Est-ce que j'ai eu un accident ? Un accident de voiture ? Est-ce que je suis tombée ?

— Demain, le médecin viendra vous voir et nous verrons ce qu'on peut faire pour que vous vous sentiez mieux, éluda-t-elle. Dans la matinée, Mme Kleckner, l'infirmière en chef, vous fera visiter les lieux. Vous allez être bien, ici, ajouta-t-elle.

— Combien de temps vais-je rester ?

Elle m'observa longuement, l'air songeur.

— À mon avis, pas aussi longtemps que votre grand-mère ne le pense.

— Ma grand-mère ? (J'eus la vision de la petite vieille dame, dans la grande maison.) Cette femme était ma grand-mère ? Pourquoi était-elle si en colère et si méchante avec moi ?

— C'est sans importance pour l'instant, s'empressa de répondre

Sylvia, comme si elle en avait déjà trop dit. Nous avons tout le temps de travailler à vous faire revenir.

— Revenir ? Revenir d'où ?

— Mais... de l'oubli, je suppose. Vous souvenez-vous de quelque chose, quoi que ce soit, qui vous concerne ? De votre âge ? D'une personne de votre famille ? N'importe quoi ?

Je fermai les yeux, fis un effort pour réveiller ma mémoire et secouai la tête.

— Tout est tellement brouillé. J'entends des voix, je vois des images très brèves. Mais c'est comme si j'avais la tête pleine de bulles, qui éclatent dès que je veux les saisir.

Sylvia me tapota gentiment la main.

— Tout va s'arranger, vous verrez. Maintenant, dormez.

— Vous reverrai-je ? demandai-je comme elle s'éloignait.

— Non, je ne travaille pas ici. Je travaille pour un médecin qui a des patients ici.

— Est-ce mon médecin ?

Sur le point de sortir, elle se retourna.

— Non, pas exactement. Ne vous tracassez pas pour ces détails. Faites ce qu'on vous dira de faire et tout ira mieux. Bien plus tôt que vous ne le pensez, affirma-t-elle. Pour l'instant, ce qu'il vous faut, c'est du repos.

— Je sais que je voudrais rentrer chez moi, mais je ne sais pas où c'est.

Elle m'adressa un sourire chaleureux.

— Cela vous reviendra, m'assura-t-elle.

Puis ses traits s'assombrirent et elle ajouta tristement :

— Bonne nuit, Lauren.

Elle éteignit, referma la porte derrière elle, et j'entendis une clé tourner dans la serrure.

Essayant d'oublier qu'on venait de m'enfermer, je restai étendue dans le noir, l'oreille aux aguets. De l'autre côté du mur, j'entendis quelqu'un pleurer tout bas. Au-dessus de moi, des pas rapides résonnèrent, suivis par un long silence. Puis une porte claqua et j'entendis à nouveau des pas.

Pourquoi me trouvais-je en cet endroit ? Pourquoi Sylvia avait-elle appelé cette vieille dame ma grand-mère ? Elle ne s'était pas conduite comme telle, en tout cas. Pourquoi Sylvia n'avait-elle pas voulu m'en apprendre davantage ? Et qui lui avait dit de m'appeler Lauren ? Peut-être était-ce mon nom, après tout.

Je fermai les yeux. Toutes ces questions et pensées me donnaient mal à la tête. Aussitôt, sur l'écran de mes paupières, une foule de visages vinrent s'imprimer. Certains souriaient, d'autres riaient. Un jeune homme à la mine grave apparut, puis quelqu'un se mit à chuchoter. Je m'efforçai de comprendre ce qu'il disait, mais sa voix s'éloigna de plus en plus, ne laissant derrière elle que silence et ténèbres.

J'étais lasse à mourir. Sylvia avait raison, j'avais besoin de repos. Au matin, qui sait ? peut-être me rappellerai-je qui j'étais ? Toutes mes questions trouveraient alors une réponse, et tout cela serait fini.

Si seulement c'était vrai ! Pour le moment, je ne souhaitais rien d'autre.

***

Je m'éveillai en entendant s'ouvrir ma porte à grand fracas et une autre infirmière fit son entrée. Nettement plus âgée que Sylvia, elle portait un paquet sous le bras. Le front creusé de rides profondes, elle avait des cheveux d'un gris terne, coupés à hauteur des oreilles et raides comme du fil de fer. Son petit nez camus disparaissait presque dans sa face bouffie, comme avalé par ses joues énormes. Sa bouche inégale tombait du côté droit, juste assez pour révéler quelques dents. Malgré sa courte taille et son corps massif, elle avait de longs bras simiesques et de grandes mains aux doigts épais.

Son apparition subite m'avait tellement choquée que je restai un instant plongée dans la confusion la plus complète, le cœur battant. Dès que j'eus repris mes esprits, je m'assis dans mon lit et m'efforçai de me rappeler comment j'étais venue là. J'étais affreusement courbatue, mes bras semblaient peser une tonne, et la seule idée de me lever m'épuisait d'avance.

— Ah, vous êtes réveillée, constata l'infirmière. Tant mieux.

Elle alla ouvrir les rideaux, ce qui me permit de voir un coin de ciel bleu, et se retourna, les poings aux hanches.

— Je suis Mme Kleckner, l'infirmière en chef. Vous trouverez tout ce qu'il vous faut pour faire votre toilette dans l'armoire de votre salle de bains. Pouvez-vous vous lever pour prendre votre douche, ou dois-je vous conduire à la salle d'eau des handicapés ?

— Je pense que je peux m'en tirer seule.

— Tendez les mains, ordonna-t-elle en se rapprochant du lit. Allez, montrez-les.

J'obéis, et elle les regarda trembler, les retourna paume en l'air et les observa encore.

— Maintenant, touchez le bout de votre nez. J'attends, s'impatienta-t-elle, estimant que je ne réagissais pas assez vite.

Quand j'eus exécuté son ordre, elle prit mon pouls, examina mes yeux et s'écarta un peu.

— Vous rappelez-vous pourquoi on vous a conduite ici ? Comment on vous a amenée ici ? ajouta-t-elle, sans attendre ma réponse à sa première question.

— Je suis venue en voiture, avec une infirmière nommée Sylvia. Elle disait que je venais de chez ma grand-mère. Elle m'a appelée Lauren, mais je ne crois pas que ce soit mon nom.

— Vraiment ? Et quel est votre nom, alors ?

Je réfléchis, mais je ne trouvais rien qui me parût convenir.

— Je sais que ce n'est pas Lauren, en tout cas.

— Parfait. Vous savez que ce n'est pas Lauren et vous savez que ce n'est pas non plus Suzanne. Ni Joyce, ni Matilda, je parie, ni cinquante ou soixante autres prénoms, railla-t-elle avec une grimace de dérision. Et votre âge, le connaissez-vous ?

— Mon âge ? Pourquoi ne puis-je me rappeler ni mon âge, ni mon nom ?

Elle vit trembler mes lèvres et hocha la tête, comme si ma réaction confirmait son opinion personnelle. Mais elle ne daigna pas répondre.

— Chez nous, la journée débute par une douche. Vous trouverez des vêtements là-dedans, m'indiqua-t-elle, désignant le paquet qu'elle avait apporté. Sous-vêtements, chaussettes, chaussures, jupe et chemisier. D'autres choses vous seront remises dans la journée. Pour commencer, je vais vous montrer la cafétéria, et vous prendrez votre petit déjeuner. Après quoi, vous serez reçue par le Dr Southerby et vous aurez votre première séance. Vous avez reçu des chocs sévères aux bras et aux jambes, si j'ai bien compris ?

Elle se rapprocha du lit et rabattit ma couverture.

— Baissez-moi ce pantalon.

J'entrepris de lui obéir, mais cette fois encore je n'allai pas assez vite pour la satisfaire. Elle finit elle-même de baisser mon pantalon et inspecta mes cuisses, mes mollets, mon ventre et mes côtes.

— Vous avez été battue, ma parole !

Elle releva la chemise au-dessus de ma tête, si rudement qu'un cri m'échappa.

— Aïe ! Mes épaules !

Elle me maintint les bras en l'air, examina les ecchymoses bleues et noires qui les marbraient. Quand elle les relâcha, j'étudiai à mon tour mes mains et mes avant-bras. Des croûtes se formaient sur mes doigts, là où la peau avait été arrachée. Mais qu'avais-je bien pu me faire ? Ma voix se fêla quand je m'enquis, au bord des larmes :

— Que m'est-il arrivé ?

Elle eut ce qui ne pourrait pas s'appeler un sourire, mais quelque chose d'approchant. Elle serra les lèvres, et ses joues se gonflèrent davantage encore, faisant pratiquement disparaître ses yeux.

— Cela, c'est à vous de nous le dire. Quand vous le ferez, vous serez en bonne voie de guérison.

Cette fois, ma voix grimpa dans les aigus.

— Mais qu'est-ce qui ne va pas, chez moi ? Pourquoi ai-je oublié tout ce qui me concerne ? Dites-le-moi, s'il vous plaît. Personne ne me dit rien.

— Le docteur vous parlera de tout cela. Mon travail est de vous préparer à le voir et de veiller à vos besoins essentiels, expliqua-t-elle, sans paraître émue le moins du monde par mon éclat. Mais je vous préviens...

Elle croisa les bras sous son ample poitrine.

— Ce n'est pas un hôtel cinq étoiles, ici. Je ne veux pas entendre de plaintes sur la nourriture, le service, la dimension de votre chambre ou l'insuffisance de distractions. Je suis infirmière, et non dame de compagnie pour gosses de riches trop gâtés.

— Suis-je une gosse de riches trop gâtée ? ripostai-je.

Cette fois, je crus bien qu'elle avait souri.

— Cela, c'est une chose qu'il vous faut découvrir vous-même. C'est le principe de votre traitement : votre effort personnel est la clé de tout. Vous dire tout ce que je sais ne vous aiderait en rien.

— Je ne comprends pas. Où suis-je donc ?

— Où vous êtes ? Dans une clinique psychiatrique, ma chère.

— Une clinique psychiatrique ? répétai-je, désemparée.

— L'une des meilleures, sinon *la* meilleure de l'État, et très sélect. Maintenant, prenez votre douche. Je reviens dans vingt minutes et j'espère vous trouver prête pour venir déjeuner. Il n'y a aucune raison pour que vous ne puissiez pas vous débrouiller seule. J'ai quelques patients à cet étage qui ont réellement besoin d'aide, et il faut que j'aille m'occuper d'eux.

Mes lèvres se remirent à trembler, puis tout mon corps, d'une façon qui menaçait de devenir incontrôlable. Mme Kleckner s'aperçut qu'il se passait quelque chose. Elle se rapprocha de mon lit, me saisit par le haut des bras et me secoua rudement.

— Reprenez-vous ! Je ne tolère pas que mes patients s'apitoient sur leur sort. Plus tôt vous guérirez, plus tôt vous sortirez d'ici, et laisserez la place à quelqu'un qui a vraiment besoin de nous. À la douche ! conclut-elle en pivotant sur ses semelles de mousse.

Sur quoi, elle sortit en fermant à clé derrière elle.

Souviens-toi, m'ordonnai-je à moi-même en inspirant profondément. *Essaie, essaie de te souvenir. Si tu réussis à te souvenir, tu pourras rentrer à la maison.*

Je plaquai les mains sur mes paupières et fouillai les méandres de mon cerveau. En pure perte. C'était comme si mes appels à l'aide restaient confinés dans une petite parcelle de mon esprit, enfermés, étouffés. Je baissai les yeux sur mon corps, examinai mes mains et mes pieds en quête d'une marque, de n'importe quel signe qui réveillerait ma mémoire, toujours en vain. Rien ne se passa.

Avec un soupir de frustration, je me levai, ôtai mes vêtements de nuit et passai dans la salle de bains. Il y avait un miroir au-dessus du petit lavabo. J'interrogeai mon reflet, promenai le bout de mes doigts sur mes lèvres, mon nez, mes yeux. J'étais comme une aveugle tentant d'identifier quelqu'un, mais ce que je sentis n'éveilla rien en moi. Je contemplais le visage d'une inconnue. C'était comme si j'avais été projetée dans le corps de quelqu'un d'autre.

— Qui es-tu ? demandai-je à l'image du miroir.

Et j'attendis.

Subitement, un grondement résonna sous mon crâne, un souvenir flamboya tel un éclair. Je tenais un coquillage contre mon oreille et j'écoutais.

— *La mer est là-dedans,* dit une voix, et je sus que j'étais encore une petite fille. *Tu l'entends ? Regarde dedans. Tu la vois ?*

Je fermai les yeux. Il y avait des visages aimables, des rires, et tout l'océan dans un coquillage. Tous ceux qui me regardaient me souriaient.

Qui suis-je ? leur criai-je, mais ils continuèrent à sourire. Qui suis-je ? J'avais hurlé à l'adresse de mon image et elle me renvoya mon cri. Je ne sais pas combien de temps cela dura. Mais soudain Mme Kleckner revint, me fit pivoter entre ses grandes mains et me gifla. Mon cri s'arrêta net.

— Qu'est-ce qui vous prend ? Vous faites peur aux autres patients.

— Je ne me rappelle pas mon nom. Je ne sais pas qui est dans ce miroir. J'ai peur. J'ai l'impression de flotter dans le vide. C'est terrifiant, me lamentai-je.

— Ne soyez pas ridicule. Vous êtes en sécurité, ici, et non en train de gigoter dans le vide. Ne vous avais-je pas dit de prendre une douche et de vous habiller ? C'est ce matin que votre traitement commence. Allez, à la douche ! ordonna-t-elle, en allant elle-même ouvrir les robinets. Entrez là-dedans, et cessez immédiatement vos simagrées. Personne ne va vous dorloter, ici. C'est à vous de prendre soin de vous-même, et de guérir. Et croyez moi...

Elle me jeta un regard lourd de menace.

— Vous avez tout intérêt à coopérer !

Refoulant mes larmes, j'entrai dans la cabine et ajustai la température de l'eau, que Mme Kleckner avait réglée sur la chaleur maximum. Elle attendit quelques instants et me laissa seule.

Malgré la douche, j'étais exténuée quand j'eus fini de me sécher. M'habiller me coûta un immense effort. D'où venaient ces vêtements ? me demandai-je en me chaussant. Étaient-ce les miens ? Tout m'allait parfaitement bien.

Je venais de terminer quand la porte se rouvrit. Mme Kleckner, plantée sur le seuil, me soumit à une inspection minutieuse.

— Très bien, commenta-t-elle. Maintenant, venez. Je vais vous montrer la cafétéria et dès demain vous irez prendre le petit déjeuner toute seule, c'est compris ? C'est compris ? répéta-t-elle comme je tardais à répondre.

— Oui, madame.

— Alors allons-y.

Nous suivîmes le corridor en direction de l'escalier, précédées par une grande fille aux cheveux bruns. Elle ne regarda pas de notre côté mais s'élança en bondissant sur les marches, agitant les mains autour d'elle comme pour chasser d'invisibles toiles d'araignée.

Mme Kleckner soupira profondément et secoua la tête, mais ne dit rien. La fille brune était déjà en bas quand nous commençâmes à descendre, et de toute évidence je ne marchais pas assez vite au gré de l'infirmière. Une fois en bas des marches, elle empoigna ma main et m'entraîna derrière elle. Je dus presque courir pour accorder mon pas au sien.

— Il serait temps de vous réveiller, grommela-t-elle comme nous arrivions devant une large porte, d'où provenaient des bruits de voix et un cliquetis de vaisselle.

Quand nous la franchîmes, tout ce brouhaha s'interrompit et tous les visages se tournèrent vers nous. Il y avait un peu plus d'une quinzaine de personnes dans la cafétéria, toutes à peu près de mon âge... quel que fût cet âge. La brune qui avait battu des bras autour d'elle partit d'un éclat de rire strident. Elle était au comptoir, attendant d'être servie par une aimable vieille dame en uniforme blanc.

— Silence ! vociféra Mme Kleckner.

Le rire de la brune fut coupé net, si grande était l'autorité de l'infirmière en chef. J'en fus impressionnée. Tous les regards convergeaient sur nous, et je remarquai d'abord un jeune garçon, à la table la plus proche de nous. Il devait avoir dans les dix ou onze ans et me dévisageait, un vague sourire aux lèvres. À la même table était assise une fille toute en longueur et d'une minceur extrême, à la peau diaphane et aux cheveux couleur d'abricot mûr. Elle avait de grands yeux, une bouche aux contours exquis et pleins de douceur, et se tenait très droite malgré sa fragilité apparente. Elle aussi me sourit, d'un sourire franc et amical.

En face d'elle, les yeux baissés, se tenait un jeune homme aux cheveux de jais, abondants et brillants, qui lui arrivaient presque à l'épaule. Un court instant, un autre visage traversa ma mémoire et un nom faillit me venir aux lèvres. Mais quand le garçon leva la tête pour risquer un sourire timide, le visage de ma mémoire s'effaça.

— Nous avons une nouvelle pensionnaire, annonça Mme Kleckner.

— Hourra pour elle ! brailla en réponse un blondin joufflu.

Ses deux voisins de table éclatèrent de rire, puis cessèrent instantanément, comme si on venait de leur couper le son. Leur expression vira du comique au tragique en un centième de seconde.

— Ça suffit, Carlton, gronda Mme Kleckner.

Il pouffa silencieusement, pour prendre aussitôt un air de profond désespoir, et je levai un regard interrogateur sur l'infirmière en chef. Elle ne parut pas attacher la moindre importance à l'incident.

— Elle s'appelle Laura, reprit-elle tranquillement, un petit sourire narquois au coin des lèvres.

Ainsi, elle avait toujours su que j'avais raison ! L'autre infirmière s'était trompée en m'appelant Lauren, voilà pourquoi ce nom ne me disait rien. Pourtant, même si je sentais que Laura était bien mon prénom, je ne pouvais le relier à rien d'autre, et encore moins à un nom de famille. Après une courte pause, Mme Kleckner ajouta :

— Je compte sur vous tous pour qu'elle se sente chez elle parmi nous.

— Rien ne vaut la douceur du foyer, chantonna une voix au fond de la salle.

Près du comptoir, la fille brune se mit à tournoyer sur elle-même comme si elle dansait un ballet. Un des surveillants accourut, la prit par la main, lui parla rapidement. Elle s'arrêta et baissa le nez vers le sol.

Sur ma droite, une surveillante faisait manger un garçon qui devait avoir douze ou treize ans. Elle l'encourageait à se nourrir lui-même, mais il regardait vaguement devant lui, ouvrait la bouche et mastiquait de façon mécanique. Puis elle lui essuyait les lèvres.

— Allez vous servir et choisissez ce qui vous plaît, me dit Mme Kleckner. Mme Anderson est notre cuisinière. Elle peut vous faire des plats spéciaux, si vos demandes sont raisonnables et si elle est prévenue à temps. Vous pouvez vous asseoir où vous voulez.

Je traversai la cafétéria, consciente d'être le point de mire des regards. La brune était partie, pour aller s'asseoir en compagnie du surveillant. Mme Anderson m'accueillit d'un air affable.

— Bonjour, Laura. Aimeriez-vous manger des œufs brouillés, ce matin ?

— Volontiers, merci.

Je m'aperçus brusquement que je mourais de faim. Je choisis un jus de pamplemousse et pris un petit pain dans le panier, tandis que Mme Anderson versait les œufs dans mon assiette. Elle y ajouta une tranche de melon.

— Bon appétit, Laura. J'espère que ce premier repas chez nous vous plaira.

— Merci.

Je posai l'assiette sur mon plateau et me retournai.

Quelques pensionnaires me regardaient encore, mais la plupart avaient recommencé à manger et à bavarder. Certains semblaient épouvantés à la perspective de me voir m'arrêter à leur table.

— Asseyez-vous là, vous serez en sécurité, m'invita une jolie rousse. À ses côtés se tenait une fille plus petite et plus jeune, aux cheveux blonds coiffés en couettes. Elle portait une jupe de jean et un chemisier blanc à fanfreluches.

Je m'empressai d'accepter, posai mon assiette sur la table et pris la place restée libre.

— Megan Paxton, se présenta la rousse, avec un regard perçant qui semblait envisager tous les ennuis possibles.

Je donnai la seule information dont j'étais à peu près sûre :

— Et moi, Laura.

— Laura comment ? s'enquit la blondinette au visage de poupée.

— Je ne me souviens pas de mon nom de famille. Je ne me souviens de rien, en fait.

J'avouai cela comme si c'était un crime, et que je me trouvais dans une prison, et non dans une clinique.

— Ici, c'est plutôt un avantage. Tu as de la chance, commenta sombrement Megan. Moi, je ne peux pas oublier. Quand es-tu arrivée ?

— La nuit dernière, je suppose. Tout est encore si embrouillé dans ma tête.

Je bus quelques gorgées de jus de fruit, et Megan se remit à inspecter les environs avec méfiance. Je finis par suivre la direction de ses regards, pour voir s'il y avait quelque chose que j'aurais dû remarquer, moi aussi. Je finis par demander :

— Il y a quelque chose qui ne va pas ?

— J'attends de voir s'il est encore ici, dit-elle en ouvrant de grands yeux égarés. Ils prétendent qu'on l'a renvoyé hier.

— Qui ça ?

— Garson Taylor, un des surveillants. Il a essayé de me violer.

— C'est vrai ?

— Bien sûr que c'est vrai ! s'emporta-t-elle. Qu'est-ce que tu crois ? Que je fabule ? C'est *ça* que tu t'imagines ?

— Non, je... c'est la surprise, simplement. Je suis désolée.

— Eh bien, ne sois pas surprise, ni désolée. Sois sur tes gardes. Ici, tous les hommes n'ont qu'une seule idée en tête, et il ne faut pas être bien malin pour deviner laquelle. Quand ils t'observent, ils te déshabillent du regard.

— C'est épouvantable.

— À qui le dis-tu !

Elle marqua une pause et me dévisagea longuement.

— Peut-être as-tu été violée, reprit-elle d'un air grave. Et tellement traumatisée que tu as tout oublié. C'est très courant, conclut-elle avec conviction, confirmant ainsi son propre diagnostic.

J'en restai la fourchette en l'air et fis signe que non, ce qui ne fut pas du goût de Megan.

— Pourquoi secoues-tu la tête comme ça ? Tu ne te souviens de rien. Je suis certaine que c'est ça. Pas vrai, Lulu ? demanda-t-elle à la petite poupée blonde.

La fillette hocha docilement la tête.

— Si, Megan.

— Elle ne s'appelle pas vraiment Lulu, c'est moi qui l'ai baptisée comme ça. D'après cette fille dépravée dans un opéra, m'expliqua Megan, se rappelant brusquement que je ne savais plus rien. Parce que c'est une vraie Lulu, en fait, ajouta-t-elle en souriant. Pas vrai, Lulu ?

Le visage de l'enfant s'illumina.

— Mon papa va venir me voir aujourd'hui, gazouilla-t-elle.

— Tu n'as pas fini avec ta rengaine ? Ça fait deux ans qu'elle répète ça, et son père ne lui écrit même pas. On pourrait s'attendre à ce qu'elle ait compris, maintenant, et qu'elle regarde les choses en face.

— Si, il viendra.

— D'accord, Lulu, concéda Megan. Crois ce que tu veux. Les pères sont les plus grands menteurs qui soient, de toute façon. Est-ce que tu te souviens du tien, Laura ?

— Non.

— Alors c'est lui qui t'a violée, affirma-t-elle en réponse.

Je faillis avaler de travers.

— Je n'ai jamais dit que j'avais été violée.

— Bien sûr que non, mais il y a une raison très logique pour que tu ne t'en souviennes pas.

Megan se pencha en avant et baissa la voix jusqu'au chuchotement.

— Sois très prudente, une fois que tu seras couchée. Ils ont tous les clés de nos chambres, et c'est comme ça que Garson Taylor est entré dans la mienne. Heureusement, j'ai réussi à crier assez fort pour que les autres arrivent. Il a soutenu qu'il n'était même pas entré dans ma chambre, tu te rends compte ?

Elle se redressa, le regard à nouveau plein d'angoisse et de suspicion.

— S'il est toujours ici, nous sommes toutes en danger, surtout une nouvelle comme toi. Méfie-toi aussi des médecins, ajouta-t-elle.

— Des médecins ? Mais pourquoi ?

— Ils adorent vous toucher là, murmura-t-elle en effleurant sa poitrine. Ils prétendent que c'est nécessaire.

Elle me fixa intensément, tout en mordant si rudement sa lèvre inférieure que je m'attendis à la voir saigner.

— Tu vas aller mieux, tu verras. Nous irons tous mieux un jour, pas vrai Lulu ?

— Quoi ? Oui. Mon papa vient aujourd'hui, me dit la fillette. Il vient me chercher pour me ramener à la maison.

— Je m'en réjouis pour toi.

— Quelles salades ! ironisa Megan. Allons en salle de loisirs, nous pourrons écouter de la musique et bavarder.

— Nous avons le droit de sortir d'ici et d'y aller, tout simplement ?

— Nous avons le droit de faire tout ce que nous voulons,

déclara Megan. C'est nous qui payons. Il y a au moins une chose que tu sais à ton sujet, Laura : tu es riche.

— Vraiment ?

— Bien sûr que oui, espèce d'idiote ! La pension coûte quarante mille dollars par an, dans cette boîte.

Je me reculai sur ma chaise, abasourdie.

— Je ne me rendais pas compte... Je...

— Ne laisse aucun d'entre eux profiter de toi, me recommanda Megan. Tu n'as pas à subir quoi que ce soit de leur part. S'il travaille toujours ici, poursuivit-elle en coulant un regard vers la porte, je fais un scandale.

Puis, apercevant mon assiette à moitié pleine, elle m'ordonna d'un ton péremptoire :

— Finis ton déjeuner, nous avons des tas de choses à nous dire. Il faut que je te mette au courant de tous les dangers !

11

Bon retour dans le monde des vivants

JE N'EUS pas l'occasion de passer un moment avec Megan, après le petit déjeuner. À peine m'étais-je levée de table que Mme Kleckner s'approcha, pour m'apprendre que le Dr Southerby m'attendait. J'allais la suivre quand Megan me retint par le poignet.

— C'est le pire de tous, souffla-t-elle, parce qu'il est jeune et célibataire. Sois sur tes gardes.

Je hochai la tête, ce qui pouvait passer pour un remerciement. Elle relâcha enfin sa prise et je suivis Mme Kleckner dans le couloir, jusqu'à une porte située sur la gauche. C'était l'antichambre d'un bureau, où siégeait une femme brune d'une quarantaine d'années, vêtue d'un élégant tailleur vert. Elle releva la tête et, à la seule vue de son chaleureux sourire, je me sentis la bienvenue.

— Voici notre nouvelle patiente, madame Broadhaven, annonça l'infirmière en chef.

La secrétaire se leva aussitôt.

— Bien. Le docteur vous attend, Laura.

Malgré les avertissements de Megan, j'étais impatiente de rencontrer le Dr Southerby. J'avais hâte de découvrir ce qui n'allait pas chez moi, et d'être soignée pour cela.

— Quand vous aurez terminé, Mme Broadhaven voudra peut-être vous faire visiter la clinique, j'espère.

Apparemment, c'était une suggestion, mais le ton de l'infirmière en chef indiquait que c'était un ordre. La secrétaire du Dr Southerby ne parut aucunement impressionnée par cette démonstration d'autorité. Elle s'approcha de la porte intérieure, m'adressa un regard d'encouragement et je la suivis, pleine d'espoir. Toutes les réponses à mes questions, la lumière nécessaire pour dissiper mes ténèbres, tout cela se trouvait derrière cette porte. Je respirai un grand coup et marchai vers elle.

— Votre nouvelle patiente, Docteur Southerby, annonça Mme Broadhaven en pénétrant dans la pièce.

Megan m'avait prévenue, mais je n'en fus pas moins surprise par l'allure juvénile du médecin. Il se leva aussitôt de derrière son immense bureau de bois noir, impeccablement rangé. Sous-main, papiers, dossiers, tout y était disposé avec un soin méticuleux. Derrière lui, ses diplômes et récompenses s'alignaient en bon ordre dans leurs cadres, sur le pan de mur séparant deux hautes fenêtres. Elles donnaient sur le parc, et je reconnus le bouquet de saules entrevu à mon arrivée. Mais aujourd'hui, dans la pleine lumière, tout m'apparaissait autrement, beaucoup plus vert, plus somptueux et plus riant.

— Bonjour, me salua le Dr Southerby. Veuillez entrer, je vous prie.

Sa voix était plus grave que je ne m'y attendais, avec une pointe d'accent du sud. Ses cheveux châtain clair, à la coupe soignée, ondulaient très légèrement au-dessus du front.

Il s'avança pour me serrer la main et me désigna le fauteuil placé en face de son bureau.

— Asseyez-vous, et mettez-vous à l'aise. Merci, madame Broadhaven, ajouta-t-il à l'intention de sa secrétaire.

Elle me gratifia d'un sourire rassurant et se retira, refermant sans bruit la porte derrière elle. Le Dr Southerby reporta son attention sur moi.

Ses yeux turquoise rayonnaient de chaleur amicale, et je me sentis détendue rien qu'à les voir. Ils devinrent encore plus lumineux quand il sourit.

Assez grand mais sans plus, un mètre quatre-vingts environ, il n'en donnait pas moins une impression de force et de maîtrise. Il se tenait très droit, les épaules en arrière, sa poignée de main était solide et franche. Sa bouche au dessin ferme et sa mâchoire énergique confirmaient cette impression. En complet sombre, chemise bleu clair, et cravate assortie que pinçait une barrette en or, il offrait — malgré sa jeunesse — l'image de la distinction et de l'assurance. En un mot, il inspirait confiance.

Il retourna prendre place derrière son bureau et entama l'entretien sans façons.

— Avez-vous pu vous reposer un peu cette nuit, Laura ? Personnellement, j'ai toujours du mal à dormir dans un endroit nouveau.

— J'étais tellement épuisée que je n'ai pas eu le temps de penser à ce détail, répondis-je, ce qui le fit rire.

— Je vous comprends ! Bon, laissez-moi me présenter en bonne et due forme. Je suis le Dr Southerby, et c'est moi qui suis chargé de votre cas.

Il s'exprimait calmement, parfaitement détendu, alors que mon estomac faisait des nœuds. C'est à peine si je pouvais rester assise dans mon fauteuil.

— Qu'est-ce que j'ai, Docteur ? Pourquoi suis-je ici ? Que m'est-il arrivé ? Pourquoi ne puis-je me souvenir de rien en ce qui me concerne ? débitai-je tout d'une traite. J'avais même oublié mon prénom ! Et je ne me souviens toujours pas de mon nom de famille !

La note d'hystérie qui perçait dans ma voix ne parut pas le déconcerter. Il inclina la tête avec sympathie.

— Je comprends votre anxiété, Laura, et je désire vous en libérer le plus tôt possible. De cette façon, vous guérirez plus vite. Il vaudrait mieux que vous vous rappeliez certaines choses par vous-même, expliqua-t-il. Me contenter de remplir les blancs de votre mémoire ne suffirait pas. Vous pourriez à nouveau rejeter l'information, par exemple, ce qui serait pire que mieux. Nous pourrions régresser par rapport à la situation actuelle.

Plus il se montrait calme, plus mon angoisse augmentait.

— Rejeter l'information ? Je ne comprends pas. Pourquoi refuserais-je des informations aussi importantes que mon nom, ma famille, l'endroit où je vis ? C'est terrifiant ! Est-ce que je suis folle ? Est-ce pour cela que je suis ici ? Qu'est-ce qui ne va pas chez moi ? poursuivis-je, la voix si aiguë qu'elle me vrillait les tympans.

— Je vous affirme que ce dont vous souffrez pour le moment ne durera pas. Et une fois que ce sera rentré dans l'ordre, il y a peu de chances pour que cela se reproduise.

Cette réponse fut loin de me satisfaire. Le docteur ne parlait pas assez vite pour moi.

— Qu'est-ce qui ne se reproduira pas ? Qu'est-ce que j'ai ? Une maladie ou quoi ?

— D'après ce que je sais de votre situation, je crois pouvoir poser un diagnostic préliminaire d'amnésie psychogène, déclara-t-il d'un ton apaisant.

Malgré cela, je sentis bien qu'il n'était pas très à l'aise de devoir se prononcer si rapidement.

— Je sais ce qu'est l'amnésie, mais l'autre mot...

— Psychogène signifie simplement que votre amnésie n'est pas due à un désordre mental de nature organique. Il n'y a aucune raison physique pour que vous soyez incapable de vous souvenir. Votre cerveau n'est pas atteint, du moins pas physiquement. La drogue et l'alcool ne sont pas en cause. Vous n'êtes pas épileptique. Et, ajouta-t-il en souriant, vous n'êtes pas une simulatrice.

— Alors que s'est-il passé ?

Le Dr Southerby se pencha en avant, se rapprochant ainsi de moi, et s'exprima d'une voix pleine de douceur.

— Il s'est passé que vous avez vécu une expérience traumatisante ; un événement d'une telle intensité psychologique et émotionnelle que votre cerveau a muré sa mémoire pour vous éviter de souffrir. C'est un mécanisme de défense qui n'est pas rare, dans une situation comme la vôtre. Le traumatisme est si fort que vous ne pouvez pas le supporter. Vous le reléguez dans l'oubli. Cette incapacité à se souvenir des détails personnels importants est appelée aussi amnésie dissociative. L'oubli de l'événement traumatisant est une protection.

— Mais qu'est-ce que c'était ? questionnai-je, le cœur battant à tout rompre. Quel événement traumatisant ?

— Cela, il est important que vous le retrouviez vous-même, Laura.

— Laura. Laura comment ? Quel est mon nom de famille ? Dites-le-moi.

Il inclina la tête, signifiant par là qu'il jugeait ma requête acceptable.

— Vous vous appelez Laura Logan, annonça-t-il en m'observant attentivement. Quel effet cela vous fait-il d'entendre prononcer votre nom complet ? Vous rappelez-vous quelque chose de plus à votre sujet ? Fermez les yeux, et répétez votre nom. Allez, faites-le.

Je m'exécutai, puis m'écriai avec désespoir :

— Je ne me rappelle rien ! Je ne peux pas !

— Vous pourrez, je vous le promets. Je vous ferai graduellement revenir en arrière, jusqu'à ce que tout ce que vous avez refoulé redevienne conscient. Si vous avez seulement un peu de patience...

— Je ne peux pas supporter ça ! explosai-je. Dans le miroir, j'ai l'impression de voir quelqu'un d'autre. C'est affreux. J'ai les nerfs à vif, j'entends sans arrêt des questions résonner dans ma tête, je...

— Calmez-vous, Laura. Ne vous mettez pas dans un état pareil, dit le Dr Southerby d'une voix apaisante.

Mais j'étais déjà en larmes, et je secouai si rudement la tête que j'en eus mal au cou.

— Non, non et non ! Je veux être soignée *maintenant.* Je veux me souvenir *maintenant.* Dites-moi tout ! Dites-moi pourquoi je suis dans cet état.

Le médecin se leva.

— Calmez-vous, Laura, je vous en prie. Vous vous faites du tort, et vous nous rendez plus difficile de vous aider.

— Je ne veux pas rester ici. Je veux aller... Où est-ce que je veux aller ? Je ne le sais même pas ! hurlai-je sans pouvoir me contrôler. Regardez ça !

Je tendis mes bras, où les marques bleues et noires étaient toujours aussi visibles.

— Que m'est-il arrivé ? Dites-moi tout, implorai-je. S'il vous plaît.

Je me levai d'un bond et promenai autour de moi un regard traqué, tel un prisonnier cherchant une voie d'évasion. J'éprouvais le besoin de m'enfuir en courant, de courir encore et encore, jusqu'à épuisement de mes forces.

Le Dr Southerby contourna vivement son bureau, et en un instant fut auprès de moi.

— Allons, Laura, détendez-vous. Asseyez-vous, dit-il en posant la main sur mon bras, doucement mais fermement.

J'eus une vision fugitive du visage terrifié de Megan.

« C'est le pire de tous », chuchota-t-elle. Qui étaient ces gens qui en savaient plus long que moi sur moi-même, mais me le cachaient ? Que se passait-il ?

— Non ! m'écriai-je à nouveau en repoussant brutalement le médecin.

Un terrible fracas résonna dans ma tête, je plaquai mes paumes sur mes oreilles. Quelqu'un criait : *Laura !* Il y avait de l'eau partout, de l'eau qui se précipitait sur moi, jusqu'à recouvrir la voix qui m'appelait par mon nom. Je ne l'entendis plus.

— *Non-on-on !* hurlai-je encore.

Puis tout devint noir.

***

Je m'éveillai sur une civière, dans une salle de soins d'une blancheur étincelante. Quand j'ouvris les yeux, Mme Kleckner se tenait tout près de moi et le Dr Southerby parlait à voix basse au téléphone, un peu plus loin.

— Elle reprend conscience, Docteur, annonça-t-elle.

Il raccrocha presque aussitôt et s'approcha.

— Comment vous sentez-vous à présent, Laura ?

Comment je me sentais ? Il me semblait qu'un étau me broyait les tempes.

— J'ai mal à la tête, grimaçai-je.

— Nous allons vous donner quelque chose pour ça.

— Que s'est-il passé ?

— Appelons ça un surcroît d'excitation nerveuse, expliqua-t-il. Vous savez comment fonctionne un coupe-circuit ?

Je réfléchis. Effectivement, je le savais, mais comment ? Je n'en avais pas la moindre idée.

— Oui.

— Eh bien, le mental fonctionne de la même façon. Quand il est surchargé, il disjoncte. Vous comprenez, maintenant, pourquoi il faut absolument vous détendre avant que je puisse vous aider ? Je veux que vous ayez confiance en moi, Laura. Sinon je ne pourrai rien pour vous, et je veux vous aider.

Il me prit la main et ses yeux parcoururent mon visage, avant de se fixer sur les miens.

— Vous me croyez ?

Je hochai la tête, mais sans montrer la confiance qu'il était en droit d'attendre. Il n'en sourit pas moins.

— Cela viendra, et alors vous pourrez guérir. Cette pénible situation ne durera pas longtemps, Laura. Je vous le promets, affirma-t-il en me tapotant la main.

Je ne demandais qu'à le croire. Il disait les choses que je désirais entendre.

— Maintenant, asseyez-vous et prenez ceci, dit-il, en montrant le comprimé que Mme Kleckner attendait de me donner.

Elle le plaça dans ma bouche, me tendit un verre d'eau. J'avalai le médicament.

— Pour l'instant, poursuivit-il, j'aimerais que vous retourniez vous reposer dans votre chambre. Après quoi, nous reparlerons de tout ceci.

— C'est maintenant que je veux en parler.

— Je sais, mais nous ne devons pas courir le risque de voir se reproduire ce qui vient d'arriver. Vous êtes très fragile en ce moment, Laura. Beaucoup plus que vous ne l'imaginez. Il vous faut un peu de repos, afin d'avoir plus de force pour vous rétablir. Faites-moi confiance, Laura. Vous ne resterez pas ici une minute de plus que ce ne sera nécessaire, je vous le jure.

Il se tut et adressa un signe de tête à Mme Kleckner.

— Essayez de vous lever, maintenant, m'ordonna-t-elle, sans sa rudesse habituelle.

Je m'assis au bord du lit, et aussitôt la tête me tourna, si fort que j'en perdis le souffle. Je crus que j'allais à nouveau m'évanouir.

— Doucement, doucement, dit le Dr Southerby. Mme Kleckner, je crois préférable de la transporter.

Quelques instants plus tard, ils m'installaient dans un fauteuil roulant. Je renversai la tête, sentis qu'on m'emmenait hors de la salle de soins et fermai les yeux. Je les gardai fermés pendant tout le trajet jusqu'à ma chambre. Une fois là, Mme Kleckner m'aida à me recoucher.

— Reposez-vous, Laura. Je viendrai voir comment vous allez dans un moment.

— Mais je veux retourner voir le Dr Southerby, protestai-je d'un ton plaintif. Je veux en finir avec tout ça !

— Vous y retournerez, mais vous l'avez entendu. Il vous veut reposée, vigoureuse, sinon il perd son temps, et Dieu sait si son temps est précieux. Il travaille dans une autre clinique, et pas seulement ici avec les privilégiés.

— Les privilégiés !

Quel privilège y avait-il à être enfermée ici, dans un pareil état physique et mental ? voulus-je demander.

Mais, sous l'effet du comprimé sans doute, mes paupières devenaient lourdes comme du plomb. Quelques secondes plus tard, je dormais.

Une série de secousses brutales me réveilla. Megan Paxon, debout à mon chevet, s'accrochait à ma main. Elle jeta un coup d'œil furtif du côté de la porte puis son regard revint se poser sur moi. J'entrouvris les paupières, pour les refermer aussitôt. J'avais l'impression d'avoir des toiles d'araignée dans les yeux.

— Qu'est-ce qui se passe ? marmonnai-je, la voix pâteuse.

— Ils t'ont fait prendre quelque chose. Fais attention, Laura. L'un d'eux pourrait entrer ici et te violer pendant que tu dors. Ils me l'ont fait. Reste éveillée, me recommanda-t-elle, ou ne dors que d'un œil.

— Je suis si fatiguée...

Elle me secoua de plus belle.

— Reste éveillée, je te dis !

— Qu'est-ce que vous faites ici ?

Au son de cette voix, je me forçai à ouvrir les yeux : Mme Kleckner se tenait sur le seuil.

— Sortez immédiatement de cette chambre, Megan.

— Mais je venais juste voir comment elle allait. Où est le mal ?

— Vous savez que vous ne devez pas entrer dans les chambres des autres patients sans ma permission. Et maintenant laissez-la se reposer, Megan. Sortez. Tout de suite !

— Reste éveillée, me chuchota-t-elle en s'en allant.

Instantanément, mes yeux se refermèrent. Et quand je m'éveillai pour la seconde fois, la présence de Megan dans ma chambre me parut n'avoir été qu'un rêve. Je me sentais tout étourdie, mais je voulais me lever. Je réussis à sortir du lit, allai à la salle de bains et me lavai le visage à l'eau fraîche, ce qui me fit du bien. En sortant, je trouvai Mme Kleckner qui m'attendait.

— Je vois que vous êtes debout, c'est bien. Comment vous sentez-vous ?

— Un peu faible. Mais je ne veux plus de comprimés, ajoutai-je très vite, redoutant qu'un autre ne fût déjà prêt.

— Parfait. Si vous vous en sentez capable, je vous ferai visiter le reste des installations moi-même, alors.

— Quand reverrai-je le Dr Southerby ?

— Demain. Il a dû quitter la clinique pour d'autres rendez-vous. Si vous en avez la force, vous pouvez aller en salle de loisirs et faire la connaissance de quelques patients. C'est toujours bon d'avoir des contacts, ajouta-t-elle, et le Dr Southerby a laissé des ordres stricts à ce sujet. Il ne veut pas vous voir hiberner dans votre chambre.

— Ce n'est pas mon intention. Et j'aimerais bien prendre un peu l'air, si possible.

— Je ferai en sorte qu'une surveillante vous emmène faire un tour dans le parc avant le dîner.

— Le dîner ! Et le déjeuner, alors ?

Elle rit, d'un curieux petit rire qui aurait pu passer pour un accès de toux.

— Vous avez sauté le déjeuner en dormant. Il y a des gâteaux secs et du thé en salle de loisirs, si vous voulez, et des boissons fraîches dans le réfrigérateur. Allons, venez.

Je la suivis, d'un pas moins assuré que je ne l'aurais souhaité. Elle s'en aperçut, me prit par le bras, et me soutint tout le long du couloir.

— Que m'avez-vous donné ? voulus-je savoir. Qu'est-ce que c'était, ce comprimé ?

— Un léger sédatif, sans plus. Le Dr Southerby vous l'a prescrit pour le soir, afin que vous dormiez bien la nuit.

— Je n'aime pas prendre des médicaments, déclarai-je.

Elle s'arrêta pour me dévisager.

— Vous vous souvenez que vous n'aimez pas ça, ou vous venez juste de le décider ?

— Je... je ne les aime pas, c'est tout.

— Nous devons tous faire des choses que nous n'aimons pas, de temps en temps. Le fait de ne pas vous rappeler qui vous êtes ne vous rend pas différente des autres, commenta-t-elle.

Sur quoi, elle me conduisit à la salle de loisirs.

Il ne s'y trouvait que sept patients quand nous entrâmes, et une surveillante qui feuilletait un magazine dans un coin. Deux garçons de douze à treize ans jouaient aux échecs, les autres lisaient dans des fauteuils, ou regardaient simplement par la fenêtre. Megan, Lulu, la fille si mince et le beau garçon que j'avais vus à la cafétéria formaient un groupe. Ils occupaient deux canapés en vis-à-vis, de chaque côté d'une table chargée de revues et de livres. Lulu écrivait fébrilement dans un long bloc jaune et, contrairement aux trois autres, elle ne leva pas la tête à mon entrée.

Sur ma droite, j'aperçus un petit fourneau, un réfrigérateur, quelques placards et un évier.

— Vous avez de l'eau chaude pour faire du thé, m'indiqua Mme Kleckner, ainsi que des gâteaux secs. Les sachets de thé sont dans ce placard, le lait et les boissons dans le réfrigérateur. Des boissons non alcoolisées, bien entendu.

— Merci, madame.

Elle m'entraîna plus avant dans la pièce.

— Voici Mark et Arthur, dit-elle en s'arrêtant près des joueurs d'échecs. Vous vous souvenez de Laura, tous les deux ?

Ils levèrent la tête, le regard absent, et se replongèrent aussitôt dans leur partie, sans même un sourire de bienvenue. Un souffle d'air traversant la salle n'eût pas retenu davantage leur attention, pensai-je en approchant du petit groupe. Là encore, l'infirmière s'arrêta.

— Vous connaissez déjà Megan Paxton et Edith Sanders, commença-t-elle en se référant à Lulu. Voici Mary Beth Lewis et Clarence Taylor.

Mary Beth me sourit avec chaleur. Le beau Clarence me décocha un regard bref et baissa les yeux. Mme Kleckner arbora un sourire machinal.

— Je laisse Laura en votre compagnie, pour que vous puissiez faire connaissance. Si vous avez besoin de quoi que ce soit, Laura, demandez-le à Mlle Cranshaw, ajouta-t-elle en désignant la surveillante. Celle-ci se redressa aussitôt sur son siège en refermant son magazine, pour nous observer fixement. Sans doute à cause du regard sévère de l'infirmière en chef, supposai-je. Elles étaient pourtant à peu près du même âge, si Mlle Cranshaw n'était pas la plus âgée des deux.

Mme Kleckner se retira, et Mary Beth glissa légèrement sur la banquette pour me faire place à côté d'elle.

— Est-ce que tu te souviens de ton nom, maintenant ?

— C'est Laura Logan.

Lulu leva le nez de son bloc.

— Comment se fait-il que tu aies oublié ton nom ?

— Elle est amnésique, pauvre idiote ! la rabroua Megan. Pourquoi crois-tu qu'elle est ici ? Pour la nourriture ? Ou pour la passionnante compagnie ?

— Oh ! je suis désolée, s'excusa humblement Lulu. Est-ce que ça fait mal ?

— Pas comme on pourrait le croire, mais c'est douloureux de ne se souvenir de rien.

Clarence me regarda, plus longtemps cette fois, puis il sourit et son regard dériva vers la fenêtre.

— Sais tu pourquoi tu es amnésique ? interrogea Lulu.

Megan se chargea de répondre à ma place.

— Si elle le savait, elle ne serait pas là !

— Elle a raison, dis-je à la fillette. Je n'en sais rien. Tout ce que je sais, c'est qu'il m'est arrivé quelque chose de terrible, et que c'est à cause de ça.

— Si c'était le cas, presque tout le monde serait amnésique, ici ! persifla Megan.

L'intérêt de Clarence parut s'éveiller.

— Qu'est-ce que tu te rappelles à ton sujet ? demanda-t-il, pour se mordre aussitôt la lèvre comme si les mots lui avaient échappé malgré lui.

— Pas grand-chose, en fait. Ou plutôt... rien du tout. Je ne me suis même pas souvenue de mon nom de famille toute seule. C'est le Dr Southerby qui me l'a appris.

Mary Beth en resta bouche bée. Ses lèvres s'arrondirent comme si elle venait de souffler une bulle de savon. Je précisai :

— Il n'a pas voulu me dire ce qui m'était arrivé, d'ailleurs. Il veut que je m'en souvienne toute seule.

— C'est classique, énonça Megan sur un ton doctoral. Dès que j'ai entendu son histoire, j'ai su qu'elle avait subi une expérience terrible, et que son esprit avait complètement disjoncté. Vous vous souvenez de cette fille qu'ils ont transférée à la Tour ? poursuivit-elle. Celle qui s'était entaillé les poignets avec l'assiette cassée ? Elle ne se rappelait jamais ce qu'elle avait fait la veille. Comme si sa mémoire se vidait tous les matins, pour repartir à zéro.

« Comment s'appelait-elle, déjà ? demanda-t-elle à Clarence. Tu dois t'en souvenir, tu essayais tout le temps de lui parler.

Il vira au rouge brique et me jeta un regard en coin.

— C'est faux, je n'essayais pas tout le temps de lui parler.

— Bon, d'accord, mettons que j'ai rêvé. Comment s'appelait-elle, déjà ?

— Lydia, répondit-il très vite. Lydia Becker.

— C'est ça : Lydia Becker. Tous les jours, il fallait recommencer les présentations, comme si elle venait juste d'arriver. Tu t'en souviens, Mary Beth ?

— Oui.

Megan s'esclaffa.

— J'ai fini par m'inventer un nouveau nom à chaque fois, pour voir si ça faisait une différence. Eh bien non, ça ne changeait rien.

— Que voulais-tu dire en parlant de la Tour ? m'informai-je. Cet endroit où on l'a emmenée ?

Ce fut Mary Beth qui répondit.

— Elle est toujours ici, mais au dernier étage. Nous l'appelons la Tour parce que Megan pense qu'une fois là-haut, on y reste enfermé à vie, comme dans une tour.

— Et c'est vrai ! riposta Megan, furibonde. Aucun de ceux qu'on a montés là-haut n'en est redescendu, n'est-ce pas ?

Elle jeta un regard noir à Mary Beth, puis se tourna vers moi.

— Imagine tout ce qui peut se passer ! On pourrait la violer toutes les nuits sans qu'elle s'en souvienne le lendemain. Si jamais ils m'emmènent là-haut, promettez-moi tous que vous me tuerez.

Lulu pouffa de rire.

— Je suis sérieuse, affirma Megan. J'aimerais mieux être morte.

Ses yeux flamboyèrent en croisant le regard de Clarence, qui s'empressa de baisser la tête. Je m'adressai à Mary Beth.

— Et toi ? Pourquoi es-tu ici ?

Megan éclata d'un rire moqueur.

— Tu plaisantes ? Il n'y a qu'à la regarder. Elle se croit trop grosse !

— J'ai trop de poids pour ma taille, déclara Mary Beth.

Je faillis sourire, mais l'expression de Clarence m'avertit de n'en rien faire. Une fois de plus, Megan me renseigna.

— Chaque fois qu'elle mange, elle se fait vomir. Un de ces jours, ils la ligoteront dans son lit et la nourriront avec un tuyau.

— Oh... je suis désolée, bafouillai-je, ne sachant que dire.

Chaque mot prononcé, me semblait-il, était aussi risqué qu'un pas sur de la glace trop mince. Mais il ne me fut pas possible de me dérober. Megan n'en avait pas fini.

— Demande donc à Clarence pourquoi il est ici, Laura.

Je cherchai son regard et il soutint le mien pendant quelques instants, puis rougit et baissa les yeux sur ses mains. De longues mains fines et bien formées, qu'il tenait croisées en se tordant les pouces.

— Eh bien ? s'obstina Megan. Tu devines ce qu'il fait là ?

— Je n'en ai aucune idée.

D'après ce que j'avais pu constater, Clarence souffrait de timidité excessive, mais était-ce une raison pour interner quelqu'un ? J'étais vraiment perplexe.

— Allez, Clarence, insista Megan, ne la laisse pas se creuser la cervelle. Dis-lui ce qui ne va pas chez toi.

Il secoua la tête, mais elle ne le tint pas quitte pour autant.

— Allez, vas-y, dis-lui. C'est bon signe d'arriver à parler de son problème.

Une fois de plus, nos regards se croisèrent et il évita le mien. Je crus voir ses yeux se mouiller de larmes. Si Megan le remarqua, cela ne l'empêcha pas de continuer, impitoyable :

— Nous ne faisons pas beaucoup de progrès, Clarence. Le jeune M. Taylor souffre de ce que les médecins nomment un syndrome de panique. N'est-ce pas, Clarence ?

— Tu ne peux pas le laisser tranquille ? s'écria Mary Beth.

— Qu'est-ce que je lui ai fait ? Vas-y, Clarence, exprime-toi.

— Je...

Megan se tourna vers les deux joueurs d'échecs.

— Silence, tout le monde ! Clarence Taylor, troisième du nom, va faire un discours. Vas-y, mon cher, nous t'écoutons.

Rouge comme une pivoine, Clarence bondit sur ses pieds, me jeta un dernier regard et s'enfuit hors de la pièce.

— Vas-tu le laisser en paix, à la fin ? s'indigna Mary Beth.

Megan éclata de rire, avant d'annoncer à la cantonade :

— Clarence Taylor ne pourra pas faire son numéro ce soir. On rembourse les billets.

— Ce n'était pas très chic de ta part, fis-je observer.

J'eus droit à une grimace ironique.

— Comme dit Mme Kleckner, si nous nous dorlotons les uns les autres, personne ne fera de progrès.

— Et toi, questionnai-je, toujours désolée pour le pauvre Clarence. C'est quoi, ton problème ?

— Moi ? Je... je suis incapable de nouer des relations valables. Je ne fais confiance à personne. Puis-je te faire confiance ?

demanda-t-elle, les larmes aux yeux. Puis-je te faire confiance, Mary Beth ? Et à toi, Lulu ?

La fillette sourit béatement.

— J'écris à mon père, je lui parle de notre nouvelle amie.

— Génial. Encore une lettre au défunt. Il faut que j'aille aux toilettes, déclara Megan en se levant. Excusez-moi, tout le monde, lança-t-elle en quittant la salle.

Mary Beth crut bon d'expliquer :

— Megan n'est pas très heureuse, tu comprends ? C'est pourquoi elle n'est satisfaite que lorsque tout le monde est malheureux.

— Je vois ça, répondis-je, luttant contre les tiraillements de la faim. (Au même moment, mon estomac se mit à gargouiller.) Je crois que je vais prendre un peu de thé. Quelqu'un d'autre en voudra ?

— Non, répondit vivement Mary Beth, je ne prends jamais rien entre les repas.

— Mais un thé, ça ne s'appelle pas manger. Ça ne compte pas.

— Il faut que j'aille chercher quelque chose dans ma chambre, débita-t-elle en toute hâte.

Et, tout aussi rapidement, elle se leva et quitta la salle.

Je m'approchai du fourneau, versai de l'eau bouillante sur un sachet de thé et pris un gâteau, puis j'observai un instant la petite Lulu. Quelle adorable fillette, méditai-je en la regardant écrire avec ardeur. Si jolie, si gentille. Comment ses parents pouvaient-ils la laisser ici ? Quand je retournai m'asseoir, elle leva la tête de son bloc de correspondance.

— Comment écrit-on « connaissance », Laura ?

Je lui épelai lentement le mot.

— Je te décris comme une nouvelle connaissance, m'expliqua-t-elle en écrivant avec application. Papa aime que je lui parle de mes amis. Je lui écris tous les jours, comme il me l'a demandé. Quelquefois même, deux fois par jour. Et j'ai des piles de lettres de lui, tu sais ?

Elle interrompit son babil, posa son bloc et me regarda croquer mon biscuit.

— Je crois que je vais en prendre un aussi, décida-t-elle.

Quand elle se leva pour aller le chercher, j'eus la curiosité de me pencher sur son bloc. Je me redressai, interloquée. Il n'y avait pas un seul mot sur la page. Juste des lignes de gribouillis tracées dans tous les sens.

***

Selon les directives de Mme Kleckner, Mlle Cranshaw m'emmena faire un tour dehors, pour prendre l'air.

— Nous préférons que vous ne vous écartiez pas des allées, me recommanda-t-elle. Vous pouvez vous asseoir sur un banc, sur la pelouse ou sous un arbre ; pourvu que vous ne sortiez pas de ce périmètre, précisa-t-elle en désignant les limites du parc.

Les jardins étaient magnifiques avec leurs parterres en fleurs, les vasques où venaient se baigner les oiseaux, les quelques statues disséminées sous les érables et les grands chênes. Le gazon, les haies, les buissons étaient parfaitement entretenus. En passant, nous aperçûmes un aide-jardinier en train de désherber, mais à ma connaissance j'étais la seule patiente à me promener dans le parc.

— J'aimerais m'asseoir un moment, dis-je en me dirigeant vers un banc de bois, à mi-parcours de l'allée centrale.

La vue des nuages vaporeux, l'odeur de l'herbe et le parfum des fleurs, la caresse de la brise sur mon visage, tout cela m'était délicieusement familier. Ainsi, j'aimais le plein air, j'aimais la nature. C'était étrange de découvrir des choses aussi élémentaires sur soi-même.

— Vous avez une heure devant vous jusqu'au dîner, m'avertit Mlle Cranshaw. Je dois m'occuper de quelques autres patients, je reviendrai vous chercher quand il sera l'heure de rentrer.

Je la remerciai, m'assis sur le banc et m'absorbai dans la contemplation du paysage. Devant moi, deux oiseaux s'envolèrent d'une vasque, pour aller se percher sur une statue de chérubin. Ils se pavanèrent sur l'épaule de l'angelot, me regardèrent avec curiosité, puis ils prirent leur vol en direction des chênes.

Tout est si calme, si beau, si frais ici, méditai-je. C'est l'endroit rêvé pour se rétablir. Le seul problème, c'est que j'ignorais de quoi je devais guérir. Et à présent, une partie de moi-même avait peur de savoir, peur de revenir en arrière, jusqu'à la cause de mon amnésie. Si c'était assez effrayant pour m'avoir fait oublier tout ce qui me concernait, ce devait être une chose horrible. Trop horrible pour que les médecins et les infirmières consentent à m'en parler.

Un mouvement léger me fit tourner la tête, et je vis Clarence Taylor émerger du sous-bois par un petit sentier. Il marchait lentement, la tête basse. En arrivant tout près de moi, il m'aperçut et s'arrêta net.

— Bonjour, le saluai-je. On est tellement bien ici que je me demande pourquoi il n'y a pas plus de monde dans le parc.

Un instant, je crus qu'il allait tourner les talons et s'enfuir, mais ce ne fut pas le cas. Il prit une longue inspiration et me répondit.

— Personne ne sort à cette heure-ci, c'est trop près du dîner. Les gens sont très routiniers, ici.

— Pourquoi es-tu sorti, alors ?

— J'aime être seul à cette heure de la soirée. Dehors.

— Pourquoi aimes-tu être seul ?

Il haussa les épaules.

— J'ai toujours aimé ça. Enfin non, pas toujours. Avant j'avais peur de la solitude, avoua-t-il. C'est pour ça qu'ils trouvent que je progresse.

— As-tu des frères et sœurs ?

— Non.

Une fois de plus, il évita mon regard mais je vis qu'il souriait.

— Qu'y a-t-il de si drôle ? Eh bien, Clarence ? insistai-je devant son silence prolongé.

— J'allais te demander si tu en avais, quand je me suis souvenu que tu ne te rappelais plus rien.

— Et c'est drôle, tu trouves ?

Il baissa la tête. J'avais d'abord été fâchée par sa réponse, et brusquement j'éclatai de rire. Il leva sur moi un regard intrigué.

— C'est peut-être drôle, au fond. C'est vrai que je me sens ridicule.

Il m'écouta, les yeux rivés aux miens, ce qu'il n'avait jamais fait. Puis il se rapprocha de moi.

— Le Dr Thomas dit souvent qu'il vaut mieux rire que pleurer, m'expliqua-t-il. Que si on a un certain sens de l'humour, on ne se prend pas trop au sérieux, les choses non plus, et on ne se fait pas tant de souci. J'essaie de suivre ses conseils, mais... les choses ne me font quand même pas tellement rire.

— Je trouve que c'est un excellent conseil, Clarence. Depuis combien de temps es-tu ici ?

— Deux ans. J'ai l'impression d'y être depuis toujours.

— Deux ans ! me récriai-je. Et tu n'es jamais retourné chez toi ? (Il fit signe que non.) Pourquoi ça ? Tu me sembles aller très bien.

— C'est à cause de ces crises. Tout d'un coup, j'ai mal dans la poitrine, je me sens tout étourdi et je suis pris de tremblements incontrôlables.

— Mais pourquoi ?

— Megan te l'a dit, un syndrome de panique, reconnut-il. Je n'ai que très peu d'estime pour moi-même. Mais comme je te l'ai dit, je fais des progrès, s'empressa-t-il d'ajouter, comme s'il redoutait de m'effrayer. Maintenant, au moins, je suis capable de sortir seul. Avant, je ne quittais jamais le bâtiment. Mais quand même...

Je vis qu'il lui en coûtait de poursuivre, mais il acheva :

— Chaque fois que je pense à quitter la clinique, j'ai des sueurs froides et je manque de m'évanouir.

— Mais tu voudrais t'en aller d'ici, je suppose ?

— Oui. J'essaie. Je fais vraiment des efforts pour ça, maintenant. Au début, je n'essayais pas tellement. Je n'y attachais pas autant d'importance.

Pendant qu'il me parlait, il n'avait pas cessé de triturer sa main droite avec la gauche, et j'hésitai un peu à formuler la question suivante.

— Et ce... syndrome de panique, tu en as toujours souffert ?

— Non.

— Et si tu venais t'asseoir un moment ? suggérai-je. Tu pourrais me parler de la vie qu'on mène ici. Je ne suis arrivée qu'hier soir, tu comprends.

Il considéra l'espace qui nous séparait comme si c'était un obstacle infranchissable.

— Je ne mords pas, plaisantai-je, ou du moins je ne crois pas. Mais comme je ne me souviens de rien, je ne peux pas le jurer. Je suis peut-être une meurtrière, qui sait ?

Il sourit, et je m'empressai d'ajouter :

— Tu vois ? J'ai le sens de l'humour, moi aussi.

Son sourire s'élargit et, d'un mouvement soudain et résolu, tel un soldat montant au feu, il s'élança en avant et s'assit à mes côtés.

— Tu ne te rappelles vraiment rien, Laura ? Rien du tout ?

Son regard n'affronta le mien qu'une fraction de seconde, mais pour moi ce fut suffisant. J'avais eu le temps de voir ses yeux. Des yeux pleins de sensibilité, noirs comme des perles d'onyx, et qui m'évoquaient un autre visage. Mais je ne voyais que les yeux dans ce visage, et quand je vis la bouche, les yeux s'effacèrent.

— J'ai des espèces de flashs, expliquai-je. Des images, des sons. Mais dès que j'essaie de les interpréter, de les relier à autre chose, ils disparaissent.

Clarence m'avait écoutée avec attention.

— Tu vois quoi ? Tu entends quoi ? Tu pourrais me donner un exemple ?

— Je vois de l'eau, la plage, des bateaux. Mais de petits bateaux, plutôt des jouets.

— Comme des maquettes, tu veux dire ?

— Oui, c'est ça, des maquettes. Mais cela me donne le frisson de penser à des bateaux, même maintenant, même en plein soleil.

C'était vrai. Mes dents claquaient tellement je tremblais. J'étreignis frileusement mes épaules.

Au prix d'un effort manifeste, centimètre par centimètre, Clarence tendit le bras jusqu'à toucher ma main.

— Tu as froid, chuchota-t-il, impressionné.

J'inclinai la tête, et il prit ma main dans les siennes.

— C'est bon, lui dis-je en souriant.

Lui aussi me sourit. Et plus il retenait ma main, plus il prenait confiance en lui.

— Eh bien, fit une voix toute proche, qu'est-ce qui se passe, par ici ?

Clarence lâcha brutalement ma main. La démarche raide et les bras au corps, Megan s'avançait vers nous.

— Je me demandais où tu étais passée, Laura. Lulu m'a dit que tu avais demandé à sortir. N'est-ce pas charmant ? feignit-elle de s'extasier. Cinq minutes après avoir fait connaissance, vous vous donnez rendez-vous dans le parc et je vous retrouve la main dans la main.

Clarence s'écarta précipitamment de moi.

— Nous nous sommes rencontrés par hasard, expliquai-je hâtivement. J'ignorais que Clarence était sorti.

— Ah vraiment ? Et comment t'a-t-il amenée à te laisser prendre la main ?

— Il n'a rien fait de pareil, Megan. Je lui ai dit que j'avais froid et il essayait de me réchauffer, c'est tout.

— Ben voyons, gouailla-t-elle. C'est toujours comme ça que ça commence. Tu me surprends, Clarence Taylor. Tu n'as touché personne depuis que je te connais. Tu ne dois pas être comme tout le monde, ajouta-t-elle à mon intention.

Clarence avait le visage écarlate, mais ses lèvres étaient blanches d'effroi.

— Je voulais juste...

— Le mâle s'est éveillé en toi, proféra gravement Megan, comme un médecin diagnostiquant une maladie en phase terminale. J'avertirai les filles, les surveillantes et le reste du monde. Les instincts lubriques de Clarence Taylor ont miraculeusement ressuscité. Prenez garde !

— Non, je...

— Oh, la ferme ! jeta grossièrement Megan.

Puis, changeant brusquement d'expression et d'attitude, elle enchaîna :

— J'ai un endroit secret que je te montrerai plus tard, Laura. Si tu es gentille. En tout cas, j'espère que tu n'es pas comme Lydia, que tu n'oublies pas tout du jour au lendemain. Je n'ai pas envie de perdre mon temps.

— Je ne crois pas qu'oublier ce que j'apprends soit mon problème, répliquai-je.

— On ne sait jamais quel est notre problème. *C'est ça,* le problème. Regarde-le ! poursuivit-elle en pointant le menton vers Clarence. Il est pathétique.

Le pauvre garçon tremblait, la sueur dégoulinait de son front.

— Clarence, dis-je avec douceur en effleurant son bras.

Il se leva brusquement.

— Ce n'est rien, je vais bien. Je crois qu'il est temps d'aller dîner. Je n'avais pas de mauvaises intentions, je voulais juste...

— Je sais, Clarence. Reste avec nous, s'il te plaît.

Megan eut une petite grimace sardonique.

— Oh oui, reste, Clarence. Ne nous prive pas de ta charmante compagnie. Nous ne pouvons pas nous en passer.

— Non... je... à tout à l'heure, bafouilla-t-il en s'éloignant. J'ai quelque chose à faire dans ma chambre avant le dîner.

— Je me demande bien quoi, Clarence ! lança Megan derrière lui. J'espère que ce n'est pas ce que je crois. Ce que font tous les garçons de ton âge quand ils sont seuls.

Poursuivi par son rire grinçant, Clarence n'en marcha que plus vite.

— Pourquoi t'acharnes-tu sur lui comme ça ? m'indignai-je. Il se débrouillait si bien !

Elle me dévisagea comme si je m'étais exprimée en langue étrangère.

— Alors tu prends leur parti, toi aussi ? Tu viens à peine d'arriver ici, et tu es déjà de leur côté ?

— Du côté de qui ?

— Du côté de qui ? me singea-t-elle. Tu devrais faire attention, je te préviens. Reste sur tes gardes. D'abord ils gagnent votre confiance et après... après...

Ses lèvres tremblèrent, son menton aussi. Elle avait serré les poings et tenait à nouveau les bras le long du corps, tout raides. On aurait dit un soldat gelé sur place.

— Megan ? Ça va bien ?

Ses paupières battirent, puis elle me regarda et se détendit.

— Bien sûr que je vais bien. Il faut que j'aille bien. Que j'aie l'esprit alerte, que je veille. Je... bon, je rentre, annonça-t-elle abruptement. Je vais chercher Lulu, elle n'est pas capable d'aller dîner toute seule. Elle attend toujours son papa, la pauvre. Les papas ! cracha-t-elle, comme si c'était une obscénité. Elle devrait être contente que le sien ne vienne jamais.

Là-dessus, elle tourna les talons et prit le même chemin que Clarence.

Je la suivis des yeux, toute perplexe. Pourquoi haïssait-elle à ce point les papas ?

12

Des ombres dans ma tête

TOUT le monde me parut encore plus éteint, au dîner. On parlait bas, on riait rarement. Ceux qui ne pouvaient se nourrir seuls étaient groupés à la même table, et assistés par les surveillants. Le reste d'entre nous alla se servir au comptoir. Comme plat chaud, nous avions le choix entre de la dinde ou du poisson, tous deux présentés avec un accompagnement alléchant au fumet suave. Mme Anderson surveillait le service avec fierté. En fermant les yeux et en écoutant les bruits ambiants, j'aurais pu oublier que je me trouvais dans une clinique.

— Est-ce que cette cafétéria te rappelle ton lycée ? chuchota Clarence derrière moi.

— Ça me paraît familier, mais ça ne me rappelle rien de spécial.

— Moi, j'allais dans un collège privé. On y mangeait très bien et nous n'étions pas plus nombreux qu'ici, ajouta-t-il, comme s'il voulait m'aider à retrouver un souvenir.

Mais à la façon dont il évoqua cette époque, je devinai que cela n'avait pas été une expérience très agréable.

— Hé, vous deux, il y en a qui ont faim ! claironna Megan, qui s'impatientait derrière nous.

J'avançai le long du comptoir, non sans remarquer que Mary Beth ne prenait ni dessert, ni pain. Elle écarta son plateau loin du mien, comme si le moindre contact risquait de contaminer sa nourriture.

Cette fois-ci, nous nous assîmes tous à la même table, Lulu, Megan, Mary Beth, Clarence et moi. Personne d'autre ne se montra désireux de nous y rejoindre.

— Mange avant que tout ne soit gelé ! m'apostropha Megan. Qu'est-ce que tu attends ?

Je m'avisai soudain que je n'avais même pas touché à ma

fourchette, alors que tout le monde, même Mary Beth, avait commencé à manger. Je ressentais comme un vide, qui aspirait désespérément à être comblé. Mais de quoi s'agissait-il ?

— Je n'en sais rien, répondis-je à Megan, mais tu as raison. Je sens que j'attends quelque chose qui devrait être fait maintenant, avant de commencer le repas.

Lulu leva sur moi son petit minois délicat.

— Le soir, à table, mon papa nous parlait toujours de sa journée de travail. Et après, il nous racontait des histoires sur l'époque où ils étaient jeunes, maman et lui.

— Il n'était sans doute jamais là pour dîner, commenta Megan. Tu ne m'as pas dit que tes parents avaient divorcé quand tu étais bébé ?

— N'empêche que je m'en souviens.

Lulu m'interrogea du regard, pour savoir si je la croyais. Je lui souris et elle me rendit mon sourire.

— Peut-être récitait-on une prière avant le dîner, chez toi, suggéra Clarence. Au collège, le directeur nous faisait toujours dire le bénédicité.

Je réfléchis, sourcils froncés.

— Oui... peut-être. Mais oui, bien sûr ! m'écriai-je avec animation. C'est cela !

— D'accord, je vais le dire, annonça Megan.

Elle regarda droit devant elle et leva les bras.

— Bénédicité ! clama-t-elle en tapant dans ses mains.

Puis elle éclata de rire et planta sa fourchette dans une pomme de terre. Je me tournai vers Clarence.

— Tu as raison. Cela me revient, maintenant. Je crois que je me souviens de... de la Bible.

Le regard de Clarence s'éclaira : il était heureux pour moi.

— La brave petite fille. Félicitons-la, fit Megan en mastiquant sa pomme de terre.

Puis, cessant de manger, elle braqua sur moi un regard scrutateur.

— Tu te souviens vraiment de quelque chose ?

— Vaguement. J'entends quelqu'un lire... c'est comme si je m'entendais lire moi-même, en fait. Et puis... Non, ça n'a aucun sens. Je vois des visages, et l'un d'eux me ressemble tellement que... j'ai l'impression de me voir moi-même.

Megan médita la question puis décréta, péremptoire :

— En effet, ça n'a aucun sens.

— Ça en a forcément, intervint Clarence, subitement très sûr de lui.

Megan ouvrit des yeux ronds, puis se retourna vers moi.

— Tu ferais mieux de manger, Laura. Tu n'imagines pas comme ce travail mental peut vous prendre de forces. C'est usant.

Je l'approuvai d'un signe et saisis ma fourchette. Cette infime parcelle de souvenir m'encourageait, stimulant mon appétit. Je commence vraiment à aller mieux, me dis-je en attaquant ma dinde.

Vers le milieu du repas, mon attention fut attirée par Mary Beth. Après chaque bouchée, elle s'essuyait longuement les lèvres et déposait sa serviette sur ses genoux. Je ne tardai pas à m'apercevoir que la serviette était pleine de nourriture, qu'elle y recrachait régulièrement. En fait, elle ne mangeait pratiquement rien.

Deux surveillants se tenaient à quelque distance de notre table et nous observaient du coin de l'œil. L'un d'eux était Billy, le rouquin qui nous avait accueillies à notre arrivée, Sylvia et moi. Subitement, il fonça sur nous.

— Mary Beth, vous recrachez votre nourriture, accusa-t-il en désignant son assiette.

— Ce n'est pas vrai !

— Alors montrez-moi votre serviette. Allez ! Nous avons des consignes strictes du Dr Thomas, en ce qui vous concerne.

— Je mange ! protesta-t-elle, au bord des larmes.

Megan prit aussitôt sa défense.

— Vous, laissez-la tranquille !

— Et vous, mêlez-vous de vos affaires, rétorqua-t-il, avant de reporter son attention sur Mary Beth.

La frayeur enflammait son visage et son cou, elle tremblait ; ses yeux fouillaient l'espace autour d'elle en quête d'une issue de secours. J'en avais mal pour elle.

— Vous la terrorisez ! aboya Megan.

Billy haussa les épaules et continua de rôder autour de Mary Beth.

— Le Dr Thomas nous a demandé de le prévenir si vous recrachez votre nourriture, et vous savez ce qui vous attend. Vous serez transférée là-haut, où on vous nourrira de force.

— La Tour ! s'exclama Megan. Gare à vous si vous essayez, menaça-t-elle en piquant du bout de sa fourchette l'arrière-train de Billy. N'y pensez même pas !

Il pivota vivement vers elle.

— Écoutez, ma petite. Si vous nous empêchez de faire notre travail, vous vous retrouverez là-haut, vous aussi. Et ne me piquez plus, avec n'importe quel objet que ce soit. C'est une démonstration de violence, déclara-t-il avec un inquiétant sourire, et vous savez ce que cela signifie. Vous êtes prévenue.

Pendant qu'il menaçait Megan, je glissai la main sous la table, saisis la serviette de Mary Beth et laissai tomber la mienne à la place. Elle m'adressa un sourire de gratitude, et au même instant Billy se retourna vers elle.

— Alors, cette serviette ? Ça vient ?

Lentement, Mary Beth abaissa les mains sous la table, saisit la serviette et, tout aussi lentement, la lui remit. Son visage trahit une stupéfaction totale quand il l'ouvrit et n'y trouva rien. Megan rugit de rire et applaudit.

— Billy la Terreur a encore frappé ! vociféra-t-elle en battant des mains au-dessus de sa tête.

Dans toute la cafétéria, les conversations s'interrompirent. Tous les regards convergèrent sur nous.

— Arrêtez ça tout de suite, gronda Billy.

Megan continua son manège, et l'un des deux garçons que j'avais vus jouer aux échecs en fit autant. Son ami l'imita, puis toute la table, et bientôt toute la cafétéria résonna d'un bruit de claquettes. Tous ceux qui en étaient capables battaient des mains en cadence.

Les traits convulsés de rage, Billy jeta brusquement la serviette à Mary Beth. Puis il regagna son poste d'observation habituel, en réclamant le calme à grands cris. Il ne l'obtint que lorsque Megan mit fin à son jeu, suivie par le reste des patients. À une exception près, toutefois. Un garçon continua de claquer des mains, ponctuant ses applaudissements d'éclats de rire intempestifs.

— Merci, me chuchota Mary Beth.

— Joli coup, commenta Megan.

Clarence me sourit, et je lus dans son regard une assurance nouvelle, un soupçon d'orgueil, et de l'admiration.

— Tu ferais mieux de manger un peu, dis-je à Mary Beth. Sinon tu risques de tomber malade, et je me sentirai coupable.

Elle prit une bouchée de poisson et, tournée vers Billy, mastiqua ostensiblement. Il détourna les yeux d'un air écœuré.

— Quel abruti, ce Billy ! grogna Megan. Il ne me fait pas peur avec ses menaces. Il sait que s'il ose toucher à un cheveu de ma tête...

Elle s'interrompit, voyant que je ne l'écoutais plus.

— Mais qu'est-ce que tu as, Laura ? Tu as l'air complètement ailleurs, tout d'un coup.

— Cette fille, murmurai-je en désignant une pensionnaire assise de l'autre côté de la salle. Qu'est-ce qu'elle est en train de faire ?

Megan suivit la direction de mon regard.

— Oh, celle-là ? C'est Tamatha Stuart. Elle est muette, et elle utilise le langage des signes pour communiquer. Je me demande bien pourquoi on la dorlote comme ça, d'ailleurs ; elle n'est pas sourde. Ils auraient mieux fait de lui... Tu m'écoutes, à la fin ? s'impatienta-t-elle, devant mon expression de plus en plus bizarre.

— Je sais ce qu'elle dit avec ses mains, Megan. (J'en étais tout étonnée moi-même.) Je la comprends !

— Tu es sérieuse ?

— Impressionnant, proféra Clarence. Quelqu'un que tu connais doit être sourd.

Je cherchai son regard. Il me semblait qu'une porte épaisse et pesante venait de s'entrebâiller, laissant filtrer un infime rai de lumière. Juste assez pour que j'aperçoive, ou croie voir, un visage qui m'épiait dans les ténèbres. Mais qui était-ce ?

Mes yeux papillotèrent avec frénésie. Je voulais voir qui se tenait derrière cette porte. J'eus l'impression d'essayer de la tirer vers moi pour agrandir l'ouverture, juste un tout petit peu... mais ce fut au-dessus de mes forces.

— Laura ? (C'était la voix de Clarence.) Tu te sens bien ?

— Tu la perturbes, accusa Megan.

— Moi ? Mais je ne lui fais rien ! Laura, est-ce que ça va ?

Subitement, la révélation fondit sur moi. J'entendis un cri, le cri qui me hantait depuis mon arrivée ici. Quelqu'un m'appelait désespérément à l'aide.

Pivotant sur ma chaise, je regardai derrière moi, puis à ma droite et à ma gauche.

— Que se passe-t-il ? s'inquiéta Clarence. Dis-nous, Laura.

— Quelqu'un... appelle.

Le brouhaha ambiant devint le grondement de la mer, j'étais entourée d'eau de tous côtés. Le vent lui-même criait mon nom : *Laura, Laura !*

Mon cœur s'emballa, je sentis la pièce tournoyer. Je n'étais plus sur une chaise mais dans un bateau, un bateau rudement secoué par les vagues. Je m'agrippai au bord de la table.

— Mais qu'est-ce qu'elle a ? fit la voix flûtée de Lulu.

Clarence tendit le bras et me toucha timidement la main.

— Tout va bien, Laura ?

Sa voix se confondit avec celle qui criait dans ma tête, surtout quand il répéta mon nom. *Laura ? Laura ?*

Je fus prise de nausées. Je commençai à secouer la tête, puis tout mon corps se mit à trembler. Je m'accrochai si fortement à la table que les assiettes s'entrechoquèrent. Un verre tomba. Je basculai en arrière.

Megan hurla quelque chose à Clarence, qui empoigna le dossier de ma chaise, mais j'avais déjà commencé à glisser. Il me semblait que mes os fondaient, que je me liquéfiais, que je m'écoulais sur le sol. Clarence me retint mais je lui échappai et tombai, tombai, tombai tout en battant l'air de mes bras. Billy et une surveillante accoururent.

— Qu'est-ce qu'elle a ? interrogea une voix, qui devait être celle de Megan. Une crise d'épilepsie ou quoi ?

Ma langue enflait, l'air me manquait. Je criai, ou du moins je crois que je criai, puis il n'y eut plus que du noir.

Quand je m'éveillai, cette fois-ci, j'étais dans ma chambre. Un homme en blouse blanche me tenait le poignet, une garde de nuit se tenait à ses côtés.

— Le pouls se régularise, constata-t-il. Laura ? Comment vous sentez-vous ?

Je battis des paupières. Mon nom, prononcé par lui, éveilla un écho dans ma mémoire. *Laura, Laura...*

Cette fois encore, je ne sais pas si je criai pour de bon ou si mes cris résonnèrent seulement dans ma tête. Je recommençai à trembler violemment. Il me sembla que mon lit se brisait sous moi.

— No-on-on ! m'entendis-je hurler. Je me noie !

— Tenez-la, ordonna l'homme en blanc. Là, doucement.

Quelque chose me piqua le bras, puis un flot de noirceur me submergea. Mon corps s'enfonçait dans mon lit, ou alors c'était moi qui m'enfonçais sous l'eau. J'essayai désespérément de rester consciente, mais les ténèbres déferlaient vague après vague, m'entraînant de plus en plus profondément sous la surface. L'écho de mon nom s'affaiblit... Je m'endormis.

Quand, à nouveau, je m'éveillai, le soleil filtrait à travers les rideaux et j'entendais de l'eau couler. Une infirmière émergea de la salle de bains, tenant un gant de toilette et une cuvette à la main. Elle m'appliqua le gant humide sur le visage. Le regard encore flou, je clignai plusieurs fois des paupières. La première chose que je distinguai avec netteté fut son sourire pincé.

— Enfin, vous voilà réveillée ! Vous avez encore fait passer un mauvais moment à tout le monde, si je comprends bien.

Elle ôta le gant de mon front et j'ouvris la bouche pour lui répondre. Aucun son n'en sortit.

— Eh bien, comment vous sentez-vous ? Souffrez-vous ? Avez-vous la nausée ? Parlez, insista-t-elle comme je gardais le silence.

Je secouai la tête.

— Avez-vous faim ?

J'avais un peu faim, en effet. Mais quand je voulus le dire, rien ne se passa.

— Eh bien ? me pressa-t-elle. Vous ne pouvez pas parler ce matin ?

Parler ? pensai-je. Avais-je seulement su parler ? J'essayai de le faire et n'obtins qu'un son creux, guttural. La garde ouvrit des yeux ébahis.

— Mais qu'est-ce qui vous arrive ?

Je levai les mains et, aussi naturellement qu'elle-même parlait, je commençai à m'exprimer par signes.

— Oui, j'ai faim, lui dis-je. Mais où suis-je ?

Ce fut à son tour de secouer la tête, effarée.

— Qui se serait attendu à une chose pareille ! s'exclama-t-elle, impressionnée. Bon, le docteur sera là dans une heure. Si vous voulez votre petit déjeuner, il faut vous lever maintenant.

Je dis « d'accord » par gestes et quittai mon lit, un peu vacillante mais assez forte pour tenir sur mes jambes.

— On a envoyé d'autres vêtements pour vous hier soir, m'apprit la garde. Apparemment, ils sont tout neufs. Les étiquettes sont encore dessus. Ils sont rangés dans le placard et dans la commode. Choisissez ce qui vous plaît, habillez-vous et venez déjeuner. C'est entendu ?

Je fis signe que oui.

— Donc, vous ne pouvez pas parler pour le moment, c'est bien ça ? Tant mieux. Ce n'est pas moi qui me plaindrai d'avoir un peu plus de silence. Bon, je vous rejoindrai à la cafétéria. Habillez-vous, ordonna-t-elle en s'esquivant.

Le problème, c'est que j'ignorais complètement où la cafétéria pouvait bien se trouver.

Totalement désorientée, je me mouvais lentement dans une sorte de brume, explorant, découvrant, comme si je n'avais jamais mis les pieds dans cet endroit. Depuis combien de temps y étais-je, et qu'est-ce que je faisais là ?

Dans la salle de bains, je m'arrêtai devant le miroir. Le visage qui m'apparut semblait se modifier à vue d'œil, et pendant un instant je crus voir celui d'un garçon. Cela ne dura qu'une ou deux secondes, mais j'en restai sans souffle et le cœur battant.

Une fois habillée, j'avançai la tête hors de la chambre et inspectai le corridor ensoleillé, dans les deux sens. Brusquement, la porte située juste en face de la mienne s'ouvrit, livrant passage à une fille qui devait avoir à peu près mon âge. Elle était d'une maigreur maladive.

— Comment vas-tu, s'enquit-elle avec gentillesse. Nous étions fous d'inquiétude pour toi, hier soir.

Sans réfléchir, je répondis avec les mains :

— Je n'en sais rien.

Elle ébaucha un sourire, qui s'effaça bien vite.

— Pourquoi fais-tu ça ?

— Pourquoi je fais quoi ? renvoyai-je aussitôt.

Elle parut comprendre et s'expliqua.

— Pourquoi gesticules-tu comme ça ? C'est du langage par signes ? Quelque chose est arrivé à ta voix ? Tu ne peux plus parler ?

Je secouai la tête et elle attacha sur moi un long regard pensif. Son visage délicat était si émacié que je pouvais presque voir les os de sa mâchoire, à travers sa peau diaphane. Elle sourit encore, comme si une idée soudaine venait de lui venir à l'esprit.

— Tu ne me reconnais pas, c'est ça ? (Je fis signe que non.) Je suis Mary Beth.

— Qui suis-je ? demandai-je, en me désignant du doigt et en levant les mains en un geste impuissant, les paumes en l'air.

— Tu ne sais pas qui tu es ? (Je fis « non » de la tête avec plus d'énergie que jamais.) Tu es Laura Logan. Je ne sais rien de toi parce que tu n'as rien pu nous raconter quand tu es arrivée. Tu ne te souvenais de rien. C'est terrible, ajouta-t-elle en inspectant le couloir comme je venais de le faire. Mais manifestement, pas pour les mêmes raisons. Elle semblait guetter quelqu'un pour appeler à l'aide, comme si j'étais malade ou blessée. Je me frottai l'estomac et désignai ma bouche.

— Tu as faim ?

— Oui, indiquai-je d'un signe de tête.

Elle parut soulagée.

— Viens avec moi, dit-elle en me tendant la main.

Je la pris, et elle m'emmena vers la cafétéria, puis jusqu'à une table en partie occupée.

— Comment va-t-elle ? s'enquit une fille brune, à peine étions-nous arrivées.

Le beau garçon assis à ses côtés leva la tête avec intérêt, son autre voisine en fit autant. C'était une jolie fillette au visage de poupée.

— Elle ne peut pas parler, Megan. Elle s'exprime en langage des signes. Elle ne se souvient plus de rien. Elle a oublié qui nous sommes, où elle se trouve, tout ! gémit Mary Beth.

Megan jeta un regard inquiet en direction des deux surveillants, qui bavardaient à quelque distance.

— Oh, non ! Ils vont la mettre à la Tour avec Lydia Becker, sûr et certain ! Écoute bien, Laura. Je suis Megan, Megan Paxton. Voici Clarence et Lulu. Tu es à la clinique. Va au comptoir, prends ce qui te plaira et reviens tout de suite. Fais comme si tu te souvenais de tout, compris ?

Je regardai Clarence, dont l'expression d'inquiétude m'impressionna. Puis je hochai la tête.

— Si tu leur dis que tu as tout oublié sur la clinique, ils voudront te faire un autre traitement, des électrochocs si ça se trouve. Ça veut dire que tu pourrais te retrouver dans la Tour !

Je posai question sur question, dans une série de gestes rapides. Je voulais savoir depuis combien de temps j'étais là. Pourquoi je m'y trouvais. D'où je venais. Et ce qu'était cette fameuse Tour.

Bien sûr, personne ne comprit, et Megan fit la grimace.

— Tu es sûre que tu ne peux pas parler ? Génial, commenta-t-elle quand j'eus fait signe que non. Tu es mal partie, j'en ai peur. Ici, c'est déjà dur de se défendre quand on sait parler, mais alors là !

— Je vais l'emmener au comptoir, proposa Mary Beth.

Megan émit un ricanement de mépris.

— C'est l'aveugle qui guide le borgne, ma parole ! Si tu l'aides à se servir, Mary Beth, elle va mourir de faim.

— Je peux l'accompagner, moi, dit Clarence en se levant.

— Moi aussi, offrit Lulu.

Tant de sollicitude m'étonna. Pourquoi étaient-ils aux petits soins pour moi, tous les quatre ?

Megan les mit en garde.

— Attention, vous autres. Si vous les laissez s'apercevoir qu'elle a besoin d'aide, ils comprendront ce qui se passe et tout sera joué.

— Contente-toi de me suivre, conseilla Clarence. C'est moi qui parlerai, tu n'auras qu'à hocher la tête. D'accord ?

Son intervention provoqua une nouvelle saillie de Megan.

— Voilà qu'il peut se rendre utile, tout d'un coup ! Jusqu'ici, monsieur ne pouvait même pas lacer ses chaussures si quelqu'un le regardait.

Clarence l'ignora et m'invita du geste à le suivre.

— Je comprends un peu le langage des signes, Laura, et je peux apprendre le reste rapidement. Ne t'inquiète pas, je te protégerai.

Quand je revins avec mon plateau, je me sentais déjà un peu moins perdue et plus sûre de moi. En mangeant, j'écoutai la conversation. De temps à autre, Clarence me posait une question sur le langage des signes, sur la façon d'exprimer telle ou telle chose. Chaque mot que je lui apprenais se gravait aussitôt dans sa mémoire.

Quelqu'un d'autre, quelqu'un qui appartenait à mon passé, avait appris aussi rapidement le langage des signes, me rappelai-je soudain. Je me revoyais en train de le lui enseigner, mais qui était-ce ? Tout ce que je faisais éveillait une nouvelle question sur moi-même, et chaque question était comme une épine dans ma chair.

— Tu ne devrais pas l'encourager, Clarence, prévint Megan. Elle ne va pas sortir de cet état d'un seul coup, elle ne peut pas.

— Elle va s'en sortir, affirma-t-il. Tout va rentrer dans l'ordre.

— Écoutez tous, le Dr Lawrence Taylor a parlé ! Docteur Taylor, pouvez-vous nous...

Megan interrompit tout net son persiflage et se pencha vers moi.

— Voilà Mme Kleckner. N'aie pas l'air trop idiote, surtout !

L'infirmière en chef s'arrêta devant notre table.

— Eh bien, comment nous portons-nous aujourd'hui ?

— À merveille Mme Kleckner, répliqua Megan. Nous formons un charmant petit groupe de dingues et d'imbéciles heureux.

— Vous n'êtes pas drôle, Megan. J'espère que vous ne tarderez pas à vous en rendre compte. Pour votre bien comme pour celui de tous, d'ailleurs.

— J'essaierai, madame Kleckner, promit Megan avec un sourire suave. J'essaierai.

L'infirmière en chef se retourna vers moi.

— Alors, vous avez perdu la voix, paraît-il ?

Je consultai Clarence et Megan du regard, puis je hochai la tête.

— Bon, venez avec moi. C'est l'heure de votre séance avec le Dr Southerby. Allons, Laura. Venez.

Je vis les yeux de mes amis refléter l'inquiétude.

— Bonne chance avec *ton médecin,* lança Megan comme je me levais. J'espère que *cette fois-ci* les choses iront mieux pour toi, ajouta-t-elle, m'indiquant par là que je connaissais le docteur.

Je souris, la remerciai par signes et m'éloignai avec Mme Kleckner.

Le Dr Southerby n'était pas dans son bureau quand j'y fus introduite. Mme Kleckner me fit asseoir dans le fauteuil du consultant et s'en alla. J'en profitai pour examiner la pièce en détail, en me demandant comment il était possible que j'y sois déjà venue. Rien ne m'y semblait familier. Une porte latérale s'ouvrit, le Dr Southerby entra. Il me sourit et passa derrière le grand bureau.

— Alors, commença-t-il dès qu'il fut assis, vous avez eu une petite rechute, si je comprends bien. Vous avez perdu la voix ?

Ne sachant que faire d'autre, j'inclinai la tête.

— Vous pouvez employer le langage des signes, je le connais bien.

J'éprouvai un soulagement intense. C'était comme si, seule en pays étranger, je venais de rencontrer enfin quelqu'un parlant ma propre langue. Mes questions jaillirent en flot précipité, mes mains y suffisant à peine. Le Dr Southerby ne les quittait pas des yeux, et son sourire s'élargissait de plus en plus.

— Wouaoh ! s'écria-t-il avec enthousiasme. Prenons les choses une par une, d'accord ? Vous êtes dans une clinique pour personnes souffrant de troubles psychologiques et mentaux. Elle reçoit surtout des patients très jeunes. Elle est l'œuvre d'une fondation créée par des gens très fortunés. Dans sa catégorie, elle est rapidement devenue l'une des institutions les plus prestigieuses du nord-est, précisa-t-il avec fierté. Je fais partie du comité médical et c'est à moi qu'on a confié votre cas.

« Comme je vous l'ai expliqué hier, vous avez subi une expérience traumatisante qui a affecté votre mémoire. Vous souffrez d'une forme d'amnésie généralisée, mais qui ne dure jamais très longtemps. Là-dessus, je n'ai pratiquement aucun doute.

Je me remis à poser des questions et, moitié mimé, moitié parlé, notre dialogue se poursuivit.

— Oui, m'informa le Dr Southerby, quand vous êtes arrivée, vous pouviez parler, mais vous ne vous souveniez de rien à propos de vous-même.

— Pourquoi ne puis-je plus parler maintenant ?

— Je ne le sais pas encore, admit-il d'un air pensif. Je me renseigne sur vos antécédents, mais les informations dont j'ai besoin sont très lentes à me parvenir, malheureusement. Malgré tout, le fait que vous maîtrisiez le langage des signes est une indication. Quelqu'un parmi vos proches est sourd. Est-ce que ce détail stimule un tant soit peu votre mémoire ?

Je réfléchis longuement avant de répondre.

— Oui, il y a quelqu'un, mais je ne me rappelle pas grand-chose à son sujet pour le moment.

— Cela viendra. Tout d'un coup, vous verrez quelqu'un d'autre en train de parler par signes et vous saurez qui c'est, me promit-il. En attendant, puisque vous ne pouvez pas parler...

Il ouvrit un tiroir et en tira un gros cahier relié.

— J'aimerais que vous notiez tout ce dont vous vous souvenez, ce à quoi vous pensez, ce qui vous vient à l'esprit à propos de vous-même ou des autres, tout ce qui se présente, insista-t-il en me tendant le cahier.

Je m'en emparai vivement.

— Je sais que vous éprouvez une grande anxiété, Laura. Avez-vous des réminiscences, entendez-vous des voix sans pouvoir les reconnaître ?

Je confirmai le fait d'un hochement de tête.

— Vous mangez bien, semble-t-il. Tant mieux. Avez-vous des engourdissements ? Ou l'impression qu'un de vos membres est détaché de votre corps ?

Je fis signe que non.

— Parfait. Voilà comment je compte m'y prendre avec vous, Laura. Je vais tenter de vous amener, progressivement bien sûr, à revivre le traumatisme que vous avez subi. Pour cela, il faut vous débarrasser de toute honte, de toute culpabilité inutile. Vous avez le droit d'être en colère et de souffrir, Laura. C'est même bon pour vous. Quand vous en serez capable, vous vous retrouverez vous-même, complètement. Il se pourrait que j'aie recours à l'hypnose. Nous verrons plus tard, d'accord ? acheva-t-il d'une voix douce et réconfortante.

J'acquiesçai sans hésiter.

— Très bien, Laura. Maintenant, détendez-vous et dites-moi tout ce qui vous passe par la tête. Paroles, images, n'importe quoi. Allez-y, m'encouragea-t-il. Fermez les yeux et laissez votre esprit vagabonder.

Ce que je fis. Des images apparurent, aussitôt disparues. Du sable et de l'eau, des visages sur lesquels je ne pouvais mettre aucun nom, des bateaux en miniature, et des airelles dans un champ. Je décrivis chaque chose au médecin.

— Très bien, Laura. Nous progressons. D'ici peu, vous pourrez relier toutes ces images apparemment sans lien entre elles, et elles commenceront à prendre un sens. Vous êtes sur le chemin du retour, affirma-t-il.

« Relaxez-vous, c'est ce que vous avez de mieux à faire ici. Profitez des moyens de distraction mis à votre disposition. Prenez des notes. Reposez-vous. En faisant cela, vous prendrez une part active à votre rétablissement.

Il semblait si sincère et si confiant que, rien qu'à l'entendre, je me sentis mieux.

Il me parla de ses patients qui avaient eu le même genre de problème que moi, me décrivit leur guérison, leur retour à la vie active. Il m'assura que, quoi que ce puisse être, ce qui n'allait pas chez moi ne durerait pas. Et que lorsque j'aurais quitté la clinique, ce serait pour toujours. Puis il me demanda un dernier effort.

— Avant de partir, essayez de me dire quelque chose, Laura.

Il se leva, s'approcha de moi et, prenant ma main, plongea son regard dans le mien avec une telle intensité que je ne pus m'y dérober.

— Essayez de dire votre nom, maintenant. Allez, essayez !

J'ouvris la bouche et remuai les lèvres.

— C'est cela, Laura. Continuez.

Ma langue se souleva, pour s'abaisser aussitôt. Les muscles de mon cou et de ma gorge se tendirent.

— Lau-au-au...

Je n'allai pas plus loin. Je m'étranglais presque. J'avais les joues en feu et les paupières brûlantes.

— Très bien, commenta le Dr Southerby. C'est assez pour l'instant. Cela reviendra.

Il me tapota la main et regagna son bureau.

— Je dois faire certaines recherches à votre sujet, Laura. J'ai pris contact avec plusieurs personnes, en vue de réunir les informations qui me manquent. Nous nous verrons demain. Et dans une semaine au plus, je suis certain qu'il se produira un changement spectaculaire. Contente ?

Je lui souris sans contrainte. C'était un médecin très sympathique, décidai-je, à qui je pouvais faire confiance. Même si pour l'instant je n'avais rien à lui confier, à part mes impressions du moment. Mais cela changerait, il me l'avait promis. Et en cela aussi j'avais confiance.

Il me raccompagna jusqu'à la porte et l'ouvrit lui-même.

— Hier, Mme Broadhaven ne vous a pas fait visiter toutes nos installations, Laura. Elle aimerait le faire aujourd'hui. Cela vous convient-il ?

Je fis signe que oui. La jolie secrétaire se leva sans attendre et je sortis avec elle.

— Nous avons un très bel atelier d'arts plastiques, m'expliqua-t-elle comme nous dépassions la salle de loisirs. Il se trouve juste au bout de ce couloir.

Quelques instants plus tard, elle s'arrêta devant une porte et la poussa.

— Voilà, nous y sommes.

Je parcourus la pièce du regard.

Je vis d'abord Megan, en long sarrau de toile, pétrissant un bloc d'argile avec une ardeur farouche. Dans un coin, penchées sur une grande table, Lulu et Mary Beth étaient occupées à peindre. Une femme de haute taille, au teint laiteux et aux somptueux cheveux cuivrés, s'avança vers nous. Mme Broadhaven s'acquitta des présentations.

— Voici Laura, mademoiselle Dungan. Je lui fais faire le tour de la maison, mais je crois que je pourrais la laisser ici. Elle me semble très intéressée par ce qui s'y passe. Laura, Mlle Dungan, notre art-thérapeuthe.

Mlle Dungan me tendit la main.

— Bonjour, Laura. Si le cœur vous en dit, vous pouvez choisir le matériau qui vous tente pour travailler. Argile, peinture à l'huile, bois... nous fabriquons des objets en céramique, également.

J'éprouvai une sensation familière. Je connais un artiste, pensai-je, mais sans pouvoir me rappeler son nom. J'observai Megan avec une attention aiguë, et Mlle Dungan le remarqua.

— Aimeriez-vous essayer cela, aujourd'hui ?

— Cela pourrait vous aider à vous souvenir de certaines choses, suggéra Mme Broadhaven.

Je fis signe que j'étais de cet avis.

— Je vous la ramène tout de suite, dit la secrétaire à Mlle Dungan.

Puis elle me montra la bibliothèque, où j'aperçus Clarence absorbé dans un livre, quelques autres volumes empilés à côté de lui. Dès qu'il découvrit ma présence, il rougit jusqu'aux oreilles et parut effrayé, je me demandai bien pourquoi. Mme Broadhaven ne parut pas remarquer quoi que ce soit, ou préféra l'ignorer.

— Et maintenant, Laura, s'enquit-elle, que décidez-vous ? Souhaitez-vous retourner à l'atelier ?

Je hochai la tête, jetai un dernier regard à Clarence (qui avait mis ses mains en visière) et nous revînmes sur nos pas.

Mlle Dungan me fit aussitôt mettre une blouse et m'installa, seule à une table, devant un bloc d'argile fraîche. Elle m'indiqua le maniement des outils, puis alla s'occuper d'un autre patient un peu plus loin.

Megan avait travaillé avec application à son modelage. Elle s'accorda une pause, vint s'asseoir à côté de moi et contempla mon tas d'argile informe.

— Ils espèrent que tu vas faire quelque chose de révélateur, m'expliqua-t-elle. Quelque chose qu'ils puissent analyser, tu vois ? Ils adorent farfouiller dans votre tête et vous disséquer, comme des grenouilles. Le Dr Thomas, par exemple...

Elle eut un petit rire sarcastique.

— Je sais ce qu'il espère m'entendre dire quand j'ai fini un modelage. Il m'écoute en branlant du chef, et finit toujours par me demander ce que je pense avoir modelé. À chaque fois, je lui réponds sans hésiter : un symbole phallique. Un pénis, crut-elle devoir préciser, devant mon manque de réaction.

« C'est faux, en tout cas. J'essaie toujours de faire autre chose. Mais comme ce que je fais a une forme qui ressemble vaguement à...

Elle s'interrompit net et me regarda d'un air écœuré.

— Tu vas rester longtemps abrutie comme ça ? J'en ai assez de discuter toute seule ! Tu ne pourrais pas me parler, rien qu'à moi, et garder tes airs ahuris pour les autres ? Ça va, laisse tomber ! ajouta-t-elle précipitamment. Mettons que je n'ai rien dit. Occupe-toi de tes petites affaires, comme tout le monde.

Un instant, son regard s'évada, et quand à nouveau il se posa sur moi, je fus saisie par son expression étrange.

— Aujourd'hui, c'est jour de visite, annonça-t-elle. Ils vont venir voir leurs chers marmots s'adonner à leurs jeux et à leurs activités thérapeutiques. Ma mère ne viendra probablement pas. Je me demande si quelqu'un viendra te voir, ajouta-t-elle d'un air dubitatif.

Et brusquement, cette idée devint pour moi plus importante que tout.

***

Pendant tout le reste de la journée, les visiteurs défilèrent. Les uns restaient avec leurs enfants dans le hall, ou en salle de loisirs ; mais la plupart d'entre eux préféraient se promener dans les jardins.

Les parents de Clarence furent de ceux-là. Ils emmenèrent leur fils dans le parc et je les vis par la fenêtre de l'atelier. Ils formaient un beau couple, d'allure élégante. Lui, grand, grisonnant, les traits bien dessinés ; la même structure de visage que son fils, en fait. Elle, une très jolie brune coiffée avec art, vêtue d'une ravissante robe à fleurs et chaussée de fins souliers à hauts talons.

Apparemment, c'étaient surtout eux qui parlaient. De temps à autre, Clarence hochait simplement la tête. À un moment, il m'aperçut et parut gêné, mais sourit quand même et m'adressa un signe de la main. Je fis de même, et ses parents regardèrent tous les deux en même temps vers la fenêtre. Clarence détourna aussitôt la tête et poursuivit sa promenade, mais pas sa mère. Elle s'attarda un instant, les yeux fixés sur moi, avant de rejoindre son mari et son fils.

Après cela, je vis passer Mary Beth aux côtés de sa mère. Une très jolie femme, grande et mince, au visage encadré de boucles blondes retombant jusqu'à ses épaules. On aurait dit un mannequin, ou une actrice. Elle parlait rapidement à sa fille, qui gardait la tête basse, comme si elle lui faisait la leçon. Elles disparurent au tournant d'une allée, sans que Mary Beth eût relevé la tête, ni sa mère cessé un instant de la sermonner.

Megan, Lulu et moi passâmes l'après-midi à l'atelier, occupées à travailler. Personne ne vint voir Lulu. Et Megan m'apprit que sa propre mère avait téléphoné pour avertir qu'elle ne viendrait pas ce jour-là.

— Ce n'est pas difficile d'imaginer pourquoi elle déteste me voir, grommela-t-elle en revenant s'asseoir à côté de moi. Elle m'en veut pour ce que mon père m'a fait, tu te rends compte ? Elle a demandé le divorce, et maintenant c'est à moi qu'elle reproche les dégâts. C'est vrai, Laura, inutile de me regarder comme ça. Le docteur est d'accord avec moi. Oh, il ne va pas me le dire carrément, bien sûr. Mais il a rencontré ma mère, et il est de mon avis. Enfin !

Elle eut sa petite grimace désabusée.

— Qu'elle continue à m'accuser, la belle affaire ! Je peux me passer d'elle.

— Qu'est-ce que ton père t'a fait ? lui demandai-je par signes.

— Quoi ? Qu'est-ce que tu racontes ?

Elle parut brusquement se rendre compte qu'elle m'avait parlé.

— Je ne comprends rien à tes gesticulations idiotes ! Pourquoi es-tu muette, subitement ? Je me disais : enfin quelqu'un qui a quelque chose dans la tête, avec qui je vais pouvoir discuter. Mais non ! Tu perds ta voix et tu te mets à faire ça ! Qu'est-ce que tu veux dire ?

Mlle Dungan passa près de nous, les bras chargés de papiers de couleur.

— Elle vous posait une question au sujet de votre père, Megan.

— De mon père ? Pourquoi t'intéresse-t-il tellement tout d'un coup, Laura ? Tu crois que je raconte des histoires, c'est ça ?

Je secouai vigoureusement la tête.

— Mêle-toi de tes affaires ! rugit-elle en se ruant vers son modelage.

Debout devant la table, elle se mit à le marteler de coups de poings furieux, et Mlle Dungan accourut.

— Megan, qu'est-ce que vous faites ? S'il vous plaît, mon petit, arrêtez ça.

Megan continua d'écraser son argile, jusqu'à la réduire en un tas informe. Puis elle se laissa tomber sur sa chaise en éclatant de rire.

— Désolée, grinça-t-elle. J'ai bien peur qu'il n'y ait rien à analyser, cette semaine.

Elle se remit à rire, et presque aussitôt à pleurer. Mais, bizarrement, ses traits n'exprimaient rien malgré les larmes qui sillonnaient ses joues. Son visage restait de marbre, ses lèvres n'avaient pas tremblé.

Mlle Dungan se pencha sur elle et lui entoura les épaules de son bras.

— Vous devriez prendre un peu de repos, mon petit, dit-elle avec douceur. Allons, venez.

Megan se leva et se laissa emmener hors de l'atelier.

Je me remis à mon modelage et y travaillai un moment, puis je levai la tête et regardai par la fenêtre. Les parents de Clarence étaient partis. Je le vis tout seul sur un banc, les yeux fixés sur moi. Quand Mlle Dungan revint, je lui demandai la permission d'aller faire un tour dehors.

— Mais bien sûr, acquiesça-t-elle. Nous laisserons votre sculpture ici, sous un linge humide, et vous pourrez la reprendre demain. Ça vous va ?

J'inclinai la tête et quittai l'atelier. Clarence paraissait me guetter : il m'accueillit avec un grand sourire.

— Salut, Laura. Alors, cette œuvre d'art ? Ça marche ?

— Je n'appellerais pas ça une œuvre d'art, répondis-je en jouant des doigts.

Une lueur amusée s'alluma dans ses yeux. Il ne chercha pas à me flatter, en m'emplissant la tête d'idées fausses sur mon soi-disant talent. Cela me plut.

— Tu as envie de marcher un peu ? proposa-t-il. En suivant ce sentier-là, on arrive à un endroit d'où l'on voit l'océan.

Je regardai dans la direction qu'il m'indiquait, là où le petit chemin s'enfonçait dans le bois d'érables.

— On est si bien dehors, poursuivit-il. Mes parents ont dû partir, à cause de leurs obligations mondaines. C'est toujours la même chose, d'ailleurs.

Je discernai une note mélancolique dans sa voix et me retournai. Il soupira longuement.

— Ils n'ont jamais beaucoup aimé venir ici, je t'avouerai. Je leur fais honte. Je suis le seul de la famille qui ait fini chez les dingues. Oh, pardon ! se reprit-il hâtivement, ce n'est pas du tout ce que... enfin je veux dire... je n'ai jamais pensé que tu étais dérangée, Laura. Je le suis, Megan encore plus, mais pas toi. Pas du tout.

— Il y a quelque chose qui ne va pas chez moi, signalai-je en réponse. Dans ma tête.

— Ce qui ne va pas chez toi peut très facilement se soigner, Laura. Tu ne resteras pas ici aussi longtemps que moi, j'en suis certain. Alors, cette promenade ?

Cela ne me tentait pas tellement, mais je finis par accepter son offre, et nous nous engageâmes sur le chemin. Clarence était en veine de confidences.

— Mon père est agent de change, m'apprit-il, et il réussit très bien. Il gère des portefeuilles très importants, pour des gens richissimes et haut placés. Je crois que nous sommes très riches, nous aussi. Ma mère s'achète absolument tout ce qu'elle veut. Sa penderie est aussi grande qu'une chambre, et il y a même une coiffeuse dedans.

Je ne pus m'empêcher de sourire.

— Tu crois que j'exagère ? Elle a tellement de vêtements neufs que la plupart ont encore l'étiquette du magasin. Et si tu voyais ses bijoux ! Elle pourrait ouvrir une joaillerie. Mais toi, comment est ta mère ? As-tu essayé de t'en souvenir ?

Je réfléchis un instant et fis signe que non.

— Non ? s'étonna Lawrence. C'est curieux. J'aurais cru que ta mère serait la première personne que tu chercherais à te rappeler. Voilà, dit-il en s'arrêtant brusquement. C'est là.

Je levai les yeux. Devant moi, bleu argent dans la lumière de cette fin d'après-midi, la mer scintillait à travers les érables.

Je reculai d'un pas.

— Qu'y a-t-il ? s'informa Clarence avec sollicitude. La mer te fait peur ? C'est sans doute en rapport avec ce qui t'est arrivé, déclara-t-il après avoir réfléchi. J'ai consulté des tas de bouquins au sujet de ton problème, Laura. C'est même ce que je faisais quand tu es entrée dans la bibliothèque. Le seul moyen de t'en sortir est d'affronter ce qui s'est passé, annonça-t-il. Et le rôle du Dr Southerby, c'est de t'amener à le faire toi-même.

Son regard glissa sur l'eau, puis se posa sur moi.

— Veux-tu que nous nous approchions ? Cela pourrait stimuler ta mémoire et...

Je secouai la tête avec énergie.

— Bon, d'accord. Nous rentrons, alors ?

Cette fois-ci, j'approuvai, mais je risquai un dernier coup d'œil en direction de l'océan.

Des images et des sons surgirent dans ma tête et s'y heurtèrent en désordre. Visages, casiers à homards, bateaux. La plage, un champ d'airelles, quelqu'un qui chantait. Puis une voix qui appelait mon nom, en murmurant d'abord, ensuite plus fort, de plus en plus fort. Mais cette voix, cette voix... Il me semblait m'entendre m'appeler moi-même.

Je fis un tel effort pour prononcer un nom que ma gorge se serra. Je portai les mains à mon cou, et je vis s'agrandir les yeux de Clarence.

— Laura, ça ne va pas ? Laura ?

Impulsivement, je me jetai dans ses bras et posai la tête sur son épaule, secouée de sanglots. J'aurais été bien incapable d'expliquer pourquoi je sanglotais ainsi. Tout ce que je voulais c'était pleurer, pleurer, pleurer toutes les larmes de mon corps.

Clarence en resta d'abord tout interdit, sans même oser bouger. Puis il m'entoura de ses bras et me serra contre lui, embrassa mes cheveux et mes tempes, et caressa mon dos en répétant mon nom.

— Laura, Laura...

Finalement, mes sanglots s'espacèrent, puis cessèrent. Je me dégageai lentement de ses bras. Il parut soulagé, mais encore inquiet. Il me tendit son mouchoir.

— Tu te sens mieux, maintenant ?

Je fis signe que oui, tout en me tamponnant les joues, et lui rendis le mouchoir trempé. Il le remit dans sa poche et sourit.

— Je ferais mieux de te ramener, avant qu'ils ne commencent à nous chercher.

Il me fit pivoter dans la bonne direction, et cette fois je ne regardai pas en arrière ; pas même une fraction de seconde. Je respirai quand l'océan disparut derrière nous. Mais je savais que bientôt, très bientôt, il me faudrait revenir, toute seule peut-être. Et contempler cette eau, jusqu'à ce que ma mémoire se libère des chaînes dans lesquelles je l'avais moi-même entravée.

Alors, et seulement alors, moi aussi j'en serais libérée.

13

J'y étais presque !

J'EUS trois séances avec le Dr Southerby, la semaine suivante. Il fut très content de voir que, selon ses conseils, j'utilisais son carnet comme un journal et y notais mes sentiments et mes pensées. Il consacrait les dix premières minutes à les lire, puis me posait des questions. Mais si je manifestais la moindre répugnance à lui répondre, il n'insistait jamais. J'employais le langage des signes avec une telle aisance qu'il me taquina sur ce sujet, en déclarant que j'avais dû être sourde. Puis il reprit son sérieux, et revint à l'idée que j'avais dû fréquenter, dans la vie quotidienne, une personne qui l'était.

— Cela paraît logique, ne trouvez-vous pas, Laura ?

Je fis signe que oui, bien que j'eusse préféré ne pas répondre. Il avait une façon si particulière de me fixer, fermement, mais sans m'intimider. Il m'était impossible de me soustraire à son regard chaleureux, plein de compassion et de sincérité. Pour tout dire, il me fascinait. En fait, au cours de notre troisième séance, il décida d'essayer l'hypnose. J'ignore s'il apprit quelque chose par ce moyen. À un moment, je regardais devant moi, et l'instant suivant je battais des paupières, en me demandant depuis combien de temps je me trouvais là. Parvint-il à me faire parler sous hypnose ? Si ce fut le cas, il n'y fit jamais allusion par la suite.

— C'est une bonne chose que vous soyez de moins en moins anxieuse, Laura, m'expliqua-t-il quand j'eus donné mon accord à cette expérience. La confiance est essentielle entre nous, si nous voulons progresser vers la solution de vos problèmes.

Je l'approuvai en souriant. Ma confiance en lui grandissait sans cesse, et j'en arrivais à attendre impatiemment l'heure de nos entretiens. Certains des autres patients trouvaient cela bizarre, et en particulier Megan.

— C'est comme si tu prenais plaisir à ce qu'on plonge ses doigts sous ton crâne pour farfouiller dans ta cervelle ! commenta-t-elle sans ménagements.

Quand elle apprit que j'avais accepté un traitement sous hypnose, elle explosa.

— Tu perds la boule ou quoi ? Ils peuvent te faire n'importe quoi quand tu es dans cet état ! Si ça se trouve, il t'a enlevé tous tes vêtements.

J'éclatai de rire, mais je m'arrêtai vite en voyant son petit visage se crisper, non de colère mais de chagrin. Par mimiques et par gestes, je tentai de lui faire comprendre que le Dr Southerby ne ferait jamais une chose pareille. Mais, déjà, ses yeux se remplissaient de larmes.

— Je pensais que tu n'étais pas comme les autres, Laura. Je pensais que toi, au moins, tu me croyais, que tu me comprenais. Tout le monde se moque de moi.

— Je ne me moque pas de toi, protestai-je à grand renfort de signes.

Mais les larmes ruisselaient sur ses joues, maintenant. Elle serrait si violemment ses petits poings que, pendant un instant, je craignis qu'elle ne me frappe.

— Retiens bien ce que je te dis, Laura ! Un jour, tu regretteras de ne pas m'avoir écoutée. Oui, tu le regretteras, répéta-t-elle en haussant la voix et sur un ton haineux, comme si elle prononçait ma sentence de mort.

Puis elle s'éloigna d'un pas saccadé, les bras raides et collés au corps, tel un petit soldat de bois. Cela lui arrivait de plus en plus souvent, depuis quelque temps. Elle nous quittait pour aller s'enfermer dans sa chambre, toute seule, ou pour aller se promener dehors, fuyant la compagnie des autres.

Quant à moi, mes accès de dépression et d'angoisse diminuaient et s'espaçaient, mais pas les voix intérieures ni les images fugitives. Le Dr Southerby m'incitait à méditer sur celles que je décrivais dans mon journal. Il sondait mon esprit, utilisant questions et suggestions comme un adroit chirurgien maniant un scalpel. S'il touchait un point trop sensible, mes lèvres commençaient à trembler. En fait, tout mon corps tremblait, lui aussi. Et mon cœur battait si fort que j'en suffoquais.

Alors le docteur s'arrêtait, posait la main sur mon épaule et me conseillait de respirer lentement, profondément. Puis il changeait de sujet, et je me sentais bientôt parfaitement détendue. Au cours de notre quatrième séance, il fit prier Mlle Dungan d'apporter la broderie que j'avais faite à l'atelier. Nous discutâmes du motif, de ce qui m'attirait dans ce dessin, et de ce que j'éprouvais en le regardant.

Je passais la majeure partie de mon temps libre à l'atelier, à présent. Au cours de ma seconde visite, j'abandonnai le modelage pour la broderie. Ce jour-là, une autre patiente tirait tranquillement l'aiguille dans un coin, et je m'approchai d'elle pour la regarder travailler. Mes doigts éprouvaient une sensation curieuse, comme si je brodais en même temps qu'elle. Mlle Dungan, à qui mon intérêt n'avait pas échappé, me proposa d'essayer à mon tour. En quelques minutes, je brodais avec la plus parfaite aisance.

— À vous voir, commenta Mlle Dungan, je pourrais jurer que vous avez fait cela bien souvent. Je parie que vos doigts ne sont pas amnésiques, eux, ajouta-t-elle en souriant.

Elle me laissa choisir un modèle, et je me décidai pour l'image d'une petite fille qui jouait sur la plage. Tandis que je remplissais rapidement ses jambes, sa robe, son visage, la fillette devenait de plus en plus nette dans mon esprit. J'avais des visions très brèves de son sourire, de ses yeux, et j'entendis même, par intervalles très courts, le son de sa voix flûtée. Je savais que je la connaissais, que je l'aimais tendrement. Mais qui pouvait-elle être ? J'avais son nom sur le bout de la langue, sa voix titillait ma mémoire comme un aiguillon. La seule chose à faire était de me concentrer davantage.

Pourtant, chaque fois que j'essayais d'ouvrir une de ces portes qui gardaient les secrets de mon passé, je la trouvais fermée à double tour. Quelque chose en moi savait que, si un seul détail me revenait avec clarté, tout le reste suivrait. Tous les souvenirs enfouis dans les recoins obscurs de mon esprit en jailliraient en avalanche, et l'un d'eux en particulier. Le plus terrible de tous.

Parfois, l'effort était si dur que le souffle me manquait. Il fallait que je ferme les yeux, m'oblige à respirer sans hâte, et attende que la douleur et le tremblement s'apaisent.

— Ce n'est pas inhabituel, déclara le Dr Southerby, en lisant dans mon journal le récit de ma détresse. Une lutte acharnée a lieu en vous, Laura. Un jour, la part de vous-même qui veut retrouver le monde gagnera, et tout sera fini. Je vous le promets.

Il me faisait réellement du bien, en disant cela. Il me rendait l'espoir.

Je discutais de presque tout ceci avec Clarence, que je trouvais toujours en train de m'attendre à la porte après mes séances. Chaque fois, il prétendait qu'il passait là par hasard, en allant à la bibliothèque, ou en salle de loisirs. Je savais qu'il inventait ces prétextes, mais cela m'était bien égal. Je prenais plaisir à continuer à lui enseigner le langage des signes, puis à utiliser ses connaissances nouvelles pour m'entretenir avec lui.

— Ce serait peut-être une bonne chose que tout le monde parle ce langage, Laura, me dit-il un après-midi. Quand on doit traduire ses pensées en symboles visuels, on réfléchit davantage. Et on dit moins de choses cruelles ou stupides à ceux qu'on est censé aimer.

Je devinai, à la façon dont il détournait son visage pour me cacher sa tristesse, qu'il pensait à ses parents. Le dernier jour de visite, sa mère était venue seule, en donnant pour excuse que son père était en voyages d'affaires.

— C'est plus difficile de mentir en langage des signes, poursuivit-il. On s'implique davantage en parlant. Il n'est pas facile ensuite de prétendre : « je n'ai jamais dit ça » ou : « ce n'est pas ce que je voulais dire ».

Il soupira lourdement, puis m'offrit un sourire sans joie.

— C'est peut-être une chance pour toi de ne pas avoir de visites, finalement. Comme ça, aucun de tes proches ne te raconte de mensonges.

J'esquissai un geste de protestation, mais il reprit, la voix chargée d'amertume :

— Nous nous sommes toujours menti, dans ma famille. Ma mère estime que les petits mensonges évitent bien des situations déplaisantes. En fait, tout le monde sait que personne ne dit la vérité, mais nous faisons tous semblant de l'ignorer. C'est comme...

Il hésita, cherchant l'image la plus adéquate.

— C'est comme marcher à pas feutrés sur de la glace trop mince ; on sait que le moindre choc, la moindre vérité briserait notre fragile univers d'illusions, et nous précipiterait dans le néant.

« Pour ça, il me suffisait de dire à maman qu'elle mentait, et que je le savais. Que papa n'était pas en voyage d'affaires, mais qu'il n'avait tout simplement pas voulu venir. Il a horreur de venir ici. À chaque fois, il regarde autour de lui d'un air dégoûté. Je sais ce qu'il pense, Laura. Il pense : « Qu'est-ce que je fais ici ? Qu'est-ce que mon fils fait dans un endroit pareil ? »

« Ce n'est pas que j'aie envie d'aller ailleurs, protesta-t-il. Mais je déteste qu'on ait cette image-là de moi. J'ai perdu tous mes amis d'avant, qu'est-ce que j'irais faire dehors ? Que répondrais-je aux questions sur mon absence ? La plupart des gens savent où je suis, de toute façon. Ils me traiteraient comme un pestiféré.

Il baissa la tête avec accablement, et ne la releva que lorsque je lui caressai la joue. Il souriait.

— Maintenant que tu es là, Laura, tout ça ne me tracassera plus autant, je suppose. Toi au moins, tu m'écoutes. Je n'ai pas peur de parler devant toi.

— C'est parce que je ne parle pas, justement, sinon avec les mains. Cela te laisse le temps de placer ce que tu as à dire.

Il se mit à rire, puis reprit brusquement son sérieux.

— Je ne ris avec personne d'autre, observa-t-il gravement, même pas avec mes parents. Surtout pas avec mes parents. Tu es quelqu'un de spécial, Laura, c'est vrai. C'est pour ça que je me donne tant de mal pour apprendre le langage des signes. Si c'est ainsi que tu dois communiquer pendant tout le reste de ta vie, je serai là, pour te comprendre et te parler pendant le reste de la mienne.

La douceur de son regard évoquait pour moi les yeux d'un autre, même le son de sa voix me parut vaguement familier. Si je fermais les yeux en l'écoutant parler, je pouvais presque... oui, presque affronter l'épaisseur des ténèbres pour me diriger vers la lumière.

Je parlai de Clarence au Dr Southerby, de nos petites conversations, et il voulut savoir si je m'étais fait d'autres amis. À mon tour, je lui posai des questions sur Megan, Mary Beth et Lulu. Il n'entra pas dans les détails, mais admit qu'ils avaient de sérieux problèmes, sans plus. Il me promit qu'avec le temps, chacun d'eux irait beaucoup mieux, à condition de s'y appliquer sincèrement.

— Il faut vouloir s'aider soi-même, c'est ça la clé, affirma-t-il avec gravité.

Je répétai ses propos à Clarence qui les approuva sans réserve.

— Je reconnais que je ne me prends pas en charge autant que je le pourrais, Laura. Pas encore. Mais, se hâta-t-il d'ajouter, dès que tu sortiras d'ici, je ferai tout mon possible pour te suivre.

— C'est une promesse, Clarence ?

— Oui, dit-il simplement.

J'en fus si heureuse pour lui que, spontanément, je me rapprochai de lui pour l'embrasser sur la joue. Les yeux faillirent lui sortir de la tête. Il éleva lentement la main et toucha l'endroit où mes lèvres s'étaient posées, comme pour se convaincre qu'il n'avait pas rêvé.

À partir de ce jour, il ne me regarda plus de la même façon. Ses yeux s'attardaient longuement sur mon visage. Si je le surprenais à m'observer, il se contentait de sourire. Mais, surtout, il ne tremblait plus jamais en ma présence. Il prenait des forces et s'enhardissait, ce qui se voyait de diverses façons. Il mangeait mieux, participait davantage aux activités récréatives, et parlait bien plus souvent aux autres.

Un jour de visite, il fit irruption dans l'atelier où nous étions seules dans un angle de la pièce, Megan, Lulu et moi. Une fois de plus, la mère de Megan n'était pas venue, et celle de Lulu avait écrit pour s'excuser, sous prétexte d'importantes obligations. Megan en avait vite conclu qu'elle devait avoir un nouvel amant.

— Elle aime mieux être avec lui qu'avec toi dans cette maison de fous, commenta-t-elle.

Si seulement elle avait pu se taire, déplorai-je à part moi. Chaque fois qu'elle était perturbée par des problèmes de famille, Lulu semblait régresser. Elle se comportait comme un bébé, pleurait et boudait jusqu'à ce qu'on la ramène dans sa chambre.

À l'instant où Clarence apparut sur le seuil, je sus qu'un événement important s'était produit. Les joues en feu, les yeux brillants d'excitation, il courut jusqu'à l'endroit où j'étais assise, ma broderie en main.

— Je l'ai fait, Laura ! J'ai dit la vérité, au risque de passer à travers la glace.

Il hésita ; je l'encourageai d'un sourire.

— Elle est encore venue sans lui, un soi-disant problème à la compagnie, cette fois-ci. Nous sommes dimanche ! s'écria-t-il triomphalement. Comment peut-il y avoir un problème au bureau ? Je lui ai dit qu'elle mentait pour lui, et elle n'a pas pu le nier.

Intriguée par cette agitation, Megan abandonna son bloc d'argile et s'approcha, ses outils à la main.

— On peut savoir ce qui se passe ?

— Rien, répliqua vivement Clarence.

Le regard de Megan s'attarda sur lui, glissa sur moi, puis revint se poser sur lui.

— Je vois. Vous avez vos petits secrets tous les deux, c'est ça ? C'est ça ?

Une grimace étira ses lèvres. Puis ses traits se convulsèrent, une lueur inquiétante s'alluma dans ses yeux.

— Eh bien, gardez-les, vos secrets ineptes ! Pour ce qu'ils m'intéressent ! Ils n'intéressent personne, si vous voulez le savoir.

Loin de rentrer dans sa coquille, Clarence me surprit par son assurance imprévue.

— Tu as raison, nous avons des secrets. Alors occupe-toi de tes affaires, d'accord ?

Megan en resta bouche bée. Elle se tourna vers moi et j'essayai de lui sourire, mais elle secoua la tête avec énergie. Ses yeux s'étrécirent. Un étrange rictus aux lèvres, elle marcha sur Clarence.

— Vous l'avez fait tous les deux, pas vrai ?

— Quoi ! s'effara-t-il, reculant à mesure qu'elle avançait.

— Vous l'avez fait, n'est-ce pas, Clarence ? Mademoiselle Sainte Nitouche et toi, vous avez fait la bête à deux dos.

— Quoi ! répéta-t-il, reculant toujours. Mais bien sûr que non !

Le sourire hautain de Megan s'aiguisa.

— Mais bien sûr que si ! Où avez-vous fait ça ? Dans ta chambre ? Dans la sienne ? Dans l'herbe ? Où ? glapit Megan, hors d'elle.

— Que se passe-t-il, là-bas ?

Mlle Dungan, qui aidait un autre patient dans ses essais de peinture, au fond de l'atelier, tourna la tête dans notre direction. Elle avait été si absorbée par son travail qu'elle n'avait même pas vu entrer Clarence.

Il lui jeta un regard empli de panique.

— Eh bien, vas-y, Clarence, le provoqua Megan. Explique ce qui se passe à Mlle Dungan. Dis-lui où vous avez fait ça, tous les deux.

De plus en plus terrorisé, Clarence paraissait incapable de bouger. Il était littéralement cloué au plancher.

Je commençai à lui parler par signes, mais il se mit à trembler, de plus en plus violemment. Mlle Dungan se leva, s'avança rapidement vers nous et Clarence me jeta un regard de détresse. Megan éclata de rire.

— Je vais lui dire moi-même, alors. Je vais lui dire ce que vous avez fait, tous les deux. Je vais lui dire à tout le monde ! railla-t-elle, en esquissant un mouvement pour se retourner vers Mlle Dungan.

Elle n'alla pas jusqu'au bout de son geste : Clarence fondit sur elle. Je vis venir le coup et parvins à pousser un cri guttural, mais c'était trop tard. Il saisit Megan par le cou, la tira en arrière. Mlle Dungan hurla. Le visage congestionné, Megan brandit sa spatule et la planta dans le poignet de Clarence, mais il ne desserra pas sa prise. Du moins pas jusqu'à ce que Mlle Dungan lui saisisse le bras et que je me lève pour le repousser, l'éloignant de Megan. Il se précipita hors de l'atelier.

— Il saigne, dis-je en quelques signes à Mlle Dungan.

— Je sais. Tout va bien, Megan ?

À plat ventre sur la table, elle s'efforçait de retrouver son souffle, toussait et suffoquait, tout en se massant le cou.

— Oui, ça va, parvint-elle à articuler.

Puis elle cligna rapidement des yeux, comme si elle voulait chasser une image déplaisante, se redressa et pivota vers Mlle Dungan.

— Vous l'avez vu. Il a essayé de me violer.

— Comment ?

— Il a essayé de me violer. Tout d'un coup, il m'a sauté dessus et si je ne m'étais pas débattue...

Elle se retourna sur moi.

— Il t'a violée, toi aussi, n'est-ce pas ? Dis-le ! Une nuit, reprit-elle, les yeux fixes comme si elle voyait le scénario se dérouler devant elle, il est entré dans ta chambre, a mis la main sur ta bouche et...

— Non, non, m'interposai-je en quelques signes brefs.

Megan s'interrompit, les yeux ruisselants de larmes. Elle inspira longuement, péniblement.

— Pourquoi est-ce que vous ne voulez jamais me croire ?

Mlle Dungan se rapprocha d'elle et lui passa doucement un bras autour de la taille.

— Je vais vous conduire à l'infirmerie, Megan. Venez avec moi, Mme Cohen s'occupera de vous.

— Je vais très bien, répliqua-t-elle en se dégageant brutalement. Je l'ai repoussé, il ne m'a rien fait. Mais il aurait pu, ajouta-t-elle en me fixant d'un œil mauvais. Tu ne m'as pas beaucoup aidée, Laura.

Sur ce, elle pirouetta sur elle-même et alla reprendre son modelage, comme s'il ne s'était rien passé.

— Il faut que j'aille voir ce que devient Clarence, me dit Mlle Dungan. Tout va bien, Laura ?

Mes doigts dessinèrent quelques signes dans l'air.

— Oui, mais je m'inquiète pour lui.

— Je vais prendre de ses nouvelles, ce ne sera pas long, me rassura-t-elle.

Puis elle alla décrocher l'interphone.

***

Ce fut Clarence qui eut le plus peur, dans l'aventure. Les surveillants le retrouvèrent au bord de l'océan, assis sur un rocher, les bras étreignant les genoux et la tête basse. Il avait marché dans l'eau, mouillant ses chaussures, ses chaussettes et son pantalon. Il tremblait tellement, autant de frayeur que de froid, qu'il fallut le conduire à l'infirmerie et lui donner des tranquillisants. On prévint ses parents, mais aucun des deux ne vint le voir. J'étais mortellement inquiète pour lui. Ce fut au point que je ne pensais plus à mes problèmes pendant plusieurs jours, et que mes séances avec le Dr Southerby s'en ressentirent. À la fin de la semaine, Clarence put quitter l'infirmerie et tout rentra dans l'ordre.

Megan s'était comportée comme si rien n'était arrivé, pendant tout ce temps-là. Elle n'avait rien dit à personne de l'incident, et n'y avait plus fait allusion devant moi. Par moments, elle était aussi muette que moi, et subitement se mettait à bavarder à jet continu, de tout et de rien, particulièrement le soir, au dîner. Lulu et Mary Beth demandèrent des nouvelles de Clarence. Il leur fut répondu qu'il ne se sentait pas bien, et elles se contentèrent de cela. Les autres aussi, d'ailleurs. Dans cet endroit, pareille réponse n'était pas rare, et personne n'éprouva le besoin d'en savoir plus.

Comme s'il lui fallait absolument de nouveaux souffre-douleur, Megan prit pour cible quelques autres patients. À la cafétéria, elle entreprit une critique acerbe de leur façon de se tenir à table, de manger ou même de se déplacer. Elle semblait connaître les problèmes de chacun, et accusait toujours les pères d'en être la cause. Elle se montrait parfois si cruelle avec Lulu, dès qu'il s'agissait de son père, que j'étais obligée d'intervenir. Je détournais l'attention de la fillette et lui apprenais le langage des signes.

— Tu n'as pas encore fini avec ça ? s'emporta Megan, un soir où j'étais occupée ainsi avec Lulu. Tu parlais quand tu es arrivée ici. C'est du cinéma, tout ça, pour que tout le monde te plaigne et s'intéresse à toi. Oh ! s'exclama-t-elle soudain, en regardant par-dessus mon épaule. Voyez un peu qui est enfin sur pied !

Tout le monde se retourna pour voir entrer Clarence, un Clarence redevenu tout à fait lui-même. Au mauvais sens du terme, malheureusement. Plus timide que jamais, il avait perdu toute assurance et gardait la tête basse. Évitant de regarder de notre côté, il alla prendre place dans la file et recula quand un autre garçon vint se resservir. Il ne vint pas non plus nous rejoindre à table. Il s'assit à la première place libre, en face de deux garçons plus jeunes que lui, qui ne lui prêtèrent pas la moindre attention. Ni à lui ni à rien d'autre, d'ailleurs.

Mary Beth ne cacha pas son étonnement.

— Pourquoi Clarence ne vient-il pas à notre table ?

— Il a honte de lui, sans doute, répondit Megan. Il a mouillé son pantalon, chuchota-t-elle à l'oreille de Lulu. Toi aussi ça t'arrive. Saviez-vous que notre Lulu devait porter des couches de temps en temps, vous autres ?

J'aurais voulu lui crier de se taire, et je le lui fis comprendre. Je me levai, croisai les mains et les décroisai rapidement. Elle eut son mauvais sourire.

— Qu'est-ce qui t'arrive, la petite fille modèle ? Tu n'as jamais porté de couches ?

Je m'éloignai vivement de la table et me dirigeai vers celle de Clarence. Il eut l'air surpris quand je m'assis à côté de lui. Je lui souris et lui demandai comment il allait.

— Bien, murmura-t-il en baissant les yeux. Je suis désolé de t'avoir mise dans une situation gênante.

Je le forçai à me regarder, et lui affirmai que ce n'était pas le cas. Celle qui aurait dû se sentir gênée, c'était Megan, ajoutai-je. À présent, elle faisait comme si de rien n'était.

Il risqua un coup d'œil dans sa direction : elle nous fixait d'un air furibond.

— Ne te tracasse pas pour elle, insistai-je. Elle ne tient pas à ce qu'on parle de ça. On dirait que c'est elle qui vient d'être frappée d'amnésie, subitement.

Il parut un peu soulagé, mais sa mine défaite me frappa. Plus tard, j'appris que c'était sans doute un effet des sédatifs qu'on lui avait administrés. Il lui fallut presque un jour entier pour retrouver un peu de son audace toute neuve, et son goût pour les promenades. Le lendemain, après le déjeuner, il vint avec nous en salle de loisirs et me regarda jouer aux échecs avec Mary Beth.

Megan passait par une de ses crises de mutisme, ce jour-là. Elle avait à peine ouvert la bouche, et quand Clarence s'assit à mes côtés, elle évita son regard et se mit à chantonner tout bas. Au bout d'un moment, nous nous tournâmes tous dans sa direction. Elle regardait fixement par la fenêtre, chantant toujours, et nous distinguâmes les paroles d'une berceuse.

Brille, brille petite étoile,
Je me demande bien qui tu es
Toi qui luis là-haut, bien plus haut que la terre,
comme un diamant dans le ciel...

Quand elle se rendit compte que tout le monde avait les yeux sur elle, Megan se retourna vers nous.

— Mon papa... venait toujours dans ma chambre, le soir, me chanter cette chanson. Il me disait de regarder le plafond et que les étoiles allaient apparaître. Alors je regardais, pendant qu'il...

Les yeux débordants de larmes, elle dévisagea Clarence.

— Je déteste les secrets. Je déteste qu'on m'oblige à garder des secrets ! s'écria-t-elle en se levant.

Et sans un regard pour personne, elle quitta la pièce en courant.

— Mais qu'est-ce qu'elle a ? s'effara Mary Beth.

Je fis un signe d'impuissance. Clarence avait toujours les yeux fixés sur la porte, les traits empreints de tristesse et de pitié. Il n'en voulait pas à Megan. Il était sincèrement peiné pour elle.

Nous ne revîmes plus Megan de tout l'après-midi. Au dîner, elle ne se montra pas davantage à la cafétéria, ce qui attira l'attention de Billy. Le surveillant s'approcha de notre table, l'air soupçonneux.

— Où est sa Majesté Megan ? Elle sait ce qui arrive quand on saute un repas, ricana-t-il en toisant Mary Beth, qui baissa le nez sur ses genoux.

À la grande surprise de Billy, Clarence prit la défense de Megan.

— Elle a dit qu'elle n'en avait pas pour longtemps.

— Vous êtes son avocat, maintenant ?

Clarence vira au rouge brique. Billy regagna son poste, mais il ne cessa pas de surveiller notre table et la porte.

— Je vais la chercher, indiquai-je à Clarence, en me levant le plus discrètement possible.

Puis, tout aussi furtivement, je gagnai la sortie. Une fois dans le couloir, je m'élançai en courant vers le secteur des chambres.

La porte de celle de Megan était fermée, j'y frappai. N'obtenant pas de réponse, au bout d'un moment je frappai derechef. Nous n'avions pas la possibilité de nous enfermer, j'aurais donc pu entrer. Mais, connaissant Megan, je ne me serais jamais permis de faire irruption chez elle. Il fallait que je l'avertisse des menaces de Billy, pourtant, et des mesures qu'il prendrait si elle ne venait pas dîner. Je me risquai à entrouvrir sa porte.

Au début, je crus qu'il n'y avait personne. Elle n'était pas assise dans son fauteuil, ni étendue sur son lit. Mais il me sembla entendre un bruit d'eau qui coule, et cela me décida. J'entrai sans plus attendre et frappai à nouveau, pour attirer son attention. Elle ne se montra pas. Je m'approchai lentement de la salle de bains et j'y jetai un coup d'œil.

Elle était là, assise sur le siège des toilettes, les bras appuyés au rebord du lavabo et pendant vers l'intérieur. Ses poignets disparaissaient dans une eau couleur de rubis, si sombre qu'on ne voyait plus ses mains. Les joues ruisselantes, elle leva sur moi ses yeux remplis de larmes et me sourit.

— Bonjour, papa, me salua-t-elle d'une toute petite voix, et elle se mit à chanter. *Brille, brille, petite étoile...* Ma gorge se serra, puis le choc de ce que j'avais sous les yeux m'atteignit. Je bondis vers la porte, m'efforçant désespérément d'appeler, suffoquant presque tant je m'évertuais à produire un son.

— Au... au... au secours, proférai-je, retrouvant subitement ma voix longtemps perdue.

Puis mon faible cri se mua en hurlement :

— Au secours, au secours, au secours !

Deux surveillants et Mme Kleckner remontèrent le couloir au pas de charge.

— Que se passe-t-il ? Pourquoi braillez-vous comme ça ?

— Megan ! m'écriai-je en pointant le doigt vers la chambre. Elle essaie de se tuer !

Ils me dépassèrent à une vitesse éclair et je fus projetée contre le mur. Je me sentis glisser lentement et me laissai aller, glissant de plus en plus bas, jusqu'à ce que je me retrouve accroupie contre la plinthe. Attirés par ce remue-ménage, quelques membres du personnel sortirent de la cafétéria, suivis par Clarence et Mary Beth. Dès qu'il me vit, Clarence courut à moi.

— Que se passe-t-il, Laura ?

— Megan a tenté de se suicider, répondis-je gravement.

Son regard dériva jusqu'au groupe assemblé devant la porte de Megan, puis revint se poser sur moi.

— Tu as retrouvé ta voix, constata-t-il.

J'acquiesçai en silence. Les miracles se produisent à des moments vraiment surprenants, quelquefois.

***

Grâce à Dieu, j'avais trouvé Megan à temps. Il ne fut pas nécessaire de la garder plus d'une journée à l'infirmerie. Toutefois, elle ne fut pas autorisée à regagner sa chambre après cela, ni à revenir parmi nous. Elle fut transférée « en haut ». Nous en étions malades pour elle.

— Ils ont dû l'abrutir de sédatifs, suggéra Clarence à la table du dîner, ce soir-là.

Mary Beth eut une moue désolée.

— Quand elle reprendra conscience et verra où elle se trouve, elle sera encore plus déprimée. Vous savez aussi bien que moi ce qu'elle pense de la Tour.

— Elle n'y restera peut-être pas longtemps, hasarda Lulu, pleine d'espoir.

Elle aimait sincèrement Megan, bien que celle-ci la malmenât souvent. Elle lui manquait.

— Tu sais bien que lorsqu'ils montent quelqu'un là-haut, il ne redescend jamais, lui rappela Mary Beth.

La pauvre Lulu fondit en larmes et se mit à se balancer sur sa chaise.

— Peut-être que ce sera différent pour Megan, dis-je en lui prenant la main. Elle est coriace et sait comment se défendre, tu es bien d'accord ?

Lulu retrouva le sourire, mais Mary Beth insista :

— Pourquoi lui donner de faux espoirs, Laura ?

— Que veux-tu dire au juste ? Ils ne peuvent pas la garder là-haut toute la vie !

— Quand ils n'obtiennent aucun résultat là-haut, pas le moindre progrès, ils vous envoient ailleurs, expliqua Clarence. Dans un endroit où on ne traite que les cas graves, pas le genre club de vacances pour gens riches, comme ici.

— Ah !

Il m'adressa un chaleureux sourire

— Ravi que tu aies retrouvé ta voix, Laura. C'est une joie de pouvoir à nouveau t'entendre.

— Oui, approuva Mary Beth, et je m'avisai soudain qu'elle semblait aller beaucoup mieux.

J'eus l'impression qu'elle avait pris du poids, depuis mon arrivée. Clarence m'apprit qu'elle avait accompli un progrès décisif : elle avait enfin admis qu'elle n'était pas trop grosse. La guérison était en vue.

J'avais beaucoup de peine pour Megan. Malgré ses accès de méchanceté, elle me manquait, à moi aussi. Je fis part de mes sentiments à Clarence, quand nous allâmes nous promener ensemble après ma séance d'art-thérapie. Lulu nous accompagnait. C'est elle qui semblait la plus perdue sans Megan. Mais n'était-ce pas Megan qui, à sa façon bizarre et tout en se moquant d'elle, avait su le mieux s'occuper d'elle et la défendre ?

— Pauvre Lulu, soupirai-je. Peut-être ne devrions-nous plus l'appeler comme ça, Clarence.

— Oh, tu sais... Elle en est au point où elle répondrait à n'importe quel nom.

— Justement, je vais essayer. Elle ne guérira jamais si nous ne l'aidons pas à regarder la réalité en face.

— Tu as raison, approuva-t-il. Ici, tu t'occupes des problèmes de tout le monde, sauf du tien.

— C'est toi qui m'as dit qu'en aidant les autres, on s'aidait soi-même.

Il eut un sourire timide.

— C'est vrai, j'ai dit ça. Mais c'était un prétexte pour me rapprocher de toi, en fait.

— Tu n'as pas besoin de t'excuser pour ça, le rassurai-je.

Cette fois, il sourit sans contrainte. Nous nous assîmes sur notre banc de pierre favori, qui pour moi marquait la limite de nos promenades. Je n'allais jamais plus loin. Car au-delà commençait la colline d'où l'on voyait l'océan, et cette vue me glaçait le sang dans les veines.

Lulu, qui allait et venait autour de nous, occupée à cueillir des fleurs sauvages, annonça tout à coup :

— Je cherche un trèfle à quatre feuilles, mon papa m'a dit que ça portait bonheur. Si j'en trouve un, je le lui offrirai la prochaine fois qu'il viendra me voir.

— Pourquoi son père ne vient-il jamais ? chuchotai-je à Clarence.

Il me dévisagea d'un air étrange.

— Je croyais que tu le savais.

— Je sais que ses parents ont divorcé, du moins c'est ce que m'a dit Megan.

— En effet. Mais, peu de temps après, son père est mort dans un accident de la route. Lulu n'a jamais voulu le croire. Elle n'est même pas allée à l'enterrement.

— Megan ne parlait jamais...

— Megan pouvait être cruelle, mais pas cruelle à ce point-là, dit Clarence à mi-voix. Peut-être ne voulait-elle pas que ce soit vrai, elle non plus. Elle semble détester tous les hommes, et en particulier les pères. Mais je crois qu'en réalité, elle ne demande qu'à en aimer un, à avoir un vrai père. Nous savons tous ce que le sien lui a fait. Il l'a enfermée ici. Exactement comme le mien, conclut-il amèrement.

— Et moi, me demandai-je à voix haute. Qui m'a fait enfermer ici ? Toi qui sais tant de choses sur les autres, Clarence, que sais-tu à mon sujet ?

— Rien de plus que ce que tu m'as dit, ce qui ne fait pas grand-chose. Tout le monde pose des questions sur toi, mais c'est comme si ton cas était top secret. Une infirmière t'a conduite ici une nuit, un point c'est tout.

— Oui, c'est bien ça, déclarai-je en me levant.

— Tu veux qu'on rentre ?

— Non, déclarai-je avec fermeté. Je veux aller plus loin. Je me dirigeai vers le sommet de la colline, mais à mi-chemin, je m'arrêtai. Clarence me rejoignit et me prit la main.

— Je vais affronter mes démons, Clarence. Je vais le faire, affirmai-je en avançant d'un pas.

— J'irai avec toi, Laura. Laisse-moi t'aider.

Je hochai la tête, respirai un grand coup et fis un autre pas en avant. Puis un autre, et encore un autre, jusqu'à ce que nous soyons sur la pente descendante de la colline. Lulu resta en haut, à nous observer. Sans hâte, nous franchîmes le dernier tournant du chemin et l'océan nous apparut. J'eus la sensation d'être soudain vidée de mon souffle. Je fermai les yeux et m'obligeai à respirer très lentement, très profondément.

— Je suis là, murmura Clarence en étreignant ma main.

J'ouvris les yeux et nous avançâmes vers la mer. Le flux se faisait sentir davantage, l'écume fouettait les rochers, les mouettes tournoyaient en criant. L'odeur des algues et des embruns m'étourdissait. Le grondement du ressac s'amplifia.

Je fis halte et, à nouveau, fermai les yeux. Ce fut comme si on tirait un rideau dans les ténèbres et que je voyais dans le noir. Je vis un jeune homme sur le pont d'un bateau, vigoureux et bronzé, le torse nu. Ses yeux étaient pareils aux miens, ses traits avaient le même dessin que les miens. Il faisait de grands gestes, comme pour m'indiquer quelque chose. Je baissai la tête. Une petite main serrait la mienne, celle d'une enfant, pas plus grande que Lulu. Elle me souriait.

Était-ce Clarence ou le garçon sur le bateau qui m'appelait ? Je lâchai la main de la fillette, qui se mit aussitôt à parler par signes. Je m'entendis crier :

— Elle est sourde !

— Qui ? fit la voix de Clarence.

Je rouvris les yeux. Nous étions assez près de l'eau pour que l'écume atteigne nos visages, à présent. Je me tournai vers Clarence, le cœur battant.

— J'ai une petite sœur qui est sourde. Et un grand frère qui est...

Je laissai ma phrase en suspens.

— Qui est quoi, Laura ?

— Mon jumeau, achevai-je en rebroussant chemin.

J'attaquai si rudement la pente que j'en eus mal aux mollets, mais je montai droit devant moi, terrifiée par le flot montant de mes souvenirs. Clarence m'appela mais je ne m'arrêtai pas, au contraire. J'accélérai jusqu'à la crête, dépassant une Lulu éberluée, puis je dévalai l'autre versant et m'élançai en courant sur le chemin de la clinique.

Je m'y engouffrai en coup de vent et fonçai dans le couloir, manquant de bousculer l'homme de peine qui achevait de récurer le dallage.

— Désolée, criai-je en filant droit vers le bureau du Dr Southerby.

Précisément à cet instant, Mme Kleckner débouchait de l'aile réservée au personnel. Elle poussa un cri et s'avança, les bras tendus de façon à me barrer le passage.

— Qu'est-ce qui vous arrive ? Pourquoi courez-vous comme ça dans les couloirs, au risque de renverser les gens ? C'est interdit, et vous le savez.

— Il faut que je voie le Dr Southerby, haletai-je. Tout de suite !

— On ne force pas comme ça la porte du Dr Southerby, jeune fille. Vous n'êtes pas sa seule patiente. Vous attendrez votre rendez-vous.

— Non, il faut que je le voie ! Vous ne comprenez pas. J'ai une petite sœur sourde, c'est pourquoi je connais le langage des signes. Et j'ai un frère qui...

— Merveilleux, m'interrompit-elle. Félicitations. Maintenant sortez d'ici et allez vous rafraîchir pour le dîner. Vous avez l'air d'une folle.

— Mais il faut que je le voie. Maintenant !

L'infirmière en chef eut recours à la menace.

— Si vous ne m'écoutez pas, je vais être obligée de vous enfermer dans votre chambre, si ce n'est pire. Je ne tolère aucune extravagance, ici, quels que soient les problèmes supposés des patients. Ceux qui ne sont pas capables de se plier au règlement sont placés ailleurs. Nous ne sommes pas dans un asile d'aliénés, avec un régime de haute sécurité.

— Non, en effet, ripostai-je en reculant d'un pas. Même si je sais que ça ne vous déplairait pas. Nous ne devrions pas être traités en criminels, simplement parce que nous avons des problèmes psychologiques, insistai-je. Nous avons des difficultés dans la vie, ce n'est pas un crime. De sérieuses difficultés, vous devez le savoir.

— Je le sais. Vous avez trop de tout, ce qui peut en effet créer certains problèmes. Que faire de tous ces biens, et où les mettre ? Comment profiter pleinement de tous ces privilèges ?

(Mme Kleckner eut un sourire sardonique.) De très sérieuses difficultés, vraiment !

Pour le coup, je me rebiffai.

— Pourquoi travaillez-vous ici, d'abord ? Vous n'éprouvez ni intérêt, ni le moindre respect pour nous. C'est dans un hôpital de prison que vous devriez travailler. Là au moins, vous seriez à votre place.

— Ah oui ? Comment des gosses de riches comme vous peuvent-ils savoir ce qui convient au commun des mortels ? Épargnez-moi vos conseils, ma fille, et restez polie.

Je me raidis comme si on m'avait glissé une canne dans le dos et braquai mon regard sur elle.

— Je désire prendre rendez-vous avec le Dr Southerby, annonçai-je. Je peux au moins faire cela, je suppose ?

— Je m'en occuperai moi-même, allez vous préparer pour dîner. Vous faites peur à voir.

J'hésitai un moment. Mme Kleckner semblait aussi inébranlable qu'un bloc de pierre. Essayer de forcer le passage ne ferait que la mettre en colère, et retarder mon rendez-vous avec le Dr Southerby.

— Il faut que je le voie le plus tôt possible, lui répétai-je avec fermeté.

Sur quoi, je lui tournai le dos et repris le chemin de ma chambre. Clarence et Lulu étaient rentrés, ils me guettaient dans le couloir.

— Tout va bien ? s'enquit Clarence, en m'arrêtant à quelques pas de ma porte.

— Oui. Je viens de retrouver de vrais souvenirs et je voulais en parler au Dr Southerby, mais Mme Kleckner m'en a empêchée. Elle m'a envoyée faire ma toilette pour aller dîner. Elle a dit qu'elle prendrait rendez-vous pour moi.

— Alors c'est parfait. Je suis heureux pour toi, Laura. Cela pourrait être le commencement de la fin de ton séjour ici.

— Possible, acquiesçai-je en rentrant dans ma chambre.

J'étais bien trop furieuse et trop déçue pour évaluer mes progrès, du moins pour le moment. Pourtant, quand je m'approchai de mon miroir, je vis que Mme Kleckner avait raison au moins sur un point. J'avais l'air d'une folle. Mes cheveux étaient tout emmêlés, comme si j'y avais fourragé à deux mains pendant des heures. J'avais les joues rouges et congestionnées, les yeux brillants d'excitation, l'air fiévreux. Je décidai de prendre une douche et de me changer.

Je venais d'enfiler mes chaussures et m'apprêtais à me coiffer, quand Mme Kleckner se montra sur le seuil de ma chambre.

— J'ai pris votre rendez-vous, Laura. Demain matin, dix heures.

— Merci beaucoup.

— Vous vous présenterez en salle 101, ajouta-t-elle en tournant les talons.

— En salle 101 ? Mais ce n'est pas le bureau du Dr Southerby ! m'écriai-je. Pourquoi devrai-je aller là-bas ?

Mme Kleckner se retourna lentement.

— Votre dossier a été transféré dans le service du Dr Scanlon, m'informa-t-elle, non sans un certain plaisir.

— Mais je ne veux pas être transférée ! Je veux parler au Dr Southerby !

Mon cœur battait à tout rompre. Pour quelle raison me fallait-il changer de médecin, subitement ?

L'infirmière en chef soupira et leva les yeux au plafond.

— Je veux, je veux, je veux. On dirait que vous ne savez dire que ça, ma parole. Peu importe ce que vous voulez. Ce qui compte, c'est ce dont vous avez besoin, et c'est aux responsables de cette clinique d'en décider. En l'occurrence, ils ont décidé que vous seriez transférée chez le Dr Scanlon, un point c'est tout.

Rassemblant toute la détermination dont j'étais capable, j'affrontai Mme Kleckner.

— Je ne veux parler qu'au Dr Southerby, affirmai-je.

Elle me fixa un moment sans rien dire, puis marcha sur moi, un froid sourire aux lèvres.

— Si vous refusez votre thérapie, c'est en haut que vous serez transférée, ma fille. Et si nous ne pouvons rien pour vous là-haut, vous serez envoyée dans une autre sorte d'institution, plus conforme à vos besoins. Croyez-moi, c'est ce qui se passera, conclut-elle en esquissant un mouvement de retraite.

Comment lutter contre la force brutale qui s'exerçait sur moi ? Je poussai un gémissement de détresse.

— Mais le Dr Southerby m'aide, pourtant !

— Le Dr Scanlon est aussi bon médecin que lui. En fait, il est son supérieur. Vous devriez être reconnaissante qu'il ait trouvé le temps de s'occuper de vous. Mais la reconnaissance n'est pas la qualité dominante chez les patients de cette clinique ! persifla-t-elle. Pourquoi seriez-vous différente des autres ? Ne soyez pas en retard pour le dîner, m'avertit-elle en s'en allant.

Restée seule, je contemplai la place qu'elle venait de quitter, en me demandant ce que j'avais bien pu faire pour mériter cette punition. Je commençais à retrouver la mémoire, ce n'était tout de même pas un crime ! Ou bien en était-ce un ?

J'en arrivais à me le demander.

14

Le rideau se lève

Mes pensées vagabondèrent pendant tout le dîner, ce soir-là. Je me revoyais en train de marcher sur la plage avec ma petite sœur, allant vers le bateau où se tenait mon frère, qui me faisait signe de le rejoindre. Sur l'écran vide et obscur de mon esprit, des images et des sons éclataient sans cesse, comme des éclairs de flash. Un sourire. Un casier à homards qu'on remontait du fond. Des châteaux de sable, des nuits étoilées sur la plage. Et la voix grave d'un homme que je savais être mon père, qui lisait, ou récitait un texte. Puis une autre voix, celle de ma mère assurément, chantonnant une berceuse. D'autres souvenirs s'ajoutaient aux premiers, en un pot-pourri de visages, de voix, de paysages. J'avais l'impression d'être tombée dans un mot croisé géant. Je n'étais plus qu'une lettre, cherchant à réunir celles qui me manquaient pour former avec elles un seul mot : famille. Les lettres tournoyèrent sous mon crâne en une ronde incessante, harcelante, jusqu'à l'instant où elles composèrent un nom.

— May, prononçai-je à voix haute.

À notre table, tout le monde cessa de parler pour se tourner vers moi.

— Quoi ? fit Clarence.

— Elle s'appelle May.

— Qui est-ce qui s'appelle May ? interrogea Lulu.

— Ma petite sœur. Elle s'appelle May ! répétai-je avec un enthousiasme croissant. Mais mon frère, je n'arrive pas encore à me rappeler...

— Doucement, m'arrêta Clarence en posant la main sur la mienne. Pas trop à la fois.

Il m'observait avec une sollicitude inquiète, et j'acquiesçai en silence. Je savais qu'il avait raison.

— N'empêche que ça doit être passionnant ce qui t'arrive, commenta Mary Beth. Retrouver ton passé, ton identité... Tout va te revenir très vite, j'en suis sûre.

— Oui, approuvai-je. J'en suis sûre, moi aussi. Le Dr Southerby ne s'était pas trompé.

Mon dîner avait refroidi dans mon assiette, pendant que je m'absorbais ainsi dans mes pensées. Je me hâtai de le terminer. Après quoi, comme à l'ordinaire, je me rendis en salle de loisirs avec les autres. Mais ni la télévision, ni les jeux, ni la lecture ne me tentaient, ce soir-là. J'allai m'asseoir dans un coin et me plongeai dans mon puzzle mental d'images et de mots, comptant bien rassembler le plus de morceaux possible.

Mary Beth, peinée pour la pauvre Lulu, l'avait entraînée dans l'un des jeux auxquels Megan jouait si souvent avec elle. Quant à Clarence, il s'assit en face de moi pour me lire un roman de Dickens. Après avoir lu un moment, il me parla des livres qu'il aimait, et je me souvins de les avoir lus, moi aussi. Du moins une bonne partie d'entre eux.

— Et tu te rappelles parfaitement les personnages ! s'étonna-t-il. Tu devais être une excellente élève.

Avais-je été une excellente élève ? Où avais-je été en classe ? Qui étaient mes amis ? Que souhaitais-je devenir ? Plus les questions affluaient, plus je m'irritais de ne pas connaître les réponses. J'attendais à tout instant qu'une explosion se produise, me projetant d'un seul coup dans mon passé. Je devais avoir l'air vraiment bizarre car, soudain, Clarence éclata de rire.

— Si tu voyais ta tête, Laura ! On s'attend presque à te voir bondir de ton fauteuil en criant « Eurêka ! ».

— C'est à peu près ça. Je me sens comme une poule sur le point de pondre son œuf. Les images tourbillonnent autour de moi, de plus en plus près. J'entends la voix de ma mère, celle de mon père, et je commence à discerner leurs visages. C'est comme si une lumière de plus en plus vive les faisait sortir de l'ombre. Ça signifie quelque chose, tu crois ?

— Oh oui, répondit-il sans hésiter. C'est même très clair. Tu es l'une des favorisées de la chance dans cet endroit, Laura. Tu vas guérir. Et même très vite, ajouta-t-il avec un soupçon de tristesse.

— Toi aussi, Clarence.

— Oui, je guérirai. J'aimerais te revoir, une fois dehors, et faire quelque chose de... de normal avec toi. T'emmener danser, par exemple, ou au cinéma. Quelque chose, quoi.

Je souris à cette perspective.

— Moi aussi, j'aimerais bien, Clarence. Mais qui sait où je vis ? Peut-être à des centaines, des milliers de kilomètres de chez toi.

— La distance ne compterait pas pour moi.

Le regard qu'il attacha sur moi, en disant cela, aiguilla mes pensées dans une direction nouvelle. Avais-je eu un petit ami avant mon accident ? Ce serait une déception pour Clarence, je le savais ; mais ce n'était pas cela qui m'empêchait de me souvenir. Il devait y avoir autre chose, mais quoi ? Pourquoi mon cœur s'arrêtait-il de battre à cette seule idée ?

Soudain, Mary Beth se leva et s'avança vers nous. Une jeune pensionnaire venait de s'entretenir avec elle, et ce qu'elle lui avait dit l'avait bouleversée.

— Denise a entendu Billy et un autre surveillant parler de Megan, annonça-t-elle. Il paraît que sa mère va la faire transférer ailleurs, dans un asile d'aliénés. Un endroit pas très drôle, d'après leur description. Ils ont dit qu'elle était bonne pour la camisole de force.

Mary Beth tourna la tête vers la table qu'elle venait de quitter, puis libéra un long soupir.

— Lulu a presque tout entendu, elle en est malade. Elle reste assise là, le pouce à la bouche, et je ne sais pas quoi faire. Je ne veux pas qu'elle finisse dans la Tour, elle aussi !

— Pauvre petite, s'apitoya Clarence. Et pauvre Megan.

— Quand cessera-t-elle d'être une victime ?

Ma question rendit Clarence un instant pensif, puis il déclara :

— Quand elle le décidera.

— Tu te figures que ça lui plaît d'être comme ça ? s'indigna Mary Beth.

— J'ai lu beaucoup de choses sur les cas comme le sien, ces temps-ci. Megan se sent responsable de ce qui lui est arrivé. Elle réclame un peu de compassion, c'est tout ce qu'elle peut faire pour le moment. C'est aux médecins de l'amener à comprendre qu'elle n'est pas coupable, conclut Clarence.

Sa réponse n'apaisa pas Mary Beth.

— Tu es sûr de ne pas parler de toi-même, en ce moment ?

— C'est possible, admit-il en nous dévisageant l'une après l'autre. À moins que je ne parle de nous tous.

Je haussai les épaules et parcourus la salle du regard. Quelqu'un de l'extérieur, qui n'aurait jeté sur nous qu'un coup d'œil rapide, n'aurait pas soupçonné grand-chose de nos problèmes. En nous voyant occupés à bavarder, lire ou jouer, regarder la télévision, qui aurait deviné à quel point la plupart d'entre nous se sentaient mal ?

La difficulté de connaître les autres m'apparut brusquement. Il fallait peut être des années avant de connaître réellement quelqu'un. Clarence m'était de plus en plus attaché, mais que se passerait-il quand j'aurais retrouvé la mémoire ? Si j'étais justement le genre de personne qu'il aimait le moins ? Ma personnalité, ma véritable identité, allait-elle réduire à néant celle que je m'étais construite avec lui ? Nous étions totalement étrangers l'un à l'autre, lui et moi. Deux âmes errantes, un instant rapprochées par le hasard, qui allaient bientôt réintégrer leurs corps. Et ces corps ne seraient pas forcément attirés l'un par l'autre, finalement.

— Il faut que j'aille faire un tour, décidai-je en me levant.

Mary Beth et Clarence échangèrent un regard amusé.

— Tu ne peux pas sortir, déclara tranquillement Mary Beth. À cette heure-ci, les portes sont fermées à clé. Si tu essayais de les ouvrir, cela déclencherait l'alarme.

— Nous sommes traités comme des prisonniers, alors ! Je voulais simplement marcher un peu dans le parc, regarder les étoiles, respirer l'air frais. Qu'y a-t-il de mal à ça ? Pourquoi n'avons-nous pas le droit de sortir le soir ?

— Il fait noir, expliqua Mary Beth. La surveillance est beaucoup plus difficile.

J'étreignis mes épaules et retombai dans mon fauteuil, la mine renfrognée. Je boudais.

— Je pourrais te faire sortir, murmura Clarence.

Mary Beth ouvrit des yeux ronds.

— Non, Clarence. Tu t'attirerais des ennuis.

— Comment ? demandai-je simplement.

— Le personnel de la cafétéria est parti, maintenant. Ils entrent et sortent par une porte de service, à côté de la cuisine. Elle n'a pas d'alarme et n'est jamais fermée.

— Comment le sais-tu ?

Il tarda un instant à répondre.

— J'ai essayé, une fois. Je voulais m'enfuir. Mais dès que j'ai eu passé la porte, j'ai paniqué, avoua-t-il.

Nous restâmes un moment silencieux, tous les trois. Puis Mary Beth se leva. Manifestement, ce sujet de conversation lui faisait peur.

— Je retourne m'occuper de Lulu, s'excusa-t-elle.

Clarence la suivit des yeux. Il attendit qu'elle eût rejoint Lulu à leur table pour reprendre la parole.

— Je sais ce qu'elle éprouve. Quand la nuit tombe, le parc et les alentours du bâtiment deviennent l'image du monde extérieur. C'est comme si les limites de la propriété se resserraient sur nous. Elle n'est pas encore prête à retourner dans la vie active, tu comprends ? C'est pourquoi la seule idée de sortir la nuit l'effraie tellement.

— Tu connais vraiment beaucoup de choses sur tout le monde, Clarence. Tu pourrais faire des études de médecine, j'en suis certaine.

Il sentit que j'étais sincère et rougit sous le compliment.

— J'ai passé beaucoup de temps à la bibliothèque, c'est tout. Tu n'imagines pas tout ce qu'on peut y trouver, Laura, mais peu d'entre nous le savent. Il y a même un livre du médecin-chef de l'hôpital, me confia-t-il en baissant la voix. *Les causes des dysfonctionnements familiaux,* par le Dr Scanlon. Après l'avoir lu, j'ai eu l'impression qu'il s'était servi de ma famille comme terrain d'observation.

Je savais qu'il attendait un commentaire de ma part, mais j'étais trop énervée pour lui donner la réplique. J'avais l'impression d'être assise sur une fourmilière. Il fallait que je voie les étoiles, que je respire l'air frais, que je sente la douceur du soir. Je finis par demander :

— Tu veux bien m'emmener à la cuisine ?

— Tu es sûre ?

— Je veux sortir et voir les étoiles. Je pense que ça m'aiderait. Il y a quelque chose avec les étoiles... qui fait vibrer une corde dans ma mémoire, expliquai-je.

Il réfléchit, les sourcils froncés.

— Très bien, nous irons, concéda-t-il. Mais attention...

Il jeta un regard circonspect aux surveillants.

— Tu vas sortir la première, pour ne pas attirer les soupçons. Va aux lavabos, attends une minute et ressors. Je serai dans le couloir. Et si la voie est libre jusqu'à la cafétéria, je te ferai signe. Tu es sûre que c'est vraiment ce que tu veux ? Ils pourraient nous envoyer là-haut, et tu sais ce que ça signifie.

— Je ne veux pas t'attirer d'ennuis, Clarence. Tu n'as qu'à m'indiquer le chemin, inutile de m'accompagner.

— Non, insista-t-il. Je veux faire ça pour toi. Passe devant, va aux lavabos et donne-moi une minute.

J'hésitais toujours. D'un signe de tête, il m'indiqua la porte, m'incitant à me hâter. Après un coup d'œil furtif en direction des surveillants, hommes et femmes, je me levai aussi tranquillement que possible.

L'une des surveillantes m'aperçut, cependant. Je lui souris et, en passant devant elle, j'articulai silencieusement le mot : « lavabos ». Elle me sourit à son tour et je quittai la salle. Aux lavabos, j'attendis exactement une minute avant de ressortir. Le couloir était vide, mais comme je regardais du côté de la cafétéria, je vis Clarence déboucher d'une autre porte. Il me fit signe de me dépêcher.

Je le rejoignis en courant et, par la même porte qu'il venait de franchir, nous gagnâmes rapidement la cafétéria. Toutes les lampes étaient éteintes, maintenant. Mais la lueur qui provenait de l'extérieur était suffisante pour dessiner la silhouette des tables et des chaises, et nous éviter de les heurter. Clarence eut vite atteint les portes battantes de la cuisine. Une fois là, il étendit le bras en un geste d'avertissement. Je m'immobilisai derrière lui et, comme lui, je tendis l'oreille. Très lentement, il écarta les battants.

Une veilleuse était allumée au-dessus de la cuisinière. D'après ce qu'elle nous permit de voir, il n'y avait personne.

— Par ici, chuchota Clarence.

Nous traversâmes la cuisine, puis la réserve, et débouchâmes dans un petit vestibule. Clarence pointa le menton vers une étroite porte métallique, à l'autre extrémité.

— C'est là.

— Merci, murmurai-je, marchant déjà vers la sortie.

À mi-chemin, je me retournai. Clarence était comme pétrifié sur place.

— Ils vont bientôt commencer à te chercher, Laura. Quand ils verront que tu n'es pas aux lavabos, les ennuis commenceront.

— S'ils te posent des questions, dis que je suis allée chercher quelque chose dans ma chambre. Je n'en ai pas pour longtemps.

— J'aimerais bien venir avec toi, mais c'est juste que...

— Tout ira bien, Clarence, le rassurai-je. Tu en as bien assez fait comme ça. Va-t'en vite, avant qu'on ne remarque ton absence.

J'atteignis la porte. Je l'ouvris en hésitant, craignant toujours de déclencher une alarme dont Clarence eût ignoré l'existence. Mais rien n'arriva, sinon qu'une bouffée d'air vif me fouetta le visage.

— Si tu ne rentres pas tout de suite...

— Je te l'ai promis, Clarence. Compte sur moi.

D'où j'étais, je pouvais voir qu'il tremblait. Il désirait tellement briser cette frontière invisible et la franchir ! Je sortis et fermai vivement la porte entre nous, autant pour mettre fin à son supplice que pour me donner du courage.

Pendant un moment, je restai sur place, écoutant les bruits de la nuit. Puis je m'éloignai du bâtiment pour ne plus être exposée aux lumières.

La nuit était criblée d'étoiles, pure et claire, si bien qu'il était très facile de repérer les constellations. Je parcourus du regard le tracé de la Grande Ourse. La seule vue de ces points éclatants, scintillant au-dessus de ma tête, me coupa le souffle. J'éprouvai le besoin de m'asseoir. Je n'avais plus conscience de la fraîcheur nocturne, qui m'avait d'abord fait frissonner. Mots, images, pensées m'assaillaient en foule, se ruaient sur moi telles des étoiles filantes. Mais dès que je croyais comprendre, voir ou saisir quelque chose clairement, elles disparaissaient plus vite encore.

Je fermai les yeux et m'appuyai au dossier du banc, bras étendus, paumes ouvertes, prête à recevoir et accueillir tout ce qui se présenterait. Tout d'abord, j'eus la sensation qu'une main se posait sur la mienne. Puis j'entendis une voix, celle d'un jeune homme, si proche de moi que je pouvais presque sentir ses lèvres frôler mon oreille. Un gémissement m'échappa. Un visage commençait à se dégager des ténèbres de l'oubli. Les yeux d'abord, puis la bouche, et maintenant...

— Mais qu'est-ce que vous fabriquez là ?

J'ouvris les yeux, pour voir Billy à quelques pas de moi, la cigarette aux lèvres.

— Eh bien ? Répondez !

— Rien, répondis-je.

L'expression peu amène de Billy se durcit encore.

— Comment avez-vous fait pour sortir ?

— Je voulais juste voir les étoiles, répliquai-je, évasive. J'allais me lever et rentrer, mais il fit rapidement un pas de côté pour se placer entre le bâtiment et moi.

— Je veux savoir comment vous êtes arrivée là.

— J'ai trouvé une porte ouverte et je suis sortie, voilà tout.

Il se tenait assez près de moi pour que je puisse voir ses yeux se rétrécir.

— Une porte ouverte et voilà tout, ben voyons ! Vous êtes sûre que vous ne veniez pas retrouver quelqu'un, par hasard ? Un dénommé Arnie, si ça se trouve ?

Je secouai la tête, éberluée.

— Quoi ? Qui ?

— Arnie, bon sang ! Vous lui avez tapé dans l'œil.

— Je n'ai rendez-vous avec personne. Je ne sais même pas qui est cet Arnie, ripostai-je, en m'efforçant de le contourner.

Mais il déjoua la manœuvre et, à nouveau, me barra le passage.

— Je sais comment vous devenez, vous les filles, quand vous êtes privées de vos amoureux, poursuivit-il en se rapprochant.

Je m'empressai de reculer, mais il avança d'autant. Un sourire salace retroussa le coin de sa lèvre.

— Arnie ne fait pas le poids, mais moi... moi je sais comment m'y prendre avec mes filles !

Il était tout près de moi, maintenant. Il jeta sa cigarette et me saisit brutalement par la taille.

— Je vais te montrer, glousse-t-il en m'attirant à lui, la bouche déjà tendue vers la mienne.

Ce changement de ton m'effraya plus que tout le reste. Je tournai la tête juste à temps, et me débattis quand ses mains commencèrent à palper mes côtes.

— Lâchez-moi !

— Allons, allons, fit-il en s'efforçant de tourner mon visage vers le sien. Tu n'as rien d'une détraquée, toi au moins, et tu es la plus jolie du lot. Je t'ai remarquée dès le premier soir, et je sais que je te plais, ne dis pas le contraire. Allez, viens !

Une main en coupe sur un de mes seins, il s'affairait déjà de l'autre à relever ma jupe. Je me contorsionnai comme une anguille pour me libérer. Billy devint menaçant.

— Si tu ne veux pas coopérer, je t'y forcerai, je te préviens. Je ne sais pas qui t'a aidée, mais je vous le ferai regretter. Vous aurez droit à la camisole, comme Megan. Maintenant arrête de gigoter, sinon... tu sais ce qui t'attend.

Il avait trouvé l'argument imparable : je me figeai de frayeur. Il ne perdit pas une seconde pour en profiter. Il promena la main sur mes jambes, et sur ma petite culotte ; ses doigts suivirent le tracé de l'ourlet, puis le soulevèrent. Quand ils commencèrent à me caresser, j'étouffai un sanglot.

— Délicieuse, murmura-t-il en introduisant le bout de sa langue dans mon oreille. Tu es délicieuse.

— Je vous en prie, implorai-je. Non, s'il vous plaît...

Il me ramena vers le banc.

— Je ne vais pas te faire mal. Tu vas aimer ça, tu verras.

Je me rendais compte qu'il déboutonnait son pantalon de la main gauche, alors que la droite palpait toujours mes seins. Il libéra les boutons de mon chemisier, l'ouvrit, pour s'attaquer aussitôt à mon soutien-gorge. Un cri lui échappa quand il dénuda ma poitrine.

— Bon sang, ce que tu es belle !

Je fondis en larmes et le repoussai, une fois de plus.

— Laura, je vais me mettre en colère, gronda-t-il, stoppant net ma résistance.

Déjà, ses deux mains remuaient sous ma jupe. Il abaissa ma petite culotte, en même temps qu'il me renversait sur le banc. Je n'osai même pas crier. Je me sentis défaillir... et j'entendis prononcer mon nom. Très doucement, à peine plus haut qu'un soupir. Mais tout près.

— Laura ! (Les mains toujours plaquées sur mes cuisses, Billy s'immobilisa.) Laura ! Tu ferais mieux de rentrer.

— Mais comment... Qui diable peut bien... Clarence ?

Billy en bégayait de surprise.

— Lâchez-moi ! criai-je en me libérant d'un bond.

Je remontai vivement ma petite culotte et n'attendis pas pour m'éloigner du banc.

— Laura !

— Laissez-moi passer, lançai-je à Billy sur un ton péremptoire.

Il fronça les sourcils, jeta un regard vers le bâtiment et s'écarta de mon chemin.

— Dis un seul mot de tout ça et je te dénonce ! fulmina-t-il comme je m'élançais en direction de la cuisine.

Clarence m'y attendait près de la porte ouverte. Je courus jusqu'à lui, et il n'eut que le temps de sauter en arrière quand je me précipitai à l'intérieur, les traits décomposés.

— Qu'est-ce qui t'arrive ? s'effara-t-il quand je claquai la porte derrière nous.

— Retournons d'abord en salle de loisirs, je te raconterai.

Mais je ne voulais pas lui parler de Billy, ni provoquer un esclandre. Et surtout pas lui créer des problèmes. Je venais de comprendre que, malgré sa folie, Megan avait assez bien jugé les membres du personnel masculin de l'établissement. Du moins certains d'entre eux.

Nous revînmes sur nos pas en silence, mais en sortant de la cafétéria, Clarence me prit la main et me fit pivoter vers lui.

— Que s'est-il passé dehors, Laura ? Tu es blanche comme un linge. On dirait que tu as vu un fantôme.

— J'ai... je me suis souvenu de quelqu'un. Quelqu'un de spécial.

— De spécial ?

— Quelqu'un de très spécial, insistai-je.

Il comprit. Son regard vacilla, soudain lourd de chagrin. Il lâcha ma main.

— Ah ! Eh bien... tant mieux, Laura. Tant mieux pour toi, seulement...

Il parvint à sourire et acheva doucement :

— Je regrette que ce quelqu'un ne soit pas moi.

***

En m'éveillant, le lendemain, j'eus l'impression d'avoir passé la nuit dans un bateau secoué par la tempête. J'avais eu un mal fou à trouver le sommeil ; je m'étais retournée et retournée pendant des heures dans mon lit. Loin de me sentir fraîche et dispose, j'étais exténuée. C'était comme si tous les souvenirs à la dérive étaient revenus pendant la nuit, pour s'amasser sous mon crâne et l'encombrer de leur poids. Et maintenant, étroitement emmêlés, ils attendaient que je dénoue leur écheveau touffu pour les remettre à leur juste place.

J'eus du mal à m'asseoir dans mon lit. La tête me tournait si fort que j'en perdais le souffle. Ce n'était pas la première fois que cela se produisait. Le Dr Southerby appelait ces étourdissements des crises d'angoisse. En pareil cas, il me conseillait de me détendre, de respirer profondément et de me concentrer sur une pensée agréable. Je suivis ses conseils, mais je ne me sentis pas beaucoup plus vaillante pour autant. Je titubai en traversant ma chambre et dus m'appuyer au mur. Quand j'aperçus mon image dans la glace, je faillis ne pas me reconnaître. Les traits creusés par la fatigue, le visage d'une pâleur effrayante, j'avais le regard absent et comme vidé de toute pensée. Mes yeux vitreux ne semblaient pas voir ce que j'avais devant moi.

Quand je voulus me laver la figure, mes mains tremblèrent. Avais-je été contaminée par la panique de Clarence ? Cette idée m'effleura. J'avais rendez-vous avec le Dr Scanlon, aujourd'hui, et je découvrais que j'avais peur. Peur de me trouver en face d'un nouveau médecin, de m'ouvrir à lui sans réticences. Il m'avait déjà fallu tellement de temps pour faire confiance au Dr Southerby !

Je n'avais pas faim, mais il n'était pas question de manquer le petit déjeuner. Je parvins tant bien que mal jusqu'à la cafétéria, mais comment ? J'aurais été bien en peine de le dire. J'imagine que je fis le trajet comme une somnambule, pas encore très bien réveillée. Tout le monde était déjà là, et mes amis commençaient à se demander ce que je devenais.

— Tu n'as pas l'air en forme, observa Clarence, qui se dirigeait vers la table avec son plateau.

Je battis des paupières, et m'aperçus que j'étais plantée comme un piquet au milieu de la salle.

— Je ne me sens pas très bien ce matin, c'est vrai.

— Va t'asseoir, j'irai te chercher ton plateau si tu veux.

— C'est gentil mais je n'ai pas si faim que ça. Merci quand même, dis-je en me dirigeant vers le comptoir.

Je n'avais pas faim du tout, en fait, et je ne mangeai pratiquement rien. Clarence n'en devint que plus inquiet pour moi.

— Tu devrais peut-être aller voir l'infirmière, Laura.

— Non, ce n'est pas si grave. Ça passera, le rassurai-je, bien que je n'en fusse pas plus sûre que ça moi-même.

Il aurait voulu rester avec moi, pour être certain que je disais vrai. Mais sa séance de psychothérapie avait lieu juste après le petit déjeuner, il ne pouvait pas s'attarder. Il prit quand même le temps de m'escorter jusqu'à la salle de loisirs.

Plus l'heure de mon entrevue avec le Dr Scanlon approchait, plus je me sentais mal. Mes vertiges devinrent si intenses que je dus rester assise sans bouger dans mon fauteuil, les yeux fermés, en attendant que l'accès passe. Au bout d'un moment, un coup sec sur mon bras me fit sursauter. J'ouvris les yeux. Mme Kleckner se tenait devant moi, sourcils froncés, la mine plus rébarbative que jamais.

— Il est presque dix heures. Vous allez manquer votre rendez-vous.

— Je ne me sens pas bien, dis-je d'une voix dolente.

Elle me toisa d'un œil sévère.

— Vous souffrez ?

— Pas exactement. J'ai des étourdissements de temps à autre, accompagnés de nausées.

Elle saisit mon poignet, prit mon pouls, posa sur mon front une main froide et rugueuse.

— Vous n'avez rien, déclara-t-elle.

— Mais je me sens mal, je vous assure. Vraiment très mal.

— C'est lié à votre problème. Et c'est pourquoi vous devez voir le Dr Scanlon, conclut-elle abruptement. Debout, je vous accompagnerai jusqu'à son bureau. Plus vite, voyons ! Le docteur est un homme occupé. Vous avez beaucoup de chance qu'il ait accepté de se charger de votre cas, vous ne semblez pas vous en rendre compte. Franchement, nous avons ici des malades qui auraient plus besoin de lui que vous. Enfin, ce n'est pas moi qui prends les décisions, dans cette clinique. Malheureusement.

Elle me tendit la main, et je n'osai pas la refuser. J'avais peur de ne pas tenir sur mes jambes, sans son soutien. Dès que je fus debout, elle passa un bras autour de ma taille, me poussa fermement en avant, et maintint sa pression jusqu'à ce que je me mette en route pour traverser la salle. Une fois dans le couloir, je me sentis déjà un peu mieux. Quand nous passâmes devant le bureau du Dr Southerby, mon regard nostalgique s'attarda un instant sur sa porte close.

Les doigts de l'infirmière en chef accentuèrent leur pression sur mon coude.

— Allons, plus vite ! me gourmanda-t-elle. L'heure tourne. Même les gens riches doivent se plier aux lois du temps, figurez-vous.

Nous fîmes halte devant la porte 101, qu'elle ouvrit devant moi.

— Laura Logan, annonça-t-elle à mon entrée.

Une petite femme au physique ingrat, frisant la soixantaine, leva les yeux de son bureau. Ses cheveux poivre et sel avaient un aspect poussiéreux, et ses yeux globuleux papillotaient derrière des verres épais. Sur l'arête de son nez trop étroit, une bosse semblait se trouver là tout exprès pour caler ses grosses lunettes. Elle étira ses lèvres minces en un semblant de sourire et se leva.

— Un moment, je vous prie, dit-elle en se dirigeant vers la porte intérieure.

Elle frappa, entra, referma cette porte derrière elle. Quelques instants plus tard, elle réapparut et s'adressa directement à moi.

— Le docteur va vous recevoir.

— Tâchez de bien vous tenir, me recommanda Mme Kleckner.

Elle consentit enfin à lâcher mon coude. Détournant les yeux de son visage revêche, je m'avançai vers la porte intérieure. La secrétaire s'écarta sur mon passage et se plaqua contre le mur, comme si j'étais atteinte d'une maladie contagieuse. J'étais à peine entrée qu'elle sortait en hâte, refermant soigneusement la porte derrière moi. J'étais seule avec le Dr Scanlon.

Debout devant la grande baie vitrée, il regardait au-dehors et je ne voyais pas son visage ; mais je le reconnus. Je me souvins de l'avoir déjà vu plusieurs fois dans les couloirs. Mais jamais je n'aurais pensé qu'il était médecin, et encore moins médecin-chef. Parce qu'il semblait toujours pressé, je l'avais pris pour une sorte de représentant. Il ne regardait jamais personne, ne souriait jamais aux gens qu'il croisait en passant. Je ne l'avais jamais vu s'entretenir avec un patient, comme le faisaient les autres thérapeutes, et en particulier le Dr Southerby.

Le Dr Scanlon n'était pas beaucoup plus grand que sa secrétaire. Ses cheveux clairsemés, couleur de thé trop clair, découvraient un crâne parsemé de larges plaques brunes, évoquant des taches de rousseur géantes. Je les voyais d'autant mieux qu'il me tournait le dos.

La pièce donnait sur l'arrière de l'établissement, et sur le chemin qui menait à la mer. C'est près de là que je m'étais assise sur un banc, la veille, lorsque Billy m'avait accostée. Je frissonnai à ce souvenir déplaisant et, à ce moment précis, le Dr Scanlon se retourna.

Ses yeux noisette exprimaient l'intérêt, mais un intérêt tout scientifique. J'eus l'impression désagréable d'être examinée au microscope. D'un geste bref, il m'indiqua le fauteuil situé en face de son bureau.

— Asseyez-vous, m'ordonna-t-il. J'aime avoir mes patients devant moi pour la première consultation. Plus tard, vous pourrez vous étendre sur le divan, si vous préférez. Comment faisiez-vous avec le Dr Southerby, s'informa-t-il dès que je fus assise. Preniez-vous le fauteuil ou le divan ?

— Le fauteuil.

— Je vois, fit-il, baissant les yeux sur le dossier que sa secrétaire avait déposé sur le bureau.

Toujours debout, il le parcourut rapidement, tournant les pages une à une comme si je n'étais pas là. Puis il le ferma, se laissa tomber dans son énorme fauteuil et se pencha en avant, les mains croisées devant lui.

— Je suis le Dr Scanlon et je souhaite vous aider, commença-t-il.

— Pourquoi ne puis-je pas continuer ma cure avec le Dr Southerby ? renvoyai-je en guise de réponse.

Celle du Dr Scanlon se fit attendre. Il ferma les yeux, les garda un moment ainsi, comme si ma question l'avait profondément blessé, puis les rouvrit.

— Le Dr Southerby ne travaille pas seulement chez nous, mais dans une autre clinique. En fait, ses responsabilités dans cet autre établissement sont plus importantes que celles qu'il assume chez nous. Ses patients de là-bas lui prennent la majeure partie de son temps. C'est pourquoi il a dû alléger ses horaires chez nous, expliqua le docteur avec une répugnance manifeste.

Il marqua une pause, parut réfléchir et libéra un soupir.

— Nous sommes à court de collaborateurs, en ce moment. Normalement, je ne prends pas en charge la thérapie des patients, du moins pas directement. Je suis ici pour consulter, assister mes confrères, vérifier leurs diagnostics et leurs prescriptions. Mais ce changement nous laisse un vide, bien sûr. Et un vide doit être comblé, ajouta-t-il avec ce qui voulait sans doute être un sourire.

Ainsi, pour lui j'étais un vide ? Je ne fus pas sûre d'apprécier la comparaison.

— Donc, reprit-il en se renversant dans son fauteuil, résumons-nous. À votre arrivée ici, nous avons diagnostiqué chez vous une amnésie psychogène, et vous avez été confiée au Dr Southerby.

Il a entrepris de vous aider à retrouver votre passé, votre identité, votre mémoire. Je lis dans ses notes qu'il était satisfait de vos progrès.

— Je me suis souvenue de beaucoup plus de choses hier, dis-je précipitamment.

J'avais hâte d'en finir avec cette séance. Je me sentais mal. Il était très clair pour moi que le Dr Scanlon ne possédait pas la sincérité du Dr Southerby. Pour lui, je n'étais qu'une patiente, pas une personne. Un élément de plus dans les statistiques. S'il n'intervenait pas directement dans le traitement des autres patients, décidai-je, ce n'était pas plus mal pour eux.

— Ah bon ? fit-il en rouvrant le dossier. Ceci a provoqué chez vous une sorte de réaction, semble-t-il. D'après ce rapport, vous vous seriez livrée à certaines démonstrations un peu tapageuses et... mélodramatiques.

— Je vous demande pardon ? Quelles démonstrations ?

— Vous couriez comme une folle dans les couloirs, vous avez failli renverser un employé, vous poussiez des clameurs hystériques en faisant des réclamations. Il a fallu vous maîtriser.

— J'étais surexcitée, c'est compréhensible, et je voulais voir le Dr Southerby. Je n'avais pas l'intention de faire de tapage. Et je ne crois pas qu'il ait fallu me maîtriser.

— Hum ! grogna-t-il sans lever les yeux des papiers qu'il lisait.

Le rapport de Mme Kleckner, déjà ? Elle n'avait pas perdu de temps !

— Ma conduite n'avait rien d'hystérique, insistai-je. C'était l'émotion de retrouver la mémoire, simplement.

Le Dr Scanlon sourit, mais sans chaleur.

— Vous êtes ici parce que vous avez du mal à diriger votre propre conduite, Laura. Il vaudrait mieux laisser le soin de l'évaluer au personnel qualifié, vous ne croyez pas ? Maintenant, venons-en à ce qui a provoqué cette surexcitation, déclara-t-il en refermant le dossier. Je vous écoute.

— Je me suis souvenue du nom de ma petite sœur, et aussi que j'avais un frère, lui annonçai-je en hâte, impatientée par la lenteur de l'entretien.

S'il se mettait à lire à chaque fois que je disais quelque chose, j'étais là pour la journée, pensai-je avec humeur. Et d'abord, pourquoi n'avait-il pas mieux préparé cette entrevue ?

Il me fixa, l'air un peu plus intéressé.

— Vraiment ? Et quels autres souvenirs avez-vous retrouvés ?

— Des visages, des voix que je savais être celles de mes parents. Je crois que nous avons quelque chose à voir avec la pêche au homard. Que nous avons un bateau, que nous vivons au bord de la mer et que ma petite sœur est sourde, débitai-je en essayant de réfréner mon exubérance, de peur qu'elle ne fût mal interprétée.

Mais à mesure que je lui décrivais ces choses, elles me revenaient à l'esprit avec netteté. Mon cœur se remit à battre à grands coups, je fus obligée de fermer les yeux.

— Pourquoi pensez-vous que vous les avez oubliés, ainsi que votre identité ? interrogea le Dr Scanlon.

— Je n'en sais rien.

Il se carra sur son siège, avec ce petit sourire arrogant que je commençais à connaître.

— Je vois d'après les notes du Dr Southerby que vous avez quand même quelques lueurs sur la question. Vous avez commencé à comprendre que cela pourrait être lié à l'événement qui vous a tellement perturbée. C'est ce que nous appelons un trauma psychologique. Est-ce toujours vrai ?

— Oui, admis-je, les lèvres tremblantes.

Le Dr Scanlon se pencha en avant, braquant à nouveau sur moi ce regard qui me disséquait.

— Vous semblez fatiguée. Avez-vous bien dormi, cette nuit ?

— Non. Je ne pouvais pas trouver le sommeil, j'entendais des voix. Quelqu'un m'appelait, quelqu'un qui me faisait l'effet d'être moi-même. Et puis j'ai eu très froid. Comme si...

— Oui ? Continuez.

— Comme si j'étais plongée dans l'eau, énonçai-je avec lenteur, prenant soudain conscience que c'était exactement ce que j'avais ressenti. Oui, c'est cela. Il y avait de l'eau. C'était... l'océan !

Le docteur haussa les sourcils.

— Je vois. Ceci ne me plaît pas du tout, ajouta-t-il avec vivacité. Respirez profondément, et essayez de ne plus penser à ces choses pour le moment.

— Comment ? Que voulez-vous dire ? Pourquoi devrais-je m'empêcher d'y penser ?

Mon feu roulant de questions parut ricocher sur son masque

figé. Ses traits glacés n'exprimaient rien, sinon une curiosité scientifique.

— Je n'aime pas la façon dont vous réagissez physiquement. C'est classique. Vous retournez trop vite en arrière, j'en ai peur. Vous courez le risque de revivre votre trauma, ce qui provoquerait des dommages psychologiques irréversibles. J'ai de nombreux cas semblables parmi mes patients les plus sévèrement atteints. Certains sont dans un état comateux, et nourris par perfusion. D'autres...

Le psychiatre s'interrompit, comme s'il redoutait de m'effrayer. Quand il reprit la parole, pourtant, il ne m'épargna aucun détail.

— D'autres n'ont plus le moindre réflexe, on doit les véhiculer et les remuer comme des poupées de chiffon. Ceux-là ne sont plus que l'ombre d'eux-mêmes. Incapables de rire, de sourire, aveugles et sourds. Des morts vivants. Vous ne voudriez pas que cela vous arrive, n'est-ce pas ?

— Non ! me récriai-je, épouvantée. Une chose pareille pourrait-elle vraiment m'arriver ?

— Mais bien sûr, sinon je ne vous en parlerais pas. Je lis dans ce dossier que vous avez déjà, au moins une fois, perdu la parole. Si je mentionne ces faits, ce n'est pas pour vous faire peur, mais pour vous rendre plus coopérative. J'aime qu'un patient se montre désireux de coopérer. Cela facilite les choses pour tout le monde, et en particulier pour lui. Voyez-vous, Laura...

Le sourire pincé du médecin reparut, un peu moins réticent me sembla-t-il.

— Le cerveau est la partie la plus complexe de notre corps, annonça-t-il d'un ton pompeux. Pour le moment, vos souvenirs sont comme un trésor enterré. Les chemins qui y mènent ont été condamnés. Si nous nous en approchons trop vite, ou trop lourdement, ils pourraient s'enfoncer plus profondément dans l'abîme. Nous devons avancer prudemment. Très prudemment, répéta-t-il avec insistance.

Puis, ayant à nouveau feuilleté le dossier, il esquissa une moue réprobatrice.

— Je vois que le Dr Southerby ne vous a prescrit aucun médicament. D'après la description que vous faites de vos nuits, j'estime qu'il serait grand temps de vous mettre sous sédatifs. Votre état exige de grandes précautions, Laura. Vous êtes très sensible et très fragile, en ce moment surtout. Nous disposons de traitements adéquats pour vous protéger.

— Je n'aime pas prendre de médicaments, Docteur.

— Personne n'aime ça, répliqua-t-il en écrivant rapidement dans un bloc-notes. Sauf les drogués, bien sûr.

Je sentis mon cœur se serrer.

— Je ne reverrai plus le Dr Southerby, alors ?

— Vous n'en aurez plus besoin, je l'espère pour vous. N'est-ce pas ce que vous souhaitez ? insista-t-il. Guérir et rentrer chez vous ? Retrouver cette petite sœur qui a besoin de vous, votre frère jumeau ? Et vos parents à qui, j'en suis sûr, vous devez manquer tellement ?

— Justement, relevai-je. Où sont-ils ? Pourquoi ne viennent-ils pas me voir ?

Un instant désarçonné, il reprit très vite contenance.

— Dans votre cas, ce ne serait pas encore souhaitable. Pas trop d'un coup et pas trop vite, c'est ma règle d'or. Sinon, vous risquez un nouveau trauma qui vous ramènerait en arrière, en causant peut-être encore plus de dégâts.

— Mais pourquoi ?

Le Dr Scanlon hésita.

— Je ne suis pas sûr qu'il soit très sage de vous le dire. Du moins pas encore.

— Il faut que je sache, m'obstinai-je. Pourquoi ?

— Très bien. C'est parce que vous vous reprochez ce qui vous est arrivé, m'expliqua-t-il. Vous êtes dans cet état parce que vous vous sentez coupable.

— Alors ce qui est arrivé, c'était ma faute ? Qu'ai-je donc fait de si terrible ?

— Peut-être rien. Ou peut-être quelque chose qui a eu des conséquences tragiques, enchaîna-t-il. Vous devez procéder par étapes. Pour commencer, vous retrouver vous-même, et cela progressivement. Ensuite, régler ce problème de culpabilité. Nous sommes d'accord ?

— Non, nous ne sommes pas d'accord ! Pourquoi ma famille ne vient-elle pas me voir ?

— Nous lui adressons fréquemment des bulletins de santé, dit le docteur d'une voix calme.

— Des bulletins de santé ? Comment peuvent-ils se contenter

de si peu ? Ai-je fait quelque chose qui les a blessés ? Est-ce à cause de cela que je me sens coupable ?

— Il vaut mieux découvrir cela par vous-même, vous le savez, me rappela-t-il avec sécheresse.

Je restai un moment silencieuse et pensive. Se pouvait-il que mes parents ne fussent pas meilleurs que ceux de Clarence et de Megan ? Il fallait que je sache, et je le dis.

— Non, docteur, je ne veux plus attendre. Je veux tout savoir, et tout de suite.

— Mademoiselle Logan...

— Et je veux voir le Dr Southerby. Il le faut. Je dois lui dire ce qui s'est passé. Il peut m'aider, je sais qu'il peut m'aider. S'il vous plaît, implorai-je.

J'éclatai en sanglots, qui se firent de plus en plus violents et convulsifs, jusqu'à devenir incontrôlables.

— Mademoiselle Logan, reprenez-vous !

L'angoisse qui m'étreignait jaillit en un cri de détresse.

— *Pourquoi... mes parents... ne viennent-ils pas me voir ?*

Le Dr Scanlon pressa un bouton sur son bureau et se leva. La porte s'ouvrit instantanément. Mme Kleckner et un surveillant se ruèrent dans la pièce.

— Nous recommençons nos extravagances, annonça le psychiatre, comme si nous étions deux conspirateurs pris sur le fait. Je crois que, pour l'instant, elle serait mieux là-haut.

Je les dévisageai l'un après l'autre, les yeux hagards.

— Là-haut ? répétai-je, terrorisée. *Non-on-on !*

Levée d'un bond, je tentai de gagner la porte mais n'en eus pas le temps. Le surveillant se rapprocha de moi.

— Allons, du calme. Je m'appelle Arnie. Ne vous inquiétez pas, je m'occuperai bien de vous.

— Non, je n'irai pas dans la Tour !

Le Dr Scanlon fronça les sourcils.

— Qui a donné à cet étage ce nom grotesque ? demanda-t-il à Mme Kleckner.

— Probablement un de nos patients, Docteur.

Elle haussa les épaules et se tourna vers moi.

— Ne nous rendez pas les choses trop difficiles, cela vaudra beaucoup mieux pour vous. Il faut obéir au docteur. Allons, venez.

Je secouai la tête avec énergie.

— S'il vous plaît, je vous jure que je serai sage. Vous voyez, je suis calme. Je vais retourner dans ma chambre. Je ne me plaindrai plus. Je ne demanderai plus jamais à voir le Dr Southerby. Laissez-moi partir, implorai-je encore. Je vous en prie.

— Allons, allons, n'ayez pas peur, intervint le docteur sur un ton persuasif. Nous sommes ici pour vous aider, Laura. Nous veillerons à ce qu'il ne vous arrive rien de mal. Vous avez aussi une grand-mère, vous savez ? S'il vous arrivait quoi que ce soit de fâcheux, elle serait encore plus affectée que vos parents, ajouta-t-il avec son petit sourire froid.

— Ma grand-mère ?

Des images brèves m'apparurent en une succession rapide. Une femme âgée debout près d'une voiture, moi dans cette voiture, la vieille dame jetant sur moi un regard de dégoût. C'était elle qui m'avait envoyée ici, et je ne détectais pas la moindre trace d'affection sur ses traits. Seulement de la colère. Qu'avais-je donc fait pour déplaire ainsi à toute ma famille ?

— Non ! criai-je en tendant les bras devant moi. Allez-vous-en. Laissez-moi tranquille !

Aussitôt, Arnie fut près de moi et me plaqua rapidement les bras sur les côtés. Je n'étais pas assez forte pour lui échapper. Le Dr Scanlon contourna vivement son bureau et Mme Kleckner releva la manche de mon chemisier. J'eus beau me débattre et me tortiller, Arnie avait la poigne solide. Le docteur m'enfonça une aiguille dans le bras.

— Vous allez vous sentir mieux, tout va s'arranger, murmura-t-il. Du calme, détendez-vous. Là, voilà.

Je laissai échapper une plainte.

— Ma tête, elle est si lourde... si lourde...

— Tout va bien, fermez les yeux. Allez chercher un fauteuil roulant, ordonna le Dr Scanlon.

Quelques instants plus tard, je sentis qu'on m'installait dans un fauteuil. Une sangle m'enserra étroitement la taille. Quand je tentai de me redresser, les mains puissantes d'Arnie me ramenèrent en arrière.

— Restez calme. (C'était la voix de Mme Kleckner.)

Puis, à nouveau, ce fut celle du médecin-chef :

— Mettez-la au 307.

Tandis qu'on me roulait hors de la pièce, j'eus tout juste la force de formuler une ultime requête :

— Je veux le Dr Southerby... Il peut m'aider... Je veux le voir.

— Je veux, je veux, je veux, scanda Mme Kleckner derrière moi. C'est tout ce que nos patients savent dire.

Arnie s'esclaffa. J'entendis coulisser les portes d'un ascenseur et j'ouvris les yeux quand on m'y poussa. Les portes se refermèrent. Mme Kleckner eut un mauvais sourire.

— Je savais bien que celle-ci finirait là-haut, triompha-t-elle.

Puis il n'y eut plus que noirceur.

15

Je me souviens de toi

Quand je rouvris les yeux, je crus que je rêvais encore. J'avais l'impression de flotter, de planer au-dessus de mon lit en contemplant l'enveloppe vide qu'était mon corps. Autour de moi, tout était blanc, brillant, stérile, comme dans une salle d'opération. Sur les murs nus, les rideaux des petites fenêtres étaient si étroitement tirés qu'ils semblaient cousus bord à bord. Tout cela, je le distinguai grâce à l'éclairage réduit que laissait filtrer la porte entrouverte. Un unique rayon de lumière falote, terne et jaunâtre.

Mon lit empestait l'amidon, les draps raidis m'enveloppaient comme un tuyau. À cause de l'oreiller trop mou, ma tête était à peine surélevée. Je la tournai lentement pour inspecter les lieux.

À côté du lit, je vis une table en plastique imitant le bois, avec un long tiroir en haut, surmontant une grande étagère de rangement. Un bassin de lit d'une blancheur étincelante y voisinait avec une cuvette métallique, sur le bord de laquelle était posé un gant de toilette. Le seul autre meuble en vue était une petite table roulante, contre le mur d'en face.

Je voulus m'asseoir. Ce fut pour découvrir, avec une surprise horrifiée, que j'étais étroitement ligotée. Deux larges courroies de cuir m'entravaient. Une en haut du corps, passant sous mes seins et soudant mes bras à mes côtés, l'autre en travers de mes jambes. Je pouvais à peine remuer. La panique me saisit, me tordit l'estomac, je crus que j'allais vomir. Je rassemblai mes forces pour crier.

— Au secours, quelqu'un ! Aidez-moi !

J'attendis, mais n'entendis rien. Ni pas, ni voix : rien. Je criai à nouveau, attendis, appelai encore. Toujours rien, rien que cet effrayant silence. Il n'y avait donc personne d'autre, à l'étage ? Me débattre pour me délivrer de mes sangles n'aboutirait à rien, sinon à me faire mal. Je poussai un soupir, fermai les yeux et gémis tout bas.

Je dus me rendormir, car lorsque j'ouvris à nouveau les yeux, j'entendis couler de l'eau dans un lavabo. Il y avait quelqu'un dans ma salle de bains. J'appelai :

— Qui est là ?

Un instant plus tard, une grande fille mince aux cheveux roux carotte s'avança dans la chambre. Ses os pointaient sous sa blouse blanche. Elle avait de longs bras, de longues mains qui paraissaient agiles et vigoureuses ; toute sa personne s'étirait en longueur. Quand elle s'approcha de mon lit, je vis plus distinctement son visage.

Elle avait l'air mal réveillée, ses paupières tombantes voilaient à demi ses yeux noisette. Sa bouche large et son long nez mince me rappelèrent Mary Beth, et je me demandai si elle était anorexique, elle aussi. Si c'était le cas, peut-être était-elle une patiente, et non une employée.

Elle ne sembla pas plus étonnée que ça de me voir éveillée. Elle allait et venait à travers la chambre avec aisance, comme s'il y avait déjà des semaines qu'elle s'occupait de moi. Je me demandai soudain depuis combien de temps j'étais là. Me le dirait-elle si je l'interrogeais ? Sans un mot, pas même un simple « bonjour », presque sans me regarder en fait, elle souleva le drap pour détacher les sangles.

— Il va falloir vous lever, grommela-t-elle d'une voix grave, presque masculine. Je vais vous débarbouiller un peu, et je vous apporterai quelque chose à manger.

Elle avait évité de me regarder en parlant, je notai cela aussi.

— Que m'est-il arrivé ? m'informai-je prudemment. Pourquoi suis-je attachée ?

Elle daigna enfin m'accorder un regard.

— Je n'en sais rien, dit-elle en achevant de déboucler les courroies. Pourrez-vous vous asseoir seule ?

Je remis ma réponse à plus tard.

— Où suis-je ? Qui êtes-vous ?

— Je m'appelle Claire. Vous êtes dans la chambre 307. Veuillez vous asseoir, s'il vous plaît.

Je me contraignis à réfléchir. En me concentrant, je finis par me rappeler vaguement les événements qui avaient entraîné mon transfert à cet étage.

— Je veux voir le Dr Southerby, déclarai-je. Pouvez-vous lui dire que Laura Logan a besoin de le voir le plus tôt possible ? C'est très important.

— Je ne suis qu'une aide-soignante, mademoiselle. Je ne fais aucune commission pour personne.

Elle commença ma toilette, ou plutôt non. Elle passa le gant sur mon bras avec autant d'attention qu'elle en aurait eue pour une assiette sale.

— Je peux faire ça moi-même ! m'impatientai-je, ma frayeur cédant la place à la colère. Pourquoi m'a-t-on attachée dans ce lit ? Pourquoi ne puis-je pas circuler librement ? n'ai-je même pas le droit de prendre une douche, ou un bain ?

Elle continua de me laver et de me rincer, exactement comme si je n'avais rien dit. La mesure était comble.

— Vous allez vous décider à répondre, oui ou non ?

Claire interrompit sa tâche monotone.

— J'ai du pâté en croûte, de la purée, des petits pois aux carottes, du pain, du jus de fruit et de la gelée de framboise.

— Quoi ?

— Eh bien, c'est votre dîner. C'est tout ce que je peux vous dire. C'est tout ce que je sais.

Là-dessus, elle s'empara de mon autre bras pour le laver. Je me dégageai brusquement.

— Je vous ai dit que je pouvais me débrouiller seule.

Elle garda un moment le gant à la main, haussa les épaules et le laissa retomber sur mon poignet.

— Tenez, faites-le vous-même. J'irai chercher votre plateau pendant ce temps-là, bougonna-t-elle en se levant.

Puis elle quitta rapidement la chambre.

Je plaquai le gant humide sur mon visage et m'efforçai de me détendre. Il fallait que je sorte d'ici. Que je trouve le Dr Southerby et quitte cet hôpital. Je fis basculer mes jambes par-dessus le rebord du lit, respirai à fond et me levai. Mon corps oscillait comme le balancier d'une pendule, mais je restai debout et me tournai vers le placard, dans l'intention de m'habiller. Pour le moment, je ne portais qu'une ample chemise d'hôpital et j'étais pieds nus. Je frissonnai au contact du carrelage froid, mais je m'avançai quand même en direction du placard. Mais quand j'ouvris la porte, je n'y vis que ces cintres. Il ne contenait ni vêtements, ni chaussures. Rien que ces cintres et une fine couche de poussière.

— Qu'est-ce que vous faites debout ? Retournez vous coucher ou je serai renvoyée, cria Claire derrière moi.

Elle tenait un plateau qu'elle se hâta d'aller poser sur la table roulante. Comme je m'en revenais, elle saisit vivement mon bras pour me soutenir. La chambre entière tournoyait autour de moi.

Je gémis, la voix dolente :

— Pourquoi suis-je si faible ? Que m'ont-ils fait prendre ? J'ai les jambes en coton !

— Je ne connais rien aux médicaments, et j'ignore tout de votre traitement. Retournez dans votre lit.

— Comment se fait-il que vous ne sachiez rien, si vous travaillez ici ? Où est le docteur ? Je veux parler à quelqu'un de responsable.

Claire me porta pratiquement jusqu'au lit, tira la couverture sur moi, me borda. Ma tête retomba sur l'oreiller.

— Je vais vous remonter un peu, dit-elle en appuyant sur un bouton.

La partie supérieure du lit s'éleva lentement, jusqu'à ce que je sois presque en position assise. Puis la jeune femme approcha la table roulante de façon à placer le plateau devant moi.

— Pouvez-vous manger seule, ou voulez-vous que je vous aide ?

— Je peux manger seule. Je pourrais tout faire toute seule, si on ne m'en empêchait pas.

— Tant mieux, répliqua-t-elle. J'ai deux autres patients à l'étage qui ne peuvent pratiquement rien faire du tout. C'est tout juste s'ils arrivent à se moucher seuls, et ils sont à peine plus âgés que vous.

Elle s'éloignait déjà quand elle fit demi-tour, et revint près de moi pour m'attacher les jambes.

— Vous ne pouvez pas les laisser libres ? demandai-je humblement.

— Non. Vous pourriez tomber, et je serais renvoyée.

— Pourquoi travaillez-vous dans cette clinique, si on menace de vous renvoyer à tout bout de champ ?

Elle consentit enfin à sourire.

— La place est bonne. On me paie le double de ce que je gagnerais ailleurs et ma mère n'a plus que moi, maintenant. Elle est trop âgée pour se débrouiller seule. Et la sécurité sociale ne lui donne pratiquement rien.

— Depuis combien de temps êtes-vous à cet étage ? Vous pouvez au moins me dire ça !

Elle haussa les épaules.

— Pas si longtemps que ça, sinon je vous aurais déjà vue.

Un pas retentit dans le couloir et je vis les traits de Claire se décomposer.

— Aïe, aïe, aïe ! gémit-elle en pâlissant à vue d'œil. Voilà le Dr Scanlon qui fait sa tournée avec Mme Roundchild. C'est elle qui commande, ici, et elle ne badine pas.

Une femme d'une quarantaine d'années entra dans la chambre, précédant de peu le Dr Scanlon. Ses cheveux étaient d'un noir d'encre, ses yeux gris fer, sa bouche et son nez si rectilignes qu'on les aurait crus tracés au cordeau. Sa blouse d'uniforme révélait une jolie silhouette, pourtant, et j'admirai son teint éclatant. Mais ce qu'elle pouvait avoir de gracieux, de féminin, était démenti par sa bouche dure et par le feu glacé de son regard.

Elle toisa Claire sans indulgence.

— Qu'est-ce que vous faites là ?

— J'étais sur le point d'aller voir le 304. J'ai installé cette patiente pour le dîner, et j'allais...

— Eh bien qu'attendez-vous ? coupa l'arrivante d'une voix acerbe, à l'accent britannique prononcé. Allez vous occuper des autres. Ils ne peuvent pas réclamer, eux !

— Oui, madame Roundchild.

— Une minute. Pourquoi la porte de ce placard est-elle ouverte ?

— Quelle porte de placard ? Oh !

Claire me jeta un regard de bête traquée.

— C'est moi qui l'ai laissée ouverte, répondis-je à sa place. Je cherchais mes vêtements. Je voudrais retourner au premier, Docteur Scanlon, expliquai-je en me tournant vers lui.

— Vous y retournerez, Laura. Bientôt.

Mme Roundchild n'en avait pas fini avec Claire.

— Vous avez laissé cette patiente se lever et ouvrir ce placard ?

— Elle l'a fait toute seule, madame. Pendant que j'étais allée chercher son plateau.

Mme Roundchild fondit littéralement sur Claire.

— Vous avez détaché ses sangles et l'avez laissée seule ?

— Elle voulait faire sa toilette elle-même, madame. J'ai pensé que je gagnerais du temps si...

— Ceci mérite un blâme, mademoiselle Carson. Ce sera consigné dans votre dossier. Vous connaissez notre règlement, vous avez reçu des consignes précises. Il est clairement spécifié, sur la porte de cette chambre, que cette patiente ne doit pas quitter son lit pour le moment.

— Je sais, mais...

— Il n'y a pas de mais qui tienne lorsqu'il s'agit du règlement, mademoiselle. Vous êtes chez nous depuis assez longtemps pour le savoir.

— Ce n'est pas sa faute, me risquai-je à protester. J'ai insisté pour faire ma toilette moi-même.

Mme Roundchild m'octroya un regard hautain.

— C'est admirable de vouloir prendre les torts sur vous, mais ce n'est pas très honnête, ne trouvez-vous pas ?

— Mais c'est vrai, madame. Je lui ai dit que je voulais me laver toute seule !

— C'est elle qui est censée agir en responsable, pas vous. Eh bien, ajouta Mme Roundchild à l'intention de la pauvre Claire. Pourquoi restez-vous plantée là ?

— Je suis désolée, murmura la jeune femme en s'esquivant.

Flanqué de sa redoutable collaboratrice, le Dr Scanlon s'approcha de mon lit.

— À la bonne heure ! Je vois que vous mangez, constata-t-il en désignant mon plateau d'un signe de tête. Nous sommes en progrès.

Je n'avais pas avalé une bouchée.

— Je n'ai pas faim, avouai-je. Docteur Scanlon, pourquoi ne puis-je pas redescendre au premier ? Pourquoi me garde-t-on ici ?

— Votre état actuel exige une surveillance très stricte, Laura. Ici, nous pouvons vous administrer plus facilement le traitement spécifique adapté à votre cas.

— Je n'ai pas besoin d'un traitement spécial ! protestai-je. J'allais très bien avant que vous ne m'obligiez à prendre ces calmants.

— Pour commencer, ce ne sont pas de simples calmants, Laura. Ce que je vous donne est destiné à vous préserver de l'angoisse ; et, aussi, à prévenir une mauvaise réaction en cas d'émergence brutale de certains souvenirs. Cela dit, j'estime que vous n'êtes pas en mesure de savoir ce qui vous convient ou non.

Mme Roundchild lança au médecin-chef un regard désapprobateur. Manifestement, elle n'appréciait pas qu'il se crût obligé de justifier sa décision. Quant à moi, c'était la décision elle-même que je n'approuvais pas.

— Je veux mes vêtements, Docteur ! réclamai-je d'une voix plaintive. Et je ne veux pas être attachée de cette manière dans un lit.

— Les médicaments que vous prenez peuvent entraîner quelques effets secondaires, Laura. Entre autres, des troubles de l'orientation. Nous prenons ces précautions pour vous protéger.

— Mais je me sens prisonnière, ici ! m'écriai-je, luttant contre les larmes qui affluaient sous mes paupières.

— Vous n'êtes pas prisonnière. Vous êtes malade, et nous sommes là pour vous aider à vous rétablir. Mme Roundchild est l'une des deux infirmières spécialisées qui dirigent ce service, et elle a toute ma confiance. Elle veillera à ce que vous ne manquiez de rien.

Plus le Dr Scanlon me fournissait d'explications, moins j'étais rassurée.

— Mais qu'est-ce que j'ai, à la fin ?

— À mon avis, vous êtes sur le point de faire un retour en arrière décisif, sans la protection de l'amnésie sélective. Autrement dit, le trauma peut resurgir à tout moment. Et quand cela se produira...

Le psychiatre marqua une pause, comme pour ménager son effet.

— Quand cela se produira, ce sera comme si vous heurtiez un train en marche. Croyez moi, j'ai vu bien souvent des cas semblables au vôtre, Laura.

S'il avait voulu me faire peur, il avait réussi. Je me renversai sur l'oreiller, abandonnant toute résistance, et ma réaction parut le satisfaire. Il fit signe à Mme Roundchild qui s'approcha du lit, prit en main une sonnette reliée à un fil et la plaça sous mes yeux.

— Si vous avez besoin de quoi que ce soit, appuyez sur ce bouton ; quelqu'un viendra. Mais ne vous attendez pas à être servie à la seconde, m'avertit-elle. Nous manquons de personnel à l'étage, tout le monde est très occupé. Montrez-vous patiente. Nous ferons de notre mieux pour assurer votre confort et votre sécurité.

— Pourrais-je au moins avoir les bras libres ? J'aimerais pouvoir boire un verre d'eau sans aide, ou me gratter si j'ai des démangeaisons.

L'infirmière allait répondre, mais le Dr Scanlon la devança.

— Je crois que c'est faisable, si vous promettez de ne pas ôter la courroie de vos jambes. Elle est là pour vous empêcher de tomber du lit, comprenez-le. Qu'en pensez-vous, madame Roundchild ?

— J'aimerais qu'elle garde la courroie supérieure autour de la taille, Docteur. Du moins jusqu'à ce qu'elle ait repris des forces.

— Très bien. Cela vous convient-il, Laura ?

J'acquiesçai en silence. Que pouvais-je faire d'autre ? Mme Roundchild tint quand même à préciser :

— Je vous préviens, si vous les ôtez, nous serons obligés de vous attacher à nouveau les bras.

Cette fois, je jugeai inutile de répondre.

Mme Roundchild boucla solidement mes sangles pendant que le Dr Scanlon prenait mon pouls, puis il consulta la fiche accrochée au pied de mon lit.

— Pour le moment, nous ne changerons rien à sa prescription, Mme Roundchild.

— Très bien, Docteur.

— Et maintenant Laura, je vous laisse vous reposer, mais Mme Roundchild veillera sur vous. Si un changement capital survenait, elle m'avertirait immédiatement et je viendrais le plus vite possible. Je vous le promets.

— Le Dr Southerby sait-il ce qui m'est arrivé, au moins ? demandai-je timidement.

Ma question ne plut pas du tout au médecin-chef. Ses traits se durcirent, son regard se glaça.

— Le Dr Southerby sait que vous êtes désormais sous ma responsabilité directe, répliqua-t-il sèchement. Et pour votre gouverne, il a fait son internat sous ma tutelle. Savez-vous ce que cela signifie ?

— Mais oui. Que vous étiez son professeur.

— C'est plus que cela, intervint Mme Roundchild. Le docteur était son idole. Et à juste titre, crut-elle devoir ajouter.

Le Dr Scanlon la récompensa d'un sourire et tous deux quittèrent ma chambre.

Je baissai les yeux sur mon plateau intact. Je n'avais toujours pas faim, mais je me forçai à grignoter. Je goûtai le pâté froid, bus un peu de jus de fruit et me renversai sur l'oreiller. Il s'écoula environ une heure avant que Claire ne revienne chercher le plateau. Je l'accueillis avec un sourire contrit.

— Je suis désolée de vous avoir attiré des ennuis, Claire.

— Je me les suis attirés toute seule, renvoya-t-elle en prenant mon plateau.

Sur quoi, elle sortit sans ajouter un mot.

Un quart d'heure plus tard, j'eus besoin d'utiliser le bassin et sonnai pour qu'on vînt le chercher. J'attendis plus d'une demi-heure, en vain. Finalement, Mme Roundchild entra dans la chambre, Claire sur ses talons.

— Allez vider ça, ordonna-t-elle en pointant le menton sur le bassin.

Puis elle me tendit une coupelle contenant deux comprimés, un verre d'eau, et laissa tomber d'une voix brève :

— Vos médicaments. Prenez-les.

— Est-ce qu'ils vont me fatiguer ? Je suis déjà si faible et si épuisée !

— Prenez-les, répéta-t-elle sévèrement. Le Dr Scanlon ne vous les a pas prescrits sans raison. Je regrette d'avoir à me montrer ferme avec vous, Laura, mais ma tâche n'est pas facile. C'est une lourde responsabilité de soigner des gens qui ne veulent pas se soigner eux-mêmes.

Je pris les comprimés dans la coupelle, les portai à ma bouche, bus quelques gorgées d'eau.

Elle ne me quitta pas des yeux tandis que j'avalais le tout.

— Bien, approuva-t-elle, au moment où Claire rapportait le bassin.

Elle le remit à sa place et toutes deux se retirèrent.

Je ne m'étais jamais sentie aussi seule. Attachée à un lit dans une chambre nue, sans personne à qui parler, sans rien à voir ni même à lire, j'avais l'impression d'être traitée en criminelle, et non en patiente. Il ne me semblait pas du tout qu'on m'aidait, mais qu'on me punissait. Je tendais l'oreille, mais les quelques sons qui provenaient du couloir n'avaient aucun sens pour moi. Et ils étaient bien rares. Aucun bruit de voix, pratiquement pas de circulation. Si le personnel était tellement surmené, pourquoi n'y avait-il pas plus d'animation ?

Mes yeux se fermaient malgré moi. L'effet des comprimés, sans doute, eus-je le temps de penser. Je m'endormis presque aussitôt, et, quelques instants plus tard, je rêvais. Des visages surgirent des ténèbres, familiers, merveilleux. Ma mère me souriait. Mon père m'enveloppait d'un regard plein d'amour. Une petite main se tendait vers moi. C'était May, et elle avait peur. Mon frère marchait à ses côtés. J'avais son nom sur le bout de la langue, j'aurais presque pu le prononcer. Je m'y efforçai, sans y parvenir. Ce fut lui qui parla.

— Reviens, Laura. S'il te plaît, reviens-nous.

— Laura, cria ma mère. Laura, reviens !

— Tu nous manques, Laura, dit mon père. Tu nous manques tellement.

May m'adressait des signaux en pleurant.

Je me débattis, me tordis et tirai si violemment sur mes liens que je m'éveillai en gémissant, au beau milieu de la nuit. La peau me brûlait, là où je m'étais frottée aux courroies. La porte de ma chambre était presque entièrement fermée, la lumière avare du couloir ne me parvenait plus qu'à peine. J'étais seule dans le noir.

Je refermai les yeux et m'abandonnai au sommeil. Cette fois-ci, je sentis instantanément une vague déferler sur moi, froide et salée. Je hoquetai pour reprendre mon souffle. Une tête émergeait de l'eau, ballottée par la houle. Une main se tendait vers moi. Je tentai désespérément de la saisir... et m'éveillai. Il y avait bel et bien une main dans la mienne. Je rouvris les yeux.

— Chut ! entendis-je, et je tournai la tête, pour entrevoir une silhouette dans la pénombre.

Une silhouette familière, agenouillée près de mon lit.

— Clarence ? Qu'est-ce que tu fais là ?

— Parle tout bas, chuchota-t-il. Je suis venu te voir en cachette. Nous avons appris ce qui t'était arrivé, et j'ai essayé de me renseigner toute la journée. Mais personne n'a rien voulu me dire. Mary Beth et Lulu t'embrassent.

Je me redressai en m'efforçant de m'asseoir, jusqu'à ce que la courroie qui entravait ma taille me rentre dans la chair.

— Comment es-tu arrivé jusqu'ici ?

— Il y a un escalier de service, qui sert surtout à monter le matériel. Il débouche tout près d'ici. Je ne connaissais pas le numéro de ta chambre, bien sûr. J'en ai essayé deux avant de trouver la bonne. L'écriteau sur ta porte dit qu'il ne faut pas te déranger. Tu as eu un gros problème, Laura ? Est-ce que tu t'es souvenue de quelque chose de vraiment horrible ? C'est pour ça qu'ils t'ont amenée ici ?

Je lui expliquai ce qui s'était passé avec le Dr Scanlon, à quel traitement il comptait me soumettre et pourquoi.

— Je ne vois pas pourquoi il a fallu te transférer ici pour ça, commenta-t-il.

— Moi non plus. Je veux redescendre, être avec les autres, circuler librement.

— Tu le lui as dit ?

— Oui, mais il répète sans arrêt que je suis là pour ma protection. Pour que je ne puisse pas me faire de mal à moi-même.

Clarence émit un grognement dubitatif.

— Ils pourraient tout aussi bien te protéger en bas, non ?

— C'est ce que je me dis.

— En tout cas, maintenant je sais où tu es. Je monterai te voir chaque fois que je pourrai, mais il faudra que ce soit la nuit. S'ils me surprennent, ils me boucleront à cet étage, moi aussi. Ou ils m'enverront ailleurs, comme Megan.

— Je n'arrive pas à croire que tu sois arrivé jusqu'ici, m'extasiai-je. Tu connais cette clinique comme ta poche.

Je distinguais à peine ses traits, dans le morne éclairage qui venait du couloir ; mais je vis qu'il souriait.

— J'y suis depuis assez longtemps pour ça ! Tu crois que tu vas tenir le coup ici, Laura ?

— Je meurs de peur, Clarence, avouai-je en lui prenant la main. Je ne veux pas rester ici, mais je n'ose pas faire trop d'histoires. Et si le Dr Scanlon avait raison ? C'est le médecin-chef, après tout. Il paraît même qu'il a été le professeur du Dr Southerby.

— Ça, je n'en sais rien, mais je ne veux pas que tu aies peur, Laura.

Il se leva et se rapprocha de moi. Je savais quel courage il lui avait fallu pour venir jusqu'à ma chambre. Quel combat il avait dû mener pour surmonter sa propre angoisse. J'étais émue aux larmes.

— Merci d'être venu, Clarence. Je veux que tu saches à quel point je suis touchée que tu aies pris ces risques pour moi.

— Je ne pouvais pas dormir. Je n'arrêtais pas de penser à toi et de m'inquiéter pour toi.

Un bruit de pas nous parvint du couloir.

— On vient, murmurai-je, fouillant l'obscurité du regard pendant qu'il se glissait sous mon lit.

Quelques secondes plus tard, Mme Roundchild poussa la porte. Un halo de lumière diffuse dessina vaguement sa silhouette, et je sentis son regard sur moi. Je fermai les yeux et attendis, faisant des vœux ardents pour qu'elle n'entre pas. Elle s'attarda pourtant, pendant un temps qui me parut interminable, puis s'en alla en fermant la porte. Ni Clarence ni moi n'osions bouger. Pétrifiés, le souffle suspendu, nous guettions le bruit de ses pas qui s'éloignaient. Clarence ne se releva que lorsqu'on n'entendit plus rien, et seulement alors je relâchai mon souffle.

— Ouf ! C'était moins une. Tu ferais mieux de partir, maintenant.

— Tu as raison.

Je faillis fondre en larmes. Je ne voulais pas qu'il s'en aille. Je me sentais tellement mieux, tellement plus en sécurité quand il me tenait la main. À nouveau, il se pencha sur moi, de plus en plus près, jusqu'à ce que nos lèvres se touchent. Ce fut moins un baiser qu'une caresse et un soupir.

— Je voudrais pouvoir rester avec toi toute la nuit, Laura. Je voudrais te prendre dans mes bras, te protéger de tes propres pensées, de ta terreur. Avec toi, je n'ai plus peur de rien. C'est aussi pour moi que j'ai besoin d'être près de toi, je l'avoue. Nous nous faisons du bien l'un à l'autre, toi et moi.

Je soupirai.

— Pour le moment, je ne sais pas si je suis bonne à grand-chose, Clarence. Je me sens pratiquement infirme. Je ne peux même pas me lever pour aller à la salle de bains !

— Tu guériras et je guérirai, tu verras, me promit-il.

— Tu as été si gentil pour moi, Clarence. Je suis heureuse de t'avoir rencontré.

— J'espère que nous finirons par nous aimer, murmura-t-il précipitamment.

Ce devait être l'obscurité qui l'enhardissait, pensai-je sans pouvoir m'empêcher de sourire.

Il resta longtemps ainsi, tout contre moi. Puis, à nouveau, il m'embrassa. Sauf que, cette fois, ses lèvres s'attardèrent plus longtemps sur les miennes, et leur caresse devint un vrai baiser. Je gémis, affamée de douceur, d'affection, de tendresse. Et il m'embrassa une fois encore. Sur la bouche d'abord, puis sur les joues, les tempes, le front. Il me garda longtemps ainsi, les lèvres dans mes cheveux.

— Robert, murmurai-je, la joue contre sa joue.

— Qu'est-ce que tu as dit ?

Il s'écarta vivement de moi et j'ouvris les yeux.

— Qu'y a-t-il ? demandai-je à voix basse.

— J'ai cru que tu venais de m'appeler par un autre nom. Que tu avais dit « Robert ».

Il s'était figé contre moi, et je ne bougeais pas davantage. Concentrée sur mes pensées, je cherchais, j'attendais : rien ne vint. Comme si un rideau noir tombait devant mes yeux, je me retrouvai plongée dans les ténèbres. Je fondis en larmes.

— Je ne sais pas, je n'y comprends rien, me lamentai-je au comble de la frustration. Le Dr Scanlon a raison. Je suis trop perturbée pour être laissée à moi-même !

— Ne pleure pas, Laura, je t'en prie.

D'un baiser, Clarence cueillit une larme sur ma joue puis se raidit soudain, aux aguets. On roulait un chariot dans le couloir. Main dans la main, nous attendîmes qu'il eût dépassé ma porte.

— Il faut que tu partes, maintenant, murmurai-je.

— Je reviendrai demain soir, je te le promets. Bonne nuit, Laura.

— Bonne nuit, soupirai-je.

Il garda encore un instant ma main, puis, sans un mot, il me quitta et marcha vers la porte. Il l'entrebâilla, inspecta prudemment le couloir dans les deux sens. L'instant d'après, il était parti.

Seule dans ma chambre obscure et silencieuse, avec mes pensées pour toute compagnie, j'éprouvai une bizarre impression de doute. Clarence m'avait-il réellement rendu visite, ou avais-je rêvé ?

***

Je dus pleurer beaucoup cette nuit-là. Le lendemain, en m'éveillant, je trouvai mon oreiller trempé de larmes. J'avais eu des rêves affreusement tristes, je le savais. Mais aucun ne m'avait laissé le moindre souvenir. C'était comme une histoire écrite sur le sable. Comme si, dès mon réveil, la marée avait tout effacé, dissolvant jusqu'au dernier mot, pour l'emporter dans les profondeurs de la mer. Tout était à recommencer.

Ce fut une nouvelle infirmière qui m'apporta le petit déjeuner. Une fille noire au visage poupin et aux yeux ravissants, aussi peu bavarde que Claire. Et, de toute évidence, aussi effrayée qu'elle à l'idée de commettre une entorse au règlement. Tout ce que je pus apprendre à son sujet fut son prénom : Della. Elle vida le bassin, me donna de l'eau fraîche et m'aida à faire ma toilette. J'en profitai pour émettre une réclamation.

— Quand pourrai-je prendre une douche ou un bain ? Ces débarbouillages à l'éponge ne sont pas suffisants !

— Je n'en sais rien. Demandez à l'infirmière.

Exactement comme Claire, Della évita de me regarder pendant presque tout le temps qu'elle passa dans ma chambre. J'avais l'impression d'être un monstre, ou quelque chose d'approchant. Moi qui aurais sauté sur la moindre occasion d'adresser la parole à quelqu'un !

En fin d'après-midi, le Dr Scanlon se décida à se montrer. Il jeta un coup d'œil à ma fiche et approcha une chaise de mon lit.

— Je vois que les dernières vingt-quatre heures ont été calmes, fit-il observer en s'asseyant. C'est très bien.

— Calmes ! Je me suis réveillée en larmes, les jambes écorchées par les courroies, à force de m'être agitée. Je vous en prie, dites qu'on me les enlève. S'il vous plaît.

Il réfléchit quelques instants.

— Très bien, je vais vous faire confiance, accorda-t-il en écrivant quelques notes dans son carnet. Maintenant, parlons un peu de vos souvenirs. Où en sommes-nous, de ce côté-là ?

Je lui décrivis mes visions nocturnes, ou du moins ce que je m'en rappelais. L'océan, les visages, la main tendue. Il m'écouta avec une attention soutenue.

— La mémoire vous revient, Laura. Nous avons choisi la bonne méthode, j'en suis de plus en plus convaincu, affirma-t-il. Continuez à coopérer, prenez vos médicaments. Et laissez à votre psyché tout le temps qu'il lui faut, pour permettre au passé de remonter lentement à votre conscience. Vous ne tarderez pas à sortir d'ici, je vous le promets.

« Toutefois, pour éviter de voir le trauma resurgir trop brutalement, j'aimerais renforcer légèrement votre chimiothérapie. À seule fin de ne pas prendre de risques, expliqua-t-il en ajoutant une note dans son carnet. C'est entendu ?

— Entendu, acquiesçai-je.

Ce qui me valut le sourire le plus artificiel qu'il m'eût jamais accordé jusque-là.

— Comme récompense pour votre coopération, je vais donner des ordres pour que vous puissiez prendre un peu d'exercice. Vous aurez droit à quelques petites allées et venues dans les couloirs. Qu'en dites-vous ?

— J'aimerais beaucoup ça, docteur.

Au point où j'en étais, j'aurais accueilli avec joie tout ce qui pouvait ressembler, de près ou de loin, à une vie normale.

— Bien. Vous ferez cette promenade avant votre prochaine prise de médicaments, afin d'être suffisamment alerte, décida-t-il en se levant. À présent, c'est nous qui contrôlons vos problèmes, et non plus eux qui vous contrôlent. Nous sommes sur la bonne voie.

Il s'en alla sur cette conclusion, l'air très satisfait de lui-même.

Je revis Claire un peu plus tard, au changement de garde. Elle m'annonça qu'elle avait reçu des instructions pour m'emmener faire un petit tour. Dans ce but, elle m'apportait une robe de chambre en coton bleu clair et des mules. Elle détacha mes courroies, puis m'aida à enfiler la robe de chambre et les pantoufles.

— Marcher vous ouvrira peut-être l'appétit, observa-t-elle, en remarquant que je n'avais presque pas touché à mon déjeuner.

Aussitôt après, elle se mordit les lèvres, comme si elle venait de laisser échapper un juron. Puis elle m'aida encore à me mettre debout, et me soutint quand je titubai. Au début, je tremblais un peu sur mes jambes. Mais, après quelques pas, mon sang se remit à circuler, je sentis mes forces revenir. Nous sortîmes de la chambre et nous arrêtâmes un instant dans le couloir.

Tout était différent à cet étage. Comme en bas, le hall reluisait de propreté, mais on n'y trouvait ni fauteuils, ni tableaux. Aux fenêtres, des rideaux bien tendus empêchaient toute lumière de pénétrer. Je remarquai aussi qu'il n'y avait que très peu de chambres à l'autre extrémité du corridor. Il menait à une double porte en verre épais, à travers laquelle j'aperçus Mme Roundchild et une autre infirmière qui bavardaient. À quelques mètres sur ma droite, le couloir tournait brusquement à angle droit.

— Qu'y a-t-il, par là ? demandai-je à Claire.

— Tout au bout, c'est la salle des zombies.

Rien qu'à entendre ce nom, je frissonnai désagréablement.

— La salle des zombies ?

— Les patients qui sont là ne parlent pratiquement pas, ils se contentent de crier ou de pleurer. La plupart restent affalés toute la journée sans rien faire, en agitant leurs membres ou en secouant la tête. Il faut les nourrir, les laver sans arrêt. Il y a beaucoup de jeunes, parmi eux, ajouta Claire. Ils ont tellement pris de drogues que ça leur a lessivé le cerveau. Ils sont complètement abrutis, ceux-là.

— C'est affreux !

— Oui. Vous avez beaucoup de chance, en comparaison.

Nous avançâmes dans cette direction et, très vite, mon pas se raffermit. Claire n'eut plus besoin de me tenir. Nous allâmes ainsi jusqu'à l'angle et dépassâmes le tournant. Là aussi, une porte en verre barrait le fond du corridor. À travers les panneaux, je distinguai des patients assis dans des fauteuils, et deux jeunes femmes debout.

— Je ne suis pas censée vous emmener si loin, dit Claire en désignant les portes.

Et comme je continuai dans le même sens, elle fronça les sourcils.

— Il faut revenir, à présent, Laura.

Brusquement, d'une chambre située sur notre droite, nous parvint le bruit métallique d'un bassin de lit projeté à terre, suivi d'un hurlement.

— Oh, non ! gémit Claire. Voilà Sarah Richard qui recommence. Attendez-moi là, je reviens tout de suite.

Elle se précipita dans la chambre et je poursuivis mon chemin vers les portes. En approchant, je crus reconnaître un visage familier. Je hâtai le pas, et fus bientôt assez près pour regarder à travers les panneaux de verre. Et là, debout et le visage tourné vers moi se tenait Megan, les poignets serrés dans des bandages. Un filet de bave s'échappait de sa bouche ouverte, ses yeux écarquillés semblaient vides.

— Megan ? me demandai-je à voix haute.

Claire me rattrapa en toute hâte et me saisit par le coude.

— Vous ne pouvez pas rester ici. Allez, venez, Laura.

— Mais c'est une de mes amies d'en bas, protestai-je. Megan Paxton. Je croyais qu'on l'avait emmenée dans un autre hôpital. Que lui est-il arrivé ? Elle fait peur à voir !

— Je n'en sais rien, mais si elle est là c'est qu'elle file un mauvais coton. Je vous en prie, Laura, rentrons avant que Mme Roundchild me donne un second blâme. Quand on en a dix, on est renvoyé. S'il vous plaît, Laura.

En rebroussant chemin, je regardai derrière moi.

Megan parut me reconnaître. Elle leva les bras, les garda en l'air et j'eus l'impression qu'elle criait, mais je n'entendis rien. Peut-être essayait-elle seulement de crier, sans produire aucun son. Une infirmière s'approcha d'elle, l'entraîna en hâte et je ne la vis plus.

— Megan, murmurai-je encore.

— Il faut retourner vous coucher, maintenant, Laura.

Nous avions rejoint le couloir central et marchions vers ma chambre. Mme Roundchild, à quelques pas de là, nous regarda passer d'un œil soupçonneux.

— Pauvre Megan, soupirai-je.

Et une inquiétante pensée me traversa. Une telle chose pourrait-elle m'arriver ? Finirais-je dans la salle des zombies, moi aussi ? Peut-être ne guérissait-on jamais personne, dans cet hôpital. Peut-être étions-nous tous destinés à la réclusion dans la salle des zombies... ou à un sort encore pire ?

Claire venait à peine de me recoucher quand Mme Roundchild fit irruption dans ma chambre.

— C'est l'heure de vos médicaments, annonça-t-elle en s'approchant du lit, coupelle en main.

Je refusai les comprimés qu'elle me tendait.

— Je n'en ai pas besoin. J'aimerais essayer de m'endormir sans sédatifs, ce soir.

— Vous devez les prendre. Et vous avez promis au Dr Scanlon de suivre votre traitement. Pourquoi faites-vous la forte tête, maintenant ?

— Parce que j'ai peur, avouai-je sans détours. Toutes ces drogues agissent comme un lavage de cerveau. Elles pourraient finir par m'abrutir complètement.

— C'est ridicule ! Qui vous a raconté ces inepties ?

Mme Roundchild se tourna vers Claire, qui achevait de nettoyer la salle de bains. La jeune femme s'activa de plus belle sans paraître avoir entendu.

— Personne ne m'a rien dit, madame. J'ai peur, c'est tout.

Le ton de l'infirmière en chef se fit menaçant.

— Je resterai là toute la nuit s'il le faut, mais vous prendrez vos sédatifs. Et si ce n'est pas par la bouche, ce sera par intraveineuse. Nous vous mettrons sous perfusion.

— Mais ils m'affaiblissent tellement ! me lamentai-je. Et cette petite promenade m'a déjà complètement épuisée.

La mine sévère de Mme Roundchild n'exprima ni compréhension, ni compassion. Elle continuait à brandir sa coupelle.

— Allez-vous prendre ceci volontairement, ou faudra-t-il vous y forcer ?

À contrecœur, je lui tendis la main. Elle y versa les pilules et me regarda les avaler avec une attention toute particulière. Il y en avait davantage, ce soir. J'eus l'impression qu'elle les comptait.

— Attachez-la, ordonna-t-elle à Claire qui sortait de la salle de bains.

— Mais le Dr Scanlon a dit que je n'avais plus besoin de l'être ! Il me l'a promis !

L'infirmière en chef arqua les sourcils.

— En tant que responsable de ce service, c'est à moi de prendre les décisions que peuvent nécessiter les circonstances. Vous venez de dire que la marche vous avait fatiguée. J'estime qu'il serait imprudent de ne pas vous attacher cette nuit, conclut-elle.

— Mais regardez mes jambes ! Elles sont toutes rouges et tout enflées.

— Ce n'est rien à côté de ce que arriverait si vous tombiez sur le nez. Attachez-la, mademoiselle Carson.

Claire se hâta de lui obéir.

— Je veux voir le Dr Scanlon, demandai-je à bout d'arguments.

— Il sera là demain, à l'heure habituelle.

— Je veux le voir immédiatement !

Les prunelles gris fer de l'infirmière en chef se rétrécirent.

— Ne le prenez pas sur ce ton avec moi, mon petit. Votre grand-mère a beau faire de généreuses donations à la fondation, vous n'en êtes pas moins une patiente, dans cette clinique. Une patiente comme les autres ! acheva-t-elle en tournant les talons.

Claire me jeta un regard de sympathie et sortit derrière elle.

— Je veux voir le docteur ! vociférai-je, au moment où la porte se refermait.

Personne ne me répondit.

Les comprimés ne tardèrent pas à produire leur effet. Mes paupières s'alourdirent ; il n'eût servi à rien d'essayer de lutter. Dors et souviens-toi, pensai-je. Dors et rappelle-toi qui tu es, rappelle-toi tout et tu seras libre.

Quelque chose que Mme Roundchild avait dit s'attardait dans ma tête, mais comme voilé par une vague brume. Quelque chose à propos de ma grand-mère. Qu'est-ce que cela pouvait bien vouloir dire ? Cette question fut ma dernière pensée consciente.

Comme l'avait annoncé le Dr Scanlon, mes doses de sédatifs avaient été considérablement augmentées. Je le savais et j'en eus la preuve, car je dormis à poings fermés. Je sus aussi que Clarence était venu dans ma chambre, pendant la nuit. En m'éveillant, je trouvai dans ma main un mouchoir en papier roulé en boule, avec ces mots gribouillés au stylo à bille : *Je t'aime. Devine qui ?*

Cette trouvaille m'arracha un sourire, et en même temps m'effraya. Et si quelqu'un voyait le mouchoir ? J'en fis une boulette et le jetai dans mon bassin de lit, où là au moins personne n'irait le chercher.

Le Dr Scanlon ne vint pas me voir de toute la journée. Je le réclamais sans arrêt, mais comme d'habitude les infirmières ne savaient rien. « Il viendra quand il viendra » fut tout ce que daigna répondre Mme Roundchild.

La seule chose sur laquelle je pouvais compter, c'étaient les prises régulières de médicaments. J'avais droit à deux, à présent. Une le matin, une le soir. Celle du soir me fit le même effet que la nuit précédente. Je m'endormis presque aussitôt, mais cette fois-ci mon rêve m'éveilla, ou du moins je crus me réveiller.

À nouveau, je vis une main sortir de l'océan et une tête apparaître à la surface. C'était un garçon, et quand je vis ses yeux je me mis à hurler. Il replongeait sans cesse, et je me démenais comme une folle pour essayer de l'atteindre. J'entendais sa voix. *Au secours, Laura. Aide-moi. Je veux rester près de toi pour toujours. Aide-moi. Viens à moi.*

Je sentis ses lèvres sur mon visage. Et je lui ouvris mes bras, l'attirai sur ma poitrine, où il pourrait poser sa tête et s'endormir en sécurité. Juste avant l'aube, je m'éveillai en sursaut. Je ne rêvais plus, maintenant. Quelque chose pesait bel et bien sur moi. Clarence était couché contre moi, replié en chien de fusil et la tête posée sur ma poitrine.

— Clarence, appelai-je. (Il ouvrit des yeux papillotants.) Quand es-tu entré ? Je ne m'en souviens pas.

— Je suis là depuis des heures et des heures, Laura. J'ai passé presque toute la nuit avec toi.

— Ils me bourrent de drogues, Clarence, et cela m'épuise. Mais je n'ose pas ne pas les prendre, j'ai peur qu'il ne m'arrive quelque chose. Megan...

Je lui pris la main et la serrai.

— Megan n'a pas été emmenée dans un autre hôpital, Clarence. Elle est ici. Dans un endroit qu'ils appellent la salle des zombies. Je l'ai vue. Elle est dans un état épouvantable.

— La salle des zombies ? Je vois ce que c'est. Elle va vraiment si mal que ça ?

— J'ai failli ne pas la reconnaître. Elle a l'air tellement bizarre... elle m'a fait peur. Oh, Clarence ! larmoyai-je. Et s'il m'arrivait la même chose ? Si les drogues qu'ils me donnent et mes rêves me rendaient vraiment folle ? Ne les laisse pas m'emmener là-bas, je t'en prie.

Il secoua la tête avec une énergie farouche.

— Jamais. Jamais je ne les laisserai t'enfermer là-dedans.

— Si seulement j'arrivais à me souvenir de tout ! m'écriai-je avec un sanglot dans la voix. Ils me laisseraient partir.

— Je crois que c'est ce qui est en train de t'arriver, Laura. Je t'ai entendue appeler quelqu'un dans ton sommeil. Quelqu'un que tu voulais sauver. Ce doit être cela, cet événement précis qui t'a traumatisée. Oui, je pense que c'est la cause de ton amnésie.

— J'ai appelé, dis-tu ? Qui ça, Clarence ? Est-ce que j'ai prononcé un nom ?

Il hésita.

— Je ne sais pas si je dois te le répéter. Après ce que tu m'as dit, j'ai peur que ce ne soit dangereux pour toi.

— Il faut que tu me le dises, Clarence. Je ne peux plus supporter ce vide, ni tout ce noir. Je t'en prie, qui ai-je appelé ?

— C'était le même nom que je t'avais déjà entendu prononcer, Laura.

Je réfléchis un moment et soupirai.

— Je ne me rappelle rien de ce que j'ai pu dire. Leur traitement de choc m'a déjà transformé la cervelle en guimauve. Quel nom ai-je crié ? Tu dois me le dire, Clarence. Je ne veux pas finir comme Megan. Qui ai-je appelé ?

Sa réponse fut un murmure presque inaudible.

— Quelqu'un qui s'appelle Robert.

Je le dévisageai, les yeux agrandis, sans souffle. Il ajouta d'une voix chargée de tristesse :

— C'est quelqu'un que tu as dû beaucoup aimer, Laura.

— Oui ! oui !

L'obscurité se retirait, un peu de lumière filtrait à travers les nuages qui occultaient ma mémoire.

— Oui, Clarence. Je l'aimais. Je l'aime.

Aujourd'hui, je le savais, aujourd'hui je me souviendrais de tout. Cette pensée m'emplissait d'angoisse et de terreur, mais aussi de joie, et de confiance. La fin de mon épreuve était proche. Bientôt, je serais libre.

16

Enfin réunis

— CELA me rend malade d'avoir à te quitter, soupira Clarence.

Par la fente des rideaux, le rose de l'aurore se montrait déjà. Ces premières lueurs dissipant les ombres de la nuit ranimaient mon espoir : celui de voir la même chose m'arriver. Mes propres ténèbres se dissoudre. Je souris.

— Il faut que tu t'en ailles, Clarence. Tout ira bien pour moi, maintenant. J'en suis sûre.

— Si seulement ils ne te forçaient pas à prendre toutes ces drogues ! Cela ne me dit rien qui vaille, s'inquiéta-t-il à voix haute.

Il se pencha et déposa un baiser sur mon front.

— À bientôt, murmura-t-il en serrant doucement ma main.

Puis il se releva, marcha vers la porte et l'entrouvrit. Le temps de jeter un coup d'œil inquisiteur dans le couloir, il était parti.

— Robert, chuchotai-je dans le silence de la chambre, comme si mes lèvres essayaient le prénom. Robert.

Je fermai les yeux, un raz-de-marée d'images m'assaillit. Je me concentrai, contraignis ce flot à ralentir jusqu'à ce qu'apparaissent, avec une clarté parfaite, les membres de ma famille. Je voyais leurs visages, j'entendais leurs voix, leurs rires, les propos qu'ils échangeaient à table, papa lisant la Bible. Et... Cary. Son nom émergea comme une bulle qui éclate, et avec lui vint une litanie de mots, compliments, reproches, avertissements, espoirs...

Un petit voilier se balançait sur un étang, et je compris que c'était une des maquettes de Cary. Je le vis en train d'y travailler, avec ses tubes de colle et son fer à souder, maniant de minuscules pièces pour les ajuster à leur place exacte. Je m'aperçus que je me souvenais de son atelier. Et avec chaque image, chaque détail retrouvé, ma maison se reconstruisait autour de moi. Je vis ma propre chambre, mes peluches, mon merveilleux lit à colonnes. Je vis maman dans la cuisine, préparant une délicieuse soupe aux palourdes. Papa lisant le journal dans son fauteuil, en grommelant de temps en temps. May à ses pieds, en train de rassembler les pièces d'un puzzle. Tous attendaient que je revienne à la maison.

Je me vis moi-même courir à la porte d'entrée, puis tirer sur la poignée, qui ne voulait pas tourner. La porte ne s'ouvrit pas. Pourquoi était-elle fermée à clé ? Je la martelai de mes poings et criai :

— Maman ! Papa ! Cary !

Personne ne vint ouvrir. Je me retournai, vers ce qui aurait dû être le jardin de devant, mais ce fut le voilier de Cary que je vis. Sauf qu'il grandissait, l'étang devenait l'océan. Il y avait quelqu'un à bord, gouvernant vers la côte. Un garçon qui m'appelait en me faisant signe de le rejoindre. Le bateau s'approcha jusqu'à ce que je puisse le reconnaître avec certitude. Lui, mon cher Robert.

Laura ! m'appela-t-il. Reviens, Laura.

Je courais vers la plage, à présent. Mais plus je courais, plus elle s'éloignait. C'était comme si je foulais sans cesse le même sable, sans avancer d'un pas, et Robert appelait toujours.

— Qu'est-ce qui vous arrive ? interrogea une voix toute proche. Pourquoi pleurez-vous ?

Instantanément, tout s'évapora. Debout à côté de mon lit, Mme Roundchild me regardait de haut en me tendant mes comprimés. Je ravalai mes larmes.

— Je... je peux me rappeler des tas de choses, maintenant. Je me souviens de ma famille, de ma maison. Et aussi de Robert, d'un bateau, je...

— C'est très bien. Tenez, prenez vos médicaments. Claire va vous apporter votre plateau.

— Mais je ne devrais peut-être plus rien prendre, protestai-je. Maintenant que je retrouve de vrais souvenirs, il vaut mieux que j'aie l'esprit clair.

Mme Roundchild ébaucha un semblant de sourire.

— Comment se fait-il que tout le monde se prenne pour un médecin, ici ?

— Je n'essaie pas de jouer le rôle du docteur, madame. Je sens que je ne devrais rien prendre, simplement.

— Ah oui ? Le Dr Scanlon s'est-il déjà trompé, jusqu'ici ?

N'avez-vous pas commencé à retrouver la mémoire, et cela en douceur, sans risques de dommages psychiques ? Eh bien ? Est-ce vrai ?

— Oui, admis-je sans enthousiasme. Enfin, je suppose.

— Vous supposez ? Eh bien moi, je le sais. Cela fait bientôt cinq ans que je suis infirmière en chef dans ce service, et j'ai vu de nombreux cas comme le vôtre. Le Dr Scanlon les a tous traités avec succès, sachez-le. Et ne vous mêlez plus de supposer.

Une fois de plus, mes yeux se remplirent de larmes.

— Je veux rentrer chez moi, c'est tout.

— Alors faites ce qu'on vous dit, rétorqua sèchement Mme Roundchild.

Puis son expression s'adoucit quelque peu.

— Je ne veux pas être dure avec vous, Laura, mais je dois me montrer ferme. Je n'ai pas la tâche facile, ici. J'ai la responsabilité de gens qui ne sont pas responsables d'eux-mêmes. Certains d'entre eux se sont déjà fait du mal, et ils recommenceront si je n'applique pas les instructions du Dr Scanlon à leur sujet. Chacun d'eux a besoin d'un traitement spécial, ce qui représente un travail énorme. Nous n'avons pas de temps à perdre, comprenez-vous ?

— Oui, acquiesçai-je d'une voix éteinte.

— Bien, alors prenez vos médicaments. Le Dr Scanlon viendra évaluer vos progrès, nous verrons ensuite ce qu'il convient de faire.

Je pris les comprimés d'une main tremblante et les mis dans ma bouche. Mme Roundchild me tendit un verre d'eau, me regarda boire et s'assura que j'avalais le tout.

— Parfait, approuva-t-elle. Votre petit déjeuner arrive.

Effectivement, juste après son départ, Claire m'apporta mon plateau. Elle releva le chevet de mon lit et approcha la table roulante.

— Je vais déjà bien mieux, lui annonçai-je. La mémoire me revient de plus en plus vite. Je vais pouvoir rentrer chez moi.

— Tant mieux pour vous. J'aimerais pouvoir dire que cela me fera moins de travail, mais il ne faut pas y compter. Chaque fois qu'un patient s'en va ou qu'on le transfère chez les zombies, ils en mettent un autre à sa place. Ils ont une liste d'attente longue comme le bras.

Elle semblait disposée à parler, ce matin. Je me hasardai à demander :

— Pourriez-vous obtenir des renseignements sur une patiente, Megan Paxton ? J'aimerais avoir de ses nouvelles.

— Ils n'aiment pas qu'on pose des questions. Si un employé se faisait surprendre à parler des patients, il serait renvoyé sur-le-champ. Bon, je ferais mieux d'aller servir les autres, ajouta-t-elle, coupant court à toute autre tentative de ma part.

Restée seule, je m'efforçai de manger un peu, mais je n'avais pas faim. Je ressentais encore l'effet assoupissant des comprimés. J'y succombai. Quand je me réveillai, mon plateau n'était plus là. Je contemplai fixement le plafond blanc.

Des traits commencèrent à se dessiner sur cette blancheur. Un visage apparut, comme s'il émergeait d'un nuage. Robert. Des mèches mordorées tombaient sur son front, ses yeux me souriaient. Puis il éclata de rire et le fond blanc qui l'entourait se mit à tournoyer, aspirant son visage dans son tourbillon. Le plafond se changea en eau, une eau mouvante dont le bras de Robert émergea. Sa main se tendit vers moi.

— Laura...

Je m'entendis hurler.

Je dus m'évanouir, ou m'endormir, l'un ou l'autre. Mais quand j'ouvris les yeux, cette fois-ci, le Dr Scanlon était assis près de moi. Il venait de prendre mon pouls et écrivait quelques notes dans son carnet. Il semblait parfaitement calme, si calme que j'en vins à douter d'avoir vraiment crié.

Soudain, je remarquai les deux jeunes gens qui se tenaient au pied de mon lit, en blouse d'hôpital. Un brun à lunettes et un grand blond aux yeux clairs. Chacun d'eux portait une planche à pince et un stylo.

— Bonjour, Laura, dit le Dr Scanlon. Voici le Dr Fernhoff et le Dr Bloom. Tous deux sont internes dans mon service, ils viendront de temps à autre s'assurer que vous allez bien. Alors, mon petit ? poursuivit-il d'une voix onctueuse. Mme Roundchild m'apprend que vous vous êtes souvenue de nombreux détails nouveaux, concernant votre famille. C'est bien vrai ?

Je fis signe que oui.

— Bien. Voyons un peu ces souvenirs. Étaient-ils tous agréables ?

Je fis signe que non.

— Je vois. Qu'est-ce qui vous a été pénible, en particulier ?

Je levai les yeux sur les deux jeunes médecins. L'attention avec laquelle ils m'observaient m'intimidait, surtout celle du Dr Fernhoff.

— Il y avait... quelqu'un, balbutiai-je. Quelqu'un que j'aimais. Et il... il lui est arrivé quelque chose.

Le Dr Scanlon jeta un regard entendu aux deux autres.

— Je crois que cela avait un rapport avec... la mer. Il était dans un voilier.

— Bien, bien, Laura, m'encouragea-t-il. Continuez.

— Je ne suis pas sûre. Je pense que... qu'il a dû passer par-dessus bord.

Cette fois, je choisis de regarder le Dr Bloom, qui m'impressionnait moins. L'expression de ses traits me fit croire que je n'étais pas loin du but. L'insistance du psychiatre me le confirma.

— Que vous rappelez-vous d'autre, Laura ? Vous devez me le dire, et aussi tout ce que vous *croyez* vous rappeler.

— Nous étions tous les deux à bord, et... je crois que nous avons été surpris par la tempête. Est-ce bien cela ?

La réponse du Dr Scanlon fut une autre question.

— Qui était-ce, Laura ? Qui se trouvait avec vous dans ce bateau ?

— Robert, dis-je, et le reste jaillit d'un trait. Robert Royce, un élève de mon lycée.

Le Dr Scanlon se redressa, l'air profondément satisfait.

— C'est très bien, Laura. Vous avez beaucoup progressé.

— Mais est-ce que tout cela est vrai ?

— À votre avis ?

— Je n'en sais rien ! m'écriai-je avec désespoir. Je ne me souviens plus. Quelque chose a dû lui arriver, sûrement un malheur. Je vous en prie, implorai-je, dites-moi que je me trompe ! Dites-moi que ce n'est pas vrai.

— Vous ne devez pas croire que c'est arrivé par votre faute, Laura.

— Pourquoi serait-ce ma faute ? Était-ce ma faute ? Qu'est-ce que j'ai fait ?

Le Dr Scanlon rassembla ses notes et se leva.

— Cela suffit pour l'instant, déclara-t-il d'un ton péremptoire.

— Non, cela ne suffit pas. Vous n'êtes même pas resté cinq minutes !

— Le temps que je passe ici est sans importance. C'est ce qui se passe *pendant* ce temps qui compte.

Je refusai d'abandonner la partie.

— Je ne peux pas encore tout me rappeler, mais j'ai déjà retrouvé beaucoup de choses. Ne pouvez-vous pas m'aider à me souvenir du reste, maintenant ?

— Il vaut mieux procéder par degrés, Laura. Demain est un autre jour, pontifia-t-il en se tournant vers ses internes.

Les deux jeunes gens se penchèrent sur leurs planches et s'empressèrent de prendre des notes. Un gémissement désolé m'échappa.

— Je veux rentrer chez moi. Je me souviens de ma famille à présent. De ma mère et de mon père, de ma petite sœur, de mon frère jumeau. Pourquoi ne viennent-ils pas me voir ?

— Peut-être viendront-ils bientôt, répliqua le docteur, évasif.

Puis il reprit à l'intention des deux internes :

— Un cas typique d'amnésie dissociative, messieurs. Le malade retrouve peu à peu la mémoire, mais il subsiste des blancs dans son histoire individuelle. Comme ce cas le montre, ces blancs sont généralement reliés à des événements traumatisants, ou extrêmement douloureux.

— Le syndrome du combattant ? suggéra le Dr Fernhoff.

— Exactement. Ce cas est du même ordre que les troubles mentaux dus à la tension des combats. De nos jours, on les rencontre de plus en plus chez les enfants victimes d'abus sexuels. Hélas.

Le docteur se racla la gorge et reprit son ton professoral.

— J'attire votre attention sur le cas de cette patiente, messieurs. Elle est sur le point de revivre son trauma, et sa réaction immédiate sera des plus instructives.

J'avais l'impression d'être une amibe sous un microscope.

— Je veux rentrer chez moi, implorai-je en gémissant.

Le Dr Scanlon ne parut pas m'entendre. Il poursuivit sa péroraison.

— Nous devons tenir compte de la façon dont la patiente perçoit les événements, messieurs. Elle se sent coupable. Notre souci le plus urgent est de l'aider à se débarrasser de cette culpabilité. Car c'est précisément ce sentiment qui a provoqué son amnésie dissociative.

« Quant aux altérations éventuelles subies par le cerveau après le trauma, les encéphalogrammes nous renseigneront. Et maintenant, messieurs...

Il indiqua la porte aux deux internes, qui s'ébranlèrent comme un seul homme.

— Le patient suivant est un cas encore plus typique d'abus sexuel, annonça-t-il en passant devant eux. Nous avons affaire à un sujet masculin de douze ans, de type caucasien...

Je les regardai sortir et laissai retomber ma tête sur l'oreiller. Elle ne m'aurait pas semblé plus lourde si elle avait été soudain changée en pierre.

Un peu plus tard, on vint me chercher pour me faire subir les examens prescrits. On me fixa des électrodes sur la tête, des machines analysèrent mes ondes cérébrales. Les internes supervisaient les résultats, mais aucune des personnes présentes ne m'en fit part. Je fus simplement ramenée dans ma chambre et remise au lit. Quand je m'en plaignis, Mme Roundchild me permit de m'asseoir dans un fauteuil. À une condition, toutefois : ne pas essayer de marcher seule, et encore moins de quitter la pièce.

Je restai assise ainsi toute la journée, à ressasser mes souvenirs qui ne cessaient de s'accroître et de s'enrichir. Les détails s'ajustaient, les formes se précisaient, les couleurs s'avivaient. C'était comme si ces lambeaux de mémoire, d'abord comparables à de simples esquisses au crayon, prenaient vie sous le pinceau d'un artiste. Je retrouvais non seulement les images et les sons, mais toutes sortes d'odeurs, de parfums, de saveurs. Plus que jamais, je désirais la présence de ma mère. Je la réclamai toute la journée, en pure perte. Chaque fois que Mme Roundchild ou l'un des internes se montraient, c'était pareil. Ils me rassasiaient de promesses, ponctuées par ce mot cent fois répété : bientôt.

Bientôt ne me suffisait pas, c'était trop tard. Attendre était audessus de mes forces. Comme je devenais un peu trop insistante dans mes exigences, Mme Roundchild ordonna qu'on me remette au lit et qu'on m'attache. Elle alla téléphoner au Dr Scanlon, et revint me transmettre ses consignes. Il voulait que je prenne mes médicaments plus tôt que d'habitude, ce soir-là. D'après lui, j'étais sur le point de faire une percée dramatique. Une fois de plus, on me promit que mon épreuve allait se terminer... bientôt.

Je pris les comprimés juste après le dîner, et m'endormis presque aussitôt. Je me retrouvai en pleine mer. J'étais à bord du voilier, avec Robert. Il tenait la barre et souriait, tout fier de ses talents de navigateur. Nous voguions vers une petite crique, encore invisible, dissimulée par une avancée de la côte. Une fois là...

Une fois là, toutes les tendres promesses dont il m'avait comblée se réaliseraient. Il ne nous restait plus qu'à contourner la pointe.

***

Dans mes rêves, je vis Robert et la jeune fille qui s'avérait être moi-même tirer le voilier au sec et s'avancer en riant vers la plage. Je la vis s'étendre sur le sable, où il se laissa tomber à genoux. Puis il se mit à quatre pattes au-dessus d'elle et la contempla longuement, le regard débordant d'amour. Il lui caressa les cheveux, puis la joue, promena le bout des doigts sur ses lèvres pour lui permettre de les embrasser. Elle gémit, et il s'étendit doucement sur elle.

Tout d'abord, il ne la toucha qu'avec les lèvres, effleurant tour à tour son front, sa bouche, son cou, pour revenir aussitôt vers sa bouche. Puis, toujours avec la même douceur, il remonta lentement son chemisier.

Au loin, de gros nuages commençaient à se rassembler, mais ni lui, ni elle ne s'aperçurent que le temps changeait. Le vent avait forci, les mouettes tournoyaient avec des cris nerveux, les vagues s'enflaient en battant la plage. Totalement captivés l'un par l'autre, ils ne voyaient rien, n'entendaient rien, rien d'autre que le son de leurs voix murmurant des serments.

Je les vis se déshabiller, jeter avec des gestes vifs et légers leurs vêtements loin d'eux. Nus sous le ciel où s'amassait l'orage, ils s'enlacèrent, d'abord avec une tendre douceur puis avec frénésie. Tous deux désiraient de toute leur âme que leur étreinte fût plus intense, plus farouche, plus passionnée qu'elle ne l'avait jamais été. Et elle le fut.

Puis, quand vint la délicieuse fatigue d'après l'amour, ils s'effondrèrent dans les bras l'un de l'autre. Épuisés, heureux, ils se laissèrent glisser dans le sommeil. Je tentai de crier pour les avertir, mais comment auraient-ils pu m'entendre ?

Le ciel s'assombrit, le vent forcit encore. La houle heurtait bruyamment les écueils, et le petit voilier fut happé par le flot. Quand les deux amants s'éveillèrent, il dérivait vers le large.

Brusquement, je ne fus plus dans le rôle d'observatrice. J'étais sur la plage et je criais, Robert nageait désespérément vers le bateau. Je m'élançai à son secours. Ce fut alors que les ténèbres retombèrent, me coupant brutalement de ma mémoire, éteignant tous les sons, me laissant seule dans un terrifiant silence.

— Robert, appelai-je en battant des bras. Je m'agitai ainsi, fébrilement, jusqu'à ce que je sente qu'on me tenait et que j'ouvre les yeux. Clarence était couché près de moi.

— Laura, Laura, murmura-t-il en me serrant dans ses bras. Tu faisais un cauchemar ? C'est sûrement à cause de tous ces comprimés qu'ils te font prendre !

Je réprimai un sanglot.

— Je n'en sais rien, mais il faut que je sorte d'ici, Clarence. Ils ne veulent pas vraiment m'aider. Ils se contentent de me droguer pour m'endormir et m'affaiblir. Je veux rentrer chez moi, Clarence. Je sais qui sont mes parents, et où j'habite. Je me rappelle presque tout. Il faut que je rentre à la maison, tout de suite !

— Tu veux quitter la clinique maintenant ? Ce soir ?

— Oui, de toute urgence. Ils sont en train de me transformer en cobaye. Ils veulent prolonger mon traitement le plus possible, pour leurs observations. Je le sais. Je veux rentrer, Clarence. Je t'en prie, aide-moi.

Il se tut longuement, tout pensif, et pendant tout ce temps je gardai sa main serrée dans la mienne.

— Je t'aiderai, Laura, dit-il enfin. Si c'est vraiment ce que tu veux.

— Oh, merci ! Clarence. Merci.

Je rejetai les couvertures, détachai la courroie de ma taille. Clarence déboucla celle qui m'entravait les jambes et j'entrepris de me lever. Il me retint.

— Une minute, Laura, laisse-moi réfléchir.

— Ce n'est pas le moment de réfléchir, Clarence. Nous n'avons pas le temps. Fais-moi sortir d'ici, je t'en prie.

— Tu as besoin de vêtements, voyons. Tu ne peux pas sortir comme ça. Bon, je sais ce qu'on va faire, décida-t-il. En descendant, nous irons dans ton ancienne chambre prendre de quoi t'habiller, ensuite je te conduirai à la porte de la cuisine. Celle que je t'ai montrée.

— Oui, oui, Clarence, mais dépêchons-nous !

— Non, rectifia-t-il : soyons prudents. S'ils nous surprennent, nous pouvons nous attendre au pire, tous les deux. Ils prendront des mesures draconiennes, tu peux en être sûre. Attends, dit-il en allant jeter un coup d'œil dans le couloir. Bon, ça va. Personne en vue.

Je m'assis sur le bord de mon lit et me levai. Sur le moment, je chancelai, mais je me redressai très vite. Clarence accourut, me prit par le bras et revint avec moi jusqu'à la porte. Il vérifia une seconde fois que la voie était libre, puis me chuchota ses instructions.

— Quand nous sortirons, ce sera la première porte à gauche après le tournant. Ensuite l'escalier. Au premier, nous nous arrêterons le temps d'inspecter ce couloir-là aussi. Je l'ai fait assez souvent, rassure-toi ; je suis un expert en la matière.

Je hochai la tête avec vigueur, impatiente de me mettre en route. Il me prit la main et nous nous faufilâmes rapidement jusqu'à l'escalier. La tête me tournait en descendant les marches, mais je n'en laissai rien voir jusqu'au premier palier. Là, Clarence dut me retenir pour m'éviter de tomber.

— Tu es si faible, Laura. Comment pourras-tu quitter la clinique ?

— Je dois m'en aller, affirmai-je. Une fois dehors, je me sentirai mieux. L'air frais me fera du bien.

Il me garda contre lui pendant un moment encore, puis nous attaquâmes la seconde volée de marches. Au premier, Clarence s'assura encore une fois que tout était en ordre, avant de m'entraîner à pas feutrés dans le grand corridor. Moins de deux minutes plus tard, nous étions dans mon ancienne chambre.

Nous évitâmes d'allumer, par crainte d'attirer l'attention, mais la lumière extérieure était suffisante. J'allai jusqu'au placard, où je pris un jean et un chemisier, mais je n'y trouvai ni chaussures, ni tennis. Je dus me contenter de mes pantoufles. Clarence, resté près de la porte, garda le dos tourné pendant que je me changeais.

Mon journal était toujours sur la petite table, personne n'avait pris la peine de le remettre au Dr Scanlon. Je fus tentée de l'emporter, mais j'hésitai. Je ne voulais rien garder qui puisse me rappeler cet endroit, si je pouvais l'éviter. Je voulais le laisser derrière moi pour toujours.

— Je suis prête, annonçai-je.

Clarence me regarda mais ne bougea pas de sa place.

— Eh bien ? Qu'attendons-nous ?

— Je ne peux pas te laisser partir seule, Laura. Je t'accompagne.

Je ne fus pas certaine d'avoir bien compris.

— Tu veux dire... que tu penses sérieusement à quitter la clinique avec moi ?

— Oui.

Je pouvais presque sentir le tremblement qui l'agitait. Il n'avait pas quitté la propriété depuis des années, je le savais. Il me l'avait dit lui-même.

— Tu n'es pas obligé de faire cela, Clarence.

— Je veux le faire.

Il entrebâilla légèrement la porte et me fit signe de garder le silence. Quelques secondes plus tard, un bruit de voix nous parvint ; par l'interstice qui séparait le panneau du chambranle, nous vîmes arriver Arnie et Billy. Les deux surveillants s'arrêtèrent non loin de ma chambre, échangèrent quelques mots et s'esclaffèrent. Puis ils s'éloignèrent et disparurent au tournant du couloir.

— Maintenant ! souffla Clarence.

Nous nous élançâmes dans le corridor en courant, et ne nous arrêtâmes qu'à la cafétéria. Nous allions entrer dans la cuisine quand un employé de nuit en sortit, poussant devant lui un grand bac à roulettes. S'il avait seulement tourné la tête, il nous aurait vus, plaqués contre le mur. Nous le suivîmes des yeux jusqu'à ce qu'il eût traversé la cafétéria, et je consultai Clarence du regard. Il semblait changé en statue de sel.

— Tu ne crois pas que c'est le moment ? chuchotai-je.

Il fit signe que oui mais ne bougea pas d'un pouce.

— Il vaudrait peut-être mieux que tu ne partes pas, Laura. Plus j'y pense, plus je me dis que ce n'est pas la bonne solution. Je n'aurais jamais dû faire ça. Retournons sur nos pas, je t'en prie.

Il tremblait comme une feuille, et même dans cet éclairage réduit je pouvais voir qu'il était blême.

— Non, je ne peux pas revenir en arrière. Il faut que je parte, affirmai-je en marchant vers la cuisine.

Je venais d'y pénétrer quand Clarence m'y rejoignit. Nous n'étions plus qu'à quelques pas de la porte métallique.

— Comment feras-tu pour rentrer chez toi ? demanda-t-il, les yeux fixés sur cette porte.

— Aucune idée.

Il saisit mon bras et tenta de me ramener en arrière.

— Laura, je t'en prie. Tu ne sais même pas dans quelle direction tu dois aller ! Laura...

Sa voix parut s'éteindre quand il eut prononcé mon nom. Les mots qu'il dit ensuite me parvinrent de plus en plus faiblement, comme s'il me parlait du bord d'un puits et que je me trouvais tout au fond. J'avais l'impression de m'enfoncer, de rapetisser, de disparaître.

— Laura, ne t'en va pas... Laura, reviens...

— Oui, Robert, m'entendis-je répondre. Je viens.

— Quoi ? C'est moi, Laura. Clarence.

J'avançai jusqu'à la porte.

— Attends, Laura !

Je poussai la porte et sortis dans la nuit. La voix me parvint encore.

— Laura, reviens ! Reviens !

— Oui, Robert. Je viens. J'arrive tout de suite.

Je contournai l'angle du bâtiment et levai les yeux vers le ciel couvert. Il n'y avait pas d'étoiles au-dessus de moi, pas de lumière ni de douces promesses.

Je trébuchai mais ignorai la douleur. Il m'appelait, j'entendais sa voix dans le vent, tantôt proche et tantôt lointaine, si lointaine...

— Laura, où vas-tu ? La route n'est pas de ce côté-là !

Clarence me saisit par le coude et me fit pivoter vers lui.

— Laura, qu'est-ce que tu fais ? Tu as perdu ta pantoufle, dit-il en me la tendant.

Je la contemplai un moment fixement, puis relevai la tête.

— Je ne rentre pas chez moi, Clarence. Dis à ma grand-mère que je n'abandonnerai pas Robert.

— Mais qu'est-ce que tu racontes ? Ça n'a pas de sens ! Tu vas prendre froid.

Il étreignit ses épaules et son regard balaya l'espace autour de nous. Une rafale secoua les saules.

— Il y a un vent terrible, cette nuit, Laura. Une tempête se prépare.

— Bien sûr qu'une tempête se prépare, acquiesçai-je, mais ça ne nous arrêtera pas. Tu peux le lui dire.

Je glissai mon pied dans la pantoufle et poursuivis mon chemin, dépassant bientôt le banc de pierre.

— Lui dire quoi ? Tout ça n'a aucun sens, Laura. Laura ! cria-t-il derrière moi.

À l'intérieur du bâtiment, quelqu'un l'entendit. Des lumières s'allumèrent. J'entendis des bruits de portes, des éclats de voix. Je n'en courus que plus vite. Je dévalais le versant de la colline, à présent, dérapant et glissant, perdant à nouveau mes pantoufles sans ralentir pour autant. Une voix me soufflait que si je perdais ne fût-ce qu'une seconde, il serait trop tard.

Et il m'appelait toujours. De plus en plus fort, maintenant, de plus en plus désespérément.

— Je viens, Robert ! lançai-je à la nuit froide. Je viens, mon cher amour !

Devant moi, l'océan grondait, les vagues se brisaient à grand fracas sur les rochers, dans une explosion d'écume. Je m'étais accoutumée à l'obscurité, mais les formes n'étaient pour moi que des silhouettes. Je butai contre un rocher ruisselant et tombai, m'écorchant le bras. Cela me fit mal, mais je me relevai très vite et tendis l'oreille. Il ne m'appelait plus. L'océan l'emportait. Je rassemblai toutes mes forces pour crier.

— Robert !

— Laura ! Où es-tu ?

La voix semblait provenir de derrière mon dos, mais quand je l'entendis à nouveau ce fut droit devant moi.

— Laura, je suis là. Laura !

— Oui, oui, Robert. Je viens.

Avec précaution cette fois, je m'avançai parmi les roches basses jusqu'à ce que le ressac me mouille les jambes. En plissant les paupières, je pus voir le voilier danser sur les vagues. Son mât brisé s'était abattu et pendait contre la coque, la voile trempée. Je m'avançai dans l'eau.

— Je viens, Robert, je viens !

À nouveau, le bateau fut soulevé par une lame, mais cette fois il se retourna complètement en retombant, la quille en l'air. Robert était encore en vue, un bras levé, ballotté par la houle.

— Laura !

— Attends-moi, Robert. J'arrive !

J'avais de l'eau jusqu'à la taille, maintenant. Je m'élançai en avant et nageai vigoureusement vers le voilier en détresse.

Derrière moi, quelqu'un cria mon nom mais je ne me retournai pas. *Encore un piège de Grandma Olivia pour t'empêcher de le rejoindre,* pensai-je. *Ne regarde pas en arrière ou tu seras changée en statue de sel, toi aussi. Robert a besoin de toi.*

Sa tête émergea de nouveau et, comme je l'avais vu si souvent dans mes rêves, son bras se dressa lentement hors de l'eau sombre. Je voulus crier son nom, mais je faillis m'étrangler en avalant de l'eau et la recrachai en suffoquant. Je m'épuisais à lutter contre le flot montant, mais je continuais à nager, aussi rapidement que j'en étais capable. Je n'étais plus très loin du bateau, maintenant. Plus très loin de Robert.

Sa tête s'éleva encore une fois, et ses yeux... oui, même dans cette noirceur sans lune et sans étoiles, ses yeux rayonnaient de lumière et d'amour.

— Robert ! appelai-je, et ce fut comme si le cri jaillissait de mon cœur. Robert, mon bien-aimé !

Je nageai vers lui, nageai, nageai encore. Mais quand je relevai la tête, le bateau était toujours aussi loin. Était-ce la marée qui me ramenait ainsi en arrière ?

Les bras me faisaient mal. Mes vêtements alourdis me pesaient. En barbotant gauchement, je me débarrassai de mon jean et de mon chemisier. Le flot les emporta et je me remis à la nage, consacrant toutes mes forces à chaque brasse. Et pourtant, entre le bateau et moi, la distance demeurait toujours la même. Une longue plainte s'échappa de ma gorge.

— Robert, je ne peux pas, je ne veux pas te perdre. Ne les laisse pas t'enlever. Je t'en prie.

Comme par miracle, il apparut à moins d'un mètre de moi, s'élevant au-dessus de la houle en me tendant les bras. À la même seconde, je fis le même geste et nos mains se joignirent.

— Laura, dit-il simplement. Ma Laura.

Il m'attira de plus en plus près, me serra contre lui, m'enferma dans ses bras. Que m'importait la tempête, à présent ? Je ne sentais plus le froid, ni la houle. J'étais avec lui. Blottie sur sa poitrine, dans sa chaleur et dans sa force, j'étais en sécurité. Nous échangeâmes un long baiser.

— Je t'attendais, murmura-t-il. Je savais que tu me reviendrais.

— Je suis heureuse, Robert. Tellement heureuse.

Je me retournai vers la côte. Quelqu'un, dans l'eau jusqu'à mi-corps, nous adressait des signaux frénétiques.

— Rentrons, maintenant, Robert. Rentrons ensemble.

— Non, Laura. Nous ne pouvons pas rentrer. Viens.

D'un mouvement de tête, il me désigna le bateau renversé.

— Oh..., dis-je dans un souffle, et je souris.

J'avais compris. Nous nageâmes un moment côte à côte, et je tendis le bras pour m'accrocher à la coque. Robert en fit autant. Tournés l'un vers l'autre, nous nous rapprochâmes jusqu'à ce que nos lèvres se touchent et nous embrassâmes, laissant les ténèbres se refermer sur nous.

J'étais heureuse. Aussi heureuse que je l'avais été... avant.

J'étais avec mon bien-aimé.

Pour toujours.

ÉPILOGUE

La Rolls-Royce noire gravit lentement la côte qui menait à la clinique et franchit la crête. Au moment où elle s'arrêtait devant l'entrée principale, un long nuage gris voila le soleil. Le chauffeur mit promptement pied à terre, et se précipita pour ouvrir la porte devant Olivia Logan. Il se préparait à l'aider, en la soutenant par le coude, mais elle se dégagea sans douceur.

— Inutile, Raymond, le rabroua-t-elle. Je ne suis pas invalide.

Elle leva les yeux sur le bâtiment, comme elle eût dévisagé quelqu'un. Au même instant, le soleil émergea du nuage, et les fenêtres étincelantes parurent lui rendre son regard.

— Attendez-moi ici, ordonna-t-elle en se dirigeant vers le perron.

Raymond resta sur place pendant qu'elle montait les marches puis, docilement, alla se rasseoir dans la voiture et déplia son journal.

Olivia n'avait pas encore atteint la grand-porte qu'elle s'ouvrait devant elle. Encadré par Mme Kleckner et Mme Roundchild, le Dr Scanlon s'avança pour la saluer. Ils parurent se recroqueviller sous son regard hautain, dur et accusateur, Herbert Scanlon en particulier. On aurait dit que ses vêtements devenaient brusquement trop grands pour lui. Il rajusta sa cravate avant de serrer la main d'Olivia.

— Où est-elle ? s'enquit-elle abruptement.

— Nous l'avons mise à l'infirmerie. Je suis navré, commença le psychiatre. Croyez bien que...

Olivia leva sa main gantée de noir, paume en avant.

— Gardez vos explications pour plus tard. Conduisez-moi jusqu'à elle.

Mme Roundchild recula pour la laisser entrer. C'était l'heure du déjeuner, il n'y avait personne dans le hall. Olivia s'y arrêta un instant, étonnée par le silence. Le Dr Scanlon lui indiqua une porte latérale et, à sa suite, elle s'engagea dans un grand couloir. Les deux infirmières suivirent à quelques pas en arrière.

Le Dr Scanlon crut devoir observer :

— Nos patients sont tous à la salle à manger, en ce moment.

— Sauf une, lui renvoya Olivia.

Il jeta un regard entendu à ses infirmières et poursuivit son chemin. Au fond du couloir, sur la droite, ils firent halte devant une porte où figurait l'inscription : Infirmerie. Le docteur l'ouvrit et s'effaça devant Olivia. L'infirmière assise au bureau, — Suzanne Cohen d'après sa plaque d'identification — bondit littéralement de sa chaise. Elle leva sur le médecin-chef un visage dévoré d'inquiétude.

— Voici Mme Logan, annonça-t-il. Elle est ici pour voir Laura.

— Ah oui, bien sûr. Je suis désolée.

Olivia eut une mimique exaspérée.

— Je n'ai que faire de vos excuses, aux uns et aux autres !

D'un froncement de sourcils, le Dr Scanlon engagea Sue Cohen à se hâter.

— Par ici, indiqua-t-elle en conduisant le groupe jusqu'à une seconde porte, un peu plus loin. De là, ils passèrent dans un hall sur lequel donnaient différentes salles d'examen, le laboratoire et le cabinet de radiologie. La salle située à son extrémité la plus éloignée ne devait pas servir souvent, et il n'y avait aucune indication sur la porte. Mais, ici, tout le monde savait que c'était la morgue. L'infirmière Cohen ouvrit cette porte et recula vivement de quelques pas.

Olivia entra, les yeux fixés sur le brancard métallique où reposait le corps de sa petite-fille, recouvert d'un drap. La pièce ne sentait même pas le désinfectant. Tout y était blanc, froid, sans caractère. La lumière elle-même y semblait incolore. Olivia s'approcha lentement du brancard, suivie de près par le Dr Scanlon. Elle demanda, ou plutôt ordonna :

— Laissez-moi la voir.

Il abaissa le drap jusqu'au cou de la jeune fille et Olivia la contempla longuement, dans un silence lourd. Maintenant qu'elle était là, et tous les autres réunis autour d'elle, l'interrogatoire pouvait commencer.

— Comment est-ce arrivé ?

Le Dr Scanlon s'était préparé à cette question.

— Un de nos patients, avec qui elle s'était liée d'amitié, s'est faufilé subrepticement jusqu'à l'étage des cas spéciaux, expliqua-t-il. Nous venions d'y transférer Laura. Il connaissait le seul passage de l'établissement qui n'ait pas d'alarme et il l'a aidée à sortir. Il prétend qu'elle voulait rentrer chez elle.

— Chez elle, dites-vous ? Alors comment s'est-elle retrouvée dans l'océan ?

Le médecin se racla la gorge.

— Vous devez comprendre, madame, que cet autre patient est lui-même gravement perturbé. C'est à grand-peine que nous sommes parvenus à tirer de lui quelques détails sensés. Tout ceci l'a plongé dans un état régressif, qui, je le crains...

— Je ne suis pas ici pour parler de lui, coupa brutalement Olivia.

Le Dr Scanlon prit un air concentré.

— Apparemment, si j'ai bien compris, elle entendait des voix.

— Des voix ! Quelles voix ?

— Surtout celle d'un jeune homme, semble-t-il. Celui qui s'est noyé. Clarence — le patient dont je vous ai parlé — dit qu'elle appelait un certain Robert. Selon lui, dès qu'il lui eut indiqué la sortie, elle a pris le chemin de la mer en courant. Il a tenté de la retenir, mais elle n'a rien voulu savoir.

Olivia haussa un sourcil incrédule.

— D'après vous, elle aurait donc couru tout droit vers l'océan pour s'y noyer volontairement ?

— Dans un cas tel que le sien, les tendances suicidaires ne sont pas rares, madame Logan.

La riposte d'Olivia claqua comme un fouet.

— Alors pourquoi n'était-elle pas surveillée nuit et jour ?

– Je... eh bien... elle était à l'étage le mieux gardé, à vrai dire.

— Le mieux gardé, vraiment ? Et cet autre patient a pu venir l'y chercher pour la faire sortir ?

— Personne ne s'attendait...

Le médecin se tut et jeta un regard significatif à Mme Roundchild. L'infirmière en chef s'avança.

— Elle était sous sédatifs, attachée dans son lit. Nous venions juste de venir voir si elle allait bien. Il devait être caché derrière la porte et attendre, expliqua-t-elle.

Olivia eut un geste sec de la main, comme pour chasser une nuée de moustiques.

— Renvoyez tout le monde !

Sur un signe du Dr Scanlon, les trois infirmières quittèrent la pièce à une vitesse record. Olivia regarda la porte se refermer sur elles et pivota vers le médecin-chef.

— Je pourrais vous poursuivre en justice, et vous faire payer jusqu'à votre dernier centime de dommages et intérêts. Vous le savez, se complut-elle à préciser, impitoyable. Un seul mot de ma part sur votre négligence, et votre clinique n'existe plus.

Le Dr Scanlon avala péniblement sa salive. Pendant d'interminables secondes, Olivia le tint sous son regard haineux, intense et dur, comme sous le faisceau d'un projecteur. Finalement, elle détourna les yeux vers Laura.

— Par chance pour vous, et j'espère que vous êtes conscient de cette chance, je tiens à ce que rien de tout ceci ne filtre hors de ces murs. Vous m'avez bien comprise ? Rien ne doit s'ébruiter.

— Comment ? Mais en cas de décès il y a toujours une enquête médicale, des rapports à fournir...

— C'est votre problème, trancha Olivia, péremptoire. Je ne veux pas lire un mot sur ce sujet dans la presse. Nous lui ferons des funérailles décentes, et ce sera tout. Une indiscrétion pourrait causer un tort irrémédiable à ma famille, ajouta-t-elle. Je ne le permettrai pas.

— Je comprends, madame Logan. Je ferai de mon mieux.

— Votre mieux ne sera pas suffisant, j'en ai peur. Nous en avons le résultat sous les yeux, persifla-t-elle en jetant un regard sur Laura. Je veux davantage que cela.

La sueur perla au front de Herbert Scanlon. Il hocha humblement la tête.

— Désirez-vous reprendre ses effets personnels ? Ou certaines des choses que vous lui avez envoyées ?

— Pas pour l'instant. Toutefois...

Olivia eut une petite moue insultante.

— J'hésite à vous le demander, ayant sujet de m'interroger sur vos compétences, mais... Laura était-elle en progrès ?

— Oh oui ! se vanta le psychiatre. Je crois qu'avant peu, je l'aurais amenée à une guérison complète.

— De quoi se souvenait-elle avant de... avant ceci ?

— De sa famille, de ses parents, de son frère jumeau et de sa jeune sœur. Et de la plus grande partie de cette tragédie, fut heureux d'ajouter le médecin-chef.

— Elle n'a jamais parlé de moi ?

— Jamais pendant nos séances de travail. Et d'après les notes du Dr Southerby, jamais avec lui non plus.

— Peut-on se fier à lui ?

— Je réglerai ce problème, s'empressa-t-il d'affirmer. N'ayez aucune crainte.

— Parfait. Je tiens à ce qu'il n'y ait *aucun* problème, Herbert. Ai-je été assez claire ?

Une fois de plus, Olivia le fixa de son regard perçant et il sentit sa nuque se hérisser.

— Très claire. Avez-vous des instructions spéciales à donner, pour la pierre tombale ?

— Non. Laissez-moi seule un instant.

Herbert Scanlon se leva, bégayant des excuses.

— Oui, bien sûr. Tout de suite. Je suis vraiment désolé, madame Logan.

Elle ne répondit rien et il s'éclipsa en toute hâte, pour aller l'attendre dans le hall.

Pendant un long moment, son regard demeura fixé sur le visage de Laura. Puis elle inspira profondément et leva les yeux au plafond.

— Je te demande pardon, murmura-t-elle. Je sais que tu ne pourras plus jamais le comprendre à présent, mais ce que j'ai fait, je l'ai fait pour ma famille. La famille est la seule chose qui compte vraiment, Laura. Le nom de la famille, la loyauté envers elle. C'est elle qui nous fait ce que nous sommes à notre arrivée dans ce monde ; c'est elle qui nous change en ce que nous sommes en le quittant. Et pendant tout le temps qui s'écoule entre les deux, nous devons nous accrocher à elle, Laura.

Olivia baissa les yeux sur sa petite-fille, si belle jusque dans la mort, et son cœur se serra.

— Au fond de moi, je savais qu'après avoir perdu ton cher Robert tu n'aurais plus un seul instant de vrai bonheur, Laura. Peut-être... peut-être n'étais-tu pas si dérangée que ton médecin le pensait. Peut-être as-tu entendu Robert t'appeler.

« C'est peut-être étrange, mais d'une certaine façon... je t'envie, ma chérie, acheva-t-elle en soupirant.

Elle tendit la main, toucha le visage glacé de Laura, puis tourna les talons et quitta la pièce.

Le Dr Scanlon la raccompagna jusqu'à l'entrée principale.

— Mon avocat prendra contact avec vous, dit-elle en s'avançant sur le perron. Il veillera à ce que tout soit fait selon mes instructions.

— Je comprends, madame Logan.

— Et j'aimerais que vous fassiez autre chose pour moi.

— Bien sûr, madame Logan, acquiesça sans hésiter le médecin-chef.

— Cet autre patient, le jeune homme dont vous m'avez parlé...

— Oui ?

— Dites-lui que je ne lui en veux pas, que je ne lui reproche rien. Dites-lui que je le remercie d'avoir été l'ami de Laura. Vous ferez cela ?

— Certainement. Cela l'aidera beaucoup, madame Logan. C'est très généreux de votre part.

— Je ne le fais pas pour moi, répliqua-t-elle en regardant droit devant elle. Je le fais pour Laura... et pour moi-même.

En la voyant descendre les marches, Raymond jaillit de la Rolls-Royce et s'empressa de lui ouvrir la porte. Le Dr Scanlon la regarda monter en voiture, tout en se tamponnant le front avec son mouchoir. Quand la portière se referma, il rentra précipitamment et referma soigneusement derrière lui.

Raymond regagna sa place au volant. La Rolls démarra lentement. Les nuages qui voilaient à nouveau le soleil s'écartèrent.

Un faisceau de rayons tomba sur la voiture, illumina les jardins, l'océan maintenant paisible et la crête blanche des vagues. Deux mouettes prirent leur vol dans l'air attiédi et s'éloignèrent côte à côte, à tire d'ailes. Ensemble, elles plongèrent vers la mer. Puis, comme pour tenir un serment réciproque, elles remontèrent d'un même élan et s'élancèrent d'un nouvel essor, droit vers le soleil.

L'instant d'après, elles avaient disparu.

Composition réalisée
par S.C.C.M. (groupe Berger-Levrault)
*Paris XIVe*

Cet ouvrage a été réalisé par la
SOCIÉTÉ NOUVELLE FIRMIN-DIDOT
Mesnil-sur-l'Estrée
pour le compte de France Loisirs
en novembre 1999

Cet ouvrage est imprimé
sur du papier sans bois et sans acide.

Imprimé en France
Dépôt légal : novembre 1999
N° d'édition : 32523 - N° d'impression : 48960